ENEBRO & ESPINA

ENEBRO & ESPINA

AVA REID

Traducción de Icíar Bédmar

● UMBRIEL

Argentina • Chile • Colombia • España
Estados Unidos • México • Perú • Uruguay

Título original: *Juniper & Thorn*
Editor original: Harper Voyager, un sello de HarperCollins*Publishers*
Traducción: Icíar Bédmar

1.ª edición: enero 2023

Juniper & Thorn This edition is published by arrangement
with Sterling Lord Literistic and MB Agencia
Copyright © 2022 by Ava Reid
All Rights Reserved
© de la traducción 2023 *by* Icíar Bédmar
© 2023 *by* Ediciones Urano, S.A.U.
Plaza de los Reyes Magos, 8, piso 1.º C y D – 28007 Madrid
www.umbrieleditores.com

ISBN: 978-84-19030-21-4
E-ISBN: 978-84-19413-48-2
Depósito legal: B-20.487-2022

Fotocomposición: Ediciones Urano, S.A.U.
Impreso por: Romanyà Valls, S.A. – Verdaguer, 1 – 08786 Capellades (Barcelona)

Impreso en España – *Printed in Spain*

Para Dorit.

Sí, estoy vivo. Puedo caminar por las calles y preguntar
«¿en qué año estamos?».
Puedo bailar mientras duermo y reírme frente al espejo.
—«Oración del autor», Ilya Kaminsky.

CIUDAD DE OBLYA

Casa de
Zmiy Vashchenko,
el Gran Hechicero
de Oblya

Marina

Playa de
arena negra

Baños

Sanatorio

Paseo marítimo

CALLE STREET

CALLE KANATCHIKOV

Teatro
de baller

CALLE KANATCHIKOV

La Bolsa

Despacho del
Dr. Bakay

Estación
de tren

CALLE VOROBYEV

Empresa de
Fisherovich & Symyrenko

FÁBRICAS

Casa del
Gradonalchik
(El jefe
de la ciudad)

Apartamento
de Fedir

LOS
SUBURBIOS

DACHAS

Marina

Puerto principal

Capítulo uno

Miré bajo mi cama, pero el monstruo ya no estaba. No estaba desde esta mañana, cuando los dedos rosáceos del amanecer lo habían empujado de vuelta a su escondite favorito en el jardín de Rose, con su cola espinosa rodeando el tronco del enebro. Se quedaría allí con la panza pegada al tronco y bufando hasta que yo, o una de mis hermanas, fuera a darle los huesos de pollo que sobraban, o a acariciarlo tras las orejas. De todas las criaturas que habitaban en nuestra casa, era la más fácil de contentar.

Por la tarde, el jardín se iluminaba con una gran cantidad de puntitos, las luciérnagas, que se movían de un lado a otro con el murmullo del viento que soplaba a través de las ramas del sauce. Pero aparte de aquello, el jardín estaba quieto y en silencio. Desde mi habitación podía ver toda la expansión moteada: los setos robustos y abultados, y la hiedra que envolvía la verja llena de óxido. Si cualquier persona de Oblya caminaba por la calle que pasaba frente a nuestra casa, puede que sintiera cómo unos bucles verdes rodeaban sus tobillos, o que escuchara los susurros de los helechos a través de la verja. Los transeúntes susurraban en respuesta a aquello: rumores sobre Zmiy Vashchenko y sus tres extrañas hijas.

Cuando era más joven, sus mezquinas palabras me hacían llorar. Pero ahora, con veintitrés años de edad, había aprendido a no escucharlas, o incluso a deleitarme con ellas con una especie de amargura resignada y perversa, apretando el puño alrededor de las viejas heridas. Después de todo, cuanto más mezquinas eran sus palabras, mejor para el negocio. Sus rumores depositaban clientes en el umbral de nuestra puerta como un gato que deja su malherida presa a los pies de su amo. Cuanto más afilada y horrible era la forma del rumor, más tiempo se quedaban nuestros clientes mirando boquiabiertos a mis hermanas, como si su belleza fuese una alfombra que tapa un agujero en el suelo, algo que podría desaparecer de sus pies en cualquier momento.

Mis hermanas eran bellas, sin tretas ni artificio, lo cual realmente era mi maldición, no la de mi padre. La maldición de mi padre era no estar satisfecho jamás con nada, así que, para él mis hermanas eran bellas, pero no lo suficiente. La maldición la había lanzado Titka Whiskers, la última bruja de verdad de Oblya. Mi padre había hecho todo lo posible para hundir su negocio, para ser el último hechicero de verdad de la ciudad, así que ella se lo había devuelto de la única forma en que una bruja sabía. Por supuesto, después de aquello él sí que *fue* el último hechicero de la ciudad, pero tampoco estuvo satisfecho con ello.

El reloj dio las nueve. Había apilado unos cuantos cojines y un saco de hojas de otoño bajo mi edredón, moldeándolas con una forma que se pareciera más o menos a mi cuerpo dormido. Rose había cortado un manojo de tallos de trigo que se asemejaran a mi cabello, aunque el color era ligeramente demasiado pálido, y no tenía el encrespamiento descuidado de mi pelo real. Pero si (o *cuando*) nuestro padre se levantaba de la cama y pasaba medio dormido por delante de mi habitación, esperaba que no se fijara suficiente como para notar la diferencia. La maldición también hacía que durmiera durante horas y horas, y aun así se levantara con el ligero picor de la fatiga bajo su piel.

En el exterior, el cielo se oscureció poco a poco, como una hoja de obsidiana descendiendo sobre la pálida garganta de Oblya. Se escuchó el sonido de unos pasos rápidos y ligeros en el umbral de madera. Me volví, y de pie en la puerta estaba mi hermana, Undine.

—Querida Marlinchen, nadie creerá que somos algo que no sean brujas si no te pasas un peine por el pelo.

Mis mejillas se sonrojaron. Bajé de la cama y me senté en el tocador, observando mi rostro en el espejo. En mis mejillas amarillentas había ahora dos manchas rojizas. Mi pelo era un desastre de bucles que caían sobre mis hombros, tan pesados como una colcha.

—No sé qué hacer con él —le dije—. Está demasiado largo.

El pelo de las tres era demasiado largo, mucho más según la moda actual, que consistía en unos rizos delgados y enrollados como tabaco que llevaban las mujeres de Oblya. Pero nuestro padre no nos dejaba cortar ni un centímetro. Decía que a los clientes les gustaba que hubiera algo encantadoramente rústico en nosotras, y nuestro pelo sin cortar era una reliquia de un tiempo pasado y más simple. Para ellos bien podíamos ser dulces ordeñadoras de vacas cantarinas, directamente sacadas del pálido papel de pared pastoril de un hombre pudiente. Yo no tenía una voz melodiosa, pero sí que sonreía a mis clientes con toda la dulzura de la que era capaz.

—Rose —la llamó Undine en voz baja—. Ven aquí y ayúdala. Rápido.

Mi segunda hermana se deslizó hacia el interior de la habitación, ataviada con un vestido de crinolina, y los hombros desnudos y tan afilados como dos cuchillos de cocina. Observó mi pelo, los orificios nasales ensanchados de Undine, y suspiró. El peine de marfil de nuestra madre estaba sobre la cómoda, con algo de mi pelo rubio oscuro enganchado entre las púas.

Pero Rose, que era la segunda hermana, era más cuidadosa. Suspiró y comenzó a pasar el peine por mis rizos. La última vez que alguien había hecho eso había sido mi madre, y de aquello hacía ya años.

Rose consiguió atar mi pelo con un lazo, en una especie de imitación mala de los recogidos de las mujeres de Oblya. El lazo de seda rosa combinaba con mi vestido, que era del color de los arándanos rojos, arrugado y con un escote lo suficientemente bajo como para hacer que me sonrojara. Aunque no es como si importase mucho. Allí, entre mis dos hermosas hermanas, yo era poco más que un mueble, como un candelabro particularmente decorado.

El reloj dio las diez, así que nos marchamos.

El suelo húmedo trató de absorber nuestros zapatos mientras recorrimos el jardín. Agarradas del brazo, nos abrimos paso más allá del estanque de adivinación, que brillaba tanto como una moneda en una fuente; pasamos por los cardos, con sus capullos morados, rodeando con cuidado el delicado entramado de Rose de la gisófila y la matricaria. El peral en flor nos escupió algunos pétalos blancos, pero todos los monstruos estaban escondidos, o dormidos.

Aun así, fuimos silenciosas. No podíamos arriesgarnos a despertarlos, o peor aún, a despertar a nuestro padre. Nos habíamos arriesgado con pequeños actos de rebeldía anteriormente, o al menos, Rose y Undine lo habían hecho, pero nunca jamás algo tan grande, ilícito y terrible. Esta rebelión era como un libro con todas las páginas arrancadas; no podía saber cómo empezaba, continuaba o terminaba.

Solo con pensar en papá viéndonos hacía que me mareara del susto, y comencé a sentir que nuestro propio jardín era algo terrible y extraño.

Para las personas de fuera, siempre era algo terrible y extraño, incluso durante el día, ya que no estaban acostumbradas al jardín como lo estábamos nosotras. Había manzanas de cristal que tenían un sabor dulce y te sonrojaban como el vino si eras capaz de meterte los duros y afilados trozos en la boca. Estaban también las rechonchas ciruelas negras y ambarinas, bañadas de un veneno letal. Nuestro padre había alimentado en nosotras una inmunidad al veneno al alimentarnos con pequeños trozos de la fruta desde que éramos bebés, así que ahora podíamos morder las ciruelas y saborear el fuerte sabor de su acidez putrefacta, pero no el veneno que yacía más allá.

Pero incluso nosotras estábamos avisadas de no tocar jamás el enebro, que daba unas bayas de lo más peligrosas: eran dulces, y a la vez venenosas. Fuera cual fuere el mal que contenían, no podíamos ser inmunes a ello.

En mis veintitrés años de edad había visto el jardín ocupado por un gran número de cosas, y había llegado a considerarlas como nuestras. Nuestra feroz serpiente, que se parecía a una serpiente común hasta que le daba la luz del sol, momento en que sus escamas negras se iluminaban con un brillo que se asemejaba a las llamas del fuego. Hablaba con voz humana, pero sin mover su boca: la voz entraba en tu mente como si fueras tú mismo el que evocaba las palabras. Te prometía pañuelos de seda, o cuentas de cerámica, y si lo aceptabas, sus regalos se materializaban en su mano, como salidos de la nada... pero por un precio: la leche de tus pechos. Incluso si lo pagabas, a la mañana siguiente los regalos se convertían en paja y estiércol. Desconocía qué pasaba si le pedías algo que no fueran baratijas, o por qué era algo tan terrible amamantar a una serpiente. La vi entonces serpentear a través del jardín como si fuera un rastro de aceite, mientras dejaba trozos pálidos de piel mudada a su paso.

También estaba nuestro duende, el pobrecillo, quien había perdido su hogar cuando los topógrafos de Rodinya drenaron las ciénagas del exterior de Oblya. Su único ojo brillaba como una linterna en la oscuridad, y tenía una barba tan larga y blanca como el liquen que crece en un tronco. Como gratitud por nuestra hospitalidad, el duende se había vuelto excesivamente protector con nuestras hermanas y conmigo, y le había dado por tratar de morder los tobillos de nuestros clientes cuando cruzaban el jardín hasta la casa. Después de que el duende nos costara cien rublos, y casi atrajera al Gran Inspector de la ciudad hasta nuestra puerta, mi padre se aseguraba siempre de encerrarlo en el cobertizo del jardín cada vez que teníamos visita. La última vez que había ido a liberarlo, ya había hecho un agujero royendo la madera, y lo encontré enfurruñado en el estragón de Rose.

Habíamos arreglado el agujero con cuidado, haciendo turnos para vigilar a papá, y después habíamos encerrado al duende de nuevo. Undine había querido amordazarlo para asegurarnos de que sus lágrimas no despertaran a papá, pero aquello me había parecido horriblemente cruel, así que conseguí convencerla de que no lo hiciera. Al pasar ahora por el cobertizo, escuché sus gimoteos.

De todas nuestras criaturas, la que menos me gustaba era Indrik, un hombre de pecho desnudo con las patas de fauno o de cabra. Se pasaba los días quejándose de su destino como refugiado, dado que había huido de las montañas donde había habitado cuando los mineros rodinyanos comenzaron a sondearlas en busca de plata. Languidecía junto al estanque de adivinación de Undine, examinando su reflejo con pena, y declaraba que una vez había sido un dios, y todos en Oblya lo habían venerado. Le dejaban como ofrenda gansos muertos, huevos pintados de la forma más bonita, borregas que balaban… Me estremecía al pensar en qué habría hecho con las ovejas dado la forma lujuriosa en que había mirado a nuestra vaca lechera antes de que muriera. No sabía si alguna vez había sido un dios tal y como decía, pero no había razón alguna para tratar de contradecirlo, ya que lo único que haría en ese caso sería llorar.

Para asegurarnos de que Indrik no nos sorprendiera al marcharnos, Rose le había dado un brebaje para dormir. Vi su forma borrosa bajo uno de los perales, los músculos de su espalda, tan grandes como rocas. Sus ronquidos eran como un silbido suave, como el tren que en ocasiones se escuchaba muy de lejos desde la ventana de mi habitación.

También había otras criaturas que no podía nombrar, a las que solo podía referirme como «monstruos». Cosas con aspecto de tejón

que husmeaban en la tierra en busca de raíces y trufas; comadre-
jas con colas espinosas y con ojillos brillantes y rojos, como aquella a la que le gustaba ocultarse bajo mi cama; cuervos sin ojos
que volaban ciegamente a través de nuestras azaleas. Se comían
los conejos y las ardillas que acudían a roer las hierbas de Rose,
así que los dejábamos quedarse. Además, no sabíamos qué pasaría si tratábamos de ahuyentarlos. No había historias sobre ese
tipo de monstruos, o quizás esas historias se habían perdido. De
cualquier manera, a mis hermanas y a mí nos asustaba despertar-
nos un día y estar malditas como nuestro padre si tratábamos de
hacerles daño.

Habíamos tomado todas las precauciones posibles, y ninguna
de las criaturas estaba despierta esa noche. Cuando alcanzamos la
verja, Undine la abrió y nos sacudimos la tierra de los zapatos y
del dobladillo de nuestros vestidos. Como si fuésemos serpientes
mudando la piel, nos quitamos de encima el olor a cerrado y la
magia de la casa.

Al mirar fijamente la calle empedrada que se desplegaba ante
nosotras, se me encogió el estómago del miedo.

—Vamos, Marlinchen —dijo Undine, uniendo nuestros brazos
y dándome un fuerte tirón—. Solo tenemos un cuarto de hora.

Recorrimos la calle a toda velocidad, tan rápido como nuestras
crinolinas y corsés nos lo permitieron. Podía sentir el empedrado
bajo la suela de mis zapatillas, los duros bordes que parecían acudir a mí con cada paso que daba. Pasamos frente a los jornaleros,
hombres de mirada perdida, que se encaminaban encorvados hacia los prostíbulos y las tabernas, o de vuelta a los apartamentos
que había sobre las tiendas. Cada vez que sus miradas se cruzaban
con la nuestra, sentía un nuevo pinchazo de pánico en mi interior,
pero Rose y Undine se limitaron a tirar de mí.

La calle Kanatchikov nos condujo a la plaza de la ciudad, una
gloriosa fachada de edificios que rodeaban la grandísima fuente.
Había unos delfines saltando de la base de piedra en un movimiento petrificado, con agua saliendo de sus espiráculos. Un dios

marino de mármol estaba sentado en su cuadriga, con unas espesas cejas que cubrían sus ojos, de mirada gélida e inmortales. Era un dios que no reconocía del códice de mi padre. Tenía unos rasgos difusos y apresurados, como si el hombre que lo había tallado estuviera tratando de recordar algo que había visto solo en una ocasión, años atrás.

Los oblyanos estaban reunidos alrededor de la plaza: mujeres con sus vestidos de mangas hinchadas, hombres con sus sombreros de copa. Todos ellos acudían en masa al teatro de ballet, como ovejas ataviadas de satén y encaje. El barullo de voces tenía el tono bajo de un trueno que vibraba, y el humo de las pipas se elevaba en nubes grasientas. Todos los olores y sonidos me rodearon, y se me escapó un grito ahogado de la garganta.

Mis hermanas habían hecho estos viajes con anterioridad, pero yo no había tenido el valor de unirme a ellas. Esa noche sí que me habían encadenado a su rebelión, como un yugo a un buey, ebria con la promesa de algo nuevo, más brillante y mejor que cualquier cosa que hubiéramos visto antes. Pero ahora que me encontraba allí, todo era demasiado nuevo, demasiadas cosas a la vez.

—No quiero ir —susurré, acercándome más a Rose que a Undine—. Creo que he cambiado de idea.

—Bueno, pues es un poco tarde ya, ¿no te parece? —Rose hizo un gesto vago hacia el teatro, pero el tono de su voz no era cruel—. Nadie puede acompañarte de vuelta, tendrás que quedarte —Debió notar el terror en mi cara, puesto que siguió hablando con más delicadeza—. Escucha, no va a pasar nada. Una vez que estemos sentadas...

—Ay, ya está siendo una niña pequeña, como de costumbre —soltó Undine—. No quiere venir, pero no quiere que la dejemos atrás.

Me mordí el labio en respuesta, dado que Undine tenía razón. La última vez que habían salido de noche sin mí, me había quedado paralizada del miedo. Aunque mi cuerpo había estado en casa, y en mi cama, mi mente se la había pasado recorriendo miles de callejones oscuros, preguntándome con qué terrible destino estarían encontrándose mis hermanas. O peor, preguntándome qué haría mi padre si se levantaba y descubría que se habían marchado. Habría tenido que ser yo la que respondiera ante él, me habría tenido que beber su furia como bocanadas de agua marina, y rezar por no escupirla de vuelta hasta que abandonara la habitación y cerrara la puerta de un golpe tras de sí.

Rose me había encontrado dormida bajo mi cama aquella noche, con la cara manchada de sal, y nuestro monstruo de cola afilada mordisqueando con nerviosismo mi liguero.

Había sido solo por Undine por lo que habían empezado a marcharse. Un año atrás, aquello era impensable. Nuestro padre nos había prohibido poner un pie fuera del jardín, no con hechizos, sino con sus palabras y amenazas. Dijo que Oblya era igual de peligrosa que un nido de víboras, y algo o alguien nos arrebataría en un instante. Yo le creía. Los hombres que venían a verme, mis clientes, daban miedo incluso en la seguridad de nuestro propio salón.

Pero todos los clientes de Undine estaban medio enamorados de ella, y les fallaban las piernas con cada palabra que salía de sus labios. Un día, uno de ellos, en lugar de rublos, le ofreció entradas para ver a una orquesta que actuaba en el centro. Y una vez que la idea de marcharse entró en su mente, creció y creció como una hiedra en expansión, imposible de ser refrenada.

Aquella primera noche había plantado la misma semilla floreciente en la cabeza de Rose. Sus asientos, me dijo, estaban en la última fila, así que tuvieron que esforzarse para ver el escenario por encima de la topiaria de sombreros con plumas, y el calor de tantos cuerpos hizo que ambas volvieran empapadas en sudor. Pero había cierta magia en todo ello; podía sentirlo incluso desde la distancia. Una magia taimada y persuasiva que atraía a mis hermanas fuera de sus camas por la noche, deleitándose en la osadía de hacerlo, en las miles de posibilidades que se arremolinaban a su alrededor como si fueran polillas.

Para mis hermanas era una celebración, o incluso tan solo la emoción insolente de saber que habían desobedecido las órdenes de nuestro padre. Para mí, era aterrador. No quería quedarme atrás, no después de aquella terrible noche.

Así que dejé que Rose y Undine me arrastraran a través de la muchedumbre mientras el pecho me subía y bajaba dentro del corsé. El olor de los extraños, a sudor y a perfume a violetas, se me pegó a la piel como el agua de la lluvia. Las palabras se vertieron por mis oídos.

—… le habían arrancado el corazón, como si alguien hubiera hundido el puño en su pecho…

—… el hígado también le faltaba, estaba vacío…

Con el estómago encogido, me acerqué a Rose de nuevo.

—¿De qué están hablando?

—Alguna patraña de los tabloides, estoy segura —dijo con la mirada puesta al frente—. El Gran Inspector encontró a dos hombres muertos en la pasarela, y alguien se inventó el cuento de que los había matado un *monstruo*. Lo más probable es que se dieran una paliza el uno al otro en una pelea de borrachos, o que bebieran hasta morir, lo cual explicaría los comentarios sobre el hígado. Pero eso no es una historia tan sensacionalista, así que no vende demasiados periódicos.

Asentí a la vez que el nudo de mi estómago se aflojaba solo un poco. Rose parecía ser capaz de entender cosas del mundo que yo no podía, incluso estando atrapadas en la misma casa, bajo la misma tutela.

También parecía haber hecho un buen trabajo al pelearse con mi pelo, porque no recibí ninguna mirada extrañada. Los ojos de las mujeres pasaban por encima de mí y se quedaban sobre mis hermanas, con una envidia recelosa. Las miradas de los hombres también pasaban de largo, aterrizando en el hueco entre los pechos de Undine, o en los hombros desnudos de Rose. Podía ver el hambre, pero también la culpa en sus ojos, la silenciosa restricción del deseo. Sabían que cualquiera que deseara a una chica Vashchenko estaría condenado.

Me llegaron más voces.

—… pagué el doble de precio por verle, pero no me arrepiento…

—… dijo que fue el mejor espectáculo que ha visto jamás, se le llenaron los ojos de lágrimas…

En esa ocasión, no tuve que preguntarle a Rose a qué se referían. Estábamos aquí por la misma razón que el resto de la gente allí reunida. Mientras Undine nos guiaba hasta la taquilla, inspiré para armarme de valor. Sentía el corsé tan apretado que parecía estar estrangulándome. Ella consiguió nuestras tres entradas y le sonrió al empleado, batiendo las pestañas. No sabía cuánto valían, así como apenas sabía cuántos kopeks tenía un rublo, pero a juzgar por el tamaño y la inquietud de la multitud, sospechaba que era una cantidad elevada. Quizás este cliente en particular estuviera incluso más enamorado de mi hermana que la mayoría.

Dos empleados vestidos de terciopelo negro hicieron una reverencia ante nosotras y abrieron las puertas dobles de roble. Undine y Rose me soltaron los brazos, pues sabían que no tenía más remedio que seguirlas. Caminé tras ellas con la mirada puesta en el suelo y la frente perlada de sudor, y el teatro de ballet nos aprisionó y cerró sus fauces a nuestra espalda. Otra punzada de miedo se liberó en mi interior. Cuando por fin alcé la mirada, me mareé ante el estridente resplandor.

Había volutas de oro que trepaban hasta el cielo abovedado como una vid envolviendo en espiral el tronco de un árbol. Entre cada columna dorada había una gran cantidad de asientos tapizados de terciopelo carmesí. El candelabro giraba lentamente con la luz de las velas, cada una de las llamas brillantes como la punta de un cuchillo. El techo era enteramente un mural, pintado con el pálido cielo azul de principios de la primavera. También había representados unos sátiros (que se asemejaban mucho a Indrik) que perseguían a las ninfas de pecho desnudo, y hombres fornidos que no llevaban más que coronas de laurel descansaban a la orilla de un río. La cara me ardió al ruborizarme.

En el rato que había pasado observando el techo, casi había perdido a Rose y a Undine. Seguí el brillo perlado de la cabeza rubia de Undine y me puse a su altura justo cuando estaban deslizándose hacia sus asientos. Tenía la garganta seca de la ansiedad y la vergüenza.

—Creo que te han reconocido —le dije a Undine en un susurro—. El empleado de la taquilla, los hombres que había en la cola...

—Pues claro que me han reconocido —dijo Undine con brusquedad—. Pero no se lo dirán a papá. Saben que no me verán de nuevo si lo hacen.

A mi otro lado, Rose dejó escapar una exhalación que se convirtió en risa. Ella era mi única aliada en nuestra frustración ante la vanidad de Undine, y de hecho mostraba su disgusto más abiertamente de lo que yo jamás me atrevería. Por suerte, Undine normalmente estaba demasiado ocupada consigo misma como para darse cuenta.

Se escucharon más susurros. La voz de una mujer de pelo plateado en la fila de atrás me llegó como un siseo.

—Dicen que tenía la cavidad torácica arrugada como un tejado derrumbado. Dicen que le habían sacado los ojos, y se los habían sustituido por huesos de ciruela.

Volví la cabeza con brusquedad, y Undine me golpeó en el brazo enseguida. El efecto fue tan instantáneo que creí que mi cuerpo estaba castigándose a sí mismo; ¿quién, sino yo, podía estar tan en sintonía con mis propias aberraciones? Los ojos azules de Undine estaban entornados.

—No hagas eso —masculló—. Es de mala educación escuchar a escondidas, en especial *aquí*. Ciertamente no sabes nada sobre el mundo real, ¿no es así, Marlinchen?

No tenía claro si con *aquí* se refería al teatro de ballet, o a Oblya en general, a la gigantesca y gris expansión de ciudad que había más allá de las paredes de nuestro jardín. En el teatro estábamos atrapadas entre los hombres y las mujeres de alta alcurnia, que eran tan coloridos como la fruta recubierta de azúcar con sus sedas y satenes; en el exterior, en las calles, estábamos rodeadas de jornaleros borrachos, con sus caras delgadas como zorros y sus labios carnosos. No sabía qué era peor. Alcé los hombros y me hundí en el asiento. Rose estaba hojeando un panfleto que tenía cada página estampada en oro.

—Van a interpretar *Bogatyr Ivan* —dijo Rose—. Deben hacerlo cada noche. Si papá lo supiera, le daría uno de sus ataques.

Me encogí ante el prospecto. *Bogatyr Ivan* era una de las obras de ballet más famosas de Oblya, y era una versión corrupta de una de las historias del códice de nuestro padre, cambiada por la influencia rodinyana, y erosionada por el paso del tiempo. El protagonista, Ivan, había pasado de guerrero de la estepa a santo, y su novia había pasado de ser la hija del jefe de la tribu a ser una zarevna, y muchos otros pequeños cambios que habían convertido la historia en algo distinto, algo que apenas podía reconocer.

Pero a los oblyanos les gustaba, y más importante aún, a los rodinyanos. Los recién llegados habían venido ondeando los estandartes del zar y hablando sobre cosas como *desarrollo inmobiliario* y *planificación urbanística*, o si no, bajo el emblema de las empresas privadas que les sacaban hasta la última gota de sudor a los jornaleros de Oblya y después desaparecían solo para que los reemplazaran otros hombres, bajo otros emblemas, pero con el mismo objetivo: dejar a la ciudad seca. Ellos eran la razón de que el puerto de Oblya estuviera lleno del comercio del este, y la razón de que nuestras calles estuvieran dispuestas tan cuidadosamente como los radios de una rueda. No pensaba demasiado en ellos, excepto cuando llegaban a nuestra puerta, y nuestro padre nos ordenaba que los ignoráramos hasta que se marcharan.

Pero ahora el teatro estaba abarrotado de gente que esperaba para ver a un forastero rodinyano bendecir el escenario con su presencia. Miré el panfleto por encima del hombro de Rose en busca de su nombre, como si pudiera deducir algo importante de entre aquella disposición particular de palabras. Su dedo recorrió la página de arriba abajo, echándole un vistazo a su biografía.

—Dicen que es el bailarín principal más joven de una compañía de ballet rodinyana, en toda la *historia* —dijo—. Solo tiene veintiún años. Qué triste, ¿no?

—¿Por qué es triste?

—Pues porque —dijo ella— ¿qué haces cuando tienes veintiún años y ya has alcanzado todo lo que la mayoría de la gente tan solo puede llegar a soñar? Tienes el resto de tu vida por delante, pero ningún lugar adonde ir.

De alguna manera, me arrepentí de haber preguntado.

Antes de poder decir una palabra más, la orquesta tocó las notas de la obertura, y el telón de terciopelo se abrió. Los murmullos a mi alrededor se acallaron y todas las miradas se dirigieron hacia la única luz del escenario, redonda como una capa de hielo. Los violonchelos sonaron lánguidamente bajo el trino de las flautas y los oboes.

Nunca había visto *Bogatyr Ivan* con mis hermanas antes, así que no podía anticipar los crescendos y diminuendos, o cuándo comenzaría a sonar la caja, o en qué instante el arpa añadiría su sensual voz. Con cada nota desconocida, sentí como si algo tirara de mí como si fuera una cuerda, mis huesos vibraron, mi sangre palpitó. Conocía la historia de forma vaga, pero la música añadía algo nuevo a ello, algo que hacía que fuera casi demasiado grande para que mis ojos pudieran aguantarlo. Las primeras bailarinas se deslizaron por el escenario, como una ventisca con sus tules blancos. Los bailarines vestidos de rojo se encaminaron detrás; ellos eran las llamas animadas del Zar-Dragón.

Las bailarinas se desvanecieron de forma dramática. Sabía por la historia en el códice de mi padre que ellas eran los espíritus del hielo, de una escarcha pura virginal, de la tierra de Oblya antes de que los conquistadores llegaran para quemarla y arrasarla. Vestido todo de negro, el Zar-Dragón se rio con gestos a la vez que los violonchelos zumbaron en un tono grave. También sabía que, en algún momento, Ivan entraría a escena de forma torpe y sin espada, como el campesino e hijo de un granjero, hasta que se convirtiera finalmente en guerrero. Y, en aquella versión, tal y como la sinopsis del panfleto me había informado, también en santo. En la versión de la historia de papá no había santos, pero siempre estaba Ivan.

Aunque me había pasado años evocando en mi mente la imagen de Ivan, no estaba preparada para verle en ese momento: cabello negro ondulado, el pecho desnudo entre su desgastada chaqueta abierta. En cuanto apareció bajo las luces, fue imposible mirar a ningún otro lado. Era imposible no seguir su rastro a través del escenario. En su presencia, los hombres vestidos de llamas se marchitaron como rosas arrancadas. Las mujeres de nieve se revolvieron, con sus caras plateadas iluminándose con una esperanza naciente. Él pasó junto a ellas y fue hacia el Zar-Dragón; incluso al trastabillar era grácil.

El Zar-Dragón se echó hacia atrás como para atacar, y entonces la bella zarevna bailó entre ellos, rogando a su padre mientras Ivan se retiraba y las mujeres de hielo lo miraban con afecto. El Zar-Dragón desapareció del escenario con una floritura junto a sus hombres de fuego, dejando a Ivan y a la zarevna caminando en círculos, como lobos titubeantes.

La harapienta camiseta de Ivan se deslizó por sus hombros, y en ese momento sentí como si todo el público estuviera conteniendo el mismo aliento. Sevastyan Rezkin era tan apuesto bajo la intensa luz de las velas, que tuve que obligarme a exhalar.

Mis ojos recorrieron los músculos definidos de forma delicada de su abdomen y sus muslos. Tomó la mano de la zarevna en la suya y la besó. Los movimientos de ella ahora parecían casi torpes a su lado, como si estuviera contando mentalmente los pasos que daba. Los pasos de Sevastyan eran tan naturales como el fluir del agua, como si no pudiera concebir moverse de cualquier otra manera. Él alzó la pierna de la zarevna y los dedos de ella acariciaron su rostro.

Me sentía como una mirona, como una ordinaria intrusa siendo testigo de un tierno milagro que no debía ser presenciado por mis ojos. Me sentía de la misma manera que cuando veía a las gaviotas y los cormoranes rodeando el embarcadero por encima de nuestro tejado, avergonzada por mi propio cuerpo, pesado y sin la capacidad de volar.

La rodilla de él separó los muslos de la zarevna, y me sonrojé con tanta intensidad, que sabía que Undine se burlaría de mí si acaso me estaba mirando. Pero todos los rostros del teatro estaban girados hacia Sevastyan. Era el faro de un centenar de miradas fijas.

Fuera cual fuere la cantidad que el pretendiente de mi hermana había pagado por las entradas, yo habría pagado el doble. El triple. Por primera vez, empecé a entender el deseo imprudente de Undine y de Rose, la emoción frente a ese mundo de posibilidades, que las arrastraba fuera de sus camas por la noche y hacía que no escucharan las funestas advertencias de nuestro padre.

Mis dedos se enroscaron hasta atrapar mi falda en mi puño, y no aflojé el agarre hasta el acto final, cuando Ivan salió convertido en un santo. Sevastyan volvía a llevar el pecho desnudo, y solo llevaba puestas unas medias del color de su piel; hacía que pareciera que se le habían derramado encima, dado el poco pudor que le ofrecían. Su pecho estaba cubierto de oro, con espirales de pintura dorada arrastrándose por su garganta, y ascendiendo hasta sus mejillas. Incluso sus pestañas estaban decoradas con falsas perlas. Llevaba una túnica alada sobre los hombros, con plumas blancas que ondulaban con sus giros y saltos.

No podía concebir cómo estiraba tanto las piernas, o cómo podía saltar tan alto, o cómo no se desplomaba con la sacudida de la inercia al aterrizar de nuevo. Cuando la música se acercó a su final y Sevastyan y la zarevna hicieron una reverencia, la mitad del teatro se puso en pie a la vez, lanzándose en un estruendoso aplauso. Varias de las mujeres a mi alrededor estaban sollozando, con el kohl deslizándose por sus rosados rostros.

—Te lo *dije* —me dijo Undine mientras me obligaba a levantarme de mi asiento. Incluso ella tenía la voz entrecortada y pestañeaba demasiado rápido—. Ha merecido la pena, ¿verdad?

Pero el telón se había cerrado, eliminando a Sevastyan de mi vista, y me sentí como si me hubieran dejado a la deriva entre aquel mar de voces. El sonido me oprimía, y el calor de todos aquellos cuerpos hacía que la cabeza me diera vueltas. El aire olía a agrio con todas aquellas palabras y risitas. Una vez más apenas podía respirar, como si hubiera una mano invisible y ardiente cerrándose sobre mi garganta.

Los rostros se arremolinaron a mi alrededor. No podía distinguir a los lobos de las ovejas.

—Tengo que irme —conseguí decir, liberando mi mano del agarre de Undine de un tirón. Mi voz sonaba como si hubiera sido estrujada de un paño mojado—. Tengo que salir de aquí.

Rose soltó una protesta incoherente cuando la empujé al pasar a su lado, pero no me paré. Mis pasos eran torpes contra la alfombra roja. Podía escuchar el roce de la seda mientras el público se levantaba de sus asientos con la mirada nublada, y todo parecía tan somnoliento como la hierba cubierta del rocío de la mañana. Por azar, gracias a mi histérico y frenético instinto, encontré una puerta lateral a la izquierda del escenario y salí por ella a toda velocidad, dando un grito ahogado al tiempo que emergía a la fría noche azul.

El alivio que me recorrió fue como si un hilo se hubiera partido. Apoyé la espalda contra la pared del edificio con la frente perlada de un sudor helado. Se me había soltado el pelo del lazo rosa de Rose, y sentí los bucles sueltos por toda mi cara. Me los peiné hacia atrás como pude, con los dedos hormigueándome.

El callejón se extendía a ambos lados, infinito y oscuro. Por encima de mí, las estrellas estaban tapadas por un velo de niebla tóxica, y la única luz que se filtraba era la pálida capa amarillenta de las ventanas del teatro de ballet. En ese momento se me ocurrió que tal vez debería estar asustada, pero entonces la puerta se abrió de golpe, y alguien trastabilló hacia fuera.

El hombre se dobló con un brazo sobre el vientre. Con la otra mano, se apoyó contra la pared de espaldas a mí mientras tosía y escupía.

—¿Está usted bien? —Fue lo único que se me ocurrió decir. Aún sorprendida, y con la mente algo confusa por el pánico que comenzaba a desvanecerse, me acerqué a él y me agaché para examinar su rostro—. Señor, ¿está usted enfermo?

Tuvo una arcada, y el vómito salpicó los adoquines y el dobladillo de mi falda. Estaba tan acostumbrada a ver, escuchar y oler vómito, que ni siquiera me inmuté. En su lugar, me acerqué más, entrecerrando los ojos para ver su rostro en la oscuridad.

—Señor, por favor… —le dije—. Está enfermo. No soy una curandera, pero podría ir a buscar a mi hermana…

Se limpió la boca con el dorso de su mano y alzó la mirada hacia mí. La luz iluminó la curva de su mejilla, y me quedé helada como un conejo a mitad de un salto. Estaba mirando directamente a los borrosos ojos azules de Sevastyan Rezkin.

Se había puesto una blusa blanca de seda de forma descuidada, pero estaba abierta en el pecho. Pude ver la pintura dorada descascarillándose en su piel y sus mejillas, donde ahora estaba embadurnada justo donde se había limpiado la boca. Una solitaria pluma blanca cayó de su pelo negro.

Balbuceé algo incomprensible, incluso para mí misma. Sevastyan me mantuvo la mirada, con los ojos titubeantes. El blanco de sus ojos estaba salpicado de rojo. Recordé sus saltos delicados y gráciles, la forma en que sus muslos se habían tensado bajo sus mallas, el modo en que había apretado sus caderas contra las de la zarevna, y en ese momento sentí que la cara me ardía.

Él pestañeó, con las perlas falsas aún en sus pestañas, y una sombra como de flecos cayó sobre sus afilados pómulos. Tenía la piel tan pálida e impecable como el mango de marfil del peine de mi madre, alisado tras el tiempo invertido y el frecuente uso en mis manos o en las de mis hermanas. Pensar en aquello solo hizo que me sonrojara aún más.

Incluso ahora, perlado de sudor y con el olor a vómito, era tan apuesto que no podía apartar la mirada.

Antes de que cualquiera de los dos pudiera hablar, la puerta se abrió de nuevo. Otro bailarín, con el pelo rubio y vestido aún con su blusa y sus mallas del color rojo de las llamas, salió por la puerta y suspiró. Su respiración formó una nube blanca con el frío. Miró a Sevastyan y luego a mí, y cruzó los brazos sobre el pecho.

—Venga, Sevas —dijo de forma cansada—. Derkach te está buscando.

Sevastyan se levantó con un gesto de dolor y se agarró el vientre.

—Lyoshka —murmuró—. Mi héroe.

Con un nuevo suspiro, el otro bailarín lo agarró del brazo y comenzó a guiarlo hacia la puerta. Los pasos de Sevastyan era inestables, y con cada uno daba una sacudida hacia la izquierda.

—Espera —le dije. Mi voz sonó demasiado fuerte, discordante como el chillido de una gaviota—. No puede… está muy enfermo.

El otro bailarín, Aleksei, hizo una pausa y se volvió. Le tembló la comisura de los labios, y no podría decir si quería sonreír o fruncir el ceño.

—No está enfermo —dijo él—. Bueno, supongo que de hecho sí lo está, pero no hay nada que usted o yo podamos hacer, señorita. En una hora, vomitará la otra mitad del litro de vodka que ha bebido y se quedará dormido. Su cuerpo lo castigará por ello por la mañana.

Y tras eso, guio a Sevastyan a través de la puerta, y ambos se desvanecieron en cuanto se cerró. Pasó un rato antes de que pudiera obligarme a moverme, con mi estómago revolviéndose como la ropa dentro de una palangana.

Undine frunció el ceño y me golpeó en el brazo cuando las encontré; Rose suspiró y me apartó los rizos de la cara. No les conté a ninguna de las dos mi encuentro con Sevastyan, dado que apenas podía convencerme a mí misma de que había sido real.

Mientras recorríamos de forma apresurada la calle Kanat-chikov, me miré el dobladillo del vestido y la mancha en mis zapatos. Mi mente no dejaba de darle vueltas al rostro húmedo y brillante de Sevastyan, y a sus ojos azules, luminosos y trémulos. El blanco de sus ojos había estado agrietado como las pequeñas fracturas de la porcelana buena de papá. No podía comprender cómo había conseguido bailar como lo había hecho tras un litro de vodka; quizás Aleksei había exagerado. Yo jamás había tomado ni un trago de vodka, así que a lo mejor un litro no era demasiado, y solo hacía que se te nublara un poco la vista.

Eso fue lo que me dije a mí misma, pero no lo creía de verdad. Cuando llegamos a la verja, se abrió para nosotras con facilidad y en silencio, tanto que me quedé atónita. Era como una boca a la espera, impaciente por tragarnos de nuevo. El duende había parado de sollozar, Indrik seguía dormido, y los cuervos sin ojos no se habían movido de su posición.

Mi mente debería haber estado acelerada como la aguja de una brújula, con el miedo exaltándome y llevándome a la deriva. Pero el paseo a través del jardín se me pasó casi sin darme cuenta. Estaba centrada tan solo en Sevastyan, y todos los demás pensamientos habían sido desahuciados por el momento. Era como si me hubiera olvidado de cómo estar asustada.

¿Era esta la magia que no paraba de arrastrar a mis hermanas fuera de la casa? En ese momento, parecía casi tan intensa como los hechizos de papá. La ciudad era como una canción que sonaba sin parar en mi oreja, y si mi mente fuera una brújula, el rostro de Sevastyan sería el verdadero norte.

De vuelta en mi habitación, me quité el vestido y me desaté el corsé con manos temblorosas. Aparté todas las hojas muertas y los tallos de trigo de entre mis sábanas y los metí bajo la cama, donde el monstruo estaba roncando suavemente. Dormido como estaba, no podía ver la forma ovalada y roja de sus ojos.

Dicen que le habían sacado los ojos, y se los habían sustituido por huesos de ciruela.

Apreté los dientes con un chasquido sonoro. Solo eran cuentos sensacionalistas de los tabloides, nada más. Eso al menos sí que podía creérmelo; la certeza de Rose era tan fácil de tragar como el agua fresca de un arroyo. Los únicos monstruos que quedaban en Oblya vivían aquí, bajo mi cama o en nuestro jardín, y ninguno de ellos deseaba la carne humana. Todos *esos* monstruos habían muerto mucho tiempo atrás.

Me metí en la cama y me tapé con la colcha hasta la barbilla. Había esperado sentir las extremidades pesadas por el cansancio tras nuestra escapada nocturna, y un sólido y pesado alivio que haría que mis párpados cayeran. Pero, aun así, sentía las piernas ligeras y deliciosamente frías, aún con el recuerdo del glacial aire del exterior en ellas.

No podía dormir. Solo podía pensar en Sevastyan, en su pecho desnudo bañado en oro. Mi mente vagó de vuelta al jardín, atravesó las oscuras calles y volvió al callejón, donde había mirado su rostro bañado en sudor bajo la pálida luz.

Pensé en él, y mis dedos se deslizaron entre mis muslos. Mientras me acariciaba, mordí con fuerza la almohada para no arriesgarme a emitir ningún sonido.

CAPÍTULO DOS

Pedazos de luz cayeron sobre mi rostro como si fueran hojas sueltas. Me incorporé repentinamente, justo a tiempo para escuchar el golpeteo de las garras del monstruo contra la tarima, mientras se apresuraba a salir de debajo de mi cama. Avisté su cola cubierta de espinas antes de que desapareciera por el pasillo.

El reloj dio las siete. Aparté las sábanas, y un tallo de trigo cayó de mi pelo. Motas de polvo revoloteaban a través de los rayos cuadriculados de sol, que iluminaban la delgada capa gris que cubría mi espejo y mi tocador, y el mango de color hueso del peine de mi madre. Mis zapatos rosados asomaban como gatitos ciegos a través de la rendija de las puertas de mi ropero, con los tacones manchados de tierra. Sobre ellos, un destello de seda del color de los arándanos, y los cordones desatados y colgantes de mi corsé. Un sentimiento se soltó en mi interior, un recuerdo que se había liberado: el pecho cubierto de oro de Sevastyan. Me sonrojé y cerré la puerta del ropero con fuerza, confinando en el interior mi vestido, mis zapatos, y todas las pruebas de nuestra noche en el exterior.

Tenía media hora para llevarle el desayuno a mi padre, menos tiempo del habitual. Había dormido demasiado indulgentemente, y había soñado con Ivan y la zarevna. Ni siquiera me había atrevido a imaginarme a mí misma en su cuerpo; tan solo había observado mientras giraban y giraban, como las muñecas de una caja de música, como Ivan y la princesa de mi historia favorita de entre todos los cuentos de hadas de papá.

Me vestí con mi bata predilecta y me apresuré a bajar las escaleras descalza, con mis pasos resonando de forma leve. Mis ojos siguieron el camino que había recorrido el monstruo, dado que su cola había trazado un surco en la gruesa moqueta. Suponía que ya habría encontrado su lugar habitual bajo el enebro. Se despertaba temprano, al igual que los cuervos sin ojos. No sabía si la serpiente ardiente dormía siquiera; podías verla por el rabillo del ojo, y cada vez que te volvías para mirarla de frente, desaparecía. La mitad del tiempo podías confundirla con un lazo negro que a alguien se le había caído sobre la hierba. Incluso sin el elixir de Rose, Indrik dormía la mayor parte del día, con sus ronquidos agitando las ramitas de lavanda. El duende aún estaba encerrado en el cobertizo.

La propia Undine dormiría al menos tres horas más, dado que los domingos no veíamos a clientes. Rose se despertaría ante el sonido del clamor insatisfecho de nuestro padre, pero no siempre bajaba enseguida. Hasta entonces la casa era mía, las veinte habitaciones que se extendían a mi alrededor como la copa de un roble gigante. Podría haberla recorrido con los ojos cerrados, tocando el pulido pasamanos de caoba, rozando con los dedos los flecos de las lámparas.

Mientras que Rose y Undine poseían el jardín, la cocina y la sala de estar adyacente eran mi dominio. Las cacerolas de cobre colgaban sobre mi cabeza como carrillones. Dado que la noche anterior ya había extendido la masa para hacer varenyky, me unté las manos con harina y la corté en perfectos diamantes. Una bandeja de carne picada, pálida y coagulada, estaba enfriándose en el congelador. No recordaba haber preparado el relleno, pero debía haberlo hecho; nadie más entraba a la cocina, excepto yo y nuestro monstruo de cola espinosa, que husmeaba en busca de migajas por el mostrador, o lamía la grasa de la sartén con su lengua llena de púas.

Mientras el varenyky se cocía, corté dos gordas rebanadas de pan negro y las unté con mantequilla. Después corté dos cebollas con los ojos llorosos, y las doré con el varenyky. Había tres pesados frascos con col encurtida, así que saqué una cucharada de uno de ellos y la añadí al plato, manchando el filo de mi manga de morado. Apilé algo de crema agria junto al varenyky y después serví un vaso de leche.

Cuando acabé, me metí la cuchara en la boca. Noté la suave exquisitez de la crema y el agrio sabor de la col, y bajo todo aquello, el persistente sabor ahumado de la cebolla y la mantequilla sofrita. Lamí y lamí hasta que solo pude notar ya el sabor óxido del metal.

Llevé la bandeja a la sala de estar y la dejé sobre la mesa incrustada de madera de nogal. Las cuatro patas de hierro acababan en pezuñas; siempre me habían recordado a Indrik cuando se agachaba sobre la hierba mientras mascaba con indignación la salvia de Rose. Me limpié el sudor de la frente y dejé escapar una exhalación.

Sobre mi cabeza, el candelabro tembló como las hojas de un sauce ante la brisa, y la madera crujió con los pasos de mi padre.

Bajó las escaleras dando tumbos, aún en su bata de dormir. Sus pies estaban cómodamente envueltos en sus zapatillas de terciopelo. Las manos de papá siempre me hacían pensar en arañas blancas, con sus dedos delgados agarrándose con fuerza al pasamanos. El cinturón de su bata daba dos vueltas alrededor de su cuerpo, y me recordó a cuando los marineros en el puerto ataban la vela al mástil con una cuerda para que los barcos no se vieran sacudidos de un lado a otro por el viento.

Papá me dio un beso en la frente con los labios secos y se sentó en el sofá. Observó la bandeja con su tristeza resignada de siempre. Las bolsas bajo sus ojos eran tan azules y gordas como el monedero de una mujer pudiente.

—Gracias, Marlinchen —me dijo.

—Por supuesto, papá.

Siempre me daba las gracias, así que ¿cómo podía estar resentida con él por las horas que me arrebataba mientras lavaba los platos en la cocina y vertía el vinagre en los frascos de la col? A diferencia de mis hermanas, que se parecían a nuestra madre, podía ver cierta semejanza difusa de mis rasgos con los de él. La longitud de nuestra nariz, indudablemente, con los puentes bajos y las inclinaciones dramáticas, el distintivo tono amarillento de nuestra piel, o la inclinación ligeramente hacia arriba de nuestros pálidos ojos marrones.

Decían que mi padre había sido apuesto una vez. Pero la maldición lo había consumido como un lubok tallado. Ahora había algo claramente inhumano en él, como una sonrisa grabada en madera, y eso las pocas veces que sonreía.

—La próxima vez deberías ponerle queso al varenyky —dijo papá—. Y ciruelas. ¿Tenemos ciruelas?

Me puse tensa. *Dicen que le habían sacado los ojos, y se los habían sustituido por huesos de ciruela.*

—¿Te refieres a las ciruelas negras y ambarinas?

—No, claro que no, no seas estúpida. Tú no eres estúpida, Marlinchen. No quiero comer ciruelas envenenadas, incluso aunque no vayan a matarme. También tenemos un árbol de ciruelas moradas.

—Claro —pestañeé—. Puedo hacer ciruelas en conserva.

—Me las comeré con mlyntsi.

Mi padre lamió la hoja del cuchillo. Me senté frente a él con los puños apretados en mi regazo mientras observaba cómo desaparecía la comida. Unos trozos de ella se quedaron atrapados en su barba. Era una reliquia de los días de antaño, antes de que se disolviera el Consejo de Hechiceros. Una vez que el Consejo aprobaba tu licencia, obtenías un nuevo título y una característica al azar que significaba que nunca podrías esconder tu estatus. Titka Whiskers tenía sus amarillentos ojos de gato, y unos párpados que se cerraban verticalmente, como si corrieras la cortina de una ventana. Mi padre tenía una barba de un fuerte color añil. Se la dejaba larga porque así escondía la prominencia de sus mejillas, que comenzaron a caerse y a colgar en los primeros días de la maldición, cuando se había llenado la boca entera de ruedas de queso y hogazas de pan rancio, pensando que así podría satisfacer su insaciable hambre.

Ahora me correspondía a mí alimentar a mi padre. Pero no importaba cuánto comiera, la barriga siempre le dolía después de acabar. Y nada podía mantener a raya lo demacrado que estaba tampoco: los huesos de su muñeca asomaban por su piel como burbujas de aire dentro de una masa para tarta. Pensar en ello hacía que me sintiera tan terriblemente triste, que mi propio estómago rugió por compasión. Cuando mi padre terminara, me comería el resto del pan negro y la col.

Mientras él comía, una luz de tono verde se filtró desde el jardín, colándose a través de la malla de ramas y hojas. Los domingos eran mi día favorito, porque la casa estaba en silencio y vacía, con solo mis hermanas y yo trabajando en silencio, sin clientes en nuestra puerta. Aunque no era que hubiéramos tenido muchas molestias de igual manera. Nuestro goteo de visitantes había ido menguando últimamente, tanto que incluso yo lo había notado, y Rose y Undine hablaban en susurros sobre ello, pero ninguna se atrevía a sacarle el tema a nuestro padre. Después de lo que había hecho para ganarse nuestro monopolio en hechicería en Oblya, parecía cruel sugerir que su sacrificio quizás estaba comenzando a desgastarse.

Me dije a mí misma que no debía preocuparme por eso. Mis hermanas eran más listas y más bellas que yo, y papá era un empresario astuto. Se les ocurriría alguna manera para recuperar a nuestros clientes.

Si el Consejo de Hechiceros aún existiera, Undine oficialmente sería nombrada «bruja de agua», aunque no era una particularmente buena. Podía adivinar el futuro mirando en su estanque, o en la parte de atrás de nuestros platos de plata pulidos (a Rose y a mí nos gustaba bromear con que por supuesto que la adivinación de Undine involucraba mirar infinitamente su propio reflejo). Sus predicciones eran tan embrolladas y estancadas como el agua de un charco, pero tenía más clientes que Rose y yo juntas, incluso ahora. Mientras que Undine observaba detenidamente en su estanque de adivinación, sus clientes la miraban a ella, y solo a ella.

Pero jamás la tocaban. Ella era como la primera nieve del invierno, y nadie quería ser el responsable de echar a perder su perfección de marfil.

No podía culpar demasiado a Undine. Las hermanas mayores eran malvadas en todas las historias y, aun así, Undine era algo menos malvada que la mayoría. Era su derecho por nacimiento sentirse superior a mí por su belleza.

A Rose la habrían llamado «herborista», y su magia sí que era buena. Hacía cataplasmas curativas que funcionaban mejor para las heridas que las sanguijuelas o el sangrado, y podía improvisar incluso mezclas de hierbas que te dejaban mareado de felicidad durante una hora, o si se las vertía en la sopa de un enemigo, podían volverlo loco y hacer que se arrancara el pelo hasta que el veneno se calmara.

Cobraba grandes cantidades de rublos por ellas, y solo se las daba a los clientes en los que confiaba, normalmente inquietas mujeres con maridos de rostros delgados. Rose también era bella, con su largo cabello negro que se volvía iridiscente bajo la luz del sol, y sus intensos ojos de color violeta. Pero casi siempre estaba cubierta de tierra y olía a ajenjo o a hierba gatera, y siempre llevaba consigo unas tijeras de podar, con la hoja reflejando la luz en su cadera. Así que los hombres tampoco se atrevían a tocarla.

Se escuchó un altercado en el jardín, y unas ramas golpearon la ventana, como si algo estuviera pidiendo permiso para entrar por ella. Me levanté y miré a través de los pétalos blancos del peral en flor. Allí había uno de los cuervos sin ojos picoteando una pera sin madurar, del tamaño de una lágrima derramada. También estaba el duende, que arañaba la puerta del cobertizo. Y había dos hombres haciendo traquetear la verja.

—Papá —le dije mientras mi rostro palidecía de miedo—, hay alguien afuera.

—Más topógrafos rodinyanos, seguramente. —Mi padre arrancó un trozo de pan con mantequilla, lo masticó y se lo tragó—. O misionarios. Ignóralos, ya se marcharán.

No podía distinguir los rostros de los hombres desde tal distancia, pero no llevaban las habituales togas marrones de los devotos Hijos e Hijas, o las insignias rojas de los enviados del zar. Uno de los hombres me vio mirando, y sacó de su bolsillo una bolsa atada con fuerza con un cordón. Lo sostuvo y lo agitó. Podía ver la difusa forma de las monedas botando en el interior.

—Tienen dinero —dije.

En ese instante mi padre se levantó de su asiento. Me pregunté si serían clientes de Undine, tan decididos a verla que incluso ofrecerían el doble de lo que normalmente cobraba. Sabía que no eran clientes de Rose, dado que solo las mujeres acudían a Rose con tal desesperación y en momentos tan inoportunos. Mi padre se abrió paso a mi lado y miró por la ventana con los ojos entrecerrados.

—Los dejaremos entrar —dijo tras un momento.

—Papá —dije, con el miedo subiéndome por la garganta—. No estoy vestida…

Pero él ya estaba de camino a la puerta, y dejó incluso su plato a medio comer. Lo único en lo que podía pensar mientras lo seguía era en que un año atrás jamás habría dejado entrar a los clientes en domingo, sin importar cuánto suplicaran o rogaran, y les habría gritado desde la entrada que, si seguían molestando, los convertiría en arañas.

Desde la ventana, vi a mi padre hablando con los hombres a través de la verja cerrada. Me apreté la bata contra el cuerpo, ya que era terriblemente consciente de que tenía el pelo tan enredado como una zarza, con los bucles caídos sobre mi cara, y también de que olía a aceite de cocinar y a cebolla. En favor de mi padre, he de decir que no le importaba lo que mis clientes pensaran de mi aspecto. Si lo que buscaban era a alguien bello, podían pagar a mis hermanas.

Uno de los hombres pasó una bolsa de rublos a través de los barrotes. El otro estaba detrás de él con las manos en los bolsillos y cabizbajo. Tenía el pelo negro y parecía muy pálido.

La verja se abrió, y los dos hombres siguieron a mi padre por el camino del jardín. El duende comenzó a arañar con más furia. Me apresuré a ir hasta la puerta con el corazón martilleándome tan fuerte como unos pasos contra un suelo de mármol. Me dije a mí misma que, fuera quien fuere, al menos no era el Dr. Bakay. Habría reconocido su silueta encorvada y el pelo de color plateado en cualquier parte.

Para cuando la puerta se abrió, mi respiración se había regulado. Mi padre se quedó plantado en el umbral con los dos hombres. El mayor de ellos era rubio, con el pelo engominado hacia atrás y muy denso, como para compensar su excesiva delgadez, y tenía el aspecto desenvuelto de un caballo de carruaje, con una especie de ansia brillando tras sus ojos grises.

El otro hombre era Sevastyan Rezkin, pero estaba taciturno y serio. Me quedé sin respiración.

—Hola —dijo el hombre desenvuelto—. Mi nombre es Ihor Derkach.

Esperé a que las palabras acudieran a mí, pero solo se amontonaron contra mi lengua, frágiles y sin fluir, como azúcar quemado. Mi padre dejó escapar una tos sonora de irritación, y la piel suelta de sus mejillas ondeó. Pasó por el umbral de la puerta.

—Esta es mi hija, Marlinchen —dijo papá—. Como pueden ver, es callada… y discreta. Si necesitan guardar un secreto, es la bruja que buscan.

—Excelente —dijo Derkach—. Nos gustaría empezar enseguida.

Sevastyan tenía la mirada puesta en el suelo, pero cuando Derkach le dio un golpecito, alzó la vista. Nuestras miradas se encontraron durante un breve instante, pero fue suficiente para ver el destello del reconocimiento, y bajo ello, algo aún más extraño e inesperado: miedo. Desapareció de nuevo antes de poder preguntarme qué había sido eso.

Quizá le daban miedo las brujas; los rodinyanos eran supersticiosos. Lo observé caminar hasta la sala de estar, y casi me eché a llorar por la terrible absurdidad de la situación: Sevastyan Rezkin estaba caminando por mi suelo, se sentó en mi diván, y estaba a cuatro pasos escasos de la cocina donde tarareaba canciones sin letra mientras batía los huevos para el mlyntsi. ¿De alguna forma lo había convocado allí mi deseo nocturno furtivo? Deseché aquella idea enseguida, ya que yo no tenía esa clase de magia.

No, aquello era simplemente la confluencia de una suerte malísima, y ahora todo se estropearía.

Papá se sentó de nuevo en el sofá, y le señaló el sillón a Sevastyan. Su voz sonaba distante y amortiguada, de la forma en que escuchaba las cosas cuando metía la cabeza bajo el agua de la bañera.

Derkach estaba charlando de forma animada. Papá se había centrado de nuevo en su comida, y yo me quedé allí plantada de forma estúpida, tratando de evitar que las lágrimas fluyeran de mis ojos. Entonces papá dijo en voz alta y brusca:

—Marlinchen, no seas maleducada. Ofrécele un refrigerio a nuestros huéspedes.

Me sacudí bruscamente, como si fuera un perro con pulgas. Traté de no mirar a Sevastyan. Cuando hablé, incluso las palabras que conocía me supieron a ceniza en la lengua.

—¿Le gustaría tomar algo, señor Derkach? Tenemos kvas de mora.

—No, gracias, querida. —Me dirigió una sonrisa vigorizante con los labios apretados—. Dígame, ¿qué tipo de brujería practica? ¿Es usted una adivina? ¿Una bruja de cerco? ¿Una frenóloga?

Me puse tensa, y me enfadé. Podría haber vomitado allí mismo sobre la moqueta, pero la mirada rápida y cortante de papá me obligó a murmurar en su lugar:

—No, señor.

—Llevé a Sevas a un frenólogo aquí en Oblya, pero no me ayudó demasiado. Me dijo que el cerebro de los yehuli se había adaptado al capitalismo... Bueno, solo hay que mirar *sus* calles para verlo, ¡sus negocios están prosperando! De todos modos, espero que pueda tener éxito donde otros doctores han fallado, y diagnosticar la aflicción de Sevas.

Apenas era capaz de escucharlo por encima del sonido que hacía el torrente de sangre que me recorría los oídos, como si fuera un riachuelo. Con dificultad, me giré hacia Sevastyan. Estaba encorvado en el sillón, con una expresión indignada y malhumorada en el rostro. Tenía ojeras, pero aparte de eso no parecía especialmente enfermo. Recordé el aspecto que había tenido en el callejón la noche anterior, con el vómito goteando de su barbilla. Aleksei me había asegurado que estaría bien por la mañana. Me pregunté si era posible que Derkach no supiera que se había tomado medio litro de vodka.

—¿Qué síntomas ha tenido? —le pregunté a Derkach, incapaz de dirigirme directamente a Sevastyan.

Derkach se inclinó sobre la mesa y le dio una palmadita a Sevastyan en la rodilla. Sevastyan se puso instantáneamente tenso, y hubo un segundo de silencio mientras sus hombros se alzaban bajo su chaqueta negra. El tiempo pareció dar un tirón hacia delante, y Sevastyan me miró, con los mechones de pelo negro que caían sobre su frente.

—No hay mucho que contar, señorita Vashchenko —me dijo en voz baja y uniforme a la vez que me sostenía la mirada—. He estado, eh, cayendo enfermo tras mis recientes actuaciones. Pasaba en ocasiones en Askoldir, pero está ocurriendo de forma más frecuente desde que llegué a Oblya.

Escuchar mi nombre saliendo de sus labios hizo que me sonrojara por completo. No pude evitarlo. ¿Podía, de alguna forma, sentir al mirarme que la noche anterior había alcanzado el éxtasis mientras imaginaba su rostro? Era insoportable contemplar tal cosa. E incluso más insoportable era darme cuenta de que me conocía, me reconocía, y en cualquier momento podría ponerme al descubierto. Recé a todos los dioses que podía recordar del códice de papá que algo lo detuviera, que el techo se derrumbara y me enterrase, que Indrik se despertara y comenzara con sus ensordecedores lamentos, o que uno de los cuervos sin ojos se estrellara contra una ventana y la hiciera añicos.

No pasó nada de eso. Mis oraciones siempre eran torpes y dubitativas y, además, nuestros dioses no tenían poder alguno en la Oblya capitalista.

Con gran dificultad, me aclaré la garganta.

—Y ¿cuánto tiempo ha pasado desde que llegó desde Askoldir?

—Seis meses —dijo Sevastyan, y su mirada viajó hacia Derkach. El otro hombre aún tenía la mano puesta en su rodilla.

—Sí, eso es —dijo Derkach—. Unas semanas arriba o abajo.

Había algo demasiado radiante y falso en la sonrisa de Derkach. Me recordó a las figuras de porcelana de Undine, con aquellas sonrisas implacablemente angelicales. Habían sido repatriadas a mi habitación desde que ella misma había proclamado que ya era demasiado mayor para jugar con muñecas.

—¿Cuál es su relación? —Las palabras se escaparon de mis labios antes de que pudiera frenarlas—. Para con Sevastyan, me refiero.

—Soy su encargado —respondió Derkach, hinchando el pecho de orgullo—. Lo he sido desde que Sevas tenía doce años. Fui yo quien le consiguió su puesto como bailarín principal en el teatro de ballet de Oblya.

La habitación quedó abruptamente en silencio. Mi padre tenía el tenedor a medio camino de la boca y lo bajó, con una oscuridad inundando su rostro. Su ya familiar ceño fruncido apareció entre sus cejas, y el intenso aliento que silbó entre sus dientes me dejó paralizada de miedo. Permanecí tan quieta como lo hacían los conejillos en nuestro jardín antes de que nuestro monstruo de cola espinosa se lanzara a su garganta.

—Es usted bailarín —dijo papá. Las sílabas se deslizaron de él como si fueran sangre, goteando y cayendo al suelo.

—Bueno, pues por supuesto —dijo Derkach—. El bailarín principal más joven que el ballet de Oblya haya visto jamás.

Dejé escapar un sonido estrangulado que nadie pareció escuchar. De todas las cosas que papá odiaba de la Oblya capitalista, el teatro de ballet era lo que más detestaba. Despotricaba sobre ello más que de los mercaderes marineros de Ionika, ya que decía que habían traído con ellos el hedor a pescado del este, y más que lo que odiaba a los yehuli, quien proclamaba que estaban decididos a drenar la riqueza de la ciudad, de la misma forma en que los upiros les chupaban la sangre a las vírgenes. Odiaba las fábricas de algodón y a los jornaleros, y las fábricas que escupían un humo negro del color de la piel de una foca hacia cielo. Pero, sobre todo, odiaba el teatro de ballet más que nada.

«Carne de cañón para arpías pudientes cuyos maridos no las tocan, y para hombres ricos que son demasiado tímidos para ir a los burdeles», decía a menudo. Me sonrojé incluso más en ese momento al recordar sus palabras, y al pensar en cómo mi propia mano se había deslizado entre mis muslos.

—Ya —dijo papá con frialdad. Su mirada pasó por Derkach, por Sevastyan y por mí—. Adelante, Marlinchen.

¿Cuántos rublos le habían ofrecido para que se tragara de esa manera su asco? Estaba segura de que, un año atrás, ninguna suma de dinero habría comprado el silencio de papá, pero nunca lo sabría. Papá siempre se quedaba el dinero de los clientes en mi nombre. Él decía que yo no era lo suficientemente lista como para evitar que me engañaran.

Miré a Sevastyan con tristeza. Derkach había quitado la mano de su rodilla, e inconscientemente di una sacudida de alivio.

—Haré cuanto pueda por encontrar su aflicción —dije, que era lo que les decía a todos mis clientes, normalmente con una modesta sonrisa, pero en ese momento no pude esbozarla—. ¿Dónde preferiría que lo tocara?

Sevastyan alzó la mirada repentinamente.

—¿Cómo?

—Marlinchen es una adivina por contacto —dijo mi padre con impaciencia. Tenía el cuchillo lleno de grasa en la mano, con la hoja hacia arriba—. Sus interpretaciones requieren contacto, piel con piel.

Allí estaba de nuevo ese miedo extraño en los ojos de Sevastyan, y no podía encontrarle ningún sentido. Todos mis clientes eran hombres, y ninguno de ellos había estado poco entusiasmado cuando explicaba cómo funcionaba mi adivinación. Si mi padre no estaba en la habitación, sonreían de aquella forma lánguida y trataban de guiar mi mano hacia la resplandeciente hebilla de sus cinturones. Yo me reía débilmente y los rechazaba de la mejor forma que podía sin llegar a ofenderlos, y sin hacer que retiraran sus rublos.

Todos cedían al final y apretaban los dientes, todos excepto el Dr. Bakay. Y mi padre había estado presente en la habitación en ese entonces.

Durante años había rezado cada noche a los dioses ausentes para que me concedieran una hechicería como la de Rose o la de Undine, algo que pudiera realizar desde una distancia precavida. Por mucho que envidiara su belleza, era sobre todo porque eso las hacía inalcanzables. Intocables.

—Sí —dije de forma temblorosa—. Lo haré de la forma en que más cómodo esté.

Sevastyan se quedó mirándome con los hombros subiendo y bajando con su respiración pesada. Pensé en cómo había derrotado al Zar-Dragón, con los músculos de sus brazos temblando como las cuerdas de una balalaica, y la forma en que había recorrido con fluidez las caderas de la zarevna con sus manos.

El deseo tensó mi cuerpo, de forma indecente y dolorosa. Quienquiera que deseara a una chica Vashchenko estaba condenado, pero lo opuesto también era cierto. Desear algo solo acababa en miseria. E incluso mientras esperaba a que él hablara, a que todo esto terminase, temía el momento en que lo vería marcharse.

Lentamente, Sevastyan alzó las manos y comenzó a desabrocharse la blusa. El cuello se abrió y expuso la pálida columna de su garganta.

—Aquí —me dijo, inclinando la cabeza—. Hágalo aquí.

Derkach dio una palmada con los ojos destellantes.

—Ay, siempre he querido ver a una bruja de verdad en acción.

Casi le dije que yo no era una bruja de verdad; el Consejo de Hechiceros se había disuelto antes de poder ganarme el título oficial. La última bruja de verdad de Oblya había sido Titka Whiskers, cuyo nombre real era Marina Bondar. Había adoptado el apodo de Titka Whiskers para tener un poco de estilo, el carisma del viejo mundo que nuestros clientes buscaban. Me había dado cuenta cuando era muy joven de que la mayoría de ellos no querían que les ayudáramos, no en realidad. Acudían a nosotros por la misma razón por la que iban al teatro de ballet: el espectáculo. Una distracción.

Yo no era ni mucho menos tan cautivadora de observar como lo había sido Sevastyan, emperifollado con sus plumas y cubierto con la brillante pintura dorada, pero mis clientes venían a mí en lugar de acudir a mis bellas hermanas porque les ofrecía algo que Undine y Rose no podían, o, de hecho, algo que no tenían por qué ofrecerles: proximidad. Intimidad. Palmas de manos presionadas contra pechos desnudos, dedos contra gargantas. Las mandíbulas y los lóbulos de las orejas me parecían particularmente productivos, de todos los lugares en los que me permitía a mí misma tocarles.

Con el rostro insoportablemente acalorado, me pregunté qué tipo de secretos podría sacar del hoyuelo de la barbilla de Sevastyan.

Respiré hondo para armarme de valor y me acerqué a él. La noche anterior parecía tan hermoso como la pintura de un ángel, o uno de los muchos santos de la Patridogma. Ahora, bajo la luz matinal amarillenta como la mantequilla, vi que tenía un aspecto algo demacrado. Si hubiera sido tallado del mármol, podría ver los lugares donde al escultor se le había resbalado el cincel. La caída de su nariz se ladeaba con brusquedad hacia la derecha, y su barbilla sobresalía en un ángulo que le otorgaba el aspecto de alguien a punto de sonreír con autosuficiencia. Sus ojos estaban hundidos, pero a la luz del día, parecían de un tono incluso más azul, como una joya, casi traslúcidos.

Mi pulso se aceleró ante aquellos pensamientos, incluso mientras Sevastyan se inclinaba hacia delante en su silla hasta estar al borde de esta. Abrió las piernas para dejar espacio para mí entre sus rodillas.

—Adelante —dijo Sevastyan. Su garganta se movió bajo la luz bañada de verde.

Vi un destello de sus clavículas donde la camisa se había abierto, y el principio de un hombro desnudo. Había una tinta oscura garabateada en su piel... ¿un tatuaje? La noche anterior debía haber estado cubierto por la pintura dorada, o tapada por los polvos.

Tras de mí, mi padre se aclaró la garganta. De nuevo, fui plenamente consciente de que mi piel estaba cubierta por la grasa de la cocina, por el hedor de la mantequilla quemada y la agria col encurtida, y de que mi pelo caía sobre mis hombros en bucles despeinados. Uno de mis mechones rozó la mejilla de Sevastyan.

Quizá lo que había visto antes no había sido miedo, sino repulsión; quizás habría preferido a mis bellas hermanas. Pero ambas estaban dormidas, y lo cierto era que, si había alguien en esta casa que se acercase a una bruja de verdad, esa era yo.

Aún estaba dudando y de pie sobre él cuando, con una repentina ineficaz impaciencia, Sevastyan tomó mi mano derecha y la apretó contra su garganta.

La visión me golpeó como aceite salpicando en una sartén.

Sevastyan estaba en un camerino con unas cortinas de terciopelo, y llevaba las andrajosas ropas del Ivan campesino. Había una botella de un líquido claro en su tocador, casi vacío. Podía sentir el fuerte resquemor del líquido en mi propia lengua, y sentí que me fallaba la vista, y se me nublaba. Undine me dijo una vez que ella veía sus visiones desplegándose desde lejos, de la misma manera en que era posible observar las nubes de una tormenta arremolinándose en el cielo, y tras escuchar aquello había estado amargada por los celos durante semanas. A mí las visiones se me colaban en los ojos, los oídos y la nariz como si fueran el agua cálida de la bañera.

A través del brillo nublado de la mirada de Sevastyan, vi las cortinas de terciopelo abrirse. Una de las doncellas níveas se coló dentro, con su pelo rubio recogido en un fuerte moño y las mejillas salpicadas de plata. Revoloteó hacia Sevastyan y sus labios se encontraron al tiempo que él se echaba hacia atrás contra el tocador. Los dedos de ella se enroscaron en su pelo. Me dio un vuelco el corazón, pero no podía distinguir si aquello era mi propio malestar o el de Sevastyan, hasta que la mano de la doncella nívea se deslizó entre sus muslos.

Todo se tornó amargo y oscuro al mismo tiempo, como si hubiera mordido una fruta que comenzaba a podrirse. Extrañamente, la cara de Derkach me vino a la mente, brillando como el calor encima de una estufa. Se desvaneció en un instante, pero Sevastyan apartó a la doncella nívea de un empujón, con el estómago de ambos revolviéndose.

Estiró la mano para agarrar de nuevo la botella, y la visión se redujo hasta dejarme temblando y sudorosa, de vuelta en el salón, con la mano aún presionada contra la garganta de Sevastyan.

Había entrecerrado sus ojos azules, y se había mordido el labio, hasta casi hacerse sangre. Aparté la mano y di un paso hacia atrás. Podía escuchar a Derkach murmurando tras de mí, y a mi padre cambiando de postura en el sofá. Sevastyan aguantó mi mirada, y en ella vi el mismo miedo refrenado, el cual ahora entendía mejor. En ningún momento había sido yo el objeto de tal temor.

Lentamente, me volví hacia mi padre y hacia Derkach con la piel húmeda y fría.

—Está teniendo problemas para adaptarse al aire marino de Oblya —dije—. Es una aflicción común entre los recién llegados a la ciudad, especialmente aquellos que no han pasado nunca mucho tiempo cerca del océano. —Estaba bastante segura de que Askoldir era una ciudad de interior, pero recé para que mi apuesta no nos condenara a ambos—. Mi hermana Rose tiene un brebaje que ayudará a calmar los síntomas hasta que Sevastyan se sienta más como en casa.

Derkach se levantó y me estrechó la mano con energía.

—Ay, excelente trabajo, querida, gracias. El teatro de ballet de Oblya al completo está en deuda con usted.

Por encima del hombro de Derkach vi el rostro de papá ensombreciéndose como si unas nubes oscuras se hubieran posicionado allí. Me pregunté quién pagaría por ello más tarde, y cómo. Alguien siempre tenía que pagar por la ira de mi padre.

—Bueno, pues venga —dijo papá bruscamente—. Marlinchen, llévalo a la despensa de tu hermana. El señor Derkach y yo debemos discutir la remuneración.

Aún tambaleante, le hice un ligero gesto a Sevastyan. Él se levantó, se abotonó el cuello de su camisa, y me siguió al vestíbulo. Aún me temblaban las manos, y no me atrevía a mirar tras de mí. Entré a la despensa de Rose, que olía a humedad y estaba llena de telarañas, y no me paré hasta que escuché a Sevastyan hablar.

—Esa ha sido una de las mejores mentiras que he escuchado nunca salir de los labios de una bruja.

Hice una pausa mientras buscaba en un cajón agripalma seca, y me volví lentamente hacia él. Mis mejillas se habían ruborizado otra vez.

—¿A cuántas brujas ha conocido?

—Supongo que eso depende de la definición de «bruja» —dijo él.

Me quedé mirándolo en silencio, sin respirar. La despensa de Rose era pequeña, no tenía ventanas, y apenas había espacio suficiente para estar ambos allí de pie sin tocarnos. Las paredes estaban llenas de ebanistería casera, con la pintura blanca despegándose en alargadas tiras. La lechosa luz de las velas se aferraba al perfil de Sevastyan y a la polvorienta mesa de trabajo, y cuando inhalé de nuevo, pude notar el olor a albahaca y el tomillo en el aire.

Apenas podía creerme aún que él estuviera aquí, en aquel tesoro del dragón de la hechicería malvada. Era imposible, improbable, peligroso.

—No quería mentirle a mi padre —dije por fin—. O al señor Derkach, pero...

Sevastyan se puso tenso de nuevo cuando pronuncié el nombre de Derkach.

—Creo que ya le ha mentido usted a su padre, señorita Vashchenko.

Se levantó la manga izquierda. Vi otro tatuaje negro garabateado en el dorso de su mano. Alrededor de su muñeca, descolorido por la suciedad, estaba el lazo rosa de Rose. El corazón amenazó con escapárseme por la garganta.

—Por favor —le dije—. No diga una palabra... Le daré un brebaje para el mareo. Derkach no notará la diferencia.

Sevastyan tan solo me miró, incrédulo.

—No tengo intención alguna en revelarla, señorita Vashchenko. Solo quería devolverle esto. Y darle las gracias. No creo que mucha gente se hubiera parado a ayudar a un hombre que estaba vomitando en un callejón.

—Oh. —Debía estar ya del color de una remolacha madura para entonces, de todas las veces que me había sonrojado desde que había entrado por la puerta—. Solo hice lo que me pareció decente.

—Es usted probablemente la única persona en toda Oblya que piensa eso. —Se rio, pero había algo vacío en el gesto—. ¿Le gustó la obra?

¿Había adivinado que había estado pensando en él? ¿Podía oler mi deseo, como si fuera un perfume en el aire? A veces me preocupaba que mientras estuviera haciendo las interpretaciones para mis clientes, ellos pudieran ver algo sobre mí. Como si al tocarlos también pudiera filtrar mis secretos en su piel.

Pero Sevastyan tan solo alzó una ceja, expectante. No parecía engreído.

—Por supuesto —le dije en voz baja—. Usted... Fue un espectáculo precioso.

Si se dio cuenta de que casi había metido la pata, no hizo comentario alguno sobre ello. Se pasó la mano por el pelo, desordenándolo hasta dejarlo perfectamente desordenado, y entonces comenzó a quitarse el lazo de la muñeca. Le estaba costando hacerlo con solo una mano, así que me aclaré la garganta.

—Permítame.

De forma obediente, alargó el brazo y yo le desaté el lazo, con los dedos temblorosos cuando le rocé el interior de la muñeca. Su piel era tan pálida que parecía marmórea, con las venas azules expandiéndose bajo ella como un río con múltiples afluentes. Le quité por fin el lazo, y cerré el puño alrededor de él; sentí aún el calor que su cuerpo había dejado en la tela.

Se me ocurrió entonces, de repente, que no se había llevado el lazo cuando Aleksei lo había guiado hacia el interior del teatro.

—Usted... ¿volvió a por él?

—No a por el lazo. —En ese momento vi su rostro coloreándose con el más leve de los sonrojos—. Volví a buscar a la amable chica que había tratado de ayudarme, incluso después de mancharle los zapatos de vómito. Pero se había ido para cuando estuve lo suficientemente sobrio como para andar en línea recta.

—Realmente no debería beber tanto. —Me sorprendí a mí misma al decirlo, como si fuera una especie de institutriz regañándole, pero en realidad el corazón me martilleaba como si fuera los cascos de un caballo. Había vuelto a buscarme—. No sé cómo consiguió bailar en absoluto en ese estado. Sentí lo ebrio que estaba cuando estaba haciendo mi adivinación... Apenas podía ver, ni pensar.

—No necesito pensar cuando estoy bailando —me dijo. Pude escuchar su acento rodinyano en ese momento, con el duro golpe de sus consonantes—. Llevo interpretando *Bogatyr Ivan* desde que tenía doce años. Es tan natural para mí como lo es respirar.

—Para los otros artistas no parecía tan natural. —Pensé en la zarevna. Él hacía que ella se viera torpe en comparación.

—Por eso no son los bailarines principales —respondió Sevastyan, aplanando los labios en una sonrisa.

Recordé lo que Rose había dicho: que tenía toda su vida por delante, pero ningún lugar adonde ir. Imaginé un largo pasillo extendiéndose ante él, oscuro y sin final, como uno de los pasillos sin iluminar del tercer piso de nuestra casa.

—Supongo que es cierto.

La sonrisa de Sevastyan perdió algo de su audacia.

—¿Qué más vio en su adivinación, señorita Vashchenko?

—Marlinchen —le dije enseguida, de forma automática—. Es... llámame solo Marlinchen.

—Marlinchen —dijo él—. ¿Qué más viste?

Escuchar mi nombre salir de sus labios hizo que me temblaran las piernas. Recordé a la doncella nívea, y sentí una punzada de celos en el vientre. Tuve que tragar con fuerza antes de contestar.

—Solo les digo a mis clientes lo que necesitan saber.

—¿Y disfrutas fisgando en la cabeza de tus clientes, viendo sus secretos más sórdidos?

—No —le dije, sorprendiéndome ante mi ímpetu—. No lo disfruto para nada. Desearía no haber visto nunca la mayoría de las cosas que he visto, y la mayor parte de mis clientes son personas a las que jamás querría tocar.

Pensé de forma terrible en el Dr. Bakay, y el estómago se me encogió. El rostro de Sevastyan cambió en un instante, con sus ojos adoptando una suavidad clara. Me recordó a la forma en que había mirado a la zarevna, cuando había saltado al principio entre él y su padre dragón.

—Claro —dijo—. Puedo imaginarlo.

Las palabras de papá resonaron en mi mente. «Carne de cañón para arpías pudientes cuyos maridos no las tocan». Recordé la manera en que las mujeres habían mirado fijamente a Sevastyan, con los labios húmedos y rojos como una cereza glaseada, y la forma en que Derkach había apretado la mano sobre su rodilla. Nos miramos durante un largo rato, y ya no pude aguantarlo más, tanto la proximidad como el espacio entre nosotros me estaban volviendo loca de varias formas. Giré alrededor y agarré un saco de camomila y borraja de la estantería, y con el corazón martilleándome, se lo tendí.

No podía recordar si eso era una cura para los mareos, ni siquiera recordaba si era una cura para algo en absoluto.

—Aquí tienes —le dije con voz temblorosa—. Llévate esto. Sevastyan.

Su nombre se deslizó de mi lengua como una chispa saltando por la rejilla de una chimenea justo antes de que alguien la apague. Rápida y brillante. Sevastyan tomó las hierbas de mi mano, y su bella frente se arrugó.

—Ya que estamos, llámame Sevas —dijo.

Sevas, dije para mí misma, probando el diminutivo. Solo con pensarlo hizo que me sofocara.

—Sevas —lo dije entonces, en voz muy baja.

La comisura de sus labios se alzó en una sonrisa.

—¿Sabes? —dijo él—. Si ver la misma historia representada una y otra vez no te aburre tanto como me aburre a mí, quizá podrías volver al teatro. Creo que me haría muy feliz ver tu rostro entre el público, Marlinchen.

Después de que Derkach pagara la deuda, papá tuviera sus rublos en mano, y Sevas se guardara su cataplasma en el bolsillo, ambos

invitados se marcharon por la puerta del jardín mientras los pétalos blancos caían sobre ellos como el arroz que se lanza sobre una
novia y su novio. Después de atarme el lazo alrededor de la muñeca y esconderlo bajo la manga de mi bata, y después de que
Rose y Undine comenzaran a bajar somnolientas por las escaleras... solo en ese entonces, papá se giró hacia mí.

—Marlinchen —me dijo—. Dime, ¿por qué vivimos en Oblya?

Aquella era una de las preguntas de papá que no era en realidad una pregunta, sino una trampa que colocaba frente a ti.
Debías hablar con cuidado, tener en cuenta cada sílaba y cada
entonación para evitar caer en la trampa.

—Hemos vivido en Oblya desde antes de que fuera Oblya
—dije, y me mordí el labio—. Cuando tan solo estaba la alargada
y aplanada estepa que llegaba hasta el mar sin nada que la frena-
se. Desde los tiempos de los bogatyrs y sus dioses, cuando no podías pasar por un arroyo sin que una rusalka te llamara con su
dulce voz, cuando dejabas a tus terceros hijos en el bosque para el
leshi, y cuando rezabas en cuatro direcciones para aplacar al do-
movoi que vivía en la despensa.

Rose y Undine se habían frenado a mitad de camino mientras
bajaban los escalones, presintiendo el peligro. Se podía escuchar
el principio de la ira de papá desde cualquier parte de la casa,
como si se tratara de una olla silbando al hervir el agua.

Papá asintió de forma irritada, lo cual era lo mejor que podía
esperar. Mi respuesta no le había complacido, pero no lo había
enfadado aún más. Se volvió hacia mis hermanas, que seguían en
las escaleras.

—Y vosotras, niñas holgazanas, niñas ingratas, niñas mezquinas, ¿qué hacíais pasando la mañana durmiendo mientras vuestra
hermana trabajaba? —Agitó la bolsa de rublos, y sonó como el
rechinar de unos dientes de hierro—. ¿Creéis que me alegra tener
que aceptar el oro mancillado de las arcas del teatro de ballet de
Oblya? Seguramente pensaréis que no soy mejor que un presta-
mista yehuli, tragando rublos sin importarme de dónde han salido,

cuando bien podrían estar bañados en veneno y suciedad, ¿no es así? ¿Debería salir a arrastrarme de pies y manos sobre los adoquines en busca de cualquier kopek caído? ¿Debería ir a pulirle las botas al zar con mi lengua? ¿Es eso lo que mis propias hijas me pedirían que hiciera?

—Papá, por favor... —comenzó a decir Undine, agarrando el collar de perlas alrededor de su garganta. Era uno de los collares de nuestra madre.

—Silencio. —Papá alzó una mano—. ¿No he hecho lo suficiente por vosotras, mis vanidosas y desagradecidas hijas, para manteneros vestidas con preciosas sedas y mantener vuestros estómagos llenos? Acepté la maldición de Titka Whiskers por vosotras, esa bruja fea y celosa. ¿Acaso he criado a mis hijas para que no fueran mejores que ella? ¿Debería crear un hechizo para conferiros ojos de gato, narices torcidas y pies de gallina? Quizá debería hacerlo. Debería convertiros a todas en arpías.

Undine dejó escapar un sonido ahogado. Rose guardaba silencio con el rostro pálido. Ninguna de nosotras sabía con certeza cuán fuerte era la magia de papá exactamente, solo sabíamos que era más poderosa que la de todas nosotras juntas. Eso era precisamente por lo que había sido conocido cuando había estado en el Consejo de Hechiceros, y era lo que le había otorgado su licencia: las transformaciones.

—Y tú —dijo papá, girándose hacia mí—. Vi la manera en que te temblaron las piernas al mirar a ese bailarín. Es yehuli, ¿sabes? Debería haberlo adivinado enseguida, y no lo habría dejado entrar por nada del mundo. Su mandíbula tiene cierta forma inmoral, y el hueso de la frente de un hombre con esquemas capitalistas en mente. No eres una chica estúpida, Marlinchen, pero sí que eres una chica. Límpiate la humedad de los ojos y el sonrojo de tus mejillas. ¿Crees que él desea a brujas de piel amarillenta con el hedor de la cocina pegado a ellas? ¿Crees que, si lo hiciera, dejaría yo que cerrara su mandíbula de víbora alrededor de ti? Eres demasiado valiosa para mí para permitirlo.

Papá no alzó una mano contra mí en ese momento; nunca lo había hecho. Tan solo dejaba que su furia se desplegara de él como si fuera una neblina, hasta que empapaba nuestras frentes, se colaba en nuestras venas y nos dejaba congeladas allí mismo, tan inmóviles como las estatuas de un cementerio.

Era magia buena. No podía moverme, y apenas podía respirar mientras él caminaba de un lado al otro del vestíbulo, con la piel suelta de sus mejillas ondeando bajo su barba como si fueran las alas de nuestros cuervos sin ojos.

—Basta ya —dijo para sí mismo, y alzó la mirada hacia nosotras tres—. Tengo dos hechizos que lanzar, y os diré lo que son. El primero es que nadie que provenga del infernal teatro de ballet de Oblya podrá pasar por nuestra verja de nuevo, y si lo hace, se convertirá en una pila de víboras. Y el segundo es que nadie saldrá de este lugar sin llevar un tazón de arena negra.

Antes de que pudiéramos reaccionar, salió por la puerta dando un portazo y desapareció, llevándose su magia con él. Undine cayó de rodillas en las escaleras y dejó escapar un aullido entrecortado.

—Esto es culpa tuya —masculló, mirándome entre la cortina de los mechones de su pelo rubio—. Te dejamos venir *una* vez, ¿y *esto* es lo que ocurre? No sé qué es lo que has hecho, pero tú lo has atraído aquí...

—Undine —dijo Rose en un tono tajante—. Ya basta.

Pero Undine tan solo me miró fijamente, furiosa y con los hombros subiendo y bajando con su respiración jadeante y enfadada. Las lágrimas hicieron que mi vista se volviera borrosa, como si mirara a través de un cristal empapado.

—Lo echas todo a perder —soltó ella.

Rose bajó los escalones, hizo una pausa frente a mí y alzó la mano para quitarme los rizos de la cara. Era vagamente consciente de que Undine había lanzado otro desgarrador aullido antes de huir de la habitación, con su pálido cabello ondeando tras ella.

—Vamos, Marlinchen —dijo Rose—. No llores.

Pero había un tono brusco en su voz. No había visto lo que había ocurrido, así que también me culpaba. Era mi culpa que no hubiera más escapadas a medianoche, no más orquestas, no más teatro de ballet. No más Sevas. Una noche era lo que había hecho falta para arruinar lo que mis hermanas habían construido con tanto cuidado y cautela, como una niña torpe que había hecho caer una pila de platos. Nadie podría salir de la casa sin un tazón de arena negra, y la única arena negra que había estaba lejos, en las playas de Oblya, donde la niebla tóxica proveniente de los barcos de dragado teñía las orillas del color de la tinta.

—No estoy llorando —le dije, pestañeando para tratar de controlar las lágrimas calientes que se habían acumulado en mis ojos—. Solo tengo hambre.

Rose exhaló por la nariz, una respiración de ira, sin necesidad de palabras. Me aparté, y ella me lo permitió. Atravesé el salón, agarré el plato vacío de papá y entré a la cocina. Metí su plato en el fregadero y abrí la fresquera.

Allí estaba el resto del relleno para el varenyky, frío y endurecido. Estaba el kvas de mora, y un trozo redondo de mantequilla. Allí estaba la masa enrollada que no había usado aún. Lo agarré todo, corté la masa en forma de diamante y la rellené. Dejé que el varenyky se hiciera en la sartén.

Mientras esperaba, vi un vaso sobre el mostrador lleno de un zumo oscuro. No recordaba haberlo llenado yo, pero debía haberlo hecho. Tenía el color del kvas de mora, pero no la misma consistencia. Lo agarré y me lo bebí de un largo trago. No sabía a nada, igual que pasaba con la comida en momentos como aquel.

Eché crema agria en un plato, y una pila de col encurtida al lado. Corté el resto del pan en cinco gruesas rebanadas y las unté todas de mantequilla. Retiré con la cuchara doce varenyky aún humeantes.

Entonces me lo comí todo: el pan negro untado con mantequilla, la col encurtida que hizo que me lloraran los ojos, la crema

agria que me recubrió las encías de una capa blanca. Me comí el
varenyky incluso mientras me quemaba la lengua. Solo noté el
sabor de forma rápida y caliente, de la forma en que aún podías
ver las manchas naranjas de la luz de la lámpara después de cerrar los ojos. Cuando acabé, el corazón me latía desbocado, el pecho se me movía de forma agitada, y sentía como si mi estómago
fuera una bota de vino llena hasta los topes.

No quería arriesgarme a encontrarme con mi padre, así que
tomé la salida trasera hacia el jardín, por las habitaciones sin usar
de los sirvientes. El marco de la puerta estaba lleno de telarañas, y
la madera se había hinchado por el calor del final del verano. Salí
dándole un empujón con el hombro, y trastabillé sobre una cama
de maleza de diente de león y cardos. Las ortigas se engancharon
al dobladillo del camisón, y se me hundieron los pies descalzos en
la tierra blanda.

Por el rabillo del ojo vi algo que se movía, marrón y peludo.
Indrik estaba de pie, erguido sobre sus patas traseras, masticando
uno de nuestros albaricoques. Cuando se dio cuenta de mi presencia, hizo una pausa y trotó hacia mí, con los músculos de su
pecho desnudo flexionados.

—Pareces angustiada, joven doncella —dijo él—. ¿Te gustaría
convocar el poder y la magia de un dios? Puedo agarrar una estrella del cielo y convertirla en una espada de inmenso poder, o puedo convocar un rayo y acabar con el amante que te ha rechazado.
¿Has sido despreciada por un amante? ¿O quizá forzada por un
grupo de hombres borrachos? He tenido muchos siglos para pensar en todas las maneras en las que puedo castigar a aquellos que
me hacen daño a mí o a mis leales devotos.

—No —balbuceé—. No, gracias. Por favor, Indrik, me gustaría
estar a solas.

Indrik resopló por la nariz, ofendido, y se alejó trotando de
nuevo. Escuché al pobre duende arañando la puerta del cobertizo,
y a papá caminando por el límite de la valla. Ya estaba murmurando la magia que nos mantendría allí encerradas. Por todas las

veces que nos había advertido con sus palabras, nunca había erigido un hechizo de verdad antes.

Undine tenía razón, *yo* lo había atraído hasta allí, con mi patético rubor, mis piernas tambaleantes, y mi deseo obvio.

Cuando la cola de Indrik hubo desaparecido tras una planta de ruibarbo exuberantemente verde, me agaché, metí dos dedos por mi garganta, y vomité.

No hizo falta demasiado tiempo para que todo volviera a salir, lubricado por el zumo negro. Tenía la garganta en carne viva, y me limpié la bilis de la barbilla. Mientras lo hacía, en mi mente apareció la cara de Sevas, con sus palabras acariciando el exterior de mi oreja.

«Creo que me haría muy feliz ver tu rostro entre el público, Marlinchen».

No servía de nada pensar en él. Jamás volvería a verlo.

Me arrodillé en la hierba y enterré el charco de mi vómito, con la tierra metiéndose bajo mis uñas. Se me revolvió el estómago, pero estaba vacío. Tenía un sabor ácido y a grasa en la boca. Cuando bajé la mirada, me di cuenta de que me había manchado de vómito el camisón, con el color negro del zumo que me había tragado. Me limpié las manos en un manojo suave y gris de oreja de conejo, y me puse en pie.

Incluso cuando el recuerdo me provocó un pinchazo en el corazón como si me hubiera atravesado un cuchillo, mi mente reflexionó sobre el nombre que me había dado. *Sevas*, había dicho él, envuelto como un plato de porcelana, o un huevo de avestruz vacío y pintado de azul. Un regalo, y yo no tenía nada que ofrecerle a cambio. Los diminutivos eran un misterio para mí: mis hermanas y yo teníamos nombres que evitaban los diminutivos. El dulce y bonito apodo de Rose era uno que solo nos susurrábamos las unas a las otras en secreto, jamás en presencia de papá.

Papá nos había puesto nuestros confusos nombres a propósito. Undine, Rosenrot y Marlinchen no eran nombres para la gente de la ciudad de Oblya, o en el imperio rodinyano, en el mundo mortal ahogado por la niebla tóxica.

Eran personajes del códice de papá; monstruos, doncellas, diosas menores. Las Marlinchen no perdían los dedos entre la maquinaria de la fábrica de algodón; las Rosenrot no se ahogaban con el humo del tabaco en la habitación trasera de una cafetería; las Undine no se casaban con lascivos marineros provenientes de Ionika. Nuestros nombres eran el mejor hechizo que papá había lanzado jamás, mejor que los pies de conejo o el quemar salvia. Eran un velo protector, una membrana que nunca jamás se retiraba. Imaginé a mi padre murmurando una oración para cada una de sus hijas mientras nos sacaba de entre las piernas de nuestra madre.

Permítele que pueda comer ciruelas negras y jamás note el veneno. Permítele que pueda bañarse desnuda en un arroyo sin atraer nunca la mirada de un cazador lascivo. Permítele que todos los osos que conozca sean amables y dóciles, y nunca sean hombres disfrazados. Permítele que nunca caiga presa de la banalidad del mundo.

Permítele que jamás se enamore.

Capítulo tres

Esto fue lo que le pasó a nuestra madre.

Debes saber, por supuesto, que solo hay dos clases de madres en las historias, y si eres una madre, entonces eres malvada, o estás muerta. Me dije a mí misma una gran cantidad de veces que era afortunada de que la mía estuviera muerta. Es más, cuando tu madre es una bruja, es casi imposible que no sea malvada, así que por ello nuestro padre se casó con una preciosa mujer de mejillas sonrojadas que no era una bruja en absoluto. La mayoría de los hechiceros en Oblya tomaban a mujeres mortales como esposa, dado que las brujas tendían a volverse aún más malvadas cuando se casaban. Había escuchado que a algunas incluso les crecía una segunda dentadura de afilados dientes, y se comían a sus maridos.

Apenas podía imaginar tener a una bruja como madre. ¡Habría sido tan peligroso! Me imaginé a mis hermanas y a mí, acunadas sobre calderos hirviendo, o tratando de alcanzar con nuestros rechonchos dedos de bebé viales cerrados con preciadas plumas de pájaros de fuego o gritos de sirena embotellados.

Pero nuestra madre no fue una bruja. Antes de morir, era preciosa, de sonrojo fácil, con una piel que me recordaba al interior de una caracola de mar, por lo lisa y pálida que era. Tenía el cabello dorado de Undine, brillante como una yema de huevo, y los resplandecientes ojos violetas de Rose. Yo no obtuve nada de mi madre, a excepción de nuestras lúnulas en forma de medialuna idénticas, y quizá la forma en que nuestra frente se movía cuando algo nos sorprendía. También había heredado el amor de mi madre por los cuentos de hadas del códice de papá, que era la razón por la que se había casado con él en primer lugar. Se enamoró de la historia más de lo que se enamoró del hombre. Ella misma me lo decía cuando me subía a su rodilla y usaba el peine para alisar los rizos enredados de mi pelo, susurrándome secretos al oído.

Se casó con nuestro padre en los primeros días de la Oblya interconectada, la Oblya municipalmente planificada, justo antes de que el zar liberase a los siervos con un movimiento de su pluma. El mandato del zar cortó en pedazos la tierra de los lores feudales como si no fuera más que un gran cerdo muerto. Mi padre envolvió sus tierras en papel de carnicero empapado de sangre y le vendió cada trozo al mejor postor, casi todos hombres yehuli, pero también algunos mercaderes de Ionika. Mientras tanto, nuestra madre estaba preocupada en el vestíbulo, con unos pasos medidos para coincidir con el tictac del reloj de pie. Me tenía agarrada contra la cadera; Undine y Rose se escondían entre su falda.

Cuando Undine se asomó, dijo que el hombre yehuli del salón de estar tenía una silueta cornuda, como el diablo. El hombre de Ionika estaba empapado, y tenía carpas doradas recorriéndole el traje, dijo Rose. Se marcharon con las tierras de papá entre los dientes, o eso dijo nuestra madre, y entonces se sonó la nariz en un tapete de encaje. Había una mancha de agua en el diván que jamás se quitó.

Entonces a papá solo le quedaron la casa, el jardín, y la mitad del número de sirvientes que solíamos tener, porque tenía que pagarles a todos el salario del zar, en lugar de hipotecar su trabajo a cambio de cultivar sus trozos de tierra. Aquel fue el momento en que el duende llegó a nosotros, llorando por su gran ojo, cuando las marismas se drenaron y se convirtieron en los cimientos de la azucarera de remolacha.

Las lágrimas de nuestra madre salpicaron el suelo de caoba. Se las secó contra las mejillas de nuestros bustos de mármol.

—Mi madre me advirtió que no me casara con un hechicero —sollozó—. ¿Qué haremos ahora, Zmiy? No hay mercado para la hechicería en Oblya ya. Los pobres quieren fumar en narguiles, en cafeterías merzani, y jugar al dominó en casas de apuestas, y los ricos quieren construir dachas en la orilla y darse baños de barro en el sanatorio. Nadie quiere ver a su gato convertido en una urna-gato, o su carruaje transformado en una calabaza. Ahora ya hay magia en cada carretera: ¡farolas eléctricas! Y dentro de cada imprenta de periódicos: ¡rotativas! Y en cada caseta de la pasarela puedes obtener un daguerrotipo de tus hijas por solo dos rublos. Solo cobran dos rublos por una fotografía, Zmiy. ¿Cuánto cobras tú por convertir un parasol en un cisne engreído?

—Silencio, mujer —dijo papá—. Si no hubieras querido que nos muriéramos de hambre, me habrías dado un hijo en lugar de tres hijas inútiles.

En ese entonces, él aún no sabía que éramos brujas.

Pero aun así fue a una de las imprentas y les pidió que imprimieran cien avisos, y todos decían lo mismo: Titka Whiskers pide el ojo arrancado de tu segundo hijo como pago por su trabajo. Titka Whiskers tiene sangre yehuli. Titka Whiskers fornicó con un leshy y da a luz a hijos de ramas y musgo, que salen de noche por ahí a pelearse con los jornaleros.

Enseguida, todos sus clientes huyeron de su puerta aterrorizados. Enseguida, el Gran Inspector llegó, le cerró el escaparate, y se lo dio a una pareja yehuli para que abrieran una farmacia. Enseguida, Titka Whiskers estaba en el exterior de nuestra casa, pálida y vestida con unos harapos oscuros, haciendo traquetear la verja. Recordaba sus ojos amarillos abriéndose y cerrándose lateralmente desde detrás de los barrotes de nuestra valla, con los dedos tan delgados y blancos que parecía que ya estaba muerta.

—Escucha mis palabras, Zmiy Vashchenko —dijo en aquella voz suya, que parecía el graznido de un cuervo—. Nunca jamás te sentirás satisfecho tras una comida copiosa. Nunca jamás te despertarás descansado tras un largo sueño. Nunca jamás mirarás un atardecer y te maravillarás con su belleza. Nunca jamás contemplarás a tus hijas y sentirás tu pecho hinchándose con un gran y poderoso afecto. Desde ahora en adelante te dolerá el vientre como si estuviera vacío; se te caerán los párpados como si no hubieras dormido desde tus días en la cuna; cada atardecer te parecerá incoloro; y tus hijas siempre serán para ti irritantes extrañas.

Y entonces, cerró los ojos, cayó al suelo y murió. Su cuerpo se convirtió en una masa retorcida de víboras negras que se colaron en nuestro jardín como si fueran las raíces oscuras de un árbol. Hizo falta un año más antes de que por fin pudiéramos atrapar y matar a la última de ellas; nuestra sirvienta la preparó en la sartén y se la sirvió a mi padre con patatas cocidas.

En ese momento ya se había reducido hasta quedarse tan delgado como una espoleta, y nuestra madre se había mudado al tercer piso de la casa, donde se peinaba el cabello durante horas frente al espejo que nunca miente, y bebía solamente kvas de guindas. Subía aquellos escalones cada día para verla y para que me cepillara el pelo, pero para entonces ya era demasiado grande para sentarme en su regazo, y me daba demasiado miedo mirar en el espejo que nunca miente.

—No te cases con un hechicero, Marlinchen —me decía siempre—. Tu padre es un hombre dragón. Incluso antes de la maldición, se comía todo lo que caía en sus manos. Cuando era joven, era tan atractivo como el zar Koschei, y yo era una necia. Espera a tu Ivan, querida Marlinchen. A él no le importará que tengas una cara vulgar.

Papá guardaba su códice en el estante más alto de su estudio, pero para esa época tanto mi madre como yo nos sabíamos la historia de memoria. Me tragué sus palabras, y permití que se endurecieran en mi estómago como si fueran una semilla.

Indrik llegó a nosotros poco después, con su pecho punteado de marcas de golpes provenientes de los picos de los mineros. Los cuervos sin ojos aterrizaron en las ramas de nuestra morera y cantaron en lenguas muertas. Undine descubrió su magia, y nuestro padre le cavó su estanque de adivinación. Rose descubrió su magia, y nuestro padre le plantó un jardín. Yo tenía nueve años y aún me mordía los nudillos por la noche.

A nuestro alrededor, Oblya respiraba con dificultad, como una mujer embutida en un corsé demasiado apretado. Las escuelas de artesanos y los hospicios surgieron de entre sus huesos de marfil. Una clínica para los ojos y una estación eléctrica florecieron en dos rápidas exhalaciones. Y entonces, por último, con una respiración que rompió las costuras del corsé y expuso el pálido y agitado pecho de Oblya, nació el teatro de ballet. Los turistas llegaron de uno de sus pezones expuestos hasta el otro, desde el templo yehuli hasta la cúpula bulbosa de la iglesia más antigua. Todos se reunieron en el teatro de ballet, en el valle de sus pechos, justo encima de su palpitante corazón.

Los turistas también eran buenos para nuestro negocio, pero a papá le enfurecía escucharlos hablar en sus idiomas extranjeros, y ver los carteles con letras doradas que decían «¡Bienvenidos!» triplicado en ioniko, yehuli y rodinyo. Los panfletos de viajes llamaban a Oblya la ciudad sin infancia. Decían que había surgido de pronto, como un hongo tras una tormenta. Yo tenía diez años, y comencé a temblar cada vez que alguien me tocaba.

Ocurrió en mitad de la noche, con la luna fuera de mi ventana tan delgada como la cáscara de un limón. Se escuchó un repiqueteo sobre mi cabeza, y me cayó tierra del techo. Las voces se colaron a través de la tarima como si fueran agua: la de mi padre, grave y áspera, y la de mi madre, susurrante y persuasiva. Algo cayó con fuerza al suelo, y entonces solo se escuchó el sonido del batir de unas alas distantes.

A la mañana siguiente, nuestro padre nos sentó alrededor de la gran mesa de ébano.

—Ha ocurrido un accidente —dijo él.

—¿Un accidente? —repitió Undine.

—¿Qué tipo de accidente? —preguntó Rose.

Yo me mordí los nudillos.

Papá nos llevó arriba, al tercer piso. El espejo que nunca miente estaba tapado con un trapo blanquecino. El peine de metal de nuestra madre resplandecía como luz de luna derretida. Su pulsera de oro tenía la misma luminosidad empañada de un tesoro hundido. En el centro de la habitación había una gran jaula dorada, y dentro de ella, un pájaro blanco.

—Una de mis transformaciones ha salido mal —dijo papá—. Esta es ahora vuestra madre.

—¡Te odio! —gritó Undine, y pegó a nuestro padre en el pecho con los puños. Rose comenzó a llorar en silencio con una mano sobre la boca. Yo me acerqué a la jaula y miré fijamente a mi madre, a su cuerpo separado en tablas blancas por los barrotes de oro.

Más tarde, le robé a mi padre el pesado códice de su estantería, pero esta vez no leí sobre Ivan y la zarevna y el reino del invierno. Leí todas las historias sobre mujeres que se convertían en pájaros, creyendo que quizás habría un hechizo que pudiera arreglar lo que mi padre había hecho. Había por supuesto uno, en la historia que era mi favorita y la de mi madre: el cuento de la zarevna que se convirtió en pájaro, y que volvió a su forma humana por un beso del apuesto bogatyr que la amaba.

Mamá me había dicho que esperase a mi Ivan, pero no quedaba ningún bogatyr.

En las historias había pinzones útiles, palomas optimistas, y cuervos que graznaban malos presagios. Había gorriones que te daban las gracias por haberlos rescatado de los arbustos espinosos, y petirrojos con el pecho de color rubí que te ofrecían su sabiduría con su piar. Había estorninos y herrerillos con voces humanas, y un águila con cabeza de mujer que ponía huevos con tormentas en su interior. También había, por supuesto, pájaros de fuego con plumas mágicas que podían distinguir entre lo malvado y lo bueno.

Pero no había historias sobre las esposas cuyos maridos hechiceros las habían convertido en pájaro por error. Ni siquiera sabía decir qué tipo de pájaro era mi madre. Entorné los ojos al mirarla mientras ella comía semillas de girasol de mi mano. Tenía los ojos de color violeta, un plumaje puro como el marfil, y los pies amarillos como la yema de un huevo.

Yo tenía once años, y al fin había descubierto mi magia, un talento poco común que habría hecho que me adoraran en el Consejo de los Hechiceros, si el Consejo de los Hechiceros hubiera existido aún. Era lo más cerca que había visto a papá de estar feliz desde su maldición. Hizo carteles promocionando mis servicios, y mientras lo hacía, canturreaba para sí mismo en unas palabras que me resultaban familiares, convirtiendo las historias que adoraba en canciones. Por alguna razón, me dolió escucharlas, como si alguien hubiera hecho sonar una campana demasiado alta y demasiado cerca. Incluso en los días posteriores, en el silencio, sentía mi cuerpo débil y tembloroso, con el eco de la música aún vibrando en mis huesos.

Los hombres comenzaron a venir a verme. Había siervos liberados, los hijos de los siervos liberados, jornaleros cuyas espaldas se habían jorobado bajo el peso de su duro trabajo. Enlataban remolacha, lavaban lana, o convertían la maloliente grasa animal en jabón bajo las amarillentas luces de las fábricas; los más felices conducían tranvías y carruajes, o cargaban mercancías en los buques del puerto.

Cuando venían, me escondía bajo la cama o en el armario. Me cubría bajo la manta que papá había puesto sobre el espejo que nunca miente. Al final siempre me encontraba, me arrastraba de vuelta al salón, y me sujetaba por el cuello del vestido mientras los hombres se reían y sentía contra la cara su aliento con olor a vodka.

Más tarde, en la oscuridad, susurraba mis vergonzosos secretos a través de los barrotes de la jaula de mi madre como si fueran anillos de humo, y le acariciaba las suaves plumas blancas. Me pregunté si aún podría pensar como mi madre, o si también su mente era como una ciruela que el hechizo de mi padre había dejado al sol hasta que se había resecado y arrugado. Me pregunté si su corazón de pajarillo aún me querría, incluso si su mente de pájaro no podía. Le seguí llenando el plato de agua y limpiando sus excrementos mucho después de que mis hermanas perdieran el interés en ella, como si fuera un querido gatito que había crecido y se había convertido en un gato corriente y malhumorado. Tenía doce años entonces, y habían pasado ya dos desde que alguien me había cepillado el pelo.

Para entonces no nos quedaban ya sirvientas ni criados. Una mañana, subí a visitar a mi madre y encontré su jaula vacía, con el fondo cubierto de excrementos como si fueran brasas amontonadas, y una capa de blanco como si fuese nieve recién caída. La puerta estaba abierta.

La desesperanza se apoderó de mi corazón con sus negros dientes. Lloré y lloré, tan fuerte que desperté a mis dos hermanas, y al final a mi padre, quien subió las escaleras dando tumbos y me dijo que mi madre se había escapado de la jaula y se había ido volando.

—Eso no es cierto —dije, moqueando—. Ella no se habría marchado sin su espejo, o su peine, o su pulsera, o sus hijas.

—¿Para qué necesitas a una madre pájaro? Ven abajo, Marlinchen —dijo papá.

Y así lo hice, pero primero agarré su pulsera de dijes del tocador y la sostuve contra mi pecho, con el frío metal colándose entre el valle que eran mis senos, que comenzaban a crecer. Una oscura gota roja en el suelo me llamó la atención; al principio pensé que era un botón que se habría soltado del abrigo de papá. Pero podía ver mi propio reflejo en ella, combado y diminuto, una donnadie atrapada en una diminuta gota de agua sucia de lluvia. Sentí como si mi niñez entera estuviera atrapada en esa gota: mi pelo largo y enredado como el polvo que se acumulaba en una muñeca de porcelana sin cabello, con la mano de mi padre alrededor de la muñeca, las preciosas caras de mis hermanas, las plumas caídas de la cola de mi madre, y la semilla que sus historias habían plantado en mi vientre, invisible para todo el mundo excepto para mí. Bajé las escaleras y cociné varenyky para mi padre, con un relleno que no recordaba haber preparado. Tenía trece años.

En los días tras la visita de Sevastyan, solo recibí a tres clientes. Cada vez que escuchaba la verja, alzaba la mirada abruptamente para comprobar si Sevas estaría allí de pie, y tanto la desesperanza como el alivio se acumulaban en mi estómago cuando veía que no era él. En mi mente, alargué a horas la corta conversación que habíamos tenido en la despensa de Rose, como si fueran los últimos restos de una masa bajo el rodillo, hasta que era tan fina que estaba traslúcida cuando la ponías contra la luz. Había memorizado cada pequeño detalle: la sombra de sus pestañas contra sus pómulos, su sonrisa y el arco de su frente, y por supuesto, la manera en que había dicho: «Creo que me haría muy feliz ver tu rostro entre el público, Marlinchen».

Por supuesto, no importaba. No podría salir de la casa sin un cuenco de arena negra, y Sevas no podría entrar sin ser convertido en serpientes negras, como Titka Whiskers. En esos días comí muy poco y traté de evitar las enredaderas, que eran la ira de papá.

El tres era un número de la suerte en los cuentos de hadas, pero era un número muy malo en la Oblya capitalista cuando marcaba la suma total de clientes que vi en una semana. El primero fue un marinero de cubierta ioniko que tenía un sarpullido extraño; papá temía que fuera tifus, así que lo mandó de vuelta sin aceptar siquiera sus pestilentes rublos, y después lanzó un hechizo purificador sobre toda la casa. Habían pasado veintiséis años desde la última pandemia, y si papá había leído los presagios del tiempo adecuadamente, significaba que estaba previsto que tuviéramos otra muy pronto.

El segundo fue un skupshchik yehuli, un comerciante menor que quería saber si encontraría pronto a una esposa. No me gustaba hacer predicciones sobre asuntos del corazón; eran demasiado volubles y cambiaban con facilidad, pero él preguntaba si tendría esposa, no amor. Así que le dije que su futura mujer era increíblemente alta, que llevaba un sombrero de plumas de codorniz, y que él primero se quedaría prendado de su belleza y su altura cuando la viera beber kumys en la pasarela. Comprobé su sombra en la pared, pero no vi ningún cuerno. El hombre yehuli se marchó a paso ligero.

El tercero era uno de mis clientes habituales, Fedir Holovaty, un carpintero que sobrevivía a base de chapuzas y algunos timos. Las palmas de sus manos siempre estaban ásperas y llenas de callos amarillentos, y siempre le faltaba un kopek o dos, pero Fedir me caía bien, así que aun así lo recibía, y persuadía a mi padre para que le cobrara menos que al resto.

En realidad, a Fedir nunca le pasaba nada malo, no en realidad. Si tenía una tos que le duraba un poco más de tiempo, se convencía a sí mismo de que se había contagiado la plaga, incluso si no se había visto un caso en Oblya ni en sus alrededores en más de cien años; si tenía un corte en el tobillo que se negaba a curar, me confesaba con la voz quebrada y temblorosa que creía que tenía septicemia, y que un médico tendría que amputarle la pierna por la rodilla. Así que me sentía algo culpable aceptando cualquier dinero de Fedir, pero sabía cuánto lo necesitábamos, así que le permitía que siguiera viniendo.

—Muchísimas gracias, señorita Vashchenko —me dijo Fedir después de haberle pellizcado ambos lóbulos, y haberme inventado una visión en la que su dolor de cabeza era el resultado de que su compañero de piso hubiera tirado una jarra de metal sobre su cabeza mientras dormía, y no de hecho el presagio de una fiebre mortal, y también una en la que ganaba los tres próximos juegos de dominó en su cafetería ionika favorita—. Todos los demás médicos de Oblya cobran tanto por su trabajo, y la mayoría han dejado de abrirme la puerta en cuanto me ven por el buzón. El Dr. Bakay de la calle Nikolayev me midió la cabeza y me dijo que tenía la circunferencia de cráneo de alguien que era algo simple de mente.

No ponía en duda del todo el diagnóstico del Dr. Bakay, pero aun así se me encogió el estómago.

—Puede venir a verme cuando quiera, pero quizá la próxima vez, para ahorrarse dinero, debería intentar esperar a ver si algo va mal de verdad.

—Pero ¿y si vengo y ya es demasiado tarde? —preguntó Fedir. Frunció el ceño con tristeza mientras yo quitaba las manos de sus hombros—. ¿Y si, para cuando venga, no hay nada que se pueda hacer?

—Entonces yo acudiré a usted —le dije, ignorando la forma de mi padre en el umbral de la puerta, alto y estrecho como la primera letra de una frase—. Simplemente llámeme, y yo acudiré a usted.

Cuando Fedir se hubo marchado, papá entró a la habitación, mascullando otro hechizo purificador. Sentí el peso de su magia y su ira asentándose sobre mí como un manto frío, así que tiré del lazo de alrededor de mi muñeca. Lo tenía oculto bajo la manga de mi vestido, pero aun así temía que un hechizo para aguzar su nariz pudiera descubrirlo.

Había cierta clase de tritón que vivía en los arroyos de flujo suave, con una estructura específica de piedras de río. Los tritones se pasaban toda su vida en la misma agua, creciendo y aumentando con el musgo y el moho, y si una sola piedra se movía de lugar, morían. Papá era así. Podía sentir hasta la más mínima de las perturbaciones, como una rotura tan delgada como un pelo en un busto de mármol, una deuda que no había sido pagada, y él la reparaba y reubicaba a la vez. Incluso un secreto podía mover las piedras del lecho del arroyo de papá.

—Deberías lavarte, Marlinchen —me dijo de forma cortante. Aún no me había perdonado por lo de Sevastyan y Derkach, a pesar de la exorbitante suma de dinero que le habían pagado.

Cada hora que había pasado desde su visita había estado envuelta en una fría y silenciosa furia, como un cordel alrededor de una ristra de salchichas—. La suciedad de tus clientes está en ti, y no confío en que ese hombre ioniko solo tuviera una alergia a los langostinos. Prepárate un baño arriba, y después baja y os revisaré a tus hermanas y a ti.

Un mal presentimiento se acumuló en mi interior, como la última grasa que queda en una sartén.

—Papá...

—Ve, Marlinchen.

Así que eso hice, y subí las escaleras. Acababa de llegar al rellano del segundo piso cuando me choqué con Undine, que salía de su habitación. Trastabillé hacia atrás, soltando un quejido de sorpresa. La última vez que la había visto había estado en el jardín, sentada junto al estanque de adivinación y con un cliente cuya cara estaba girada. Sus piernas habían estado estiradas como las ramas desnudas de un abedul, con su vestido azul subido hasta las rodillas. El ala del sombrero del cliente le caía hacia abajo, describiendo una línea sobre la curva de sus pantorrillas. A unos metros había estado Indrik, que parecía infeliz y masticaba una endivia. Había un extraño enfado en sus ojos negros que me había irritado.

Ahora, Undine se irguió tras tomar aire bruscamente, con una furia helada tras sus ojos azules.

—Apártate de mi camino —escupió.

Yo bajé la cabeza y murmuré «lo siento», pero mi hermana mayor no se movió.

—Esto es todo culpa tuya —dijo con brusquedad—. Mi último cliente intentó darme entradas para el ballet, entradas *caras*, del patio de butacas, y tuve que decirle que no podía. Por *tu* culpa.

La helada ira de su voz me recordó a papá.

—Yo no pretendía hacer nada...

—Debería haber sabido que no podíamos confiar en ti. ¿Tienes veintitrés años y aún tiemblas de lujuria por la primera cara bonita que ves? Rose y yo no deberíamos haberte llevado con nosotras. Lo has echado todo a perder.

Entonces me empujó y pasó junto a mí, con su hombro chocando contra el mío con tanta fuerza que me tambaleé hacia atrás, y tuve que agarrar el pasamanos para evitar caerme escaleras abajo.

Escuché a mi hermana bajar las escaleras y tragué con fuerza. La culpa me pinchaba por dentro como si fueran espinas. Tenía razón, yo había causado aquello, y ahora ninguna de nosotras vería *Bogatyr Ivan* de nuevo. Aquella historia sería como todas las demás que se acumulaban en mi vientre como un puñado de semillas, echándose a perder e incapaces de florecer.

Me mordí el labio cuando las lágrimas se acumularon en mis ojos, así que fui hasta el baño y cerré la puerta. Allí estaba la bañera de porcelana, que parecía la mitad de una ostra, y el espejo de latón que brillaba como un kopek mojado. Me desabroché lentamente la bata y dejé que cayera al suelo. El espejo parecía mirarme con los ojos entrecerrados, y mi reflejo ondeó como el agua a punto de hervir.

Mientras la bañera se llenaba, me observé a mí misma, agachada para girar los pomos, recogiendo mi vestido caído del suelo, mi vientre doblado, mis pechos que se balanceaban. La primera vez que había visto a mis hermanas vistiéndose para ir al ballet, no había sido capaz de apartar la mirada de las pulcras líneas de sus cuerpos, la blancura sin estropear de su piel. Sus pechos parecían educados, de alguna manera. Discretos. Ciertamente nunca serían tan groseros como para romper las costuras de un corpiño. Tenían los hombros delgados, el vientre plano y suave. Siempre había imaginado que podrían ser guardadas con facilidad en un armario, como un vestido blanco almidonado, allí entre una docena de otros idénticos. Tu mirada pasaría justo por encima de sus cuerpos, y no habría riscos a los que agarrarse ni grietas por las que colarse.

Siempre había pensado en mi cuerpo como algo que tenía que ser derribado, contra lo que debía pelear, tirar, sujetar y magullar

hasta que me obedeciera, y entonces amarrarlo como a una gallina y meterlo en un corsé de hueso de ballena. Cuando era niña,
había deseado unos pechos bien educados, un vientre que me
obedeciera, un cabello dorado y unos ojos violetas. Había busca-
do hechizos que arrojaran magia sobre mis deseos. Mis ojos eran
del color del té suave, al igual que mi cabello, que iba con poco
entusiasmo desde el rubio hasta el castaño. Mi piel, que tenía un
tono amarillento enfermizo, parecía como si estuviera atrapada
en una fotografía de ferrotipo, de tono sepia y sin sonreír.

Pero tan solo había encontrado hechizos que drenaran la belleza de los objetivos como la sangre de un animal con el vientre rajado, y todos prometían algún tipo de represalia horripilante para
la persona celosa que lanzara el hechizo, como forúnculos horribles o ser convertido en un sapo.

La magia siempre era así: tenía una desagradable parte nega-
tiva.

La mayoría de los días no podía ni soportar saciar mi propia
hambre. Sentir mi estómago lleno era insufrible, pero al introducir
dos dedos en mi garganta podía hacer que todo desapareciera,
convirtiendo mi indulgencia en un disco rayado, deshaciéndolo y
volviendo a quedarme limpia, vacía y nueva.

Tiré del lazo de mi muñeca, y el sucio nudo aguantó cerrado.
En mi otra muñeca llevaba la pulsera de dijes de mi madre. La
desabroché y me metí en la bañera, y la sostuve sobre la espuma
del agua. Los dijes tintinearon como un saco de suertes a punto de
ser lanzados. Una vez que estuve sumergida hasta la garganta,
giré los pomos y dejé que mi cuerpo flotara medio suspendido.
Mi pelo flotó a mi alrededor en mechones que parecían los restos
de un naufragio del color de la arena.

Podía sentir la suciedad despegándose de mí, la capa de
cebolla y el aceite de cocinar, el vapor del miedo de Fedir Holovaty. Todavía con la pulsera de mi madre en una mano, me froté entre las piernas hasta que la piel me dolió, y deseé poder
frotar también el recuerdo de Sevastyan de mi piel. Todo mi

maldito y necio deseo. Mi cuerpo tornó el agua del baño de un gris sucio.

Apreté la pulsera de mi madre, y la cadena dejó una marca en mis dedos húmedos. Tenía nueve dijes, y los conocía todos solo por el tacto: el diminuto reloj de arena, lleno de arena rosa real; la bicicleta en miniatura con ruedas que giraban de verdad; la ballena del tamaño de un dedal, con una boca que se abría con una bisagra, y la campana que realmente sonaba. Había una caja dorada, con una nota de papel doblada cien veces y encajada en su interior con tanta fuerza que no podía sacarla, incluso si me hubiera atrevido a hacerlo. No sabía si la nota decía algo, si era que ponía algo en absoluto. Había un silbato que cantaba suavemente si lo soplabas, y una lechuza que tenía perlas por ojos. Había un libro que se abría y contenía los nombres de mis hermanas y el mío grabados en sus páginas doradas, así como nuestro año de nacimiento. Me puse la pulsera sobre la cara, con la cadena estirada sobre mi frente y hasta el puente de mi nariz, pasando por la curva de mis labios y con el último dije colgando dentro de mi boca.

Abrí el pequeño cerrojo con la boca, y noté el sabor de nuestros tres nombres, agrios e intensos como un bocado de carne cruda. Aquel era el sabor del oro mojado.

Muy pronto estuve limpia y con las yemas de los dedos arrugadas. Salí de la bañera y me sequé, y después observé cómo el agua turbia se colaba por el desagüe, describiendo una espiral hacia abajo. A mitad del proceso, las tuberías tosieron en protesta, y el agua dejó de girar.

Dejé de secarme el pelo y me agaché junto a la bañera. Metí la mano en el agua que borboteaba, y cuando la saqué, había un pequeño montículo de arena negra en la palma de mi mano.

Dejé escapar un grito ahogado. No podía comprender cómo las tuberías me habían escupido la arena. ¿Podría haberse desprendido de mi piel, o de mi pelo? No había estado en el paseo marítimo en años, mucho antes de que nuestra madre muriera. A veces escuchaba la bocina de los remolcadores desde el jardín, y olía el aire salobre a través de mi ventana por la noche, o veía las gaviotas, que describían círculos alrededor de la torreta de madera podrida de nuestra casa.

Entonces, el pánico surgió en mí como una cerilla que se encendía. ¿Qué pensaría papá si la encontraba? Sabría que habíamos salido, y entonces tendría razón, incluso si mis hermanas y yo jamás nos atrevíamos a deambular hasta la orilla del mar en nuestras salidas clandestinas. Se le ocurriría algún tipo de castigo incluso peor que lo que ya había hecho, y no podía ni imaginarme lo que sería... y eso, el no saberlo, me aterrorizó hasta la médula.

Rápidamente recogí toda la arena y la metí dentro de la polvera en forma de caracola que había al filo del lavabo. En su interior se mezclaría con los polvos blancos de maquillaje de mi madre, y arañaría el pequeño espejo salpicado de óxido, pero al menos estaría escondida. Apreté el dedo alrededor de la polvera y noté las rugosidades. Ahora era mucho más pesada, como el trozo de obsidiana pulida que papá usaba como pisapapeles.

El miedo en mi interior era como una pulsación, un aleteo. Las piedras del río estaban moviéndose bajo mis pies.

Como si lo hubiera convocado, el sonido de los pasos de papá me llegó a través del suelo. Sabía que estaría caminando de un lado a otro en el vestíbulo, y que estaría siguiendo su ruta habitual desde el reloj de pie hasta el umbral del salón, y después de vuelta. Me vestí y me puse la pulsera de mi madre, y después me apresuré hasta mi habitación. Tenía los pensamientos tan dispersos como unas hojas en el viento. Abrí la puerta de mi armario de un tirón y metí la polvera dentro de uno de mis zapatos de satén.

Un par de ojillos rojos me miraron desde debajo de mi cama. Me peiné el pelo mojado a un ritmo frenético al tiempo que bajaba las escaleras de nuevo.

Undine estaba ya sentada en el diván, con el rostro pálido y demacrado. Cuando me vio, entrecerró los ojos hasta que se asemejaron a la hoja de un cuchillo. Papá giró la cabeza y su mirada me dejó clavada contra la pared.

—Ve a buscar a tu otra hermana —dijo papá—. Y rápido. El brebaje se está enfriando.

Asentí, y sin decir una palabra fui a la despensa mientras sentía que el corazón me latía contra la garganta. El olor a albahaca se colaba por la grieta de la puerta. El peso de aquel nuevo secreto era como un vestido empapado; lo sentía aferrado a mí con cada paso.

Rose estaba inclinada sobre la mesa con un cuchillo de carnicero en la mano, cortando los tallos de las ramitas del ruibarbo. Cuando me escuchó, me miró sin soltar el cuchillo y dijo:

—Papá nos llama, ¿verdad?

—Sí —conseguí decir, ya que no confiaba en poder decir nada más. El secreto me ardía en la lengua como una pizca de paprika.

—¿Qué ocurre, Marlinchen? —Rose fue hasta mí con el ceño fruncido—. No tienes nada que temer con el brebaje... ¿no es así?

—¡No! —dije, sonrojándome—. No, por supuesto que no.

Mi objeción fue demasiado intensa, así que Rose frunció el ceño aún más.

—Me lo dirías antes a mí, ¿no? Antes que a papá, por supuesto, pero también antes que a Undine.

—Nunca le diría a Undine nada que no pudiera decir en voz alta de forma orgullosa —le dije, y Rose al fin sonrió, con los ojos violetas de nuestra madre llenos de afecto. Dejó el cuchillo en la mesa y me dio una palmadita en ambas mejillas, y después me siguió por el pasillo.

Para entonces papá ya estaba inclinado sobre Undine, con el vial en el puño. De niña, mi hermana mayor había sido la que lloraba más fuerte y durante más tiempo, la que protestaba con lágrimas por cada injusticia que ella percibía. Los años habían arrancado la mayor parte de esa irritabilidad de ella, pero aún había una clara indignación incluso en sus silencios. Su furia salía de ella como un humo, como el vapor que se escapaba del agua hirviendo. Aún me dolía el hombro de cuando me había empujado.

—Abre la boca, Undine —dijo papá.

Ella separó sus labios rosas con la mirada irradiando furia. Él volcó un poco del líquido rojo oscuro sobre su lengua, y ella cerró la boca y se lo tragó.

Pasaron unos segundos, con el reloj de pie dando la hora. Después de que hubiera transcurrido un minuto entero, papá asintió con brusquedad. Undine dejó escapar un suspiro, se levantó y salió de la habitación enseguida. Al pasar por mi lado, sin una palabra, vi que sus labios y su lengua estaban tintados de un llamativo color rojo.

—Ahora tú, Rose —dijo papá mientras hacía un gesto para que se acercara.

Lo observé echar un trago de la pócima en su boca, y sentí que mi pelo mojado goteaba por mi cuello, y el agua caía a la moqueta. La oscura mancha de agua creció y creció. Rose se pasó la lengua por sus labios rojos.

Tras otro momento, nuestro padre asintió.

—Bien, te puedes marchar.

Se fue, y entonces solo nos quedamos papá y yo. Sus mejillas ondearon bajo su barba. Cuando di un paso hacia él, pude oler en su aliento el desayuno que le había cocinado: mlyntsi con requesón, seis huevos cocidos, kasha con mantequilla y el último resto de nuestro kvas de mora. El estómago vacío se me revolvió.

Me sujetó la barbilla, inclinó mi cabeza hacia atrás y dijo:

—Confío en ti, Marlinchen. En ti más que en ninguna.

La pócima sabía igual que siempre, a sulfuro y ceniza, como lamer el final de una pipa de tabaco. Se me acumularon las lágrimas en los ojos y tragué, pero papá no se dio cuenta, y me alegré por ello, porque esta vez estaba más asustada de lo que jamás había estado.

La pócima de papá era una prueba para comprobar que habíamos mantenido nuestros muslos sin que se mancharan de sangre, y nuestra virginidad intacta. Siempre tenía cuidado al tocarme de no dejar que mis dedos se colaran con demasiada profundidad, y de no romper jamás lo que papá quería mantener intacto. Nos decía también qué pasaría si bebíamos la poción una vez que nos hubiéramos mancillado: la vomitaríamos, así como nuestro hígado, y entonces podríamos sujetar en las manos nuestros órganos como prueba de nuestro engaño, prueba de que éramos unas hijas desagradecidas y unas depravadas que ensuciarían el nombre de los Vashchenko.

Papá medía su propia virtud con la nuestra; decía que nuestro patronímico no podría ser noble y puro si había partes manchadas y putrefactas. Sabía que una sola rama podrida podía matar un árbol entero, así que en eso tenía razón.

Pero no conocía el alcance de su hechizo, ni cuántas mentiras podría sacar de mí la pócima. Jamás me había hecho escupir mis otros secretos antes, pero ninguno de ellos había acudido a mi mente tan rápido e intenso como ahora, como caléndulas en floración.

El reloj siguió avanzando sin remordimientos, con su ritmo constante.

Por fin, papá me soltó. Me puse la mano sobre la boca y me la limpié; cuando me miré los dedos, estaban manchados y parecía sangre. Me ardía la mejilla en el lugar donde sus uñas habían dejado pequeños surcos. Llevaba el lazo aún alrededor de mi muñeca, la polvera aún metida dentro del zapato, y Sevastyan aún estaba a salvo en la cámara acorazada que era mi mente. Se me revolvió el estómago, pero nada amenazó con salir al exterior, y mucho menos mis órganos. Casi me caí al suelo, temblando de alivio.

—Sabes por qué tengo que hacer esto, ¿verdad, Marlinchen? —preguntó papá al guardarse el vial vacío en el bolsillo.

Otra trampa que me tendía.

—Sí, papá.

—La ciudad me ha arrebatado tanto… El zar me forzó a subastar mi tierra a comerciantes extranjeros y mercaderes taimados, y tuve que observar mientras construían en ella apartamentos, fábricas y bancos municipales. Tuve que observar mientras la zarina

convencía a los extranjeros de huir a Oblya, como un pastor llamando a su rebaño. Tuve que observar mientras destrozaban la
preciosa estepa... ¿sabes lo que solían decir de Oblya? Que era el
lugar donde dos océanos se encontraban: estaba el mismísimo
mar, y después la estepa, y los vagones cubiertos que lo navega-
ban como si fueran navíos de vela blanca. Asesinaron un océano
entero, Marlinchen. Y hubo también tantísimas pequeñas muertes. Cuando las fábricas de hilado de algodón despedazaron la
pradera, se llevaron con ellas a los últimos zorros esteparios. Los
miembros del Consejo de Hechiceros solíamos hacer una gran
cantidad de hechizos con el pelaje, los ojos o los dientes de los
zorros esteparios. Incluso solía usar su cola para un ritual de lim-
pieza... ¡Cuando lo lanzaba sobre ella, la cola volaba hacia arriba
y barría la suciedad de las repisas y las lámparas!

Todas habíamos visto la cola de zorro de papá. Yo aún la usaba cada domingo para limpiar el polvo del salón, pero no me atrevía a recordárselo. Aún estaba colgando sobre su hoyo lleno de
pinchos.

—Pero lo peor de todo es lo mucho que les gusta. —Las manos
de papá estaban de nuevo en mi cara, y me acarició el pómulo con
su pulgar—. Podrías pensar que esta ciudad siempre está de vaca-
ciones, por cómo el aire nocturno se llena de música, de risas y del
humo del tabaco que sale de las cafeterías. Los jornaleros trastabi-
llan borrachos desde las pensiones de mala muerte hasta los loca-
les de apuestas con una sonrisa atolondrada en sus rostros. Tengo
que escuchar su júbilo en cinco idiomas. Y el teatro de ballet, el
maldito teatro de ballet. ¿Cuántos rublos se habrán gastado para
alzar esa monstruosidad, para atraer a artistas desde todo Rodinya, para vestirlos con plumas y pintura dorada? He perdido tantas cosas, Marlinchen... tú lo entiendes. Lo mínimo que podrían
hacer es no bailar sobre las cenizas.

—Sí, papá —susurré.

Me agarró de nuevo la cara, sosteniéndola con más fuerza que
antes, y entonces me besó la frente con cuidado.

—Siempre has sido una hija dulce y obediente, mejor que tus hermanas. A veces pienso que tu madre te hizo solo para que cuidaras de mí cuando ella se marchara. Así que entiendes por qué debo mantenerte a salvo, y mantener a las ratas alejadas de nuestra puerta. Pueden colarse entre las grietas, esos hombres yehuli, los bailarines de ballet, la peor calaña de esta indecente ciudad. Pero el hechizo que he lanzado es uno bueno. Si alguien del teatro trata de cruzar el umbral, se convertirá en un montón de víboras, tal y como esa infernal Titka Whiskers. Ni siquiera me lo comería, Marlinchen. —Se inclinó hasta estar muy cerca de mí—. Se me revolvería el estómago.

Al fin, bajó la mano. Esperé y esperé sin apenas respirar, para asegurarme de que las dagas que había a mi espalda se hubieran envainado, para asegurarme de que no hubiera un destello metálico en su mirada. Supe que había sido liberada cuando papá se volvió y se marchó hacia el vestíbulo, pero no salí corriendo hacia mi habitación hasta que dejé de escuchar sus pasos contra el suelo.

Una vez arriba, me arrodillé frente al armario y saqué la polvera de mi zapato. En el breve instante suspendido en el aire en el que incluso la trabajosa respiración del monstruo bajo mi cama se había quedado en silencio, me pregunté si quizás habría imaginado la arena negra.

Abrí la tapa de la polvera. El espejo estaba salpicado de diminutos rasguños, y el polvo que una vez había sido blanco como el marfil, ahora era de un color gris ceniza. El olor salobre me llegó a la nariz, y volví a cerrar la polvera de un golpe.

El deseo comenzó a desplegarse en mi vientre, como unos pequeños brotes verdes. Si quería, podía marcharme otra vez. E incluso había una buena razón para hacerlo: podía imaginar a Sevas acabando su actuación y corriendo al exterior para vomitar de nuevo, a Derkach encontrándolo en el callejón junto a un charco de su propio vómito. Maldeciría a la astuta bruja que le había estafado su dinero. Marcharía indignado y con rabia hasta nuestra puerta con Sevas tras él, y ambos se convertirían en una masa de víboras en cuanto sus botas cruzaran el umbral.

Recordé entonces cómo Derkach había apretado la mano contra la rodilla de Sevastyan. Quizás el otro resultado fuera aún peor: que Derkach pagara su ira con Sevas en lugar de conmigo.

De igual manera, debía avisarlo, y ahora tenía los medios para hacerlo, pero solo pensar en marcharme a solas me dejó mareada y sin fuerzas. Me levanté con las piernas temblorosas. Los tacones de mis zapatos aún estaban llenos de tierra. Cerré la puerta de mi armario con la polvera de mi madre agarrada en el puño. El sabor del brebaje de papá en mis labios sabía como a mejillones podridos o a goma quemada.

Abajo, en el congelador, había un pollo a medio destripar. Cuando la tarde llegara y el cielo se volviera de un violeta amoratado, cocinaría su hígado con cebolla y perejil. Papá lamería la grasa del plato y su magia se alzaría sobre nuestro jardín como un varenyky relleno hasta casi reventar, y no dormiría, preguntándome si la siguiente serpiente negra que viera sería Sevastyan.

No dudaba de los hechizos de papá. Yo misma había alimentado a mi madre con mis propias manos durante años.

Estaba a mitad de camino de la habitación de Rose incluso antes de decidirme a ir. Tenía el pelo aún húmedo contra la nuca, y el corazón me latía desbocado contra las costillas. Llamé una vez y, al escuchar su voz al otro lado de la puerta, me abrí paso al interior. Mi hermana estaba tumbada boca abajo sobre la cama, hojeando su gastado compendio de herborista.

—Parece como si hubieras visto el fantasma de mamá —dijo Rose con una ceja arqueada mientras se apoyaba contra los codos—. ¿Qué ocurre, Marlinchen?

De repente todas las palabras huyeron de mí. ¿Cómo podía explicarle el nudo de terror y deseo que se me había hecho en el estómago, y que ahora se abría paso hacia mis costillas? No me había molestado en decirle a ninguna de mis hermanas cuál era la historia favorita que compartía con mi madre. Sabía que simplemente resoplarían y harían una mueca, incluso Rose. Fuera lo que fuere lo que mis hermanas deseaban, no era algo tan simple, inmaduro, o incriminatorio.

No podía confesarle mis estúpidas esperanzas ni mi estúpido miedo, así que al final, lo único que fui capaz de hacer fue sostener la polvera de mamá. La abrí con el pulgar y dejé que la arena negra cayera sobre la alfombra de Rose. Los ojos de mi hermana se abrieron tanto como dos ciruelas.

Capítulo cuatro

Rose saltó de la cama y se arrodilló en el suelo. Recogió tanta cantidad de arena como pudo, me quitó la polvera de la mano y la metió dentro. Entre todo eso, podía escucharla respirar en pequeñas inhalaciones, y me contagié de sus nervios. Me dejé caer al suelo junto a ella enseguida, y recogí los granitos de arena negra de entre la alfombra. A mi espalda, la puerta parecía ondear y estremecerse, como un techo de hojalata bajo la lluvia. Aún había un aroma a mar que salía de la alfombra como una ligera niebla.

—Debes de estar loca, Marlinchen —susurró Rose mientras metía la polvera entre los pliegues de su vestido—. ¿De dónde has sacado esto?

No sabía cómo responder a eso. Ni siquiera podía explicármelo yo misma. La arena negra de algún modo se había desprendido de mí en el baño, y después las tuberías me la habían devuelto. Así que eso fue lo que le dije, dado que era lo único que sabía, y después le conté cuánto temía que Sevastyan volviera y que, cuando se convirtiera en un nido de víboras justo en nuestra entrada, todo fuera por mi culpa.

No le conté la manera en que mi mano se había deslizado entre mis muslos, o cómo había estirado tanto aquel pedazo de esperanza, que se había quedado tan delgado como un viejo trapo deshilachado.

Pero mi segunda hermana era astuta, y entrecerró los ojos más y más hasta que fueron como dos cuchillos que penetraron hasta el fondo de mi ser.

—¿Por qué le diste esa mezcla de hierbas? —soltó Rose cuando hube terminado, y durante un momento sonó tan enfadada y mezquina como Undine—. Podrías haberme despertado. Tengo brebajes para los hombres que no puede mantenerse alejados de una botella de licor. Papá tenía razón, el bailarín te tenía inquieta. *Querías* que volviera.

Me di cuenta de que nunca había aprendido a mentirle a nadie, o quizá no había tenido nada por lo que mereciera la pena mentir, ni ningún secreto que guardar. Pero al abrir la boca para confesarlo, lo único que salió de mis labios fue una risa entrecortada. Por supuesto que mi anhelo condenaría al objeto de mi deseo. Por supuesto que cualquier cosa que deseara iba a convertirse en una negra víbora en mis manos.

—No puedo dejar que acabe como Titka Whiskers —susurré, e incluso decir su nombre hizo que me ardiera la lengua como si acabara de dar un trago de té ardiendo. Así de buena era su magia: la maldición ni siquiera había estado dirigida a mí, pero sin embargo sus raíces sí estaban en mi interior incluso después de que hubiera muerto—. No podría soportarlo, especialmente sabiendo que fue por mi culpa.

Rose me observó con una mirada completamente gélida.

—Undine tratará de arrebatártela si se entera.

—No —le dije mientras negaba con la cabeza y cerraba los ojos, como si así pudiera protegerme de la verdad en sus palabras—. No, no se arriesgaría a despertar la ira de papá así. No se arriesgaría a romper su hechizo…

Y, sin embargo, sabía que mi hermana tenía razón. Undine no era lista como lo era Rose, quien sabía exactamente cuánto temer a papá, de la misma manera que sabía cuánta agripalma debía añadir a una cataplasma, y no era débil como lo era yo, que me acobardaba con cada puño apretado o respiración fuerte.

Era vanidosa y cruel, y de alguna manera, había aprendido a no pedir perdón por lo que deseaba.

Pero ¿qué había de mi segunda hermana? Rose solo me miraba con una furia calmada y moderada. Siempre había sido menos entusiasta que Undine acerca de nuestras escapadas de medianoche, y nunca había tratado de organizar las salidas por sí misma. Fuera cual fuere el deseo que albergaba en su corazón, no estaba reservado a las orquestas, el ballet, las risas o a bailar en la calle.

—¿Qué quieres que haga, Marlinchen? —preguntó Rose al fin—. El bailarín volverá, o no volverá. Y ahora lo has empeorado todo para todas nosotras con esta arena negra. Undine te arrancará el pelo y te abofeteará hasta que se la entregues a ella si se entera. Y si papá se entera, será aún peor.

—Lo sé —dije con tristeza—. Me desharé de ella. —Las palabras se derramaron de mis labios antes de haber parpadeado siquiera como una luz en mi mente—. La usaré una vez para advertir a Sevas, y después no la veremos nunca más.

La mirada de Rose cambió, desconfiada como la de un gato.

—¿Solo una vez?

—Solo una vez —prometí, y deseé que me creyera incluso a pesar de la vibración de mi voz.

Ella suspiró, y con ello también expulsó algo de su maldad.

—Siento lo que ha ocurrido —dijo por fin—. Si tan solo papá nos dejara tener algo nuestro, no te habrías lanzado sobre la primera cosa bonita que te ha llamado la atención. No es culpa tuya. Y tu hechicería es solo un espectáculo, no es para cambiar o hacer nada. Eso tampoco es muy justo. Te puedo ayudar un poco, pero debes prometerme tres cosas.

Su conformismo me dio ganas de llorar. Se me llenaron los ojos de lágrimas, y la nariz me ardía. Una pizca de esperanza comenzó a brillar en mi interior como si fuera una perla.

—Lo que quieras.

—Lo primero, debes tomar la arena negra y destruirla. —La mirada de Rose descansó sobre mí, pesada como un metal, como si yo fuera un bogatyr de las antiguas historias que acababa de ganarme el favor de un rey—. No me importa lo que hagas con ella, pero no la traigas de vuelta aquí. Úsala para salir una vez, y después nunca más.

Asentí con intensidad, agarrando entre mi puño la tela de mi vestido.

—Lo segundo, debes volver para cuando el reloj dé las tres, antes de que el amanecer alce los párpados de papá.

Asentí de nuevo.

—Por supuesto.

—Y tercero. No debes traer nada de vuelta contigo. Tus manos y tus bolsillos deben estar tan vacíos como cuando te marchaste.

Fue solo en ese momento cuando fui consciente de lo que había pedido en realidad, lo que ella me estaba dando permiso para hacer.

—¿Quieres que salga a Oblya yo sola?

—Bueno, yo no voy a ir contigo —dijo Rose—. Sería más peligroso si lo hiciera. Todas las miradas de una habitación se vuelven hacia una chica Vashchenko cuando entra, y al haber menos de nosotras, quizás eso atraerá menos miradas. No podemos permitir que esto llegue a oídos de papá.

Aquella era la razón por la que Rose era más buena que Undine. Incluso enfadada, trataba de no herir mis sentimientos. Ambas sabíamos que yo no atraería ninguna mirada, lasciva o de ningún tipo. Era fea en el sentido de que era muy fácil de olvidar, como el trozo disparejo de la vajilla, o el cuchillo romo que tu mano nunca elige, sin que tu cerebro tenga que dar una razón de por qué.

Rose se levantó, fue hasta su tocador y volvió con el peine de pomo de marfil de mamá. Con los labios apretados, comenzó a peinar mis rizos enredados, y sentí que me quedaba sin fuerzas en las piernas; aunque estaba siendo más brusca que mamá, era tan excepcional que alguien me cuidara...

Pero cuando alargó la mano hacia su caja de lazos, le dije:

—Papá va a verme cuando le lleve la cena, y pensará que algo va mal si nota un lazo en mi pelo.

Así que me dejó el pelo suelto.

No le mencioné que ya tenía su sucio lazo rosa atado a mi muñeca, oculto bajo la manga de mi vestido.

Así, con el pelo suelto alrededor de los hombros, fui y le preparé
la cena a papá: el hígado de pollo con cebolla dorada y perejil, y
un chorrito de vino especiado, porque pensé que podría hacer que
se quedara dormido antes, o que se quedara dormido durante
más tiempo. Al echarlo sobre el pollo, la sartén siseó con el vapor,
me saltaron gotas de grasa, y me sentí como si estuviera haciendo
lo más peligroso que había hecho jamás.

Respiré con dificultad todo el rato, preguntándome si estaría
volcando mis secretos en la comida junto al vino. ¿Y si papá notaba el sabor de mi engaño cuando la comida entrara en contacto
con su lengua, como si fuese algo podrido? Le serví el hígado con
kvas mientras me temblaban los dedos. Cuando alcé la bandeja,
era casi insoportablemente pesada, y las piernas me ardían para
cuando llegué junto a papá en el salón.

—Gracias, Marlinchen —dijo, como siempre hacía, y agarró el
tenedor. Cerré los ojos mientras daba el primer bocado.

En el silencio, lo escuché masticar y lamerse los labios. Lo escuché dar un sorbo de kvas, y acto seguido dejó el vaso sobre la
mesa de patas de pezuñas. No abrí los ojos de nuevo hasta que
habló.

—¿Hay más pan?

Parpadeé y miré su plato. Mi mentira estaba allí, como si fuese
un trocito de cáscara de huevo, o un pelo caído, y él se la había
comido sin darse cuenta.

—Sí —conseguí decir, y fui a la cocina para cortar más pan
negro con mantequilla.

Al fin, la cena terminó y papá se fue a dormir. El cielo estaba
del color de la sangre que brota bajo un clavo. Me comí dos rebanadas de pan negro, y me dolió tragar cada bocado.

En el piso superior, Rose estaba esperando en mi habitación. Se peleó con mi pelo durante casi media hora antes de conseguir recoger la mitad de él en una precaria red de trenzas que parecían como una pila de raspas de pescado apiladas en un plato. El resto me caía rizado por la espalda, tan pesado como un mantel. Saqué de nuevo mi vestido rosa y mis zapatos sucios, y me puse la pulsera de dijes de oro. En la otra muñeca llevaba el lazo rosa, el que Sevas me había devuelto.

Rose me ayudó a atarme el corsé, y dentro del corpiño, justo entre mis pechos, colocó la polvera de mamá.

—Deshazte de ella, Marlinchen —me dijo mientras sujetaba mi barbilla con la mano—. No seas egoísta.

Yo me limité a asentir, incapaz de decir nada. El metal ya comenzaba a calentarse contra mi piel.

—Tendrás que llevarte esto también, o no serás capaz de encontrar el camino de vuelta a casa —Rose empujó hacia mí una bolsita del tamaño de un puño con el cordón cerrado con fuerza—. Suelta uno cada pocos pasos, y después síguelos para encontrar el camino de vuelta. Las bayas de enebro dejan unas manchas de lo más oscuras. —Ató la bolsita alrededor de mis caderas con un lazo rojo—. Y esto también. —Sacó un pequeño vial y lo ató con un segundo lazo alrededor de mi garganta—. Es una tintura para la valentía. Lo único que tienes que hacer es olerlo.

Su bondad me golpeó con una sacudida que me dejó mareada, y no pude evitar echarme hacia delante y abrazarla con el saquito apretado entre nuestras clavículas. Inhalé el olor a ungüento de limón y romero, y también me llegó un olorcillo a hierbabuena, como si fuera un añadido. Cuando me aparté, podía sentir el ardor en la garganta, como una bocanada de aire caliente, y cuando me llegó al estómago, apaciguó los nervios que me habían alterado. Me sentí como después de vomitar: todo estaba limpio y vacío, la mente aguda y despejada como el agua.

—Gracias —le susurré.

Rose me besó en ambas mejillas.

—Vuelve para cuando den las tres, Marlinchen. Y recuerda… no traigas nada contigo.

Yo asentí.

—Una noche —dijo ella, con una voz seria—. Una noche para satisfacer este necio deseo, y después se acabó.

Sabía que no lo decía por crueldad, pero en lo único que podía pensar era en cómo había alimentado a nuestra vaca lechera con sus ciruelas dulces favoritas, antes de matarla para la cena de papá, y cómo había esperado que al menos la criatura tuviera el dulce sabor de ellas en la lengua cuando le corté la garganta.

Sin la tintura de mi hermana, puede que hubiera estado más asustada al cruzar el umbral, con la puerta chirriando tras de mí, y que hubiera temido el hechizo de papá que inundaba el aire. También me asustaba que Undine pudiera ver cómo me marchaba, aunque no eran sus crueles palabras, o sus bofetadas que escocían lo que temía. Era el hecho de que pudiera quitarme la arena negra para usarla ella misma. La arena negra era el único secreto que había tenido jamás. Lo único que me pertenecía a mí, y solo a mí.

Las nanas que cantaban los grillos guiaron mi paso ligero a través del jardín, a través de las raíces que se aferraban y las cepas que se enredaban. Empujé la oxidada verja hasta abrirla, y cuando me lancé hacia la calle, se cerró tras de mí y pude escuchar el pestillo de metal al vibrar.

Lo había hecho. Me había marchado, y ahora las oscuras calles de Oblya se extendían ante mí como un rollo de seda desplegado. Inhalé el bálsamo de limón y abrí el saquito que había alrededor de mi muñeca. Dejé caer al suelo de adoquines las primeras bayas de Rose. Aterrizaron justo en la sombra cuadriculada de nuestra verja.

Mi primer y mi segundo paso fueron tan ligeros que apenas noté el suelo bajo mis pies. Antes de darme cuenta, estaba ya al final de nuestra calle y giré hacia la intersección que llevaba al teatro.

Los charcos de luz de las farolas se acumulaban como rublos que se hubieran caído. Pasé por brillantes escaparates y cafeterías con toldos verdes que escupían humo de tabaco y risas al exterior. Grupos de cuatro o cinco hombres caminaban a zancadas por la carretera, con los rostros iluminados y húmedos, sus ojos brillantes con el entusiasmo de un joven caballero en su primera excursión, de uno que aún no se ha convertido en bogatyr.

Me mantuve cuidadosamente alejada de ellos, pero no parecían darse cuenta de mi presencia. La música salía de las puertas abiertas y de las ventanas de los segundos pisos entreabiertas. Solo en la calle Kanatchikov conté cuatro idiomas diferentes. Si no hubiera sido por la tintura de Rose, me habría quedado allí paralizada mientras las palabras extranjeras se filtraban por mis oídos, tratando de discernir qué consonantes y vocales significaban peligro.

Pero tenía su magia, y más aún, tenía un objetivo fijado frente a mí, y solo una noche para probar el dulce que mi lengua ansiaba, para saciar el doloroso anhelo que había en mi vientre. Así que mantuve un ritmo ligero por la calle, soltando una baya de enebro cada tres pasos.

Al fin llegué al teatro, que rodeaba la plaza como un delgado brazalete, con su fachada blanca que brillaba como un hueso de pollo hervido. La fuente burbujeaba con entusiasmo para nadie: había llegado demasiado tarde, la muchedumbre no estaba, y las puertas estaban cerradas. Incluso al inhalar la tintura, sentí algo de pánico liberándose en mi interior y escabulléndose entre los agujeros de mi columna.

Caminé apresuradamente a través del patio, pasé junto a la fuente y hasta el teatro, y después giré hacia el callejón de la izquierda. Los adoquines estaban resbaladizos, y encharcados con una luz aceitosa, lo suficiente para que pudiera ver la puerta en el lateral del edificio. Mis recuerdos pintaron una silueta sobre la pared: allí estaba Sevastyan, doblado sobre sí mismo y vomitando, y yo misma, agachada junto a él con nuestros rostros oscurecidos y sin rasgo alguno. Parpadeé, y nuestras marionetas de sombras se desvanecieron. Me quedé mirando fijamente a la puerta cerrada por la que Sevas y Aleksei habían entrado.

Había tomado la decisión de esperar fuera, y estaba practicando lo que diría, incluso aunque sabía que había una muy buena probabilidad de que mis palabras se disolvieran dentro de mi boca como si fueran un terrón de azúcar. Pero entonces, pensando que no funcionaría, probé el pomo de la puerta.

La puerta se abrió con facilidad. Di un pequeño grito ahogado y salté hacia atrás, y a través de la grieta se filtró la abrumadora luz dorada y la grandiosa música de orquesta. Con mucho cuidado, entré por el umbral, metiendo primero solo el extremo de mi zapato, y después el resto de mi cuerpo bajo la cálida luz ambarina.

El telón de terciopelo carmesí ondeó. Estaba medio escondida en las sombras del palco estatal, donde el gradonalchik de Oblya, el jefe de la ciudad, observaba por encima de su abundante bigote. Tras un momento, me introduje más adentro, tras una de las columnas de mármol. Desde aquella perspectiva privilegiada, podía ver solo una pequeña parte del escenario: la madera del color de la miel brillante, y las zapatillas blancas de las doncellas níveas.

Entonces llegaron los oboes y el rugir de los tambores, y allí estaba Ivan caminando hacia el Zar-Dragón. Incluso aunque sabía cómo terminaría todo y que el Zar-Dragón moriría, aguanté la respiración y mi corazón traqueteó como kopeks dentro de una lata. Observé tras la columna, de puntillas.

El pecho desnudo de Sevastyan resplandecía, con los hombros en tensión, preparado. Nunca jamás había sentido tal rubor ante la violencia lujuriosa de todo aquello, ni siquiera cuando había estado entre mis dos hermanas con los puños apretados, o más adelante, aquella misma noche. Nunca antes había sentido un calor como el que subía por mis mejillas mientras observaba la espada de Ivan deslizarse rápida como una lengua, y al Zar-Dragón desplomarse como un pino negro alcanzado por un rayo.

Me mordí los nudillos, y deseé que hubiera más sangre además del pañuelo rubí estirado sobre la herida falsa del zar. Quería ver la espada de Ivan manchada con sangre real, con la viscosidad y la apariencia de unas cerezas hervidas. Quería captar el olor metálico de la sangre en el aire. Aquel anhelo febril me arrastró por el tiempo como si fuera una marioneta colgada de unos hilos. El resto del espectáculo pasó en una espiral sobre mí sin que me diera cuenta: Ivan y la zarevna imitaron el beso, y la celebración de las doncellas níveas, la construcción de una Oblya de verdad, el horizonte pintado, que rodaba hacia arriba tras ellos, y las flautas que tocaban una alegre melodía. Al final, me saqué los nudillos de la boca.

Cuando el telón se cerró aún me ardían las mejillas, y no podía escuchar nada por encima de la frenética vibración de mi propia sangre. Pero ver a la audiencia ponerse en pie me sacó de mi trance; me iban a arrollar si no me movía, y de repente recordé el pesado metal entre mis pechos. Me volví hacia la puerta, pero la muchedumbre ya estaba avanzando.

El terror hizo que me castañearan los dientes. No podía oler la tintura de Rose.

Oh, pensé mientras el afilado codo de una mujer me golpeaba en las costillas. *He cometido un grave error.*

Y entonces el sonido de mi nombre se alzó por encima del calor y el ruido. Me volví, y vi a Sevastyan trotando escalones abajo desde el escenario, y pensé que había imaginado que hubiera dicho mi nombre, hasta que la multitud se apartó y entonces él se quedó allí de pie, frente a mí.

Estaba aún pintado de oro y llevaba la túnica de plumas. El pecho le subía y bajaba, pero no había rastro del empañamiento del vodka en sus ojos. Nada se interponía entre su mirada y la mía. Me sentí extrañamente desnuda en ese momento, incluso aunque él fuera el que iba con el pecho desnudo. Sentí como si me estuviera taladrando hasta la médula, y me sentí observada de una manera en la que la gente solo miraba a mis hermanas. Era como si alguien estuviera rebuscando en una fuente, y por fin hubiera cerrado la mano alrededor de la moneda que era yo.

Con las mejillas rosadas, conseguí sacar a la luz las palabras desde lo más hondo de mi vientre.

—Tengo que contarte algo.

—No puedo escuchar nada mientras estamos aquí —dijo Sevastyan. Tres mujeres se habían parado ya a mirarlo completamente boquiabiertas—. Ven conmigo.

Se volvió, y estaba tan entumecida por la sorpresa, que no pude hacer nada más aparte de seguirlo a través de la marea de gente que empezaba a menguar. El perfume y el humo del tabaco habían transformado el aire en una neblina, y el olor del bálsamo de limón de Rose se volvió más y más débil. Comencé a quedarme congelada como un conejo que acaba de escuchar una rama partiéndose, y con una sacudida de alarma, alargué la mano y me agarré a la capa de plumas de Sevastyan.

Él se giró para mirarme y pestañeó sorprendido, así que lo solté de nuevo mientras me sonrojaba con violencia. Pero él vio el miedo en mi rostro, y con la calma con la que un corredor de bolsa lee el precio del trigo en el informe semanal de las acciones, agarró mi mano con la suya.

Esperé que no pudiera escuchar el sonido ahogado que solté mientras me guiaba escalones arriba y tras el telón echado, hacia un pasillo con multitud de pequeñas puertas a ambos lados. Se paró frente a una en la que ponía su nombre y la abrió. Después, tiró de mí hacia dentro.

Para cuando pude apartar mi mano de la suya, tenía la palma resbaladiza. Un poco de él estaba colándose en mi interior, como si fueran pequeños brotes verdes. Vi tras mis párpados la mancha de un recuerdo, nebuloso y breve: el brillo del cinturón de alguien. Una capa de sudor frío en mi frente. Si me tocaban el tiempo suficiente, o me sostenían lo suficiente, mi magia se agitaba y me enseñaba cosas sin importar cuánto tratara de impedirlo.

Sacar secretos como si se tratara de sangre sin que la persona ni siquiera supiera que tenía la aguja dentro era un sentimiento terrible.

—Jamás una chica me había hecho sentir tan repugnante —dijo Sevastyan.

Estábamos de pie en el mismo camerino que había visto en mi primera visión, con el espejo del tocador escupiendo nuestros reflejos de vuelta.

—¿Qué?

—Me has soltado tan rápido que pensé que tal vez te había hecho daño en la mano, pero ahora me pregunto si es solo que me encuentras repugnante.

—No, yo...

—Y aquel día en tu casa, estabais deseando sacarme de allí, tú y tu padre. No puedo evitar concluir que se te revuelve el estómago con solo verme. Sé que no causé la mejor de las primeras impresiones cuando vomité en tus zapatos en un callejón a medio iluminar, pero...

—No —conseguí decir, casi tartamudeando con la sola palabra, y con las mejillas ardiendo con intensidad—. No creo que seas repugnante. No quería que te marcharas, pero mi padre estaba furioso, y no sabes cómo son sus enfados. Y en esta ocasión, ha sido mi magia la que ha hecho que me apartase. No quiero arrancarte tus secretos.

Sevas simplemente se quedó mirándome con un brillo de alegría en sus ojos azules. Se soltó la capa de plumas y dejó que cayera a sus pies.

—Bueno, pues me alegra saber que no te resulto repugnante.

Si hubiera sabido realmente lo que había pasado por mi mente cuando habíamos estado en la despensa de Rose, me habría expulsado del teatro por obscena. Solo pensar en ello hizo que me sonrojara más aún.

Sevas comenzó a limpiarse la pintura dorada de los hombros y el pecho, y el barniz se peló como si fuera óxido. Pude ver el principio de la tinta negra donde parte de la pintura ya se había caído, unos símbolos garabateados siguiendo la línea de su clavícula que bajaban por su antebrazo y hasta el dorso de su mano. Entrecerré los ojos para mirarlo, y durante un momento mi pánico desapareció.

—¿Qué son? —le pregunté.

—Bendiciones —dijo él, y se pasó el pulgar por uno que tenía en el omóplato—. O, al menos, algunos de ellos lo son. Mi madre quería que me llevara una copia del libro sagrado conmigo cuando vine a Oblya, así que le dije que llegaríamos a un acuerdo, y me tatuaría sus oraciones favoritas en su lugar. Cuando llegué a casa del estudio de tatuajes, me tiró el libro a la cabeza.

Reconocía algunas de las letras por las fachadas del distrito yehuli.

—¿Por qué?

—Porque el artista era un hombre rodinyano que cometió un error al escribir nuestra palabra para «cielo». —Una sonrisa alzó la comisura de sus labios—. No, estoy bromeando. Seguramente fue porque mi gente tiene prohibido tatuarse la piel. Pero apenas hay algo que merezca la pena hacer en esta vida sin que *alguien* se enfade por ello. Dicen que no me enterrarán en uno de nuestros cementerios, pero ¿qué más me da lo que le pase a mi cuerpo después de morir? Cocina mi corazón e hígado si te gusta particularmente la carne de los hombres yehuli, aunque puede que yo tenga una carne algo dura después de tantos años de bailar.

Tras hablar, se puso una camisa blanca por la cabeza y la abotonó a la altura de su garganta. No pude evitar abrir la boca un poco, ya que estaba tratando de conciliar el humor de su voz y el brillo de su mirada, que indicaba que bromeaba con las cosas tan grotescas que estaba diciendo. Vi la espada de madera de Ivan sobre el tocador, y desde tan cerca, parecía incluso más obvio que era un decorado; la pintura plateada no ofrecía nada de la luminosidad del acero real. Sevastyan se pasó los dedos por el pelo, despeinándolo con una intención muy cuidada.

Entonces comenzó a quitarse las mallas.

—Espera —solté—. Me puedo marchar...

Él me miró con las cejas alzadas.

—No tengo mucha modestia que conservar, señorita Vashchenko, así que no tiene que marcharse por mí. Pero si es su decoro por lo que está preocupada, es bienvenida a darse la vuelta.

Así lo hice, con el rostro tan caliente como una estufa. De espaldas a él, le susurré:

—Marlinchen.

—Marlinchen —dijo él. Su voz sonó extraña ahora que no podía verle la cara, de algún modo más suave, como la de un chico en vez de la de un hombre—. No me he olvidado. Pero desde que empecé a preguntarme si me odiabas, pensé que puede que prefirieras que te tratara con más formalidad.

—No —le dije, mirando fijamente aún la pared con una concentración total—. Hay tres señoritas Vashchenko, y solo una de ellas soy yo. Cuando escucho ese nombre, siempre pienso que alguien pregunta por mis hermanas.

Escuché a Sevas inhalar.

—Ya puedes darte la vuelta, si quieres.

Eso hice, con las mejillas aún sonrojadas. Sevas llevaba puestos ahora unos pantalones negros, y las mallas del color de su piel estaban hechas una bola y abandonadas en su tocador. Observé la bella línea de su boca, el brillante y despejado azul de sus ojos, y todo pensamiento racional me abandonó.

—De verdad me alegra mucho ver tu cara de nuevo, Marlinchen —me dijo—. No estaba seguro de si lo haría.

La suavidad y la inseguridad en su voz hicieron que aflorara otro recuerdo en mí: la mano de Derkach sobre su rodilla. Aquello me recordó que había venido al teatro con un propósito. Inhalé, percibiendo el bálsamo de limón de la tintura de Rose, y dejé que el valor se colara hasta mi estómago.

—De verdad que tengo algo que decirte —dije.

—Adelante —Sevas adoptó una mirada solemne.

En ese momento, todas mis palabras se cortaron como la leche echada a perder. Creería que era una necia, o quizás una loca, una bruja con sus cosas del viejo mundo, una esclava de la demencia devorada por los insectos de su padre. Eso era lo que los demás oblyanos pensaban de nosotras cuando no estaban mirando bajo los vestidos de mis hermanas, e incluso a veces mientras lo hacían. Su curiosidad corrupta los atraía hasta nuestra puerta, una magia que en ocasiones parecía más poderosa que el miedo que mi padre trataba de instilar en ellos.

Para las mujeres, éramos historias contadas en fiestas entre corros de gente. Para los hombres, éramos conquistas imaginarias, un escenario onírico donde podían llevar a cabo sus fantasías más perversas, las que nunca causarían a sus esposas mortales, dulces y de rostros sonrojados. Les preguntaban a mis hermanas si fornicábamos con nuestro padre, o las unas con las otras, y solo el pensarlo parecía que los excitaba de forma perversa. Había observado multitud de bigotes empapándose de sudor mientras los hombres trataban de diseccionar mi respuesta con los dientes, mordiendo las partes lujuriosas. Si me sonrojaba, se lo tomaban como una confesión, y eso añadía más leña al fuego que eran sus vulgares sueños.

En ocasiones pensaba en decirles lo que querían escuchar, recitando todos los detalles sórdidos que ya podía verlos imaginar tras sus ojos. A veces pensaba en decirles lo que realmente pasaba cuando me metía en la cama de noche: cómo me imaginaba cortándome los pezones con las tijeras de podar de Rose, con dos cortes limpios para que cayeran al suelo como si fueran los pétalos de una flor, rosados y sin una gota de sangre. También me imaginaba tirando del trozo de piel blanca de mis cutículas, pelándolas como si se tratara de la piel de una patata, hasta que mi mano estuviera completamente bañada de rojo. Me permitía imaginar un acto de violencia tras otro dentro del refugio seguro de mi mente. Concluí que aquello seguramente también les excitaría; a veces incluso yo misma sentía cómo me excitaba bajo las sábanas.

Pero Sevas no apartaba la mirada de mí, aunque ciertamente había pasado demasiado rato desde que había dicho nada, y debía tener el rostro sonrojado y con aspecto triste. Pensé en el modo en el que había hablado de cosas terribles sin pestañear, y encontré así el valor en mi interior para hablar, también.

—Mi padre es un gran hechicero —dije al fin—. Puede llenar el aire con una niebla tan fría que hace que te hieles y tiembles mientras tu mente se queda en blanco del miedo. Puede obligarte a abrir los ojos y ver las mentiras arremolinándose en tu lengua incluso antes de que las hayas dicho en voz alta. Puede construir paredes de cristal que no puedes ver, pero que jamás se rompen, y agujeros en el suelo que no sabes que están ahí hasta que te caes en ellos. Pero lo que más le gusta son las transformaciones. Cuando Oblya era más antigua, o más nueva, sus clientes pagaban bolsas enteras de rublos para que transformara sus relojes de bolsillo en relojes de agua, o sus cajas de música en pájaros cantores. Incluso convirtió a mi madre en un pájaro por accidente. Pero dado que los rodinyanos llegaron y comenzaron a transformar las lámparas de gas en lámparas eléctricas, y a transformar los campos en fábricas, mi padre no recibe ya a clientes, solo lo hacemos mis hermanas y yo. Dice que ahora Oblya no tiene apetito para ese tipo de magia, así que odia a todos los rodinyanos, y sobre todo el teatro de ballet. Estaba tan enfadado cuando viniste que cubrió la casa entera con un hechizo para que nadie del teatro pudiera cruzar el umbral de nuevo, o terminaría convertido en una masa de serpientes negras si lo hacía. La última vez que una bruja se convirtió en una masa de víboras en nuestra puerta, mi padre se las comió. Y dado que te di el elixir equivocado, temía que volvieras sin saber lo de la maldición, y que quizá no me daría cuenta de lo que había ocurrido hasta que estuviera sentada en el jardín y una serpiente negra reptara junto a mis zapatos.

Para cuando acabé de hablar me faltaba tanto la respiración que tuve que apoyar una mano contra la pared para sujetarme.

Sevas pestañeó una vez, abrió los labios, y creía que estaba preparándose para reírse y echarme de su camerino. Tras otro momento, dijo:

—Gracias.

—¿Por qué?

—Por avisarme —me dijo—. Por recibirme, en primer lugar. Si
tu padre es tan poderoso y cruel como dices, fuiste muy amable al
no haberme rechazado. —Me recorrió con la mirada de arriba
abajo, y vi la punta de sus orejas ponerse del color rosado del
amanecer—. No debe saber que estás aquí ahora mismo, en el
odioso teatro de ballet, con su bailarín principal más odioso.

El miedo se enroscó a mi alrededor como un yugo, y ni siquiera la tintura de Rose fue suficiente para frenarlo.

—No, no lo sabe. Pero no es cruel, lo que sucede es que se
preocupa tanto por sus hijas que le aterroriza el pensar que pueda
pasarnos algo.

Tenía demasiado miedo para decir nada más, como si hablar
en voz alta pudiera imbuir mis palabras con una magia que haría
que se volvieran realidad. A veces sí que me preguntaba si mi padre nos mataría a mis hermanas y a mí, en lugar de arriesgarse a
perdernos ante el mundo. No eran pocas las veces que había considerado si estaríamos más seguras siendo ceniza en urnas.

—Bueno, ya te lo he contado —seguí diciendo con voz temblorosa—, y ahora sabes que no debes volver nunca. Puedo darte
el elixir correcto para que Derkach no se enfade. Mi hermana tiene
pócimas para hacer que los labios de un hombre no se acerquen al
licor…

—No soy un borracho inútil, ¿sabes? —dijo Sevas, que asintió
hacia la botella de cristal bajo el tocador, donde había aún unos
cuantos dedos de líquido claro—. Te agradará saber que no he tocado el vodka desde que fui a verte, y no solo porque Derkach ha
estado observándome más de cerca que nunca. No puedo decir
que tenga mucha experiencia con la hechicería, pero no pensaba
que el olor de la borraja pudiera mantener medio litro de vodka

en mi estómago, y no quería hacer que Derkach fuera enfurecido hasta tu puerta y encolerizara a tu padre aún más.

Pasó un largo rato hasta que me di cuenta de que aquella bondad era por mí. Tal y como yo no había deseado que Derkach desatara su rabia sobre él, él no había deseado que mi padre desatara su rabia sobre mí.

Nos observamos el uno al otro a través del caldeado y estrecho camerino. Él era casi una cabeza más alto que yo, nuestras frentes estaban cubiertas de sudor, y algunos de mis pelos se habían escapado de las cuidadosas trenzas de Rose y se habían rizado. Todo tenía un aspecto dorado y brillante, como la luz del sol a través de un tarro de kvas, y la casa de mi padre me pareció tremendamente lejana. Incluso el aire tenía un gusto dulce, y mi deseo rizó sus largos bucles fuera de mi vientre, floreciendo bajo la luz y el calor.

Sevastyan abrió la boca, y contuve el aliento mientras esperaba a que hablase. Pero entonces se escuchó el ruido de un altercado, y la puerta se abrió con un estrépito.

Era el otro bailarín, Aleksei, con la mejilla derecha manchada de pintura naranja. Cuando me vio, dejó escapar una risita y dijo:

—Taisia va a estrangularte con sus mallas.

—No es lo que piensas —dijo Sevas, pero la punta de sus orejas estaba visiblemente rosada—. Aunque sí que me ha visto mientras me desvestía.

—¡Me di la vuelta! —protesté.

Sevastyan tenía una amplia sonrisa, y Aleksei se reía con alguna broma que estaba ocurriendo a mi alrededor, e incluso aunque se me escapó de entre los dedos como si fuera vapor, no noté nada afilado en sus sonrisas. No había crueldad encubierta en sus ojos. Me sentí bien recibida en sus risas. No recordaba la última vez que había sido parte de algo tan agradable.

—Deberíamos salir de aquí antes de que Taisia empiece a chillar y Derkach comience a regañarte —dijo Aleksei. Su mirada pasó ligeramente sobre mi mitad del camerino; si me reconocía

como una chica Vashchenko, una bruja, no lo mencionó en absoluto—. ¿Tu... amiga... viene con nosotros?

El corazón me dio un vuelco, pero no podía hablar. Sería de lo
más necio y egoísta ir con ellos, tentar las horas que papá estaría
dormido y poner a prueba la paciencia de Rose. Aún debía estar
caminando de un lado a otro, esperando a que llegara a casa. Sentí que debía protestar de alguna forma, incluso si eso hacía que mi
estómago se marchitara como una violeta.

—No puedo —dije en voz baja—. Mi padre...

Aleksei se volvió hacia Sevastyan con una mirada consternada.

—Por favor, dime que no has elegido a otra chica con un padre
francotirador.

—Era un veterano medio sordo del Ejército Imperial rodinyano
con un fusil de chispa oxidado. Siempre tan dramático, Lyosha.
Pero no, es incluso mejor. Su padre es un hechicero que desea con-
vertirme en una masa de serpientes negras.

—Creía que los hechiceros se habían marchado de Oblya —dijo
Aleksei, aunque no parecía particularmente molesto ante la perspectiva de la existencia de un hechicero, o de su amigo convirtién-
dose en unas víboras. Me di cuenta de que su acento era también
rodinyano. Todos los hechiceros habían desaparecido de Rodinya
incluso desde hacía más tiempo.

—Es típico que, con mi suerte, haya atraído la ira del último
hechicero de Oblya —dijo Sevas mientras se abotonaba la chaqueta. Se volvió hacia mí—. Pero si tu padre hechicero no sabe que te
has ido, ¿qué problema hay con que te quedes un rato más?

Ante aquello, me llegaron las palabras de Rose en mi mente.
«Debes volver para cuando el reloj dé las tres, antes de que el
amanecer alce los párpados de papá». No podían ser más de las
once en ese momento, así que hasta que papá se despertara había
aún muchas horas por delante. Pero había mil peligros que me
aguardaban en el camino, en las calles de Oblya o en los pasillos
de nuestra casa; papá podía despertarse temprano por el hambre
y pasar por mi dormitorio vacío.

Sin embargo, nada de eso parecía importar en ese momento, y todas mis protestas imaginarias se desvanecieron como si fuesen humo. Rose me había dado una noche para satisfacer mis deseos más embriagadores e ingenuos... ¿Cuándo, si no, se iba a presentar tal oportunidad ante mí, como si se tratara de una mesa llena de aperitivos? Inhalé el bálsamo de limón y romero, y el intenso matiz de hierbabuena, que entraron por mi garganta y se endurecieron en mi vientre, otorgándome el valor que mi hermana me había prometido. Con ello llegó la llamada del deseo entre mis muslos, y cuando miré fijamente a Sevastyan, él me devolvió la mirada.

La habitación entera se volvió extraordinariamente borrosa, como si todo aquello fuese una ensoñación. Y si realmente era un sueño, era el sueño más dulce que había tenido nunca, y no quería que terminase aún.

Mis ojos siguieron la curva de la intensa y brillante sonrisa de Sevas, y mis propios labios se separaron en respuesta para preguntar:

—¿A dónde vamos?

Capítulo cinco

Oblya de noche estaba tan llena de color y ruido que no entendía cómo una vez le había tenido miedo.

Parejas felices se daban la mano bajo los charcos del resplandor de las farolas en la calle. Las marquesinas de los escaparates estaban giradas hacia arriba en las esquinas, como sonrisas. Tranvías y carruajes repiqueteaban al pasar, y los caballos que tiraban de ellos eran enormes y alegres, como los osos de un circo con un collar de volantes. Pasamos junto a cafeterías y restaurantes en la calle Kanatchikov, y ya no me preocupaba que las palabras extranjeras pudieran atraparme como anzuelos. Tantos ojos me observaron, pero ninguno se posó sobre mí con malicia o sospecha. Asumí que debía ayudar que estuviera apretada entre Sevas y Aleksei, quienes tiraban de mí por la calle mientras se reían y formaban volutas de humo blanquecino con su aliento, pero yo apenas podía sentir el frío.

Me pregunté si Oblya sería así cada noche. Mientras yo presionaba la cara contra mi almohada y una bandada de cosas horripilantes anidaban en mi mente, ¿la ciudad estaba así de despierta y brillante fuera de mi ventana, arrojando una vida que me era completamente desconocida?

Una vez alcé una piedra grande de nuestro jardín, y bajo ella vi lo que parecían cientos de pequeñas criaturas moviéndose y retorciéndose; diminutas serpientes de vientre rojo, insectos largos con mil patas segadoras, cochinillas, bichos bola y escarabajos con la cáscara iridiscente. Me había asustado aquello tanto que corrí dentro de la casa y me escondí arriba, en mi cuarto, y no salí al jardín en casi un año.

No es que me asustaran las serpientes de vientre rojo o los ciempiés, puesto que sabía que eran inofensivos. Estaba más asustada por el hecho de que, cada vez que caminara por el jardín, estuviera pisoteando cientos de seres vivos sin darme cuenta siquiera.

Ahora, viendo toda la alegría y el júbilo ante mí, me entró un miedo similar de estar transgrediendo en todo aquello. Oblya no era un peligro para mí, pero sentí, aunque fuera solo durante un momento, que el hecho de que *yo* tocara aquello con mi terrible contacto lo arruinaría. ¿Qué le importaba a esta ciudad una bruja de cara simple con el pelo demasiado largo y una carnicería tras sus ojos?

Pero de alguna manera, aquellos pensamientos se desprendieron de mí. No sabía si era la tintura de Rose, o simplemente que Sevas estaba tan cerca de mí que el calor de nuestros cuerpos se mezclaba en el espacio entre nuestros brazos, que era tan fino como la hoja de un cuchillo. Él me guio hasta una taberna con ventanas oscuras y estrechas, y dos lámparas de gas que se consumían a ambos lados de la puerta, la cual estaba ligeramente abierta y por ella salía un humo negro.

Durante un momento retrocedí, con el pecho comprimido con un miedo impreciso, pero Sevas dijo:

—Lo más peligroso que hay ahí dentro es el vodka. Una vez escuché que había dejado ciego a un hombre.

Aleksei se rio disimuladamente y se coló por la puerta, desapareciendo entre la muchedumbre. Yo dudé bajo el umbral, y pensé en las historias de papá sobre las tabernas llenas de hombres extranjeros que se convertían en upyry tras el atardecer y bebían tu sangre. Pero papá no había tenido del todo razón sobre los hombres yehuli, y tampoco había tenido razón del todo sobre otras cosas, así que inhalé el bálsamo de limón, me armé de valor, y seguí a Sevas al interior.

La taberna estaba más iluminada de lo que había esperado, con un gran espacio en el centro para bailar. El suelo bajo mis pies estaba pegajoso. La pared de la izquierda brillaba, desde el suelo hasta el techo, con botellas de licor, verdes, marrones y blancas, algunas de ellas claras y con una tonalidad como de joya, y otras glaseadas como vidrio marino. En el interior también había muje-res, lo cual me sorprendió. Me quedé mirando sus rizos como si fueran tabaco enrollado y sus labios pintados, el colorete extre-madamente intenso de sus mejillas, y la forma en que sujetaban con los dedos las delgadas pipas, y se las llevaban a sus labios de color carmesí. Al mirarlas me sentí más y más como una niña pequeña. Aquellas mujeres se reían con delicadeza y de forma coqueta, como si de sus labios se estuvieran derramando enjam-bres de diminutas mariposas.

Sevas me llevó hasta la barra, cuya madera parecía resbaladi-za bajo la luz ambarina. Antes de que pudiera frenarlo, pidió dos vasos de vodka. Debió ver que mi rostro palidecía.

—No tienes que bebértelo —me dijo—. Pero es de mala educa-ción dejar que una señorita se siente en una taberna con las manos vacías. Los demás clientes pensarían muy mal de mí si no te invi-tara a algo, mi reputación jamás se recuperaría de ello.

No sabía decir si aquello era otra broma. Miré a mi alrededor para ver si había otras mujeres sin una bebida en la mano, pero nuestros vasos llegaron enseguida, y Sevas alzó el suyo en el aire y me dijo:

—También es de mala educación no brindar.

Así que agarré mi vaso también, y los chocamos con un sonido como de campanas plateadas.

Él bebió, y yo acerqué el vaso a mi rostro y olfateé con recelo. Olía peor que cualquiera de los brebajes de papá. Olía como lo que usaba para fregar los anillos de jabón de nuestra bañera. Quizá contuviera la misma magia que las manzanas de nuestro jardín, o uno de los elixires efervescentes de Rose: tal vez supiera tan dulce como el kompot de melocotón si te tapabas la nariz ante el hediondo olor. Probé un sorbito diminuto, y me quemó la garganta tan fuerte que comencé a toser y a escupir.

Sevas se echó hacia delante, preocupado.

—Por favor, dime que no te he matado. He escuchado algunas historias en las que las brujas arden ante el sabor del vodka.

—No soy esa clase de bruja —le dije.

Sentía la lengua entumecida y agrandada, pero recordé las historias de las que hablaba. Ese tipo de brujas eran arpías del bosque que se habían extinguido hacía ya tiempo, quienes refugiaban a chicas jóvenes de sus crueles madrastras, con la condición de que llevaran a cabo algún tipo de tarea aburrida y miserable.

—¿Cómo puedes aguantar beber tanto de esto?

—Se hace más fácil con cada trago —me dijo—. Como cualquier cosa, en realidad. Si lo haces durante suficiente tiempo, deja de doler. Y entonces otras cosas dejan de doler. Creía que moriría la primera vez que hice un *grand jeté*. Ese es el salto grande, cuando estiras las piernas tan abiertas a cada lado como te sea posible. Creía que el interior de mis muslos jamás dejaría de dolerme, y pensaba que nunca conseguiría saltar lo suficientemente alto o mantenerme en el aire bastante tiempo. Pero el ballet es un deporte de desgaste. Los mejores instructores son generales de guerra. Tienes que maltratar tu cuerpo hasta que te obedezca. Y esto —dijo, alzando de nuevo su vaso— ayuda.

Tuve que contenerme para no decirle que yo en ocasiones pensaba en mi cuerpo de la misma manera: ordinario, y merecedor del maltrato.

—Sabes, para el público pareces tan grácil y libre como un ave marina. Parece que lo que haces es lo más fácil de hacer del mundo.

—Por supuesto que lo parece. Eso es lo que distingue a un buen bailarín. Tal y como lo que distingue a un buen bebedor es

uno que trague vodka sin pestañear y con una sonrisa en el rostro.
—Sevas vació el resto de su vaso y me sonrió por encima del borde—. ¿Nunca lo habías probado?

—No —le dije—. Mi padre no nos lo permite. Dice que el licor es el refugio de los hombres de mente débil que tienen algo que quieren olvidar.

Sevas puso una mano sobre su pecho.

—Jamás había sido atacado de tal manera por un hombre al que solamente he conocido una vez. ¿Es esa su magia, hacer mordaces evaluaciones del carácter de la gente?

—Se equivoca sobre eso. —Incluso tan lejos de nuestra casa, sentí un pequeño escalofrío de temor al decir tal cosa—. Nadie con una mente débil podría bailar como tú lo haces, y además hacerlo ebrio.

—¿Te importa si le digo tal cosa a Derkach? —Los labios de Sevas sonreían, pero sus ojos adoptaron un estremecimiento extraño, abrupto como el viento que sopla a través de las hojas muertas—. Él comparte la preocupación de tu padre. Piensa que soy incorregible, y desde que llegamos a Oblya es incluso peor. No puedo evitarlo si hay el doble de tabernas aquí de las que había en Askoldir.

Pensé en lo que Rose había dicho, que tenía toda su vida por delante y ningún sitio adonde ir.

—¿Te alegraste de haber dejado Askoldir?

Sevas se encogió de hombros.

—Dejé allí a mi familia, a mi madre. Pero no los había visto demasiado desde que era joven, de todas formas. Cuando empiezas a demostrar tu talento como bailarín, las compañías de ballet te arrancan de casa, te colocan con un cuidador, te hacen pasar largas horas en el estudio y te llevan por giras alrededor del país. Tal y como Derkach dijo, he estado bajo su cuidado desde que tenía doce años.

Su voz se apagó, como algo que cayera por unas escaleras muy alargadas. El silencio se estiró entre nosotros, y Sevas pidió otra bebida. Recordé la mano de Derkach sobre su rodilla, y quería decir algo sobre ello, pero entonces Sevas sonrió de nuevo y me preguntó:

—Pero ¿sabes cuál es uno de los grandes beneficios del vodka?

Yo negué con la cabeza.

—Bueno —dijo, e hizo una pausa para vaciar su vaso, el cual dejó de nuevo en el mostrador—, pues que te da el valor o la indiferencia suficientes para hacer algunas cosas, como bailar en una taberna.

Ya me había tomado de la mano y comenzado a guiarme antes de darme cuenta de qué pretendía hacer.

—Ay, no —dije—. Por favor, no sé cómo...

—Marlinchen —dijo Sevas con algo de impaciencia—. Estás con el principal bailarín de la compañía de ballet de Oblya. Nadie va a notar si das un paso en falso.

—O a lo mejor se quedarán desconcertados y aliviados ante tu elegancia y seguridad.

Me ardía la cara. Sevas consideró aquello.

—Vamos a llegar a un acuerdo —me dijo.

Y entonces, me puso un brazo alrededor de la cintura y tiró de mí hacia delante para que mis pies estuvieran sobre los suyos. Nuestros cuerpos estaban prácticamente presionados, y nuestras manos derechas, unidas. Mi corazón repiqueteaba en mi pecho; no había ningún otro lugar donde pudiera poner la mano izquierda, a excepción de su hombro.

Comenzamos a mecernos algo inseguros, y mis uñas se clavaron en la tela de su chaqueta. En el lugar donde nuestros dedos estaban entrelazados, sentí que la palma de la mano empezaba a sudarme, la piel me hormigueaba con una magia floreciente. Sus pensamientos y recuerdos comenzaron a colarse en mi interior como el lento goteo del agua, con fogonazos de color tras mis párpados, y enseguida solté:

—Si seguimos tocándonos piel contra piel, conoceré todos tus secretos.

—No tengo ningún secreto —dijo Sevas—. Al menos, ninguno que me importe que lo descubras.

Mi sonrojo se intensificó. La música saltó y vibró, demasiado animada para nuestro incómodo bamboleo, pero ¿cómo podía importarme tal cosa en ese momento? Nuestras manos estaban unidas, y nuestros cuerpos muy cerca. Lo olí, captando el leve toque del licor en su aliento, y los persistentes aromas del teatro de ballet: pintura acrílica, sudor frío, nailon, y todas las cosas con las que lo habían vestido para convertirlo en Ivan.

Sevas se movió más rápido; trastabillé un poco y tropecé hacia atrás, pero él me sujetó antes de que me cayera.

—Lo siento —le dije—. Soy una compañera terrible.

—No te disculpes por nada —me dijo, con una convicción tan firme que no estaba segura de si me estaba diciendo tales cosas a mí, o a otra chica que estuviera viendo por encima de mi hombro—. Este está siendo el baile más agradable que he tenido en años.

Fruncí el ceño, perpleja.

—Ciertamente debes disfrutar del aplauso, de la adoración, y de la bonita zarevna.

—Ah, Taisia me odia hasta la médula —me dijo Sevas con una risa—. Dice que odia besar a alguien que apesta a alcohol y que tiene una docena de perfumes de otras chicas en él, incluso aunque sea fingido.

Los celos me hicieron un nudo en el estómago, pero me mordí el labio y guardé silencio.

—Y además —siguió Sevas—, esta es la primera vez en mucho tiempo que bailo en un lugar de mi elección, con una compañera de mi agrado, y sin hacer el mismo papel en la misma insípida historia.

—¿No te gusta *Bogatyr Ivan*?

—¿Qué tiene de bueno? Es un cuento de hadas para niños, y una doctrina para hombres ardientemente patrióticos. Además, ¿cómo puede nadie entretenerse con ella si el final es tan obvio?

Por supuesto que el Zar-Dragón cae. *Por supuesto* que Ivan se acaba ganando la mano de la zarevna.

—A mí me gusta —me atreví a decir, sorprendida ante mi propia valentía—. Me recuerda a una historia que mi madre solía contarme, antes de morir.

—Antes de que se convirtiera en pájaro.

—Sí. También había un Ivan y una zarevna en esa historia.

—¿Y tenía un final feliz?

—Así es —dije, y el pecho se me encogió de pronto, como si mi cuerpo se hubiera dado cuenta entonces de todas las cuerdas que lo mantenían atado.

La polvera con forma de caracola entre mis pechos, las bayas de enebro, la pulsera de dijes alrededor de mi muñeca, el recuerdo de las palabras de Rose retorciéndose alrededor de mi cerebro, como un cordel infinito: «Vuelve para cuando el reloj dé las tres, antes de que el amanecer alce los párpados de papá. Tus manos y tus bolsillos deben estar tan vacíos como cuando te marchaste. No seas egoísta». Estaba tan enredada entre todo ello que me sentía como un insecto atrapado en una telaraña tortuosa y enmarañada.

—Bueno —dijo Sevas—, me la tendrás que contar algún día.

Sentí otro tirón en mi vientre, y los cordeles se apretaron con más fuerza.

—Quizá.

Sevas dejó escapar una suave risa.

—Eres indescifrable, Marlinchen. Creo que te gusta hechizarme.

Aquello me hizo reír también a mí, de forma inesperada y genuina.

—Nadie jamás ha dicho tal cosa. Nunca he sido capaz de mantener un secreto o de contar una mentira.

—Pero te escapaste de la casa de tu padre hechicero para venir aquí. —Sevas alzó una ceja—. Ciertamente eso involucra algún subterfugio.

Mis mejillas se sonrojaron.

—Bueno, entonces tú eres mi primer secreto y mi primera mentira. ¿Te agrada eso?

—Solo si te agrada a ti.

Estaba sonrojándome con tanta furia que no podía ya mirarlo a los ojos, y la cercanía de su cuerpo era tan embriagadora que estaba segura de que haría algo desenfrenado, lascivo y animal si no me apartaba de él. Centré mi mirada en algo blanco que había en el suelo.

En un segundo, conseguí apartarme del agarre de Sevas, agacharme y recogerlo. Era una pluma blanca, lisa y brillante, con un ligero toque de pintura dorada.

—Aquí tienes —conseguí decir—. Creo que es tuyo, de tu capa.

Sevas abrió la boca. Podía ver que mi comportamiento extraño lo tenía desconcertado, pero no estaba haciendo aquello de forma intencionada. Solo trataba de mantenerlo a salvo de los pensamientos raros y estridentes de mi mente, de los deseos que nos condenarían a ambos, incluso si solo me pertenecían a mí.

—¿Por qué no te la quedas? —me dijo—. Puedes usarla en uno de tus brebajes de bruja.

—Ya te lo he dicho, no soy de esa clase de bruja.

—Aun así, quédatela —dijo Sevas—. Si alguna vez te encuentras en un grave apuro financiero, estoy seguro de que hay mujeres en Oblya que pagarían una suma exorbitada de rublos por una pluma que una vez tocó la piel de Sevastyan Rezkin.

Lo dijo sin una pizca de petulancia ni orgullo. Notaba la pluma caliente al tacto, como si su piel hubiera filtrado algo de su calor corporal en ella, como si tuviera aún el recuerdo de estar bajo las sofocantes luces del escenario. Con un imprudente sentimiento de anhelo, me guardé la pluma en el bolsillo de mi vestido.

—Conozco una historia sobre un precioso pájaro que era la envidia de todas las demás aves —dije—. Todos lo odiaban por su belleza, pero él tan solo quería su amor. Así que regaló una de sus preciosas plumas a cada uno de ellas, hasta que se quedó completamente calvo.

—Creo que me gusta más esa historia que *Bogatyr Ivan*.

Fruncí el ceño.

—¿Por qué?

—Porque al menos se acerca más a la verdad. La gente es resentida, cruel e insaciable. —Sevas negó ligeramente con la cabeza, como si quisiera liberarse de aquellos pensamientos. Vi entonces una pequeña metamorfosis en él: un cambio de la bruta y desagradable realidad, al mundo imaginario sonriente e indulgente. De Sevas a Ivan, con un brillo travieso en la mirada—. ¿Alguna vez has recorrido el paseo marítimo?

—No. No desde que mi madre estaba viva. Mi padre...

—Deja que lo adivine, le saca defectos al mismísimo mar. Pero tu padre no está aquí, así que permíteme que te lo enseñe.

Hubo otro momento de silencio, que se alargó como una respiración contenida. Tras de mí, la risa de una mujer ondeó en el aire como el susurro de unas diminutas alas.

—No puedes —le dije al fin, incluso mientras el bálsamo de limón se colaba por mi nariz y la hierbabuena me resecaba la garganta. Estaba pensando en el aire salado, la arena negra, y todas las cosas que me podrían revelar sin que papá necesitara una poción—. Está muy lejos de aquí, y necesito llegar a casa...

—Ni siquiera es medianoche, Marlinchen —Se inclinó hacia mí, y de repente sentí como si el metal entre mis pechos me quemara como una bala, con la metralla partiéndose hacia fuera. Sentí que medio me moría, como si tuviera plomo en las venas; ¿cómo podía él soportar estar tan cerca de mí? ¿No le asustaba que lo que yo fuera pudiera contagiársele?

Puse una mano sobre mi pecho, como para cubrir así la herida, pero Sevas no se apartó.

—¿De qué sirve salir a hurtadillas delante de las narices de tu padre si simplemente corres de vuelta antes de que hayas podido ver tu propia ciudad?

—No es realmente mi ciudad. La familia Vashchenko ha vivido aquí desde antes de que Oblya fuera Oblya, cuando tan
solo era una estepa que llegaba hasta el mar sin nada que la
detuviera. Antes de que la tierra fuera cortada en porciones, y a
cada cicatriz se le diera un nombre, como la calle Kanatchikov.
Oblya es un intruso irrespetuoso con el lugar que siempre hemos conocido.

—¿Y yo soy un intruso dentro de esa intrusión? —Sevas arqueó una ceja—. No hace falta que arrastres la historia de tu familia
como si fuese un viejo perro muerto.

—Eso es fácil de decir para ti, tu familia está a cientos de kiló-
metros de aquí. —Me atraganté con mi propio aliento ante mi propia crueldad.

—No es fácil, para nada —dijo Sevas en voz baja, y finalmente
se apartó de mí y se irguió mientras se frotaba un poco de la pintura de oro cubierta de sudor que aún permanecía en su mejilla—.
¿Crees que lo dejé todo en los suburbios de Askoldir? El Dr. Bakay
me dice que la historia vive en los llanos de mi cráneo y en el valle
de mi frente. No conozco ninguna cirugía que pueda extirpar un
siglo de historia. Eso es lo que mi familia ha vivido en Rodinya,
unos años arriba o abajo. Pero sé que, si pudiera, *extirparía* esos
años como si fueran tajadas de hueso.

Mantuvo la voz en un tono bajo, pero incluso así, sentí como si
fuera una ola que se había estrellado contra un rompeolas, con sus
palabras tan sólidas e inamovibles. ¿Qué sabía yo de cualquier
historia aparte de la mía? E incluso esa era borrosa y solo la recordaba a medias.

Había todo un mundo allí, expandiendo sus raíces fuera de la
casa de mi padre, con robles tan antiguos como los de nuestro
jardín. Yo había crecido con las palabras e historias del códice,
pero ¿acaso sabía realmente algo?

Y después estaba el hecho de que había nombrado al Dr. Bakay,
lo cual quizá me habría hecho vomitar si no hubiera sido por el
olor de la tintura de Rose.

—Lo siento —le dije, avergonzada—. No tenemos ningún libro de historia en nuestra casa. De hecho, ningún libro aparte del códice de mi padre.

Sevas dejó escapar una risa, y sus ojos se iluminaron de nuevo, como si todo hubiera quedado atrás.

—Esas son las palabras menos crueles que he escuchado decir sobre el tema. Confía en mí, no hay nada por lo que disculparse. Pero ¿nunca has leído un libro, un libro de verdad?

—No sé a qué te refieres —le dije, muy abochornada—. Papá... el códice de mi padre tiene multitud de historias, hechizos y recetas para pociones. —Olía a musgo húmedo y era tan antiguo como Indrik decía ser—. Me gustan las historias en las que los cisnes se convierten nuevamente en doncellas para poder casarse con los príncipes.

—Ahora sé por qué te gusta *Bogatyr Ivan* —me dijo, con la más pequeña de las sonrisas—. Héroes que triunfan, el mal que se destierra, coronas que se ganan y votos de bodas que se cantan. Hay tantos libros así que podrías pasarte toda la vida leyendo, así como yo haré de Ivan cada noche hasta ser demasiado viejo y feo para ello... probablemente cuando tenga unos treinta años.

La idea de que pudiera volverse feo me parecía tan impensable como un hechizo que transformara el hierro en oro, la más imposible de todas las hechicerías imposibles. Y, sin embargo, la predicción de Rose persistía.

—¿Y qué harás después?

—No pienso mucho en eso. Para el caso, bien podría estar muerto para cuando llegue ese día. Intento vivir cada noche como si la muerte cabalgara hacia mí a primera hora del amanecer; así tendré menos remordimientos cuando por fin aparezca por la puerta de la taberna.

Le echó un vistazo al umbral de la entrada, como si realmente esperase ver una figura vestida de negro allí plantada. En el códice de papá, la Muerte era un hombre con hojas de sauce por manos, y orejas caídas, tan grandes que podrías envolverte en ellas y quedarte profundamente dormido.

—Creo que me arrepentiría mucho si muriera al amanecer sabiendo que hace tantísimo tiempo que no has visto el océano. ¿Por qué no dejas que este intruso irrespetuoso te enseñe tu propio mar?

Así que, de manera egoísta, como una doncella con velo de plumas, accedí.

Sobre nosotros, la luna estaba pálida como el rostro de una mujer en un camafeo, con su reflejo tan brillante y sólido que parecía que un barco dragador podría pescarlo directamente del agua. La orilla negra se arrugaba y aplanaba como la cintura de un vestido. Y el paseo marítimo que la recorría aún estaba lleno incluso a esas horas de la noche, salpicado de pabellones con el techo plano de donde salía música de órgano, y puestos que vendían vasos de kumys altos y espumosos. Un poco más abajo del paseo marítimo estaba la pequeña corona del carrusel, y tan lejos como me alcanzaba la vista cuando entrecerré los ojos, las farolas eléctricas brillaban como ascuas vivas.

Las parejas paseaban alrededor de nosotros: mujeres con vestidos con grandísimas mangas y polisones incluso más grandes, y hombres con sombreros de copa que parecían a cada cual más alto, como si estuvieran enzarzados en una competición privada y trataran de superarse los unos a los otros en altura. Incluso con mi vestido anticuado y mi pelo enmarañado por el viento, el cual se había soltado de las trenzas de Rose casi en su totalidad, me embargó un sentimiento agradable y placentero al saber que aquellos extraños nos miraban a Sevas y a mí como si fuéramos otra pareja, con vidas normales que se extendían ante nosotros, y quedaban detrás de nosotros.

Traté de no pensar en la doncella nívea que lo había besado, en los otros perfumes de mujer que había mencionado, o en la mano de Derkach sobre su rodilla. En el fondo, incluso entre la bruma que era este sueño, sabía que Sevas jamás pensaría en mí de la forma en que yo lo imaginaba, con ese anhelo en vano. Pero aun así sentía que el calor me invadía cada vez que reía, sonrojándome hasta el hueco de mi garganta.

La marea negra lamió la orilla, que era incluso más oscura, con el sonido como de cientos de serpientes agitadas, y de repente recordé algo.

—¿Alguna vez lees los tabloides? —le pregunté mientras dirigía mi mirada a las lenguas de espuma que se desvanecían.

—Por supuesto —me dijo—. Siempre vienen bien para echarse unas risas. Justamente ayer leí una lasciva historia sobre la mujer del gradonalchik, y su indecoroso amorío con un cartero. ¿Por qué lo preguntas?

—Escuché una historia —le dije al tiempo que aminoraba el paso— sobre dos hombres a los que habían encontrado muertos en el paseo marítimo. Creo que salió en los tabloides. Dicen que a los hombres les faltaba el corazón y el hígado, y que tenían huesos de ciruela donde los ojos deberían haber estado.

Sevas dirigió su mirada hacia el mar, y entonces se volvió hacia mí.

—Sí que encontraron a dos hombres muertos aquí, no hace mucho, y por supuesto los tabloides se activaron e imprimieron historias sobre un monstruo. Solo pensaban eso porque los cuerpos estaban tan destrozados que no podría haberlo hecho un hombre. Y sí que leí que les faltaban el corazón y el hígado. La policía de la ciudad peinó la costa entera y encontraron una manada de perros callejeros bajo el paseo marítimo, con sangre en los hocicos. Los sacrificaron a todos, pero los tabloides nunca publicarán una historia sobre eso. Tiene gracia, ¿no? Lo mucho que la ciudad saliva al imaginarse un monstruo entre ellos. Supongo que con todos sus hechiceros extintos excepto uno, y dado que las únicas brujas que le quedan a la población son dulces y amables, necesita otra cosa para saciar su apetito de violencia.

Sentí que el corazón me latía de manera irregular.

—A veces sí que pienso que mis clientes desearían que fuera más cruel.

—Quizá deberías considerarlo… como una oportunidad de negocio, por supuesto. Dales una pócima de ojo de tritón, y ríete a carcajadas sobre tu caldero. Convierte a tus amantes rechazados en cerdos.

La sola noción de que yo pudiera tener algún amante, rechazado o no, era tan absurda que dejé escapar una risa entrecortada, y Sevas arqueó una ceja.

—Papá es el que hace las transformaciones, no yo. Y no habría ningún cerdo en ese caso.

Sevas asintió de forma rápida, aunque pude ver la punta de sus orejas tintándose de rosa de nuevo, aunque puede que me lo hubiera imaginado, fruto de mis esperanzas. Nos paramos frente a uno de los puestos y compramos dos vasos de kumys, fríos y dulces. Se me ocurrió entonces que jamás había comido o bebido nada fuera de la casa de mi padre. En el fondo, cuando comía, normalmente estaba atormentada por el miedo, preguntándome cuándo y dónde lo vomitaría después. Consumí el kumys tan fácilmente como si fuera agua. La música de órgano cayó en picado, como una gaviota en el aire.

En la distancia, el carrusel arrojaba unas hojas hechas de luz naranja sobre el agua con la valentía de un faro. Me pregunté cuán hondo sería, y cuántas cosas extrañas irían a la deriva entre sus olas. Me pregunté qué habría al otro lado.

Sevas había parado de andar y puso una mano sobre la barandilla de hierro. Miró hacia el mar como si fuera un capitán de ojos cansados al timón de su barco. En ese momento pude imaginarlo como un marinero tan fácilmente como podía imaginarlo de bogatyr, galante y valiente.

—¿Es como lo recuerdas? —me preguntó en voz muy baja.

¿Lo era? Podía recordar el viento entre mi pelo, el olor a sal en mi nariz. Podía incluso recordar la arena bajo mis pies descalzos y la forma en que se hundía debajo de mí. Pero tal cosa debía ser imposible: incluso antes de que mi madre muriera, jamás se me habría permitido jugar descalza en la arena.

Un extraño recuerdo me invadió y me poseyó como un fantasma. Estaba de pie en la orilla, bajo una rendija de luz plateada de luna. Incluso las lámparas de gas se habían extinguido. Había un sabor metálico en mi lengua. También estaba la respiración agitada de alguien, tan fuerte y cercana que incluso ahogaba el incesante sonido de la marea.

—¿Marlinchen? —La voz de Sevas me empujó fuera de mi estupor. El recuerdo se alejó a la deriva, como un globo con la cuerda cortada.

—Yo... no lo sé —confesé. Me limpié las manos en mi falda, ya que sentía como si las tuviera sucias y empapadas, aunque de algo más pesado que el sudor—. De niña me daba miedo todo. La última vez que estuve aquí creo que me escondí tras la falda de mi madre, o lloré sobre su hombro. Al menos, así es como lo cuenta mi hermana.

—¿Cuál de ellas?

—La mayor —le dije—. Undine. Es muy cruel. Todas las hermanas mayores lo son.

La comisura de sus labios se arqueó.

—¿Eso quién lo dice?

Yo pestañeé al mirarlo.

—¿Tienes hermanos o hermanas?

—No —dijo él—. Soy el único hijo de mi madre. Pero en mi ausencia, ha empezado a alimentar a siete gatos callejeros, y a todo pájaro que se posa en su balcón.

Sonreí un poco al imaginar aquello. Me preguntó sobre Undine, y sobre por qué era tan cruel. Le conté cómo me robaba mis lazos y perlas, y después fingía que habían sido siempre suyos. Le conté cómo me pegaba por ser estúpida, por estar asustada, por ser una listilla, por ser grosera, por no hablar, o por hablar demasiado. Me preguntó sobre mi otra hermana, y le conté que era buena, incluso mejor que una madre, porque las madres siempre son malvadas, o están muertas. Él frunció el ceño y me dijo que su madre no era ninguna de las dos cosas. Le dije que nunca había leído acerca de las madres de los niños yehuli, y se rio y me dijo que casi todas eran tercas, pero que querían mucho a sus hijos. Los barcos flotaban en el puerto como caballos enganchados a sus postes, con las velas azotándose con delicadeza.

—Cuéntame esa historia del códice de tu padre —me dijo Sevas—. Esa sobre la mujer cisne y el bogatyr. Quizás haya algo que pueda incorporar a mi actuación.

—Comienza hace mucho tiempo, al menos hace dos mil años. —El paseo marítimo estaba llegando casi a su fin, y los tablones de madera comenzaban a introducirse en la arena negra—. Casi todas las historias empiezan con una pareja feliz: un hombre rico y su bella y devota esposa. Si tienen hijas, normalmente es un signo de que algo irá mal. Las hijas suelen pasarlo mal en las historias, especialmente si hay tres o más. Creo que esta es mi historia favorita porque todo va bien al final. Y no es algo tan malo ser un pájaro, no si puedes encontrar a alguien que te bese y te devuelva a tu forma de chica. El problema de mi madre fue que todos los bogatyr habían desaparecido para entonces.

Para cuando acabé de hablar, estaba sin respiración, y se me ocurrió entonces que no recordaba la última vez que había hablado tanto, la última vez que alguien me había permitido hablar tanto. Sentí mi rostro sonrojándose. Había revelado tanto de mí misma, tocando con la punta del dedo el abismo de mis deseos más profundos y oscuros.

—No es cierto —protestó Sevas, con una sonrisa que formó un hoyuelo en su mejilla izquierda—. Yo interpreto a un bogatyr cada noche, incluso como el intruso irrespetuoso que soy.

—Con una espada de madera. Y un Zar-Dragón que respira llamas de papel. —La luna, coronada con la niebla tóxica, parecía uno de los tapetes de encaje de mi madre salpicado de antiguas manchas de té—. La alimenté en mi propia mano durante años, incluso cuando mis hermanas se olvidaron de que aún estaba allí, en su jaula, y nadie se aventuraba a subir al tercer piso de nuestra casa excepto yo.

Miré de nuevo más allá de la arena negra y hacia el mar, y tras un momento, algo me agarró el pecho.

—Sevas, ¿qué hora es?

—No lo sé —Frunció el ceño. No estaba segura de qué esperaba que dijera; él no era el tipo de persona quisquillosa que llevara encima un reloj de bolsillo. Ambos nos volvimos a pocos pasos de donde el paseo marítimo terminaba, y comenzamos a caminar de vuelta. Sevas paró a la pareja más cercana, un hombre alto y delgado con un grandísimo bigote y a su pelirroja acompañante, y le preguntó:

—Señor, ¿tiene usted hora?

El hombre abrió la solapa de su chaqueta y sacó un reloj que colgaba de su cadena de oro como el péndulo de nuestro reloj de pie.

—Tres menos cuarto, señor. Oiga, ¿no es usted...?

No esperé para escuchar si era a mí a quien había reconocido, o a Sevas, puesto que ya había echado a correr por el paseo marítimo, con el viento pasándome sus dedos por el pelo. Apenas noté que el vaso de kumys resbalaba de entre mis manos y se estrellaba contra el suelo, como un cosmos de leche fría que manchó los tablones de madera.

No había llegado muy lejos cuando caí en la cuenta de que había olvidado por completo las bayas de enebro de Rose, había olvidado dejar un rastro que me permitiese encontrar el camino de regreso a casa. Pero, claro estaba, había olvidado tantas cosas en las últimas horas... ¿no era así? Agarré el saco atado a mi cintura, lleno e inútil, y goteando zumo negro sobre los pliegues de mi vestido.

En la distancia, el carrusel giraba y giraba, y las farolas de gas eran tan brillantes que me cocinaron los ojos como si fueran huevos. Tras mis húmedas pestañas vi a las parejas que pasaban por allí, que daban un rodeo para evitarme; estaba jadeando y doblada por la cintura, y la bilis me subió por la garganta.

Deseé que Undine estuviera allí para golpearme en la cara. Deseé que Rose estuviera allí para pasarme una mano por los rizos de mi frente y decirme que estaría a salvo, que todo iría bien, y que me perdonaba. El bálsamo de limón se había derramado de su tintura, y ahora lo único que podía sentir era el sabor a hierbabuena, como si me estuviera tragando una ortiga. Cerré con fuerza los ojos.

Cuando los abrí de nuevo, el rostro de Sevas ondeaba frente a mí.

—Marlinchen, ¿qué ocurre?

—Tengo que irme a casa —conseguí decir, empujando las palabras desde mi interior como el aire que se cuela por el fuelle de una chimenea—. Le dije a mi hermana que volvería para cuando el reloj diese las tres, antes de que se alzasen los párpados de papá. Se suponía que debía dejar un rastro, pero no lo hice, y ahora no puedo encontrar el camino…

Elevé mis dedos manchados como si fueran la prueba de algo. Sevas apretó los labios en una pálida línea, y dijo:

—Yo te llevaré de vuelta. No te preocupes, no temas. No está tan lejos como crees.

Me ardía la punta de la nariz.

—No conozco los nombres de las calles.

—Yo, sí —me dijo—. He caminado por todas ellas, cuatro veces más ebrio de lo que lo estoy ahora. Todo va a salir bien, ven conmigo.

Había algo en mi garganta del tamaño de una piedra, pero me abracé a mí misma y seguí a Sevas por el paseo marítimo. La calle que pasaba junto al paseo estaba casi vacía, llena de cervecerías con las ventanas oscuras y pensiones que ofrecían camas por dos rublos. En una de las puertas había una mujer a medio vestir, con un pecho fuera, bajo la fría luz de las estrellas. Aparté la mirada con el estómago revuelto.

En la esquina de la calle había un carruaje empujado por dos grandes caballos, con vaho blanco saliendo de sus fosas nasales. El hombre sentado en el asiento de conductor se inclinó hacia abajo, nos dedicó una sonrisa de dientes separados, y dijo:

—Medio rublo por una hora, un rublo por tres.

Noté que era ioniko por el sonido de sus consonantes, como el que hacía una pistola al amartillarla.

—Solo necesitamos un cuarto de hora —dijo Sevas, aunque apretó una moneda de oro contra la mano del hombre.

El cochero bajó de su asiento de un salto y abrió la puerta del carruaje. Miré aquella boca oscura y sentí el mismo terror nublado que había sentido al mirar a través del umbral de la puerta de la taberna. Papá nos había advertido que los carruajes tenían su propia magia en ellos: una vez que aceptabas un viaje, no podías bajarte hasta que el conductor lo permitiese. Renunciabas al poder que tenían tus piernas de llevarte tan pronto como te introducías en él.

Esa era una magia poderosa, sin duda. Habría tenido menos miedo de subirme a un dragón de siete cabezas. Pero Sevas no dudó. Se subió al primer escalón y me tendió la mano.

Solo una bruja no la habría aceptado. Una bruja de verdad, como Titka Whiskers, o los varios tipos de arpías del bosque extintas que cuidaban de chicas sin madre. Aún no eran las tres, y aún era una doncella con el pelo de plumas bajo la manzana pelada que era la luna, así que entrelacé nuestros dedos y dejé que tirara de mí hacia el carruaje.

La puerta se cerró, y nuestros cuerpos estaban muy pegados en el banco. Entonces escuché cómo el chófer subía y espoleaba a sus caballos, y comenzamos a traquetear por las calles de Oblya con el cristal de la ventana empañándose con nuestra respiración.

—¿Por qué has sido tan amable conmigo? —conseguí decir. No pude evitar la forma tan triste en que lo dije, como un perro al que hubieran apaleado, con mi sueño desvaneciéndose de mis manos como la nieve que se derrite bajo la luz del sol—. Podrías haber dejado que me marchara después del teatro, después de que te dijera lo que necesitabas saber.

—Y tú podrías haber dejado que me convirtiera en una masa de serpientes negras ante tu puerta —dijo él—. No necesito tener una deuda de vida que me obligue a nada para llevar a una chica a una taberna, o para dar un paseo con ella por la orilla. ¿No puedo acaso disfrutar de esas cosas sin la maldición de un hechicero cerniéndose sobre mi cabeza? Te dije que quería ver tu rostro entre la multitud, y me alegro de haberlo hecho. —Él titubeó—. Quiero verte de nuevo.

Todo el aire que había en el carruaje parecía haberse endurecido, como las raíces ante el frío. Podía ver el intenso rubor bajando por mi garganta hasta llegar a mi escote, y hasta la polvera de oro presionada entre mis pechos.

Aquel recordatorio dolió, como un cubo de agua hirviendo lanzada sobre hielo, e hizo que mi cuerpo entero siseara y se convirtiera en vapor. Quería presionar mis manos contra mis ojos y llorar.

La ventana estaba tan empañada que tuve que hacer un círculo borroso en el cristal para ver a través de él mientras el carruaje nos llevaba por lo que reconocí que era la calle Kanatchikov. Podía ver los caballos, que trotaban y exhalaban el humo pálido. Más allá, en la distancia, podía ver la casa de mi padre, con nuestra torreta de madera podrida, y sobre ella, un chal de nubes grises. No podía obligarme a mirar a Sevas.

Cuando el carruaje al fin se detuvo en nuestra puerta, pensé que ni siquiera papá sería capaz de hacer una transformación como aquella: convertir a una bruja fea en una chica mortal sonrojada, y después volver a transformarla para cuando el reloj diera las tres. Toda la magia de papá tenía una dirección singular: no podías hacer que una flor desfloreciera. Observé mi propio rostro en la ventana marchitarse, florecer, y marchitarse de nuevo en el espacio de unos segundos, como una metamorfosis temblorosa: *bruja, cisne, chica. Bruja, cisne, chica.*

La puerta del carruaje se abrió, y las tres desaparecieron.

Descendí del carruaje algo inestable, y Sevas me siguió muy de cerca. Bajo la sombra de nuestra verja estaba la primera baya de enebro que había dejado caer, gorda y tensa con el jugo en su interior. Las palabras de Rose me agujerearon la mente: «No seas egoísta».

—Creo que son las tres y uno o dos minutos —dijo Sevas—. ¿Irá todo bien?

La voz se me secó en la garganta. Cuando conseguí hablar, lo hice en un susurro.

—Nunca terminé de decirte... solo los hijos son siempre héroes. Las cosas sí salen bien para ellos. Así que las cosas deben salir bien para ti.

Entonces fue el turno de que su respiración se extendiera ante él de forma pálida con el frío.

—¿Quién lo dice?

Tragué con dificultad.

—Tengo que irme.

Entonces me volví, abrí la verja, entré a través de ella y corrí cruzando el jardín sin mirar atrás.

La noche extendió sus alas negras y alzó el vuelo. Estaba de pie en una cama de jacintos morados, tan quieta como si mis pies hubieran echado raíces, como si solo hubiera existido siempre en ese lugar, sin nada antes ni después. Al otro lado del jardín escuché el gemido amortiguado del duende, que arrastraba las uñas contra la puerta del cobertizo donde estaba encerrado, y donde llevaba horas atrapado en la oscuridad, sin saber que el día se había transformado en noche y estaba a punto de convertirse en día de nuevo.

«Debes volver para cuando el reloj dé las tres, antes de que el amanecer alce los párpados de papá». Sevas tenía razón. No podía escuchar el sonido de nuestro reloj de pie, así que eso significaba que las tres ya habían pasado. Ahí iba una de las promesas que le había hecho a mi hermana, rota.

«Debes tomar la arena negra y destruirla. Úsala para salir una vez, y después nunca más».

En la seguridad de la aterciopelada oscuridad, saqué la polvera de entre mis pechos. Estaba veteada y húmeda por mi sudor, caliente como una bala que acababa de ser disparada.

Me levanté de los jacintos con cuidado de no arrugar sus pétalos, y abrí la puerta del cobertizo. El duende salió corriendo al jardín, con su único ojo pestañeando mientras trataba de ajustarse a la fantasmal luz de las estrellas. Caminó con dificultad a través de la hierba de trigo y desapareció.

Había magia en el número tres; quizá fuera magia de la mala, pero no me importaba. ¿Qué más daba ya otra promesa rota? Me subí la falda del vestido, me arrodillé en la tierra sobre rodillas y manos, y enterré la polvera justo en la base del enebro.

Capítulo seis

Esta es la historia que no le conté a Sevas. Ciertamente comienza con una pareja feliz: un hombre rico, y su bella y devota esposa. En este caso, el hombre rico era un rey (el zar), y su mujer una reina (la zarina). Gobernaban sobre un dominio de amplios valles y altas montañas. La gente los adoraba, la tierra era fértil y en ella crecían muchas cosas, excepto en el vientre de la zarina. No importaba cuántas veces su marido derramara su semilla en ella, puesto que nada echaba raíces allí. Su cuerpo era tan estéril como una salina.

Y dado que ella no sabía cuán malo es ser una madre en una historia (y ni siquiera sabía que estaba en una historia), la zarina salió al jardín, se arrodilló en la nieve y peló una manzana. Mientras la pelaba, se cortó el dedo, y una gota de sangre cayó en la nieve.

Enseguida, su sangre se desvaneció, y la nieve dijo:

—Llevo tanto tiempo hambrienta… Si me alimentas, te daré la cosa que tu corazón más desee.

—Quiero un hijo —dijo la zarina.

—Aliméntame —dijo la nieve.

Así que la zarina se cortó los cuatro dedos y el pulgar, y dejó que la sangre cayera y que la nieve se la comiera de forma voraz. Aquella noche, su marido la llevó adentro, besó sus dedos cortados, y derramó en ella su semilla de nuevo. Ella se fue a dormir con una sonrisa.

A la mañana siguiente, cuando despertó, la zarina miró la blanquecina nieve en el patio, y vio que un árbol blanco había florecido en el lugar donde su sangre había caído, alto y formado como cualquiera de los otros antiguos robles. Corrió hacia el exterior.

El árbol había florecido con unas bayas de un color rojo brillante, con un aspecto tan dulce que la zarina no pudo evitarlo: se metió una en la boca. Explotó sobre su lengua, y se tragó todo el jugo, y entonces sus muslos se humedecieron con un golpe de placer, y sintió algo agitándose en su vientre.

La nieve se derritió y el vientre de la zarina creció. Nueve meses después dio a luz a una niña con labios del color de las bayas del bosque, y el pelo del color de la escarcha. Y, puesto que esto es una historia, la zarina le echó un vistazo a su hija, sonrió, y entonces murió.

Entre sus piernas había un hilo de sangre roja como un rubí. El zar la limpió, agarró a su hija y la sostuvo muy de cerca. La nieve llegó de nuevo y cubrió la fértil tierra. Los pájaros aterrizaron sobre las ramas del árbol blanco y se comieron las bayas. La hija floreció hasta convertirse en una bella zarevna, la chica más bella en todo el dominio de su padre, y además era tan buena y devota como su madre fallecida (si una madre está muerta, entonces se le permite ser buena).

Cuando cumplió dieciséis años, el zar decidió que era hora de que su hija se casara. Los rumores acerca de su belleza se habían extendido por todas partes, incluso más allá de su tierra de amplios valles y altas montañas, a otros reinos donde el sol brillaba solo durante una hora al día. Los hombres llegaron de todas partes para pedir la mano de la zarevna, y cuando la conocieron, se quedaron incluso más encantados aún por su precioso pelo blanco, y sus preciosos labios rojos, y sus preciosos ojos negros.

El zar dejó que cada pretendiente pasara una tarde con su hija en la que pudieran hablar y festejar. Para cuando acabó, no fue un hombre rico del que ella se enamoró, o el príncipe del reino donde el sol solo brilla una hora al día. Se enamoró de un guerrero llamado Ivan, un bogatyr que era el simple hijo de un granjero. El zar se dispuso a casarlos de inmediato.

El día de su boda, una fuerte tormenta de nieve llegó y cubrió toda la tierra de blanco. Ivan y la zarevna se casaron felizmente, y se marcharon a sus aposentos para pasar la noche. Pero conforme Ivan comenzó a quitarle su traje de novia, se encontró con que, bajo él, la zarevna no era una mujer sino un cisne de plumas blancas, negros ojos, y un pico rojo como la sangre. Hubo un gran aullido de nieve, el cisne desplegó sus alas, y salió volando por la ventana hasta desaparecer.

Ivan corrió hacia la ventana tras ella, y escuchó a la nieve hablar.

—La que una vez fue tu novia es mi hija, y la zarevna del Reino Invernal —dijo—. Ahora que te has casado con ella, tú también eres mi hijo, y un padre tiene derecho a matar a sus hijos y comérselos si así lo desea.

Entonces hubo otro gran aullido y la nieve comenzó a soplar por la ventana, y casi lo enterró. Ivan consiguió liberarse y fue hasta el zar para contarle lo que había pasado.

—Su esposa debió yacer con Ded Moroz, el Abuelo de la Escarcha, el zar del Reino Invernal. Aceptó su semilla y dio a luz a una hija de nieve y magia amarga. Si quiero reunirme con mi amada, deberé ir hasta el Reino Invernal y derrotar a Ded Moroz en una batalla.

El zar lloró ante aquellas noticias, pero aún amaba a la chica que había criado como su propia hija. Se secó las lágrimas y le dijo a Ivan:

—Te daré una espada.

Así que Ivan cabalgó para encontrar el Reino Invernal, pero la nieve caía con tanta intensidad, que su caballo murió bajo él mientras aún estaba en la montura. Ivan hizo una pausa para pasar la noche, encendió un fuego, y cocinó y se comió a su caballo.

Estaba cobijado bajo un alto árbol blanco cuando vio un pájaro blanco descender del cielo y aterrizar frente a él. Ivan pestañeó y el cisne se transformó en la zarevna, su novia. Su piel desnuda era del color de la escarcha pura, sus ojos eran tan negros como las bayas de un enebro, y sus pezones eran rosados y estaban contraídos por el frío.

—Mi amor —dijo él—. Vuelve a casa conmigo.

—Estoy tan hambrienta… —dijo ella.

—No tengo comida —dijo Ivan.

—Aliméntame —susurró ella a través de sus pálidos labios.

Así que Ivan tomó su espada y se cortó su propia garganta. Su sangre aterrizó sobre la nieve. La zarevna se arrodilló sobre él y se comió sus músculos, masticó sus huesos, y se tragó su piel entera. Cuando no quedaba nada más de Ivan, ella se convirtió de nuevo en un cisne y voló hacia las altas montañas.

Allí encontró la cabeza de Ded Moroz, ancha como un acantilado, con su barba poblada, blanca y hecha de nieve. Sus nudillos eran colinas hechas de escarcha, y sus largas, largas piernas se extendían hasta el mismísimo palacio del zar, donde su semilla se derramaba y árboles blancos de bayas rojas crecían.

—Padre —dijo ella—, démonos un banquete por mi matrimonio. Tengo el corazón lleno, y a mi marido en mi vientre.

Así que Ded Moroz hizo brotar un árbol de ébano con bayas grandísimas y gruesas, negras como un moratón.

—Aquí está mi corazón, hija —dijo Ded Moroz—, y está repleto.

Y entonces, el cisne que era la zarevna tosió todas las partes de Ivan que se había comido: sus pedazos de músculo, los trozos de hueso, y la piel que se había tragado entera. Respiró sobre él su propia magia amarga, la magia de la zarevna invernal, y su cuerpo se fusionó y se convirtió de nuevo en un hombre.

Él alzó la espada y cortó el corazón de Ded Moroz, y a través de toda la tierra del zar se escuchó un gran aullido de viento. La nieve se derritió, y los valles verdes surgieron bajo ella. Todos los árboles blancos murieron, las bayas rojas se desprendieron, blandas y podridas. La fruta negra cayó sobre la nieve, lo último que quedaba de la barba que se desvanecía de Ded Moroz.

—Mi amor —dijo Ivan—. Vuelve a mí.

Entonces besó al cisne en el pico rojo como la sangre, y se convirtió de nuevo en una mujer. La zarevna le dijo que lo sentía tantísimo por lo que había hecho, que solo había actuado así porque estaba bajo el hechizo de Ded Moroz. Ivan la perdonó, la alzó y se abrazaron.

Ambos estaban ansiosos por volver al palacio del zar, por celebrar y consumar sus votos, pero estaban tan hambrientos que primero se sentaron en la nieve que se derretía y comieron.

Todo estaba bien en la historia, y también en la casa de papá.

Organicé mis horas como si fuera holubtsi en un plato, cada una envuelta con cuidado en una hoja de col. De tres a cuatro, enterré la polvera y calmé el agitado palpitar de mi corazón. De cuatro a cinco, escondí mi ropa, y gateé de manos y rodillas para asegurarme de que no hubiera quedado ni un granito de arena negra en mi alfombra. De cinco a seis inspeccioné cada centímetro de mi piel en busca de arena y secretos en ella.

Me quité el vestido y los zapatos y los metí al fondo de mi armario, donde no se pudiera oler el aire del océano que había penetrado en la seda. En mi pelo también se había quedado el viento salado, así que antes de que papá despertara, giré la manivela de la bañera y dejé que el agua corriera y corriera.

De mi cabello se desprendió arena negra del color del hollín de la chimenea. Me mordí el labio para evitar gritar y me tambaleé hacia atrás mientras la veía describir un círculo alrededor del desagüe. Esperé y esperé, como si estuviera haciendo equilibrio en el filo de una hoja, pero la bañera se lo tragó todo y no volvió a escupirlo.

De repente, el mismo recuerdo me invadió: mis pies sobre la suave arena que trataba de absorberme, la respiración cercana y agitada, la humedad espesa y resbaladiza de mi mano. Las manos se sentían como si fueran las mías, y a la vez no. Había una fuerza extraña en ellas, una habilidad, y cuando cerré los ojos, una rara bruma cayó sobre mí. Todo parecía un sorprendente sueño oscuro. Una cosa más que, como la arena negra, no podía explicar.

Cuando abrí de nuevo los ojos, todo desapareció, pero sentí un profundo terror que me dejó vacío el estómago, como si me hubieran cortado la carne de los huesos.

Pero no tenía tiempo para el terror. En el suelo de baldosas blancas, una banda rosada de luz cayó como un cuchillo. Me trencé el pelo húmedo y me apresuré a bajar las escaleras envuelta en mi bata, con el monstruo de cola espinosa pasándome por los talones. Entré a la cocina y puse el hervidor de agua. En el vestíbulo, el reloj de pie dio las siete.

El agua chilló dentro del hervidor, y la serví en dos tazas de té. Aunque me temblaban las manos, estas tenían el mismo aspecto de siempre: la antigua marca de quemadura sobre la palma, y mis nudillos salpicados con diminutos rasguños donde mis dientes se habían hincado en la piel cuando me metía los dedos hasta la garganta.

La cosa más imposible de todos los imposibles había ocurrido la noche anterior: había salido de casa a solas, y había vuelto igual. Mi mentira no me había transformado. Oblya no me había mancillado. Los hombres extranjeros no habían abusado de mí, los carruajes no me habían atropellado, la música de la calle no me había hecho sangrar por las orejas. Me había escabullido de Undine y no me habían descubierto. Había desobedecido a Rose y no había sentido mi estómago retorciéndose en protesta.

Se me ocurrió entonces que quizá me había sometido a la más terrorífica de todas las transformaciones. Quizá me había convertido en una chica a la que no le importaba mentir a su padre o traicionar a sus hermanas. Pensé en la polvera que había enterrado bajo el árbol, pero aparté de mi mente el pensamiento en un instante. Podía escuchar los pasos de papá por las escaleras.

Respirando con dificultad, fui hasta el congelador. Mis manos cicatrizadas alzaron la tapa. Estaba vacío.

No, no podía ser. Cerré la tapa y la abrí de nuevo, como si fuese una caja de música y pudiera hacer que la canción empezase a sonar otra vez, desde el principio. Pero una vez más, no había nada en el interior.

No podía comprenderlo. Le había cocinado a papá el hígado de pollo con cebolla salteada la noche anterior, y aún quedaban días para el domingo, que era cuando mi padre se iba a la ciudad a hacer la compra, y volvía con toda la carne y las verduras que necesitaríamos para esa semana. El congelador había estado lleno con el relleno de varenyky y los frascos habían estado hasta arriba de col encurtida y bacalao.

Dejé que la tapa se cerrara de nuevo y me levanté para echar un vistazo a los estantes. Tan solo había viales de hierbas medio vacíos y piel de cebolla sobre el suelo del armario que parecía como el follaje caído del otoño. Una cucaracha se escabulló a centímetros de mis dedos. Cerré la puerta del armario.

El temor se expandió entonces en mi interior de forma intensa y fría, como un estanque durante el invierno. Papá ya había entrado en el salón; escuché el suelo crujiendo bajo su peso, y la seda de su bata contra el terciopelo de los cojines del sofá. El hervidor se había quedado en silencio en la cocina, y el agua que había echado en las tazas se había entibiado.

Tenía los pies descalzos entumecidos contra las baldosas mientras cruzaba el umbral de la cocina hasta donde papá estaba sentado, sin nada excepto mis propias manos temblorosas y vacías.

—Marlinchen —dijo él. Las bolsas bajo sus ojos estaban excepcionalmente moradas e hinchadas—. ¿Dónde está mi desayuno?

—No hay nada —conseguí decir, empujando las palabras por el pequeño hueco que era mi garganta—. El congelador y los armarios están vacíos. Toda la comida ha desaparecido.

Vi la ira alzarse en mi padre, encadenada tras sus ojos y retenida en el blanco de sus nudillos cuando apretó los puños. El cuerpo entero le tembló como un espíritu atrapado en una lámpara de aceite. Se levantó y se acercó a mí, tan cerca que pude oler la acidez del sueño aún en su aliento y ver cada pelo encrespado de su barba, con toques de color índigo que no retenían nada de la mantecosa luz del sol mañanera, sino que se la tragaban toda como un implacable y mate azul.

Cerré los ojos y me preparé para la retahíla de viento que sus gritos lanzarían contra mi rostro. Pero todo lo que me llegó fue un susurro.

—Estoy tan hambriento, Marlinchen —dijo en una voz terriblemente suave—. Siento como si hubiera una serpiente en mi estómago comiéndose toda la comida que cae por mi garganta. Siento como si hiciera cien años desde la última vez que un bocado de algo tocó mi lengua. Apenas puedo recordar el sabor del varenyky de cerdo, o la crema agria, o el kvas de mora. La maldición ha hincado sus dientes en mi mente, no solo en mi estómago. Ha masticado las partes de mí que recuerdan lo que era estar lleno, lo que era estar saciado. Duele, Marlinchen. Duele.

Abrí los ojos. Había lágrimas adornando las pestañas de papá, que eran tan azules como su barba, pero más delgadas rodeadas de la luz del sol, y eso hizo que sus lágrimas parecieran el rocío mañanero en la hierba de trigo. Me llevó otro momento comprenderlo, con el reloj de pie haciendo tictac de manera insoportable en cada segundo.

—¿Te lo has comido todo? —pregunté con un hilillo de voz—. Todo lo que había en el congelador, en los armarios…

Antes de poder terminar, papá movió la mano de forma rápida, en un movimiento ininterrumpido, y me agarró la barbilla. Sus uñas se clavaron en mis mejillas. Solté un grito ahogado cuando empujó su pulgar contra mi garganta, y escuché mi propio pulso golpeando bajo mi piel.

—¿Podría ser mi propia hija tan cruel conmigo? —dijo en voz ronca—. ¿Debo contarte cómo me puse sobre el fregadero y me comí con las manos el relleno frío del varenyky? ¿Debo pintar una imagen así en tu mente? ¿Debo contarte cómo destrocé los frascos de col y bacalao y lamí hasta los trozos de cristal? Sería otra maldición diferente tener que confesar tales cosas de forma tan sincera bajo la luz de la mañana. Ciertamente no desearás maldecirme, no eres esa clase de bruja.

Entonces eso era lo que había hecho mientras yo bailaba con Sevas en la taberna, y mientras habíamos caminado por el paseo marítimo. Mientras me había reído, y había fingido ser una chica normal, o una doncella-cisne con plumas en el cabello, ajena a la cuerda que me rodeaba y ataba. Mientras todo eso ocurría, mi padre había estado aquí, devorando todo lo que había encontrado.

—Lo siento, papá —susurré—. No lo sabía.

¿Y cómo podría haberlo sabido? Durante años le había cocinado las mismas tres comidas, y todas lo habían saciado lo suficiente, y no había necesitado saquear las provisiones en medio de un ataque de pánico de medianoche. Tenía suerte de que no hubiera pasado por mi dormitorio en su antojo febril. Pero sentí que, de algún modo, mi excursión había causado aquello. Ahora tenía un secreto, y aunque papá no lo había descubierto por sí mismo, yo había movido las piedras de su arroyo.

Siempre me habían dicho que mi magia no tenía esa clase de poder: el poder de hacer o de cambiar, o de crear. Y, aun así, de forma taimada y sinuosa, le había hecho esto a papá. Le había hecho daño.

—La maldición ha aumentado en mi interior, Marlinchen —me dijo papá, aún en voz baja—. Con cada arruga que se forma en mi rostro, o con cada nueva cana de mi barba, hay un nuevo dolor de hambre en mi estómago. Titka Whiskers ciertamente era una víbora de mujer. Su veneno aún corre caliente por mis venas.

Aún tenía las manos en mi cara, pero mi corazón dio una horrible sacudida de culpa y pena. Fuera lo que fuere lo que papá había hecho, y más allá de la forma en que nos hacía vivir, este era un destino que no merecía. Tal agonía. Y lo único que yo podía hacer para aliviarlo en parte era trabajar en la cocina. Habría sido extraordinariamente cruel por mi parte negarme. Eso me habría hecho la más cruel de las hijas, en todas las historias, ya fueran reales o escritas. Undine ya había escogido la crueldad, y Rose había escogido la inteligencia. ¿Qué me quedaba, sino la bondad? A las terceras hijas siempre les quedaban las sobras de todo.

—Iré al mercado —le dije a papá—. Dame unos rublos, e iré. Escogeré el trozo de carne con más grasa, los pollos más grandes, las frutas más maduras...

Pero antes de que pudiera acabar, papá ya estaba inhalando, con el aire soplando por su nariz de una forma que a mi cuerpo le recordó el peligro.

—No eres una necia, Marlinchen —me dijo—, pero a veces te empeñas en portarte como tal. No tenemos rublos, ese es el problema de todo. Tus hermanas y tú no trabajáis lo suficiente, y tomáis más de lo que os pertenece. Sé lo que haces en el jardín cuando piensas que nadie te ve, querida hija. Te comes la comida y la echas de vuelta. ¿Mientras tu padre se muere de hambre, tú entierras la comida malgastada bajo la morera de Rose? ¿Para burlarte de mi maldición? ¿Acaso me odias tanto?

El cuerpo entero se me empapó de un sudor frío. ¿Cómo lo había sabido? ¿Qué hechizo para aguzar la vista había lanzado para verme cuando su vista normal no podía hacerlo? Comencé a decir algo, a disculparme, pero los labios no me respondían, tenía la garganta extremadamente cerrada, y aún podía sentir mi propio pulso aleteando bajo mis dedos.

—Nunca más, Marlinchen. ¿Me estás escuchando? —dijo, respirando contra mi garganta—. Comas lo que comas, lo retienes.

—Sí, papá —gimoteé, ya que apenas era capaz de hablar a través de su agarre de hierro—. Lo siento mucho, no lo haré más.

Al fin me soltó, pero me quedé quieta, demasiado asustada para moverme, asustada de caer en un agujero que no podía ver. Papá alzó la mano de nuevo y yo me encogí, aunque lo único que hizo fue pellizcarme la nariz entre su pulgar y su índice. Las bolsas moradas bajo sus ojos vibraron.

—Ve a llamar a tus hermanas —dijo.

Y así lo hice. Desperté primero a Undine, que me dio un fuerte golpe con su almohada, y después a Rose, que se despertó tan asustada como si le hubiera echado un jarro de agua congelada por la espalda. Las tres bajamos las escaleras en nuestras batas y camisones, abrazadas a nuestros propios cuerpos y tratando de respirar lo más silenciosamente posible. Papá caminaba de un lado a otro del salón, y el reloj de pie hacía tictac al ritmo de sus pasos.

—Hijas avariciosas, hijas egoístas, hijas ingratas —dijo, con la mirada puesta en el suelo—. No es suficiente con estar pudriéndome con esta maldición infernal, no es suficiente con que construyera esta casa sobre vuestras cabezas, plantara el jardín que la rodea, y la valla que os mantiene a salvo. Ahora ni siquiera puedo comer. Decidme, hijas, ¿os regocijaréis cuando me encontréis en la cama, muerto por inanición? ¿Lo celebraréis sobre la pila de mis huesos y mi piel, y os reiréis mientras echáis mi cuerpo a su tumba tras mi temprana muerte? —Dejó escapar un sonido burlón en su garganta—. ¿Qué pensaría vuestra madre de las niñas que ella misma crio con sus pechos?

No solía mencionar a mamá, pero siempre era una magia poderosa cada vez que lo hacía. Una cortina fría y desagradable se asentó sobre las tres, sobre mis hermanas y yo, y no pude moverme ni hablar de lo rápido que se me metió por las venas de forma amarga. Las lágrimas se me acumularon en los ojos, mojadas y en grandes gotas, como un reguero de sangre.

—Así que ahora no tenemos rublos. —Fue Rose la que al fin se atrevió a hablar. Rose, la más inteligente e imperturbable de nosotras. Papá asintió en silencio, un movimiento brusco y furioso que me asustó. ¿No nos había dado Derkach una gran bolsa de monedas? Rose no había estado allí, pero ¿significaba eso que ya se había gastado?—. Aún hay muchas cosas que podemos hacer —siguió diciendo ella—. Podemos ir a la imprenta y hacer panfletos para publicitar nuestros servicios, y después colgarlos por la ciudad. Podemos cobrarles a nuestros clientes algunos kopeks más, a la mayoría no le importará. Y mientras tanto, podemos vender algunas de nuestras cosas para pagar la comida y los costes de impresión.

Papá alzó la cabeza de repente.

—¿Quieres que empeñe nuestras pertenencias como un patético borracho que necesita su próxima bebida?

—Solo las cosas que no necesitemos, las que usamos poco —dijo Rose. Su voz era firme y tenía una expresión calmada en el rostro, incluso mientras la saliva de papá salpicaba de su boca y se estrellaba como si fuera una telaraña contra el suelo—. Algunas de nuestras joyas, por ejemplo. Una o dos lámparas. Solo necesitaremos un poco para mantenernos a flote hasta que vuelvan los clientes.

Escuché a Undine, que soltó un sonido de protesta, pero no dijo una palabra. Papá dejó de caminar. En el vestíbulo, el reloj de pie sonó nueve veces.

—De acuerdo —dijo—. De acuerdo, entonces. Traeré a los mercaderes más viperinos de Oblya hasta nuestra puerta.

Primero tuvo que revocar sus maldiciones, desmantelar su propia compleja arquitectura de hechicería, como cortar un roble muerto antes de que cayera. Aquellos eran hechizos acumulados de muchos años, con cada capricho o momento de rabia que papá había tenido («No puedo soportar ver a otro proselitista fanático tocando a la puerta», había dicho, y entonces lanzó un hechizo para que nuestra casa pareciera vacía e inhabitada para cualquier misionero que pasara por nuestra calle). Papá recorrió el límite de la verja murmurando para sí mismo y esparciendo gotas de líquido de varias botellas. Columnas de un humo violeta se alzaron desde la tierra, y una contaminación verde lo seguía como una cometa encadenada. No habría podido decir cuál era por su aspecto, olor o sonido, pero aquel último hechizo contra Sevas y cualquier miembro del teatro de ballet también había desaparecido.

Los cuervos sin ojos graznaron desde su maraña de ramas con las plumas erizadas. Indrik observó desde un matojo de ajenjo, con el pecho hinchado de indignación, pero en silencio. Quizá le gustaran nuestros intrusos de Oblya maleducados y groseros incluso menos que a papá. El duende se sentó en medio del jardín y lloró, embarrando las camas de al menos tres tipos de hierbas diferentes. Mis hermanas y yo observamos todo desde la puerta, y el monstruo de cola espinosa mordisqueó el borde de mi bata.

—Esto es una locura —dijo Undine en un susurro enfadado—. Si tan solo papá hubiera hecho esto años atrás, si hubiera dejado de protegernos de todo tipo de persona que despertaba su ira en algún día en particular, tendríamos el doble de clientes y ningún apuro económico. Si nos hubiera permitido hacer visitas a domicilio, tendríamos incluso más. No voy a vender mis cosas.

—Sí que lo harás. Es mejor que escucharlo enfurecerse durante horas sin parar —dijo Rose—. Además, no tenemos que vender demasiado. Solo un par de joyas cada una, incluso menos si papá se separa de una de sus lámparas o jarrones en forma de gato.

Undine resopló y se marchó enfadada, dándome un golpe en el hombro mientras lo hacía. Yo observé a papá con un sentimiento enfermizo hirviendo en mi vientre. Estaba acercándose mucho al enebro, con sus hojas verdes pesadas por las bayas rechonchas y blancas que colgaban de ellas. Había sido cuidadosa de no dejar ni el más mínimo montículo de tierra cuando enterré la polvera, ninguna evidencia en absoluto de que el suelo había sido removido y había algo enterrado allí. Aun así, me pregunté si la magia instintiva y cotidiana de papá podría descubrirlo, como un sabueso que de repente capta el olor del zorro en el viento, con las orejas alzándose incluso mientras está tumbado alrededor del fuego. Papá estaba entrenado para oler nuestros secretos, y siempre se anticipaba al engaño.

Tragué con dificultad, y de repente Rose me agarró la mano.

—Te libraste de eso, ¿no? —Sus ojos estaban tan entrecerrados que parecían las hojas de un cuchillo. Yo asentí.

—Por supuesto.

Me soltó de nuevo, dejando escapar un suspiro de alivio. Mi mentira era pesada, como un hueso en el caldo, filtrando su esencia en todos mis pensamientos. Pero lo único en lo que tenía que pensar era en los ojos brillantes y azules de Sevas, y en la sensación de su brazo rodeando mi cintura para recordar por qué había dicho aquella mentira en primer lugar, y por qué haría lo que fuera para mantenerla enterrada.

Papá pasó junto al árbol y no miró al suelo.

Su magia cayó como la cúpula de una antigua iglesia, desplomándose hacia dentro con esplendor. No podía verlo, no del todo, ya que era solo un centelleo de luz blanquecina en el aire. Pero sabía cómo olía la magia muerta: como grasa y aceite, como el asfalto recién echado.

Por fin, papá se volvió desde la valla y caminó hasta la casa.

—Ya está hecho —dijo—. No escucharé más recriminaciones de ninguna de vosotras dos, o de vuestra hermana de temperamento retorcido. Ninguno de nosotros puede comerse el oro.

Como si pudieran sentir la magia que retrocedía, o como si su ausencia fuera una invitación, en una hora la casa estaba llena de hombres de todos los tipos. Había mercaderes que nos miraban por encima de sus gafas de medialuna, las cuales llevaban haciendo equilibrio en sus narices, o entrecerraban los ojos a través de sus monóculos, como si fueran la claraboya de un barco; skupshchiks que tocaban las pantallas de nuestras lámparas con flecos, y les daban la vuelta a los jarrones en forma de gato de mi padre para comprobar si había una marca del artista.

Aquellos eran los que parecían tener un entusiasmado interés real en nuestros bienes, pero la mayoría de los otros estaba allí por la misma razón que la mayoría de nuestros clientes acudía a nosotras: el espectáculo. Ya habíamos encerrado al duende y habíamos advertido a Indrik que se mantuviera alejado de los invitados, pero aun así los visitantes trataban de entrever escaleras arriba a hurtadillas, o intentaban asomarse a la cocina, mirando por encima de nuestros hombros mientras hablaban con nosotras y fingían prestar atención a lo que decíamos. Escudriñaban los largos pasillos como si estuvieran mirando bajo el corpiño de mis hermanas, sin pestañear y con las bocas abiertas como estúpidos peces destripados.

Lo odiaba tanto que hacía que me picara la piel. Me imaginé que una horda de arañas se había derramado dentro de mi vestido. Papá se quedó en el rellano de las escaleras del segundo piso, con los brazos cruzados sobre el pecho, mientras hacía alguna magia buena de las suyas para parecer el Gran Hechicero Zmiy Vashchenko. Los visitantes evitaron hábilmente su mirada inquisitiva, y si se pasaban demasiado tiempo hablando con mis hermanas o conmigo, o si se acercaban demasiado, mi padre los miraba fijamente hasta que se sonrojaban, farfullaban y se alejaban.

Vi a Rose entregando uno de sus pendientes de peridoto a un cruel comprador que lo frotó entre sus dedos como si tratara de conseguir que algo del oro se desprendiera en su piel. Tras un momento, deslizó el pendiente en su bolsillo y después depositó un puñado de rublos en la mano abierta de Rose.

—Discúlpeme —dijo una voz, y me volví alarmada. Había un hombre delgado justo detrás de mí, cuyo rostro estaba tan rasurado que podía ver el sarpullido por donde había pasado la hoja del barbero—. Lo siento muchísimo, no pretendía asustarla, señorita Vashchenko. Soy un comerciante de la empresa Fisherovich & Symyrenko. No estoy seguro de si ha oído hablar de nosotros.

Sacó un grueso papel cuadrado del bolsillo y me lo tendió. Podía escuchar a papá respirando con fuerza desde lo alto de las escaleras, así que apreté mis dedos alrededor de mi falda y no lo acepté.

El hombre se aclaró la garganta y volvió a guardarse la tarjeta.

—Normalmente tratamos con cantidades mucho más grandes de bienes, pero tenemos un comprador extranjero específico en mente que podría estar interesado en mercancías muy particulares. ¿Está usted en posesión de algún objeto maldito? ¿Algunas piedras infundidas con magia espectral? ¿Muñecas que se levantan y mueven por voluntad propia, espíritus embotellados o amuletos encantados? Por favor, hágamelo saber si está usted dispuesta a vender algo.

Tenía la garganta tan seca y cerrada que apenas podía hablar.

—¿Quién es el comprador?

—Me temo que no puedo divulgar nombres, pero los objetos serían recogidos para una colección de una galería en uno de los museos nuevos de Ellidon.

Ellidon, la diminuta isla gris que bordeaba el antiguo atlas de papá. Esa isla daba a luz a flotas enteras de buques de guerra, como lobos de hocico blanco que trotaban insaciables en círculos alrededor del mundo, para esparcir algo maravilloso llamado «democracia». Ellidon parecía estar más lejos que cualquier cosa que pudiera imaginar, un reino donde el sol solo brillaba durante una hora al día a través de un velo de nubes y de niebla tóxica de las fábricas.

—No tenemos nada de eso —le dije—. Tenemos cataplasmas y tónicos, pero necesita a una herborista como mi hermana para hacerlos de la manera en que deben hacerse, y tenemos también un estanque de adivinación en el jardín, pero solo mi hermana Udine puede vislumbrar algo en él. Y podría usted llevarse mis manos por su capacidad de adivinar mediante el contacto, pero no creo que funcionaran si mi cerebro no estuviera unido a ellas.

El comerciante me miró como si fuera una cosa fascinante que se acababa de quitar de la suela de su bota.

—Bueno, entonces siento haberla molestado, señorita Vashchenko. —Su mirada me recorrió de arriba abajo, y por fin se detuvo en la pulsera de dijes que había en mi muñeca—. Eso parece una pieza de joyería única. ¿Está a la venta?

Papá me observaba con atención desde lo alto de las escaleras, y su mirada era dura y pequeña, como las semillas de la fruta.

Muy lentamente y con los dedos temblorosos, alcé la mano y me desabroché la pulsera de la muñeca. La sostuve en la palma de mi mano, con los dijes que tintineaban suavemente y se chocaban contra mi piel.

—Hay nueve dijes —le conté, en una voz tan baja que me avergonzaba de solo escucharla—. Hay un reloj de arena con arena rosa de verdad; una bicicleta en miniatura con ruedas que realmente giran; una ballena del tamaño de un dedal con una boca que se abre con una bisagra, y una campana que suena de verdad. Hay una caja de oro con una nota de papel doblada, tan pequeña y apretada que no se puede sacar. No sé qué dice la nota, o si es que dice algo, siquiera. Hay un libro que se abre y tiene los nombres de mis hermanas y el mío grabados en sus hojas doradas, así como nuestro año de nacimiento. Si te bañas con ella y presionas la lengua contra nuestros nombres, el oro dorado sabe a carne cruda.

El agente estudió la pulsera que había extendida sobre mi mano. Había tres líneas entre sus cejas, como si hubieran sido talladas con un rastrillo de mano. Sus gafas de montura de carey le daban el aspecto de un escarabajo con pinzas espinosas, como si sus ojos estuvieran hechos para atrapar cosas.

—Fascinante —murmuró él—. Y ¿es una reliquia familiar? ¿Un talismán de hechicería ancestral?

No entendía realmente a qué se refería.

—Algo así. Era de mi madre. Pero ella no era una bruja. Era una mujer normal, y después fue un pájaro, y después murió.

—Me lo quedo —dijo él, enderezándose de nuevo—. ¿Cuánto cuesta?

Yo simplemente lo miré y pestañeé sin decir palabra, pero al momento siguiente Rose desfiló hacia nosotros. Le preguntó al hombre cuánto estaba dispuesto a pagar, y después regateó con él para que le diera casi el doble. No comprendía cómo había conseguido hacerlo, qué clase de magia especial tenía para poder darle la vuelta al comerciante de la manera en que ella quería, como si estuviera trenzando masa para un kalach. Antes de darme cuenta, ella ya había aceptado los rublos y los había metido en su saco, que estaba tan lleno que podía ver la forma de cada moneda a través de él, con la carga manteniendo el cordón bien cerrado. No me di cuenta de que tenía los ojos empapados hasta que el comerciante se alejó.

—Ay, Marlinchen —dijo ella—. No llores.

—Esa era la pulsera de mamá —dije yo—. La llevaba cada día.

Rose soltó un suspiro.

—¿Preferirías tener la pulsera de mamá y la ira de papá, o no tener la pulsera pero tener a papá satisfecho?

Era una pregunta que, al igual que las de papá, no requerían respuesta, y de hecho te retaban a que te atrevieras a decir alguna. Me limpié los ojos.

Undine estaba enfurruñada junto al reloj de pie, dado que había vendido sus perlas favoritas, que también habían sido las perlas favoritas de mamá. Podía escuchar al duende, que lloraba de forma lamentable desde el cobertizo del jardín. Al fin, la mayoría de los visitantes se marcharon, y papá bajó las escaleras con fuertes pasos para echar al resto.

Pero el comerciante que había comprado mi pulsera estaba aún allí, examinando uno de nuestros bustos de mármol con un gran interés. Cuando vio que papá se le acercaba, le dijo:

—¿Tiene alguna otra de las pertenencias de su mujer para vender? A propósito, siento mucho su pérdida. Puede que ganar una buena suma de dinero le alivie la pena. Tengo algunos compradores que creo que estarían de lo más interesados en baratijas que hubieran pertenecido a la madre de unas brujas.

Podía escuchar la pulsera de mamá tintineando con suavidad en su bolsillo. Papá miró con ojos de lince entre el agente y yo. Sus mejillas ondearon de la misma manera en que lo hacía cuando se mordía el interior de la boca.

—Tu madre tenía otras cosas, ¿no es así? Cosas de mujeres, sobre todo. Recuerdo una polvera de oro con la forma de una caracola marina.

La sangre se me quedó helada con tanta rapidez que por un momento creí que papá estaba usando algo de su magia conmigo. Pero no había el centelleo de los hechizos en el aire; era tan solo mi propia mentira, revolviéndose en mi estómago como un cadáver en el río, empujado de aquí para allá por la corriente, hinchado y fétido. Abrí la boca, pero lo único que salió de ella fue aire.

Los segundos se arrastraron junto a mí, y el reloj de pie siguió dando la hora. Y entonces, al fin, una idea apresurada surgió en mi interior, una que esperaba que lo distrajera de la pregunta del comerciante.

—Papá, acabo de acordarme —le dije—. Ya hay comida aquí. Puedo cocinar un monstruo para ti.

No habría funcionado si mi padre no estuviera ya ansioso por que el agente se marchara. Papá le dijo al hombre que no, gracias, y lo empujó hacia la puerta. La cerró con fuerza en cuanto el hombre la hubo atravesado. Era el último de los visitantes, así que la casa se tornó silenciosa de nuevo, vacía de magia y limpia como un pollo listo para ser asado.

Me quedé allí en el vestíbulo mientras trataba de ver todos los lugares en los que papá había colocado agujeros en el suelo, o colocado alambres con los que tropezar, y traté de respirar de forma superficial para que el nudo corredizo que había alrededor de mi garganta no se estrechase. Permanecí muy quieta y con los labios apretados. Rose e incluso Undine se quedaron igual de quietas, todas nosotras haciendo nuestra propia aritmética en silencio.

¿Habíamos vendido suficiente como para hacer que papá estuviese feliz? ¿Habíamos hablado con demasiada libertad con los visitantes y lo habríamos enfadado? Estaba segura de que había un transportador, o algún otro hechizo retorcido, que podría medir la curvatura particular de una sonrisa. Ciertamente había una respuesta concreta que pudiera deducir que simplemente estábamos siendo educadas, o condenarnos como promiscuas sin pudor.

Papá se aclaró la garganta con fuerza.

—Bueno, Marlinchen —dijo—. Tengo hambre.

El alivio más amargo me recorrió la espalda. Asentí y empujé la puerta, exhalando solo una vez que se cerró tras de mí. Se había hecho bastante tarde, y la tarde se había desdibujado con el ocaso, con el viento soplando los pétalos blancos y la pelusa de los dientes de león. Había unas nubes enfadadas garabateadas en el cielo. Oteé el jardín con los ojos llenos de lágrimas, y traté de tragarme el nudo que tenía en la garganta, que era duro como una piedra. Bajo el enebro la tierra aún estaba sin remover, plana e inocua, tal y como había estado la noche antes de que hubiera enterrado mi arena negra allí.

Me quedé plantada considerando mis opciones tanto tiempo como me atreví, dado que la ira de papá era como una fea herida que sangra ante la menor provocación. Indrik estaba fuera de discusión, por supuesto, y no creía tener suficiente tiempo para buscar a la serpiente de fuego, incluso aunque a papá le gustaran las serpientes. Los cuervos sin ojos serían también demasiado difíciles de atrapar; graznarían y batirían las alas contra mí mientras yo me arrastraba por el tronco del abedul. Y no me creía capaz de soportar matar al dulce y llorica del duende.

Mi otra opción no era una opción en absoluto: revelar a Sevas, y revelarme a mí misma. Lo que fuera para distraer a papá. Pero antes habría muerto que hacer eso, antes me habría arrancado el hígado y lo habría observado mientras se desangraba entre los dedos de papá.

Por el rabillo del ojo vi al monstruo de cola espinosa paseándose por el alféizar de la ventana, con los ojos entrecerrados en dos líneas rojas. Alargué la mano y lo llamé con un gesto, como si fuera un gato callejero. El monstruo caminó con suavidad hacia mí y me lamió la palma de la mano con energía.

Su lengua punzante dejó un rastro de pequeños cortes en mi piel, pero antes de que pudiera escabullirse, me lancé hacia delante y lo agarré de la nuca.

Me apresuré a bajar los escalones y a rodear el exterior de la casa, y lo arrastré hasta los aposentos sin usar de los sirvientes mientras el monstruo bufaba, escupía y me arañaba la falda. Tiras de seda rosa se engancharon en las espinas de su cola cuando me esforcé por colocarlo en la tabla de cortar.

Ahora solo quedaba elegir cómo matarlo. Le había retorcido el pescuezo a pollos vivos muchas veces, pero el monstruo de cola espinosa tenía unas extrañas escamas en toda la garganta, y una placa de armadura dura por la espalda. Con una mano lo sostuve aplanado mientras se retorcía contra la madera mientras contemplaba mis opciones, y con la otra agarré nuestro cuchillo más grande y afilado.

Sus garras se clavaron en el interior de mi muñeca, y resoplé levemente ante el dolor, con las lágrimas cayendo por mis ojos. Entonces, aferré el cuchillo y le hice una raja alargada por el blando vientre. La sangre siguió la hoja en un lazo perfecto, hasta que se derramó, desplegándose como una madeja de seda roja. Rebosó por encima del cuchillo, empapó la tabla de cortar y se derramó en el suelo en salpicones rítmicos que parecían dar la hora igual que la segunda manecilla de nuestro reloj de pie.

Había cometido un error al no tener nada con lo que parar la sangre, ya que más tarde me pasaría horas limpiándola del suelo, y pasaría días encontrando la sangre metida debajo de mis uñas. El monstruo de cola espinosa tan solo gimoteó mientras moría, con la cola dando latigazos y las garras clavándose en la madera con una finalidad muda. Le había dado una muerte lenta y horrible.

Undine se habría reído de mí por haber llorado por un monstruo, pero aun así lo hice. Mis lágrimas cayeron dentro de la raja de su panza, que realmente no era ya una panza, sino una herida aún contraída. Cuando el monstruo al fin se quedó totalmente quieto, saqué las garras con cuidado de la tabla de cortar y lo giré para empezar a despellejarlo.

Fue una tarea difícil de hacer con solo mi cuchillo de cocina; parecía volverse romo y desafilado dentro de la dura piel del monstruo. Corté su garganta con dos hojas en forma de tijera y quité la piel desde ahí. Sus ojos cayeron con un golpe seco de su cráneo, rojos y redondos como una cereza. La mayor parte de la sangre se había escurrido ya, y el dobladillo de mi falda estaba empapado de ella. El sentimiento de aquel líquido denso en las palmas de mis manos me era de algún modo familiar, pero aparté aquel punzante recuerdo y me centré en el monstruo que tenía ante mí. Tenía dos corazones que aleteaban tras su esternón como una mariposa clavada. Corté el tendón de la catedral que eran sus costillas, y saqué el estómago.

Una vez que la piel y los órganos estuvieron fuera, por fin quité toda la carne que pude, unos trozos rosados y con aspecto húmedo que de algún modo parecían estar ya masticados. No era demasiado, pero esperé que aquello fuera suficiente para satisfacer por ahora a papá. Lo eché todo en una sartén con aceite y le agregué las especias que pude de los frascos medio vacíos.

Todo el tiempo pensé solamente en la polvera en forma de caracola de mamá, enterrada bajo el enebro. Quería acurrucarme a su alrededor como si fuera un gato con su camada. Quería meterla de nuevo en el hueco entre mis pechos y dejar que se calentara con el calor de mi cuerpo. Si hubiera podido tragármela, lo habría hecho. No había ningún sitio más seguro para la polvera que el interior de mi estómago, como un hueso de melocotón engullido. Se me ocurrió abruptamente que tenía hambre.

Le serví a papá su comida en una bandeja, y le ofrecí agua del grifo. Mi muñeca izquierda se sentía terriblemente vacía sin la pulsera de dijes de mamá. Ya echaba de menos su peso, y pensar en ella tintineando una y otra vez en el bolsillo del comerciante hizo que quisiera echarme a llorar de nuevo.

Papá estaba sentado en el diván, echado hacia delante y con los codos sobre las rodillas, con la mirada de un animal a punto de atacar.

—Ay, Marlinchen —dijo cuando le puse la bandeja delante—. Eres la mejor y la más buena de todas mis hijas. Siento lo de las cosas de tu madre. Sabes que no quería venderlas, pero no es como si tuviéramos otra opción. Mañana iré al mercado y compraré el pollo más grande que pueda encontrar, aún con plumas y picoteando, las frutas más maduras y el pescado más fresco. Ten, toma un trago de este kvas.

Había un vaso de algo tan negro como el carbón en la mesa de patas de pezuña.

—¿Qué es eso? Creía que no teníamos nada para comer.

—Lo he encontrado en la bodega. Debes haberlo preparado tú, ¿no te acuerdas?

Había preparado tantas cosas a lo largo de los años, incluyendo el kvas, que aguantaba para siempre. No recordaba haber hecho ese en particular, aunque pensé que debía de haberlo hecho: tenía un aspecto tan oscuro y espeso... Y aun así, tenía tanta hambre que me temblaban las piernas y veía borroso por los bordes, así que tan solo asentí.

Me senté junto a papá en el filo del diván, con nuestros brazos tocándose. Él me dio un beso en la cabeza y me puso el vaso en la mano.

Estaba frío y no olía a nada, pero quizás eso fuera mi propia mente, mi propio miedo y cansancio saliendo en oleadas hasta formar un hechizo que hiciera que todo pareciese del color de la ceniza y vacío. Quizá mi cuerpo sabía que no sería capaz de vomitarlo después, y estaba siendo bondadoso al hacer que pareciese esbelto y vacío, nada que se me asentara en el estómago con un peso demasiado insoportable.

Conté las horas de mi día como si fueran varenyky en un plato, cada una envuelta de forma cuidadosa en masa. De siete a ocho había escuchado a papá gritar. De ocho a nueve, había levantado a mis hermanas de la cama. De nueve a diez había ordenado la casa, preparándola para los visitantes. De diez a once había hablado con un skupshchik. De once a doce, había hablado con otro. De doce a una no había hablado con nadie, así que observé a mis hermanas y traté de no llorar. De una a dos había vendido todas las antiguas muñecas de porcelana de Undine. De dos a tres había vendido la pulsera de dijes de mamá. De tres a cuatro, había matado y destrozado al monstruo.

En el exterior, el cielo estaba oscuro y había nubes de tormentas, y por una pequeña rendija rojiza, el atardecer estaba desangrándose. La verja se quejó con el viento, y el cerrojo de metal se abrió con un clic. El enebro parecía tan sólido y sereno como una lápida. Bajo la tierra estaba la polvera, y dentro de la polvera estaba la arena negra, y en cada grano de esa arena estaba Sevas; mi primer secreto, mi primera mentira, tan a salvo como la propia muerte. Me llevé el vaso a los labios y bebí.

Capítulo siete

M e desperté con el sonido de la lluvia goteando desde el ale-ro del tejado. La tormenta había llegado y se había marchado mientras dormía, y había arrancado de sus raíces a los retoños, como si fueran agujas sacadas de un alfiletero, y había arrastrado los helechos hasta mi ventana. Froté la condensación veteada del cristal y miré a través de ella. Mis ojos recorrieron el destruido jardín hasta encontrar el enebro. Se alzaba tan alto y erguido como el mástil de un barco, imperturbable, con sus bayas negras brillando como si hubiera un animal de mil ojos instalado entre su desaliñado ramaje.

Exhalé aliviada, lo cual hizo que el cristal volviera a empañarse. Fue entonces cuando me di cuenta de que había una mancha de agua en mi almohada. Me toqué la nuca, y sentí una extraña humedad. Mi pelo estaba empapado. Quizás algo se había colado por el tejado; no entendía cómo, si no, podría haberme mojado. Me puse en pie sobre la cama de forma inestable, y comprobé el techo en busca de rajas. No había fracturas, ni siquiera del tamaño de un pelo. Nada.

Bajé de nuevo, y me sentí algo estúpida y perturbada. Quería preguntarles a mis hermanas si ellas también se habían despertado con aquella humedad, pero Undine aún estaba enfadada conmigo y llorando la pérdida de las perlas de mamá, y sabía que Rose suspiraría y me regañaría por mi miedo y por ser tan extraña.

Me senté en la cama, y otro recuerdo me invadió. Era muy quebradizo y difuso esta vez, como los vestigios de un sueño. En el sueño, estaba empapada de agua. Por encima de mí, el oscuro cielo estaba atravesado por un rayo, y había adoquines bajo mis pies. Tal vez el yo de mis sueños me había llevado fuera de mi cama y a las calles de Oblya de nuevo. Aun así, ¿cómo podían los deseos de mis sueños dejar una marca en mi yo despierto?

Mientras observaba por la ventana de nuevo, la puerta del cobertizo del jardín se abrió y de allí salió Indrik de forma tambaleante, con el duende pisándole los talones. Parecía casi tan desesperanzado como la mañana en la que había llegado a nosotros por primera vez: después de aquello y durante días, el cielo rugió con truenos artificiales. Me sentí mal por él mientras lo observaba, quitándose erizos del abrigo, y me sentí aún peor por el duende, que se limpiaba su gran ojo con una hoja suelta de ruibarbo.

Escuché a papá bajarse de la cama, así que me puse una bata y me apresuré a descender las escaleras.

Hacía mucho tiempo que no veía la fresquera tan llena, casi a reventar con paquetes de papel de tocino blanco y duro, frascos de crema agria que cayeron unos contra otros cuando abrí la cubierta; carpas enteras aún con la cabeza y los ojos intactos. Allí estaba el pollo que papá había prometido, aunque sí que estaba desplumado y lleno de bultitos, y manzanas rojas y redondas sin golpes. Escarbé entre los paquetes de papel de carnicero y la fruta suelta hasta que, extrañamente, encontré un contenedor de cristal con relleno para varenyky que no recordaba haber preparado.

Aun así, estaba satisfecha, ya que podría hacerle a papá un desayuno de verdad. Ciertamente no se enfadaría conmigo o mis hermanas si tenía un plato con comida apilada frente a él, y una gran bolsa pesada de rublos a sus pies. Preparé la masa y la hice rodar hasta que quedó fina, después freí el relleno con cebolla y aceite. Puse sus varenyky en el plato con mucho cuidado, dejando caer una cucharada de la crema agria fresca junto a ellos, y otra cucharada de col encurtida morada. Se lo serviría, y él sonreiría, me daría las gracias y me daría un beso en las mejillas, y después imprimiríamos los panfletos para que más clientes pudieran venir, y no tuviéramos que vender nada más de mamá.

No encontré el kvas de mora que papá y yo nos habíamos bebido la noche anterior, así que le serví un vaso de agua en su lugar. Mientras lo colocaba todo en la bandeja, vi un trozo de pelo, piel y sangre seca sobre la tabla de cortar: lo que quedaba del monstruo que había matado.

Un sentimiento enfermizo me revolvió el estómago, como al meter el dedo en una fruta demasiado madura colgando de una rama pesada.

Tras la tormenta, y en el silencioso y destripado cadáver de nuestra casa, me permití pensar en Sevas de nuevo. Interpretaría a Ivan esta noche, rodeado de plumas, pintado de dorado, y haciendo los mismos pasos una y otra vez, tratando de hacer que cada sonrisa pareciera nueva, y cada traspié pareciera nefasto.

Había una idea que me picoteaba por dentro con el ritmo frenético de un bordado: *Podría salir de nuevo.*

La arena negra estaba enterrada y a salvo bajo el enebro, y había comprobado ya que no ocurriría ninguna transformación cruel a medianoche, que no había ningún hechizo furtivo en el jardín, o ningún peligro infranqueable en las calles de Oblya. Le había mentido a papá, y él no lo había notado en el hígado, ni en el kvas. ¿Tan terrible sería probar suerte una segunda vez?

Las historias solían darte tres oportunidades para esta clase de cosas. Tres noches de disfrute antes de que el carruaje se convirtiera en calabaza. Tres preguntas que hacerle al lobo antes de que te enseñara los colmillos. Tres bocados a la manzana antes de probar el veneno en su interior. Podría repartir mis tres oportunidades de forma cuidadosa, y saborearlas como un caramelo; podría chuparlas y escupirlas de nuevo en mi mano. Solo con imaginarlo podía sentir la emoción, y tenía un dulce sabor.

Llevé la bandeja de papá al salón, y la dejé sobre la mesa de patas de pezuña, frente a él.

—Gracias, Marlinchen —dijo él. Sus ojeras parecían más pequeñas de lo que habían sido en mucho tiempo, y estaban de un tono lavanda. Debía de haber dormido bien sabiendo que la fresquera estaba llena, por fin.

Su elogio y su conformidad hicieron que me ablandara.

—Gracias por haber ido al mercado. Había una gran cantidad de comida en la cocina.

—Sí, pero tendremos que tener cuidado. Tú y tus hermanas no podéis comer mucho. Las mujeres necesitan menos para saciarse que los hombres, y ninguna de vosotras estáis malditas. Si tenéis hambre entre el almuerzo y la cena, comed algo de fruta del jardín.

Echó un vistazo a través de la ventana, pero no pareció notar el daño que la tormenta había causado a través de su propiedad, con los zarcillos de las enredaderas aún azotando sin fuerza con la escasa brisa, como la cola de un perro viejo.

No tenía demasiada hambre, lo cual me sorprendió. Normalmente veía a papá comer con una terrible envidia y llena de culpa, deseando que pudiera permitirme participar de tal abundante comida, y después me regañaba a mí misma por mis propios deseos horribles e indecentes. Ahora no sentí demasiado mientras escuchaba los sonidos que hacía papá al comer, y cuando miré al jardín, la mente se me llenó como las arcas de una taberna con pensamientos de Sevas, el vodka, y el paseo marítimo de noche.

Tenía la polvera. Tenía la pluma. Tenía, quizá lo más importante de todo, el recuerdo que me aseguraba que era posible escapar y regresar sin consecuencias. Tres secretos, tres mentiras. Tres, tres, tres, justo como las historias decían. Ciertamente no podía estar haciendo algo tan terrible y mal si seguía los mandatos de los cuentos del códice al pie de la letra.

La vista se me nubló, y casi no noté al hombre que bajaba por la calle hacia nuestra casa hasta que paró justo frente a la verja y comenzó a hacerla traquetear con fuerza. Durante un momento pensé que podría ser Derkach de nuevo, pero aquel hombre era joven, y tenía el aspecto esbelto y hambriento que mostraban tantos jornaleros de Oblya. No lo reconocí como uno de mis clientes, ni de Rose o de Undine. Nunca le había visto.

Tras unos momentos de mover la verja en vano, el hombre comenzó a gritar.

Papá se levantó de su asiento con una sacudida y se unió a mí frente a la ventana. Me rozó un aliento peligroso contra la mejilla.

—Marlinchen, ¿quién es ese?

—No lo sé —le dije al tiempo que se me hacía un nudo en el estómago—. No es uno de los míos.

—Tiene aspecto de estar loco. Tantos jóvenes hombres de Oblya lo están en estos días. El carrusel que gira entre las casas de placer, casas de apuestas y tabernas de dos rublos los conduce a la locura. Si no se marcha pronto, tendré que lanzar un hechizo.

Hasta donde yo sabía, papá no había erigido un nuevo esqueleto de magia sobre la casa; estábamos tan expuestos como un cangrejo sin su caparazón, lo cual solo hacía que papá fuera más cruel y estuviera más enfadado.

Pero yo no veía ningún brillo de locura en los ojos del hombre, tan solo una ardiente angustia que consiguió estrujar una gota de pena de mi interior. Una mentira rápida e imprudente se alzó por mi garganta, y antes de que pudiera frenarla, dije:

—Creo que sí que lo reconozco, después de todo. Es uno de mis clientes. Tendrá dinero que darme.

La mirada de papá cambió de tal forma que parecía magia, de una manera que casi me hizo escupir la mentira como un trago de leche agria. Pero él tan solo dijo:

—Vayamos fuera a ver a ese cliente tuyo.

Dejó su plato a medio terminar, y juntos abrimos la puerta y nos dirigimos al devastado jardín. El duende corrió hacia mí llorando, y papá hizo un sonido de tal feroz reproche, que me sentí peor que nunca por el duende y apenas pude resistir el impulso de alzarlo en mis brazos. ¿Qué era lo que había hecho mal el duende?

Mis pies descalzos se hundieron en la tierra húmeda y los pétalos de flores aplastadas se me pegaron contra los tobillos. Cuando nos vio acercarnos, el hombre dejó de mover la verja, y tan solo se quedó mirando fijamente con los ojos llorosos y brillantes.

En ese momento supe sin ninguna duda que jamás lo había visto, y noté el mal sabor de la bilis de la decepción.

—Los jóvenes de esta ciudad no tienen sentido de la cortesía —escupió papá—. Apenas acaba de amanecer, chico. ¿Por qué agitas nuestra puerta como un perro dentro de una jaula?

—Por favor, señor —dijo él—. Me llamo Nikolos Ioannou. Niko. Soy compañero de piso de Fedir, Fedir Holovaty. Me dijo que es uno de sus clientes habituales. De la señorita Vashchenko, me refiero.

Era ioniko, y casi deseé haberme dado cuenta antes de salir a verle. Aquello enfadaría a papá aún más.

La ira de papá salió de él como si fuera humo de tabaco, grasienta y caliente.

—¿Y qué necesidad tiene de sus servicios?

El rostro de Niko palideció.

—Yo no, señor. Es Fedir. Está terriblemente enfermo, y ningún doctor de la ciudad quiere atenderlo. Dijo que ninguno cree que esté realmente enfermo. Pero sí que lo está, señorita Vashchenko, lo juro. Lleva horas vomitando, y nuestro piso entero huele a muerte. Me dijo que usted era la única que lo atendería, dijo que usted le prometió que iría si él la llamaba.

Inhalé, sintiéndome desconcertada y asustada. Papá habló antes de que yo pudiera hacerlo.

—Mis hijas no trabajan gratis. Y no salen de la casa. Si tu amigo está en tal apuro y necesita la ayuda de Marlinchen, dile que puede venir por sí mismo con un saco de rublos en la mano.

—Pero está demasiado enfermo para venir, ni siquiera puede andar.

Mechones de pelo del color del trigo sobresalían bajo el gorro de Niko, y el sudor los había pegado a su frente. Había un leve tono grisáceo en su piel, un aspecto marmóreo, como la leche agria. Y por la forma en que su cuerpo temblaba, me pregunté si no se habría contagiado ya lo que fuera que Fedir tuviera.

—Por favor, señor Vashchenko. Señor. Puedo darle todo el dinero que tengo ahora mismo aquí, y más cuando su hija llegue a nuestro piso. Yo no... Fedir es mi amigo, no puedo verle morir.

Un gran sentimiento de culpa me invadió, tal que comencé a temblar también, y mi respiración se volvió agitada. Sí que le había prometido a Fedir que lo trataría, sin importar la dolencia. Le había prometido que iría a por él.

—Papá, necesitamos el dinero. De verdad —le dije.

La mirada de papá pasó de Niko a mí, moviendo la cabeza de un lado a otro con tanta fuerza que sus mejillas ondearon, y el viento sopló entre su barba. En ese momento parecía tan cruel como un sabueso que trataba de decidir a qué presa atrapar antes.

Yo había sobrevivido a su furia de mandíbula apretada antes quedándome quieta hasta que menguaba, y de algún modo, Niko también notó que solo el silencio y la quietud nos salvarían. Enroscó sus manos, con los nudillos blancos, alrededor de los barrotes de la verja, y ambos contuvimos el aliento hasta que el rubor de ira desapareció del rostro de papá. Al fin, en una voz ronca que me recordó al agua negra estrellándose contra las rocas, dijo:

—Será mejor que haya rublos esperándonos cuando lleguemos allí, chico.

Una hora después, me había vestido y hecho lo que podía para domesticar mi pelo. Tomé una muestra de cada hierba que conseguí encontrar en la despensa de Rose, y también agarré el compendio de su escritorio. Incluso aunque yo no fuera una herborista, aun así era una bruja, y esperaba que quizá pudiera imbuir los tónicos y elixires con un poco de mi propia magia para hacer que funcionaran.

Pero era tan solo eso: esperanza. Mi magia era solo para mostrar; no era para hacer, cambiar o crear. Pero había prometido acudir a Fedir, y sabía que no sería capaz de soportarlo si moría sin que tratara de hacer todo lo que podía para salvarlo.

No había estado fuera en la ciudad con papá desde antes de que mi madre muriese, cuando nos había llevado a mis hermanas y a mí al mercado, o a las tiendas especializadas, o a ver a Titka Whiskers y a algunos de los otros hechiceros y brujas de Oblya. Normalmente juzgaba su competición, pero Titka Whiskers siempre nos daba cuadrados de tarta de miel para comérnosla, y me dejaba que le tirase de sus alargadas pestañas negras, que eran tan gruesas como las plumas de un cuervo, y obligaba a sus ojos felinos a abrirse y cerrarse, abrirse y cerrarse, una y otra vez hasta que me cansaba y me quedaba dormida en su regazo.

A mi madre no le gustaba Titka Whiskers. Decía que quería que sus hijas se convirtieran en esposas de médicos, no en brujas. Quería educarnos para que fuéramos anfitrionas de pícnics y almuerzos, no para hacer cataplasmas para la tiña, o para ver el destino en el fondo de una taza de té. Pero ningún hombre respetable en Oblya se casaría con una bruja, ni siquiera con una bonita. Mis hermanas y yo éramos solamente su fantasía nocturna furtiva; vivíamos dentro de sus cabezas y no en su cama, junto a ellos.

La idea de que sus hijas se casaran con médicos era lo suficientemente aceptable para mi padre, y cuando descubrió que éramos brujas, inicialmente perdió las esperanzas ante nuestro futuro. Pero después se dio cuenta de que podía usar nuestra magia, y después mamá murió, y después ninguna de nosotras salía de casa, así que no había ningún hombre al que conocer de todas formas.

Niko nos estaba guiando a través de la calle Kanatchikov, en dirección opuesta al teatro de ballet. La tormenta lo había dejado todo empapado y húmedo, y me sentí como si el aire me estuviera exprimiendo en su puño. El pelo ya se me estaba rizando y escapándose del débil recogido. De día, las calles estaban incluso más concurridas que de noche, con los tranvías y carruajes traqueteando por los adoquines como si fueran escarabajos; los vendedores de kumys empujaban sus carros, y los corredores de bolsa vestidos en trajes negros se dirigían a paso ligero a la bolsa.

No había pisado aquellas calles durante el día antes, o al menos no en mucho tiempo, y sin embargo había algo increíblemente familiar en la forma de los adoquines bajo mis pies. Como si mi cuerpo recordara algo que mi mente no podía.

Mientras avanzábamos, nos cruzamos con mendigos y borrachos echados sobre el lateral de los edificios, o amontonados en los callejones, como si fueran moho que había crecido allí, con los rostros pálidos y sudados. Vi a papá arrugando los labios cuando pasamos junto a uno de ellos, con una botella oscura aún sujeta de forma débil entre los dedos del hombre. La magia se erizó en mi padre como el pelo del lomo de un perro, y solo porque Niko se apresuró en ese momento, mi padre no dejó salir su hechizo. El borracho rodó y apretó la mejilla contra los adoquines.

En esta parte de Oblya, donde nunca había estado, los edificios eran como castillos de naipes a medio derruir. Las marquesinas estaban destrozadas por el viento, y amarillas por el paso del tiempo. Las ventanas estaban obstruidas de moscas negras muertas y con manchas de huellas de manos que se habían quedado marcadas como la grasa en una sartén. Había tendederos entrecruzados de cuerda floja sobre nuestras cabezas, que cortaban el cielo gris en trozos. Un humo grasiento salía desde los balcones del segundo piso, y había perros callejeros que cojeaban por la calle, olfateando pilas de basura.

Y todas las personas a nuestro alrededor eran jóvenes, los jornaleros, aunque lo que más me sorprendió fue ver que no parecían estar haciendo trabajo alguno. Estaban sentados en las escaleras, algunos de ellos fumaban y otros tenían juegos muy gastados de dominó, o botellas medio vacías de vodka, pero la mayoría estaban simplemente sentados y observando, con los dientes manchados de negro por el tabaco. Aceleré el paso y me puse a la altura de Niko, incluso cuando papá frunció el ceño más y más.

—¿Por qué están ahí parados? —pregunté en un susurro.

—Hoy no hay trabajo para ellos —dijo Niko—. Verá, la mayoría de nosotros no tiene trabajo fijo. Podemos ir a las fábricas y tiendas y preguntar a los capataces y a los dueños si necesitan algo, pero muchas veces no requieren ayuda, o alguien ya ha llegado allí antes. Y sin trabajo, no hay dinero y, por supuesto, nada que comer.

La mirada de un hombre se enganchó en mí, afilada y brillante como la hoja de un cuchillo. Se echó hacia delante y le susurró algo a otro hombre que había junto a él, y ambos sonrieron como gatos satisfechos. El sudor de mi nuca se me heló, y entonces papá me agarró de la muñeca y tiró de mí hacia delante.

Niko nos guio a una pequeña tienda de comestibles con letras ionikas doradas en los ventanales, y una marquesina verde que se caía y se hundía como las mejillas de papá. En el interior, encorvado sobre el mostrador, había un hombre como una bellota, con tres mechones exactos de pelo negro: uno sobre cada una de sus orejas, y otro horizontal en lo alto de su redonda cabeza. Estiró el cuello lentamente hacia Niko, como un perro muy rechoncho dándose la vuelta, y en cuanto lo vio comenzó a murmurar una diatriba, aunque las palabras no se entendían tras su cristal lleno de manchas de grasa.

Niko se quedó pálido, y se apresuró a ir hasta la puerta lateral del edificio, sacó su llave y la giró. Después, nos indicó con un gesto a papá y a mí que entráramos.

El pasillo estaba oscuro y hacía calor, y tenía el tipo de olor a humedad y moho de una colada que se ha quedado demasiado tiempo en la pila. Papá se puso tenso, con los hombros alzándose hasta sus orejas.

—Estoy perdiendo la paciencia, chico —le ladró—. Por este viaje a través de los suburbios infectos nos deberás cinco rublos, y eso antes de que mi hija vea al paciente.

—Ya casi estamos —balbuceó Niko, con la cara aún pálida.

Nos guio por las estrechas escaleras, con las rodillas empezando a fallarme y el aliento de papá volviéndose más pesado y caliente contra mi nuca. Quizás había cometido un grave error.

Llegamos a otra pequeña puerta, y Niko comenzó a sacar su llave de nuevo, pero antes de que pudiera meterla en la cerradura, la puerta se abrió de un tirón frente a él. En el umbral de la puerta había un hombre de pelo negro, con los ojos azules y un aspecto tan duro y apuesto, que lo reconocí al instante, incluso entrecerrando los ojos a través de la tenue luz.

Sevas.

Él me vio por encima del hombro de Niko y abrió la boca una vez, sin decir una palabra, y después la cerró de nuevo. El rostro de papá estaba a centímetros del mío, pero ni siquiera me volví para mirarlo; podía sentir por el cambio en su respiración que él también había reconocido a Sevas. El silencio se instaló en aquellas escaleras oscuras.

—Muévete, Sevas —le dijo Niko—. He traído a la bruja y a su padre.

Sevas aún estaba mirándome de modo inexpresivo, pero se apartó y dejó que Niko entrara. Yo lo seguí lentamente, con cada paso que daba generando un quejido en el suelo, y mientras sentía la presión de cien dagas a mi espalda.

Cuando alcancé el rellano me paré, y el estómago me dio un vuelco completo. Incluso aunque sabía que papá estaba ahí con sus cuchillos, le susurré a Sevas:

—No lo sabía… ¿Cómo iba a saberlo…?

—Marlinchen. —La voz de papá era como un jarro de agua fría—. Si me dejas aquí de pie en estas escaleras un momento más, te convertiré en un pescado azul y te destriparé yo mismo.

Enseguida me adentré más en el apartamento, con un rojo febril tiñendo mis mejillas. El piso entero constaba de una sola habitación con tres catres y una única ventana sucia. Enseguida olí la bilis y la sangre, ambas tan fuertes que se me aguaron los ojos de forma violenta, y tuve que taparme la boca con la mano.

Fedir estaba tumbado sobre uno de los catres, con el pecho desnudo y muy quieto. Tenía vómito endurecido en la comisura de los labios. Había un cubo lleno de vómito en el suelo junto a él, y más aún salpicaba la madera. Una pila de paños sucios que habían sido usados para limpiar el vómito y a Fedir estaban ahora tirados por el piso como carpas varadas y esparcidas por la arena. Apreté los dedos contra el lomo del compendio de herborista, y la habitación entera se balanceó y agitó a mi alrededor.

Comencé a tener claro entonces que realmente sí que había cometido un grave error.

Papá evitó tener que hablarme. Pasó junto a Sevas empujándolo con el hombro y fue hasta Niko.

—Antes de que mi hija haga nada, necesito ver que tiene los rublos. Diez por hacer todo este viaje, y veinte más por curar a su amigo.

—¡Fuera dijo cinco!

—Estaré encantado de marcharme de nuevo si el precio no le parece adecuado. Pero como usted ha dicho, ningún otro doctor en la ciudad lo atenderá, y no parece que a su amigo le quede mucho tiempo como para perderlo regateando.

El rostro de Niko se volvió de un tono rosado. Fue hasta uno de los armarios pequeños y sacó una bolsa de monedas. A regañadientes, contó diez rublos. Pensé en los hombres que había visto fuera en las escaleras, y en la desesperación plomiza y vacía de sus rostros, y pude sentir algo enrollándose alrededor de mi corazón como si fuera un trozo de alambre de cobre.

Papá aceptó las monedas y se las metió en el bolsillo, que estaba demasiado hinchado, como la forma en que a veces veía que sus mejillas se hinchaban cuando comía demasiado deprisa. Sevas estaba de pie tan cerca de mí que podía sentir el aire tensándose entre nosotros, y mientras mi padre discutía con Niko acerca del resto del dinero, al fin me giré para mirarlo.

No le había visto en tal estado desde la primera noche en el callejón, y aquello era quizás aún más encantador. Los ojos de Sevas estaban excepcionalmente rojos, y el pelo le caía por la frente sin su habitual despreocupación deliberada. Sobre sus afilados pómulos había dos moratones por falta de sueño, como si alguien le hubiera untado pintura violeta. Podía ver por la tensión en sus hombros, y por cómo su pecho subía y bajaba con rapidez, que había estado despierto estas noches, por el pánico y el terror. Su garganta se movió al tragar.

—Marlinchen —dijo él, e incluso en ese momento, escuchar mi nombre de sus labios me hizo estremecerme—. Por favor. No sé si hay mucho que puedas hacer por él, con tu magia o sin ella, pero debes intentarlo. Fedir es mi amigo, es un buen hombre. No se merece morir... Bueno, como si a la muerte le importase quién se lo merece.

Se rio, pero fue un sonido crudo y rasposo.

—Por supuesto que lo intentaré. —Mis ojos estaban nublados por el olor del vómito de Fedir—. Papá me matará si no lo hago.

—No dejaré que eso pase.

—No podrías detenerlo —le dije, aunque contuve una sonrisa al pensar en que lo intentaría—. ¿Realmente vives aquí? Asumí que vivías con el señor Derkach...

Dejé de hablar en cuanto el rostro de Sevas se replegó.

—No, no vivo con Derkach. Ya no.

—Marlinchen —ladró papá—. Deja de hablar con ese chico y ven aquí antes de que este hombre se ahogue con su propio vómito.

Debía haber acordado algo con Niko. Traté de no respirar por la nariz, y crucé el piso hasta arrodillarme junto al catre de Fedir. Tenía los ojos cerrados y estaba tan quieto como la mismísima muerte, pero cuando me incliné sobre su boca, pude sentir el más leve de los susurros de aire contra mi mejilla.

El alivio me invadió y se apagó tan rápido como una cerilla. Jamás había visto a un hombre tan enfermo antes, e incluso si podía averiguar qué estaba haciéndolo enfermar, no sabía si sería capaz de ayudarlo. Mi magia no servía para eso. Pero papá me observaba con dagas tras sus ojos, Niko se había llevado las manos a la cabeza, y Sevas se había mordido el labio inferior tanto que vi pequeñas manchas de sangre seca en ellos. Así que alcé la mirada y pregunté:

—¿Cuándo comenzó a mostrar los primeros síntomas?

—Llegó a casa anoche, y pensamos que había estado bebiendo —Niko me miró a través de las rendijas de sus manos, en una voz baja—. No paraba de ir al baño del pasillo, al principio una vez cada hora, después dos veces, y al final no podía moverse de su catre. Le trajimos el cubo para que no tuviera que ir, y nos mantuvo despiertos toda la noche con el sonido. Por la mañana apenas podía hablar, excepto para decirnos que no llamáramos a ningún médico de Oblya. Solo a ti.

Dejé escapar un suspiro tembloroso, casi una risa si me hubiera atrevido. Yo no era nada parecida a un médico, y lo único que tenía era un bolso lleno de hierbas y el compendio de mi hermana. Aun así, me tragué el miedo que comenzaba a subir por mi garganta.

—Y ¿alguno de los dos ha empezado a sentir algo? —pregunté.

—No —dijo Niko, y Sevas negó con la cabeza—. Sea lo que fuere lo que tiene, no creo que sea contagioso.

Al menos aquello era una suerte. Dejé que mis dedos se relajaran y me preparé para tomar el rostro de Fedir entre mis manos. Pero antes de que pudiera hacerlo, comenzó a toser y escupir, con el vómito saliendo en burbujas de entre sus labios.

El terror me recorrió la espalda, y traté de erguirlo hasta que estuviera sentado para que no se ahogara, pero tenía la piel tan húmeda y empapada que no habría podido alzarlo de todas formas. Y cuando el terror comenzaba a helarse en mi vientre, Sevas se arrodilló junto a mí y me ayudó a incorporar a Fedir.

Juntos, sostuvimos a Fedir por los hombros mientras él se inclinaba sobre el cubo y vomitaba de forma sonora y violenta.

—Lo tengo —dijo Sevas en voz baja, y comenzó a describir un lento círculo en la espalda de su amigo—. Puedes soltarlo, Marlinchen.

Lo hice, aunque me temblaban los dedos de forma espantosa. La respiración de papá se volvió más sonora y peligrosa, y sabía que era porque Sevas había sido demasiado amigable al llamarme por mi nombre, y según sus cálculos, yo había sido más que amable también.

Ya no podía permitirme ni siquiera sonreírle, no con papá aún en la habitación. Esperé hasta que Fedir hubo terminado de vomitar, y entonces dije en una voz aguda:

—No te pagaremos nada por ayudar.

Los ojos de Sevas fueron de mi padre a mí, y entonces asintió una sola vez y se levantó de nuevo. Supo que mi crueldad era solo por el bien de papá, y un estremecimiento de anhelo y miedo me recorrió la espalda ante aquel entendimiento tácito entre nosotros.

Una vez que Fedir estuvo tumbado de nuevo, con sus pestañas agitándose de forma débil, pude agarrar el lóbulo de su oreja entre mi índice y mi pulgar, y apreté la otra mano contra la línea de su mandíbula.

La visión se filtró en mi interior como si alguien hubiera cascado un huevo pasado por agua y hubiera dejado que la yema me cayera por los ojos. El piso se redujo y alejó, y estaba de pie en las calles de Oblya, de noche. Todo parecía resbaladizo en la oscuridad. Mis manos estaban ásperas, con callos amarillos, y supe enseguida que eran las manos de Fedir. Había un dolor intenso que me recorría desde las rodillas hasta los omóplatos. El dolor, asumí, tras un largo día de trabajo, y de un día incluso más largo aún sin comida suficiente. La carretera que se extendía ante mí estaba salpicada de caras sonrientes y resplandecientes, las caras de otros jóvenes que parecían como borzoi adolescentes mientras trotaban calle abajo, con sus codos afilados y sus piernas larguiruchas.

Fui tras ellos, algo inestable sobre mis propias piernas, y había una neblina que hacía que todo pareciese cubierto de rocío, como la mañana tras una tormenta. Todos recorrimos el callejón mientras nos reíamos, y después atravesamos las puertas de una taberna. Enseguida supe que era un establecimiento más pobre que el que había visitado con Sevas, dado que solo había lámparas de aceite ennegrecidas en el interior, y ninguna mujer riéndose con delicadeza.

En la barra, pedimos vodka en vasos sucios, y nos los bebimos sin parar a respirar. Y entonces, mientras mi vista (la vista de Fedir) se volvía más borrosa y estrecha, trastabillé hacia el baño, me agaché sobre el lavabo y giré el grifo. Volqué el agua en mi boca y tragué. Tras el vodka, no sabía a nada en absoluto.

La oscuridad se estrechó a mi alrededor, y cuando conseguí abrir los ojos, estaba de vuelta en el piso, arrodillada sobre el cuerpo de Fedir. Se me puso la carne de gallina mientras la visión desaparecía, y aparté la mano de su mandíbula y del lóbulo de su oreja. Su piel estaba de un brillante color rosáceo y algo hinchada allí donde había presionado los dedos con fuerza.

Sevas me observaba con una clase de preocupación contenida, aunque la furiosa mirada de papá le impidió hablar. Cuando conseguí calmar el pulso irregular de mi corazón, dije:

—Fue a una taberna anoche, y bebió agua del grifo. ¿Alguno de vosotros ha…?

Antes de que pudiera acabar de hablar, Niko dejó escapar un quejido.

—Ay, Fedir, maldito idiota. Todos saben que los baños de las tabernas están tan limpios como la escoba de un barrendero. Bien podrías lamer los adoquines, de paso. Hay algo en el agua que ha hecho que enfermase.

Había escuchado algunos rumores de enfermedades que podías pescar por beber agua sucia, y unos años antes de que yo naciera, al parecer hubo un aluvión de muertes que papá siempre recordaba alegremente, dado que los suburbios se habían purgado de casi un tercio de sus residentes. Ahora, sentí que el estómago se me revolvía y daba un vuelco.

Me eché hacia atrás los mechones de pelo de mi frente, húmedos por el sudor, y entonces alguien llamó a la puerta.

Todos nos quedamos callados, y solo podía escuchar el suave sonido de Fedir que gemía. Hubo otro golpeteo en la puerta, esta vez más urgente. Fui a decir algo, pero Niko se puso un dedo en los labios con los ojos llorosos por el miedo.

—Es el casero. Vamos dos semanas atrasados con el alquiler —dijo Niko una vez que los golpes cesaron.

Papá resopló, enfadado.

—Chico, sabe que estás dentro. Apesta a muerte aquí, y yo estoy perdiendo la paciencia con todo esto. El trabajo de mi hija ya te está costando más rublos de los que puedes gastar.

Mientras Niko abría la boca para responder, una voz nos llegó desde el otro lado de la puerta.

—Sevastyan, si no abres traeré al Gran Inspector y a sus hombres para que rompan la cerradura.

No era el casero. Era Derkach.

El poco color que había en la cara de Sevas desapareció. Sin decir palabra, recorrió lentamente el apartamento e hizo una pausa con la mano sobre el pomo de la puerta. Podía ver su pecho hinchándose con cada respiración. Tras un momento, abrió la puerta lo justo para mirar por ella, con los nudillos blancos alrededor del pomo. Pero antes de poder decir una palabra, Derkach metió el pie por la diminuta rendija y entró disparado al apartamento.

Apenas se paró a mirar la escena que había ante él antes de girarse hacia Sevas.

—¿Estás totalmente loco? Los ensayos empezaron hace una hora, y ninguno de los otros bailarines puede comenzar sin su Ivan. Sería un caso distinto si este fuera el primer ensayo que te pierdes, o incluso el segundo o el tercero, pero desde que has llegado a Oblya te has perdido más de los que has atendido, y eso sin contar las veces que has salido corriendo al callejón después de una actuación para vomitar. Encontré el vodka en tu camerino, no creas que puedes seguir mintiéndome sobre el *aire marino*.

Cuando Derkach paró para respirar, por fin su mirada recorrió el pequeño apartamento. Vio a Fedir tirado sobre el catre, a mí arrodillada junto a él, a mi padre de pie sobre nosotros y a Niko echado contra la pared con las manos sobre la cara. Sevas estaba mirando fijamente el suelo. Derkach se volvió de nuevo hacia él.

—¿Qué narices está pasando aquí? —le preguntó.

—Fedir ha estado enfermo —balbuceó Sevas—. Mi compañero de piso. Tenía que quedarme y ayudar.

Derkach apretó los labios con fuerza. El tono de su voz era muy bajo cuando dijo:

—¿Qué te advertí que pasaría si te mudabas de debajo de mi techo, Sevas? Te dije que el único alojamiento que podrías permitirte sería en los suburbios, compartiendo habitación con obreros sin más de un rublo a su nombre. ¿Y si te contagias lo que tiene tu pobre compañero de piso? ¿Qué hará la compañía sin su Ivan, y qué pensará tu madre cuando le diga que tuve que enterrar a su único hijo en Oblya?

—No es contagioso. —Me sorprendí tanto de escucharme hablar, que me sonrojé enseguida, desde la frente hasta mi barbilla—. La enfermedad de Fedir, quiero decir. Sevastyan estará bien.

—Señorita Vashchenko —dijo Derkach, y cuando me miró, entrecerró los ojos como si yo fuera algo imperceptiblemente diminuto—. Aprecio su preocupación, pero *yo* soy al que pagan para preocuparse por Sevas. Por favor, vuelva a su trabajo y déjeme con mi obligación.

Me ardían las mejillas. Sevas aún no había alzado la mirada del suelo.

Fedir tosió de nuevo, y con dedos temblorosos, abrí el compendio de herborista. El pergamino era tan fino como la piel de una cebolla, y la letra de Rose estaba manchada y era diminuta, como si cientos de arañas hubieran sido aplastadas contra las páginas. Algunas notas estaban acompañadas por muestras prensadas de hierbas o pétalos de flores; otras estaban simplemente ilustradas por los dibujos de mi hermana, que eran igual de difíciles de comprender que su letra.

Hojeé avergonzada las páginas, mientras trataba de hacer que pareciese que estaba buscando algo en particular. En realidad, no tenía ni idea de por dónde empezar. Habría tenido la misma suerte si hubiera estado escrito en ioniko. Tras de mí, Derkach seguía hablando con Sevas en susurros.

Cuando me atreví a echar un vistazo por encima de mi hombro, vi que tenía agarrado a Sevas por la nuca con una mano. Reconocí aquel gesto: ternura y crueldad a la vez. Derkach hablaba en voz baja, de la misma forma en que papá a veces lo hacía, de una forma en que significaba peligro. No conocía a Derkach demasiado bien, y no podía entender más que unas cuantas palabras que flotaban a través del espacio como las motas de crema blanca en la sopa de remolacha, pero sabía que sus palabras también significaban peligro.

Escuché que decía «teatro», «ensayo», «actuación» y «dinero». Escuché también «ingrato», «insolente» y «descuidado». Escuché «borracho» e «indecente». Escuché mi nombre.

Subí la cabeza de repente, pero la voz de papá se enroscó alrededor de mi garganta.

—¿A qué estás esperando? ¿De verdad quieres tenerme más tiempo aquí, en este miserable piso?

Con el rostro ardiendo, volví a centrarme en el libro. En la primera página había un índice que podía leer en su mayor parte. Pero solo porque supiera las palabras, no quería decir que pudiera entender qué significaban puestas unas tras otras. Había dos secciones, una para «enfermedades del cuerpo» y otra para «enfermedades de la mente». Bajo la sección de «enfermedades del cuerpo», encontré multitud de subtítulos: «enfermedades de la piel», «enfermedades del hígado», «enfermedades de las encías»…

Fedir gimió, y su pecho blanco y azulado se movió. Fui a la página marcada como «enfermedades del estómago».

Tuve que alzar el libro bajo la escasa luz de sol que se filtraba por la única sucia ventana, y entorné los ojos. Apenas podía ver dónde acababa una letra y empezaba la siguiente, pero incluso cuando fui capaz de separarlas, mis posibilidades no mejoraron demasiado. Todo estaba escrito como si fuera un acertijo; no podía entender por qué mi cuidadosa e inteligente hermana no tenía su libro mejor organizado. Tal vez no quería que nadie más pudiese leerlo.

Apreté el pulgar contra la página con tanta fuerza que hice un pequeño corte en el pergamino con la uña, y me tomé mi tiempo para comprender cada palabra mientras avanzaba, dándoles la vuelta en mi lengua como si fueran caramelos.

«Si el paciente acaso tiene pelo rubio y ojos grises, usar el doble de la dosis y comprobar el apéndice I-II».

«Si es domingo y un chaparrón ha caído, usar solo hierbas que hayan sido cortadas dos veces por el tallo».

«Si estás enfadada cuando tratas al paciente, lámete el pulgar antes de entregar la dosis».

Las lágrimas comenzaron a acumularse en el borde de mis ojos, y tenía el estómago tan tenso como el capullo de una flor. Mientras pasaba los ojos por la página, el tono de la voz de Derkach aumentó, y me llegó en mi dirección.

— … después de todo lo que he hecho por ti, Sevas, a un gran coste personal, lo menos que podías hacer para pagármelo es no hacer que parezca un maldito necio. ¿Te parezco acaso un necio? Dime.

—No —dijo Sevas. No lo había escuchado jamás tan intimidado—. Lo siento.

Mi corazón dio un terrible vuelco de dolor, como si fuera a mí a quien estaban regañando. Papá dio un paso hacia mí hasta que estuvo de pie sobre el dobladillo de mi vestido. El brillante borde de su zapato aplastó la seda rosa. No podía recordar si Fedir tenía los ojos grises, así que aguanté la respiración para inclinarme sobre él, y subí uno de sus párpados para comprobarlo. Sus labios estaban tan blancos que parecían un hueso, y los tenía agrietados como si fueran yeso antiguo.

De repente, se me ocurrió que, si Fedir había ingerido veneno, habría vomitado ya lo suficiente como para expulsarlo todo. Si moría de algo en ese momento, sería de sed.

Volví de nuevo al índice, y leí detenidamente los artículos detallados bajo «enfermedades de la mente». Recordé a papá decir que la maldición de Titka Whiskers había hincado sus colmillos en su cabeza, y que eso había masticado todas las partes de él que recordaban lo que se sentía al estar saciado.

Pasé a otra página del compendio de Rose, y después alcé la mirada hacia Niko.

—¿Tiene agua aquí? ¿Agua buena? —le pregunté.

—Sí, señora —dijo él—. Del baño al final del pasillo.

—Vaya y traiga tanta como pueda, por favor.

Niko asintió y se marchó, y yo miré el libro con el ceño fruncido por la concentración, tratando de ignorar el sonido de la voz de Derkach.

Cuando me atreví a alzar la mirada de nuevo, estaba acariciando delicadamente la mejilla de Sevas. Me sentí tan enferma como Fedir.

Un momento después, Niko volvió con un balde lleno de agua. Abrí el bolso de hierbas de Rose y las examiné hasta que encontré aquellas que necesitaba: tomillo, agripalma y amapolas trituradas. Todas ellas para tratar a hombres que debían ser convencidos de su propia enfermedad, y de la potencia de la cura. La negación era, después de todo, una enfermedad de la mente.

—¿Puede ayudarme a levantarlo?

Niko se agachó junto a mí y empujó a Fedir hasta que estuvo incorporado. Mientras él hacía eso, yo le abrí los labios con cuidado y puse la mezcla de hierbas en su lengua. Entonces le pellizqué la nariz y cubrí su boca con la mano hasta que comenzó a asfixiarse y se lo tragó. Dejé que mis manos cayeran a ambos lados de mí.

Fedir gimió con su cabeza meciéndose de un lado a otro, y la barbilla contra el pecho.

Los segundos se arrastraron, como la basura que se queda atrapada en una red marina. Por el rabillo del ojo, vi que los labios de Derkach se movían contra la oreja de Sevas, y aparté la mirada sonrojada. Entonces, al fin Fedir dijo:

—Estoy tan sediento...

El alivio me invadió por completo, tan caliente y dulce que sonreí e incluso me reí.

—Aquí tienes —le dije mientras Niko empujaba el balde hacia mí. Agarré algo de agua entre mis manos ahuecadas, y la alcé hacia su boca—. Bebe.

Y así lo hizo, una y otra y otra vez. Lamió el agua de mis manos como si fuera un cachorro, y después lloró como un niño pequeño, y noté que mis propios ojos se llenaban de lágrimas cuando se inclinó sobre el cubo y comenzó a beberse el agua por sí mismo, con las gotas cayéndole por los labios y hasta el pecho, salpicando el catre y el suelo. Algo de color volvió al rostro de Fedir, dos leves círculos rosas, como si se hubiera aplicado colorete con cuidado.

Yo me quedé allí sentada y lo observé beber hasta que, por encima de nosotros, papá se aclaró la garganta.

—Me debe cuarenta rublos por el trabajo de mi hija —dijo él.

Niko abrió mucho la boca.

—Pero acordamos que serían treinta... ¡Por favor, señor! Eso es más de lo que he ganado las últimas tres semanas, y el doble de lo que le debo por el alquiler al señor Papadopoulos. Tengo un trabajo programado para mañana en una de las imprentas de la calle Kanatchikov, pero me llevará un tiempo reunir el dinero.

La sangre se me heló en las venas. Niko había cometido un grave error, y ahora todos sufriríamos la ira de papá, la rabia del gran hechicero Zmiy Vashchenko. Las palabras del hechizo comenzaron ya a subir por su garganta, y su magia se elevó de él en oleadas de una neblina gélida que se expandieron por todo el apartamento. Empezaron a castañearme los dientes tan fuerte que me dolieron y me mordí mi propia lengua. Saboreé una explosión de sangre metálica.

Al otro lado de la habitación, los dientes de Sevas también sangraban, con las costras abiertas y algunas nuevas. Había una marca roja donde la mano de Derkach había estado posada en su nuca.

—Mi hija no trabaja gratis, chico —rugió papá—, y yo no confío en que la chusma ionika pague sus deudas, ¡especialmente cuando ni siquiera pueden pagar el alquiler! Debería llamar al Gran Inspector. Debería hacer que vinieran sus hombres y quemaran todos estos ruinosos suburbios. Estoy poco dispuesto a desperdiciar un hechizo contigo, pero debe haber algún castigo adecuado para tu engaño de labia, por todas las falsas lágrimas que has derramado, y la simpatía que has despertado en la mente simple de mi hija. No, creo que ya sé lo que debería hacer. Creo que debería transformarte en una urraca de pico amarillo. Ellas también cantan canciones bonitas.

—¡Papá, no! —grité yo, y no pude creer el ímpetu de mi voz, mi audacia. Era como si una parte de aquella chica que había bailado con Sevas en la taberna se hubiera colado en mi interior—. ¿No es mejor tener la promesa del dinero en el futuro, que no tener nada en absoluto? No nos sirve de nada una urraca de pico amarillo, pero un hombre puede trabajar y pagarnos con el tiempo.

Papá dio un paso hacia Niko, y después se detuvo. Cuando se volvió hacia mí, su mirada destelló, como si dos luces brillantes estuvieran alumbrando desde el interior de su cabeza.

—Esto no es solo un asunto de dinero —dijo él—. Por todo tu corazón amable y generoso, siempre has tenido prácticamente la cabeza hueca, Marlinchen. No es culpa tuya, pero es la razón por la cual te he protegido del mundo, y de la gente como estos hombres, estos... borrachos y estafadores, que no son mejores que los alcohólicos que hemos visto en la calle. Están a un día de trabajo, o de la falta de él, de acabar siendo también unos mendigos. Tú miras a este de aquí y sientes lástima porque tienes un corazón blando. Pero vendrán más hombres como este, y descenderán sobre la ciudad como una jauría de perros sobre una mula muerta, así que debemos resistir con fuerza contra la ola. Oblya no echará de menos a un solo jornalero. Si acaso, significará que hay más trabajo para el resto.

Y entonces alzó la mano, con Niko encogido de miedo, y yo me puse en pie y tiré para sacar mi falda de debajo de las botas de papá. Él trastabilló hacia atrás y casi chocó contra Sevas y Derkach, pero consiguió recuperar el equilibrio contra la pared.

Cuando se puso recto, con el rostro tan morado como su barba, papá simplemente dijo:

—Marlinchen, has cometido un grave error.

Antes de que pudiera encogerme, Sevas se interpuso entre nosotros. Había sangre en el dorso de su mano.

—Señor Vashchenko —dijo él, y sonó más humillado de lo que jamás lo había escuchado; apenas alzaba la mirada del suelo—, no hay ninguna necesidad de que use su magia aquí. Yo puedo pagarle. Le pagaré el doble.

El brillante sonrojo violeta se volvió más intenso ante la interrupción de Sevas, pero mientras papá consideraba sus palabras, su rostro se enfrió.

—Cuarenta, entonces —dijo en un tono gélido.

Sevas asintió, y miró hacia Derkach con el ceño fruncido y una mirada suplicante. Derkach suspiró y sacó una bolsa de monedas de su bolsillo, ofreciéndosela a papá. Sin decir una palabra, papá le arrebató la bolsa.

Yo miré a Sevas con atención, sin ser capaz de decir una palabra. La fría sombra de la magia de papá estaba aún allí, filtrándose en mis huesos como el aire del invierno. Estaba también mi propio terror, tantas cosas terribles que me imaginaba, que se liberaron en mi mente. ¿Qué le había ofrecido Sevas a Derkach para ganarse su conformidad?

Había hecho incontables trueques como aquel conmigo misma, juramentos que mantenía como si sujetara una sartén ardiendo en mis manos, mordiéndome el labio mientras me quemaba. Deudas que vencían solo cuando todos los demás se hubieran ido, la casa estuviera vacía, y yo estuviera acostada en mi cama.

Nuestras miradas se encontraron, y Sevas me dedicó una sonrisa torcida y temblorosa.

—Ahí tiene —dijo Derkach después de que papá hubiera contado todas las monedas y se las hubiera guardado en su abultado bolsillo—. Ahora que todo esto está zanjado, podemos irnos. En el futuro, señorita Vashchenko, preferiría no verla de nuevo por el teatro de ballet. Desde su visita esta semana, Sevas ha estado más distraído que nunca. Por favor, ya tiene suficientes problemas para centrarse en su trabajo.

Papá no me dirigió la palabra mientras nos marchábamos del piso de Sevas. Tenía los dedos apretados alrededor de mi muñeca con tanta fuerza que podía sentir la piel rompiéndose bajo sus uñas. No me atreví ni a quejarme.

Me arrastró por las calles de Oblya a paso ligero y firme, como piedras que caían de una gran altura. Estaba tan asustada que mi mente no dejaba de farfullar y balbucear ante las posibilidades; mi miedo era como un hueso de fruta demasiado grande para tragárselo. Cuando al fin papá abrió la verja de un tirón y me empujó hacia el jardín, estaba sin aliento y sudando, con el corpiño y el corsé presionándome con cada una de mis respiraciones.

Aun así, no dijo nada. Indrik nos miró boquiabierto desde detrás de un arbusto de moras, y el duende se asomó tras sus pezuñas. Podía sentir cómo se me revolvía el estómago, incluso aunque no hubiera comido nada en todo el día. Papá me arrastró al interior de la casa, y tuve que ponerme la mano libre sobre la boca para evitar vomitar.

Mis hermanas ya estaban despiertas, y cuando nos escucharon, se apresuraron a ir al vestíbulo justo a la vez que el reloj de pie daba las doce. Papá no le dijo ni una palabra a ninguna de ellas tampoco. Simplemente tiró de mí escaleras arriba, a través del largo pasillo, y hasta el interior de mi cuarto, con Rose y Undine gimoteando detrás de nosotros.

Al fin me soltó la muñeca, y la sangre brotó de las marcas en forma de medialuna que sus uñas habían hecho sobre mi piel. Tiró de las puertas de mi armario para abrirlo, y arrojó todos mis vestidos al suelo. Desgarró con sus uñas la seda y rompió los corsés de hueso de ballena con sus puños. Tiró también todas mis joyas, todo lo que no habíamos vendido, y recorrió con las manos los montones de perlas y el oro.

Cuando no encontró nada, salió y pasó junto a nosotras en dirección a la habitación de Rose. Destripó su armario y su joyero, y aplastó los dientes del peine con mango de marfil que había sobre su escritorio. El peine de mamá. Me metí la muñeca en la boca y lamí la sangre que había allí, con el sabor de la sal explotando en mi lengua. Finalmente, fue al cuarto de Undine.

Allí, papá tiró sus vestidos al suelo y esparció sus joyas por la alfombra, e incluso rompió el espejo de su tocador, haciendo que explotaran los trozos de cristal como la vaina de las semillas de un diente de león. Diminutos trozos afilados cayeron sobre mi vestido y mi pelo. A mi lado, Rose lloraba sin hacer ruido, con lágrimas que caían por dos caminos perfectos por sus mejillas. Undine se lanzó hacia papá y comenzó a estrellar sus puños contra su pecho.

—¡Te odio! —le gritó—. ¡Te odio, te odio, te odio!

Papá la apartó de él con un gesto automático y casi animal, como un toro tratando de deshacerse de unas moscas. Su cuerpo se desplomó, sin fuerza, tan flojo como un vestido de lino blanco. Undine, a cuatro patas y con su cabello dorado cayendo en forma de cortina sobre su cara, comenzó a llorar también.

—¿Cómo lo hiciste? —Papá me agarró de los hombros y me sacudió tan fuerte que me traquetearon los dientes—. Hijas egoístas, hijas ingratas, hijas malditas, ¡decidme cómo rompisteis mi hechizo!

Sevas había tratado de detenerlo. Cuando papá me había agarrado de la muñeca y tirado de mi escaleras abajo, Sevas había gritado mi nombre. Pude escuchar sus pasos siguiéndome, hasta que de pronto se detuvieron, y solo escuché la voz de Derkach, susurrando, pero furioso. Pensé en el apuesto rostro de Sevas bajo la luz de la luna, en el paseo marítimo blanco, que se extendía ante nosotros como la columna vertebral de una criatura gigantesca y espectacular.

Pensé en la marca que la mano de Derkach había dejado sobre su cuello. Pensé en la polvera de mamá, enterrada y a salvo bajo el enebro. Mi secreto. Mi mentira.

No dije ni una sola palabra.

Al fin, papá me soltó. Respiraba de forma ruidosa, y su magia era todo fuego en lugar de hielo; su ira era como un humo grasiento que hizo que los ojos me lloraran. Undine alzó la mirada a través de la cortina que era su pelo. Rose se limpió las lágrimas de sus mejillas.

—Hazlo ya —Undine soltó—. Danos tus pociones que harán que los pulmones se nos pudran como fruta echada a perder. Conviértenos en arpías con pies de gallina. Qué mas da. No puedo soportar pasar un minuto más atrapada aquí contigo.

Pero papá tan solo se rio, y sonó como el vino derramándose de la boca de una bota demasiado llena.

—No, no es magia lo que elegiré para vosotras. Eso sería malgastar mi poder. Pero ¿qué voy a hacer con tales hijas inútiles y mentirosas viviendo bajo mi techo? ¿Hijas cuya magia apenas trae suficiente dinero para alimentarme? ¿Qué haría otro hombre si su esposa muriera sin usar nada de su semilla para engendrar hijos varones? No hay hechizo que pueda transformar tales hijas brujas ineptas en hijos hechiceros y capaces. Pero sí que hay un tónico que Oblya puede aportar. Es hora de que mis hijas brujas se casen.

Capítulo ocho

Cuando desperté a la mañana siguiente, al principio pensé que no había sido más que un sueño. Niko agitando nuestra verja, Fedir lamiendo el agua de mis manos, Sevas encogido de miedo bajo la mirada de Derkach, papá tirando todos nuestros vestidos y joyas y aplastando el peine de mamá. Pero cuando saqué el brazo desde debajo de las sábanas y lo sostuve sobre mi cabeza para bloquear la pálida luz del sol que inundaba la habitación, vi las pequeñas costras salpicadas sobre el brazo como si fueran sanguijuelas esparcidas, y supe entonces que había sido real, todo ello.

Mis vestidos estaban aún tirados en el suelo, y cuando aparté la colcha y me levanté, me clavé una perla suelta en el talón. Miré bajo mi cama, pero el monstruo ya no estaba. Había sido matado y devorado.

Pasé la mano a través de la pila de vestidos hasta que encontré el rosa que había llevado aquella noche con Sevas en la taberna. La seda de la falda había sido hecha añicos como si la hubieran arañado unas garras. Pero el bolsillo estaba intacto, y en su interior, también lo estaba la pluma blanca. La presioné contra mi pecho, respirando de forma dolorosa.

La pluma tenía magia, pero solo como talismán de mi deseo imposible, agonizante y maldito. La dejé sobre mi tocador, donde una vez había estado el peine de mamá. El peine que ella había usado para peinarme y trenzar historias en mi pelo. La misma historia, una y otra, y otra vez, como si estuviera amasando una masa: Ivan y la princesa cisne, Ivan y el rey invernal, Ivan, Ivan, Ivan, a quien no le importaría mi rostro vulgar, y quien vendría a por mí de todas formas.

¿Lo había dicho papá de verdad, que quería casarnos? Se había pasado toda su vida manteniéndonos allí, a salvo. Pero algo había cambiado recientemente en él, un hambre mayor, un apetito nuevo. No podía predecir sus idas y venidas de la manera en que una vez había podido hacerlo. No sabía cómo navegar alrededor de todos esos nuevos agujeros en el suelo, la disposición cambiante de las dagas que se balanceaban, o las espinas que se enganchaban. La revelación de Derkach era terrible, pero había algo que *no* había sido mi secreto que había movido las piedras del riachuelo de papá, y había ocurrido anteriormente.

Parecía imposible que pudiera bajar las escaleras y cocinarle a mi padre su desayuno como si nada hubiera ocurrido, pero ciertamente no sabía qué otra cosa hacer. Todo lo que una vez había sido familiar ahora lo sentía como extraño y raro.

Mi cuerpo recordaba lo que debía hacer incluso si mi mente era un tumulto de oscuras olas. Me puse la bata, me recogí el pelo, y bajé.

La luz de la mañana se filtraba por las ventanas semirredondas; la escalera y el vestíbulo estaban tan quietos como en la mañana tras una nevada, con todo arrasado por el blanco. La manecilla del reloj de pie se arrastró hacia las siete.

Cuando entré en la sala de estar fue cuando lo escuché por primera vez: el sonido del metal rascando la madera, cubiertos tintineando contra la porcelana. Cuando al fin entré a la cocina, vi a papá encorvado sobre la tabla de cortar. Su barbilla y su barba estaban manchadas de kvas de fresa, rosa y con aspecto dulce, y en su puño había un trozo de masa cruda que había apartado para hacer más varenyky.

El plato que había frente a él tenía el cadáver de un pollo solo a medio desplumar, con los tendones colgando de entre los andamios de sus huesos, como un corsé desabrochado. El pico y la cresta del pollo estaban sobre la madera, a varios centímetros de distancia, y antes de que se diera cuenta de que había entrado, vi a papá meterse los dedos en la boca y chupar el cartílago y la sangre. Un gemido llenó el silencio de la habitación.

Y entonces, su mirada se volvió hacia mí.

—¿Qué estás haciendo aquí, Marlinchen?

—Iba a prepararte el desayuno.

Las palabras cayeron de entre mis labios y se estrellaron contra el suelo con un estruendo, como canicas.

—Ya he comido —dijo papá. Agarró la cresta del pollo y arrancó un trozo de ella con los dientes, y después la masticó, masticó, y masticó. Debía estar tan dura como el tocino, por el tiempo que le llevó masticarla. Al fin, tragó—. Ve a despertar a tus hermanas. No te creas que he olvidado tu traición.

Me giré justo cuando papá tomó el pico en las manos y se lo comió de un bocado. Pude ver la forma de hoz mientras bajaba por su garganta. Me recordó a los primeros días de su maldición, cuando su cuerpo aún estaba acostumbrándose a aquella nueva hambre insaciable, cuando nada existía entre papá y su apetito, o fuera de él.

Caminé con dificultad escaleras arriba y fui primero a la habitación de Rose. Estaba aún dormida, hecha un ovillo como si fuera un pajarillo dentro de su huevo, con el puño apretado bajo su barbilla. Me puse de pie junto a ella y le toqué con cuidado el hombro.

Rose se incorporó repentinamente, con sus ojos violetas abiertos como dos charcos de agua, y su larga trenza negra ondeando.

—¿Qué pasa? —preguntó ella.

—Papá quiere que bajemos —dije yo.

Rose se apretó el puente de la nariz.

—No voy a enfadarme contigo, Marlinchen. Papá ya tiene suficiente ira por veinte personas. Pero fue algo terriblemente egoísta
lo que hiciste, y no intentes convencerme de otra cosa. ¿Qué es lo
peor que habría pasado, si no hubieras ido? ¿Que un hombre se
habría convertido en un nido de víboras? Si fuera un hombre *feo*,
uno con menos carisma, sin seducción alguna en su mirada, ¿te
habría importado siquiera?

—No quiero que nadie se convierta en serpiente por mi culpa.

—Eso no es lo que estoy diciendo. —Rose apartó las sábanas—.
Desearía no haberte ayudado a ti, o a tu recado de tonta enamorada. Todo esto del matrimonio es una farsa... tiene que serlo. Debe
ser una nueva forma ingeniosa de papá de castigarnos, porque lo
antiguo no estaba funcionando suficientemente bien. Ve a despertar a Undine, se me cansan los ojos solo de mirarte.

Salí de la habitación de Rose aún con la mente agitada con
nubes de tormenta y el cuerpo trabajando como una fábrica de
algodón: de forma inconsciente y automática. Mi hermana era lista, pero no había visto la forma en que Derkach le había agarrado
el cuello a Sevas. No había visto a papá devorar un pollo entero.
Quizá yo también habría sido inteligente, si no hubiera tenido
tanta matanza tras la mirada.

Undine no estaba en su cama. Estaba de pie junto a su ventana,
vestida con sus vestidos rotos. La manga izquierda se había rajado,
y el cuello se había partido por la mitad, exponiendo el escote de
sus pechos y un trozo de su pezón rosado. Me volví enseguida,
sonrojándome por completo, pero antes de poder salir por la puerta, Undine cruzó la habitación y me agarró de la muñeca.

Me arrojó lejos de la puerta y yo me tambaleé hacia atrás y re-
cuperé el equilibrio contra su cama deshecha. Y mientras aún estaba recuperándome, ella me dio una bofetada.

La impresión de aquello se llevó algo del dolor, pero cuando el
entumecimiento desapareció, sentí como si hubiera apretado la
mejilla contra el fuego de la cocina. Gimoteé ante el enfurecido calor mientras Undine se arqueaba sobre mí al tiempo que respiraba

con furia por la nariz. Abrí la boca... ¿para protestar? ¿Disculpar-me? Ella me dio otra bofetada.

Esta vez conseguí soltar un pequeño quejido, como el de una oveja en celo.

—Deja de comportarte como un bebé —dijo Undine mientras se alejaba de mí—. Ni siquiera te he dado tan fuerte.

—Duele —dije yo.

—Bueno, es lo que pretendía. Hacerte daño, quiero decir. ¿Para qué iba a abofetearte, si no? Eres tan idiota, Marlinchen...

—Lo siento.

Ella dejó escapar un suspiro, exasperada más que agotada, y entonces tiró del cuello destrozado de su vestido para cubrirse el pezón.

—Creo que eres tan estúpida que ni siquiera sabes por qué te llamo «estúpida». ¿Lo sabes?

—Porque papá destrozó nuestros vestidos y joyas, y dice que nos obligará a casarnos, y es por mi culpa.

—No es *solamente* eso —soltó Undine. Se agachó y agarró un par de zapatillas del suelo que combinaban con el brillante color de pavo real de su vestido arruinado. Los tacones estaban destro-zados, como si algo pequeño hubiera roído a través de la seda—. ¿No crees que me encantaría casarme con un hombre, *cualquier* hombre, que me llevara lejos de este asqueroso sitio? ¿De este san-tuario a la maldición de papá, el instrumento de su odio? Pero él · no dejará que eso pase jamás. Sea lo que fuere lo que tiene planea-do, solo será más miseria.

Era lo mismo que Rose había dicho. Quizás Undine, bajo toda esa efervescente crueldad, era tan inteligente como mi otra her-mana.

Las mejillas aún me hormigueaban con diminutas agujas de calor. Me cerré la bata con más fuerza alrededor del cuerpo mien-tras Undine se ponía los zapatos y dejaba la habitación. Se volvió a mirarme con la mano sobre el pomo de la puerta.

—Deberías estar enfadada conmigo —dijo ella.

—¿Por qué?

Undine me miró con desdén.

—Porque te he *abofeteado*. A veces eres insufrible. No me haces a mí o a ti misma ningún favor fingiendo que no te importa cuando te hacen daño. Te habría abofeteado más fuerte si no supiera la verdad; si no supiera que lo único que harías si alguien te estuviera haciendo un torniquete en el muslo y preparándose para cortarte la pierna sería sonrojarte y batir las pestañas. ¿Sabes por qué lo peor que papá me ha hecho es hacer que me arrodillara? Porque yo lloro, grito y le pego en el pecho con los puños cuando intenta hacer algo más aparte de darme órdenes desde su diván. ¿Tú crees que quiere a una muñeca de porcelana silenciosa que le cocine sus comidas y le lave las sábanas? No. Quiere hijas con garras. El dolor es lo que importa. No me puedo creer que te haya llevado veintitrés años darte cuenta… si es que entiendes acaso lo que estoy diciendo. No es divertido pisotear la nieve vieja. La gente quiere arruinar cosas que estén impolutas y nuevas. ¡Y deberías escuchar la forma en que los *hombres* hablan! Incluso algunos de nuestros clientes. Una mujer no vale nada y está arruinada una vez que se ha reproducido. Es por lo que papá no puede soportar la idea. No puede soportar la idea de que alguien que no sea él nos eche a perder.

Entonces empujó la puerta para salir por ella, y la cerró de un golpe. Me quedé allí, entre el eco del sonido, siendo arrollada una y otra vez por el oleaje que habían causado las palabras de mi hermana. Para cuando conseguí seguirla, me sentía agotada y empapada, con la garganta en carne viva por el agua salada.

Quizá no fuera la crueldad lo que Undine había escogido, sino simplemente la verdad, por cruel y banal que fuera. Y tal vez yo no había escogido la bondad, después de todo. Yo solamente había cerrado los ojos, me había quedado sentada, en silencio y quieta, como una de las mujeres en los telares, con el rostro amarillento bajo la luz de la fábrica, esperando a que la máquina me mostrara lo que tenía que hacer con las manos.

Había algo enfermizo en mí, algo que no estaba bien. Incluso los polluelos sabían cómo chillar, incluso los gatitos sabían cómo gimotear, incluso los cachorros sabían cómo lloriquear. Papá me había contado que ni siquiera lloré cuando me sacó de entre los muslos de mi madre. No había protestado cuando me arrastró por las calles de Oblya; no había protestado cuando Rose me regañaba, o cuando Undine me abofeteaba. Mi hermana mayor tenía razón; con gusto sonreiría si alguien trataba de cortarme la pierna. Pero nunca nadie me había dicho que tenía permitido gritar.

Bajé las escaleras sin escuchar mis propios pasos.

Papá estaba en el salón, sentado sobre el diván. La parte delantera de su camisa estaba manchada de zumo rosa, y podía ver el bulto de su estómago bajo su bata, hinchado con todo lo que se había comido. Mi propio estómago rugió. Me sentí terriblemente avergonzada ante el sonido, y me pregunté si alguien más lo habría escuchado también.

Mis hermanas y yo nos pusimos frente a él en una hilera recta, como saleros observando de manera adusta un festín y esperando el momento en que seríamos agarradas y usadas.

Sus ojos se centraron primero en mí.

—Debo darte las gracias, Marlinchen, la mejor y más obediente de mis hijas. Si no me hubieras llevado a ese hediondo suburbio, nunca habría dado con la idea que sacará a esta familia de la ruina. No es solo el simple hecho de casar a mis hijas, a mis hijas brujas, ni con quién. Lo que nos salvará será el escoger a los novios.

Papá hacía eso en ocasiones: decir palabras que solamente él entendía, pero con la grandilocuencia reservada a una audiencia imaginaria de miles, cautivados por ellas. Cuando me atreví a mirar a Rose y a Undine, vi que sus rostros estaban tan inexpresivos como el mío. Me volví para ver los pies descalzos de papá, que aplastaban las fibras de la moqueta.

—Esta ciudad está llena a reventar de jóvenes desesperados y sin dinero —siguió diciendo, al tiempo que se levantaba y comenzaba a caminar de un lado a otro, ciertamente matando cientos de ácaros con cada uno de sus pasos—. ¿Quién de entre todos ellos no saltaría ante la oportunidad de casarse con una de las hijas de Zmiy Vashchenko, y ante la posibilidad de heredar esta finca algún día? —Papá hizo un gesto vago hacia el techo, con su yeso fragmentado, y hacia uno de sus últimos jarrones en forma de gato—. En cuanto anuncie esta competición, apenas seremos capaces de contener la aglomeración de hombres en nuestra puerta.

—Competición. —Rose dejó caer la palabra frente a nosotros, como un carnicero estampando un hígado ahumado sobre el mostrador—. ¿Quieres que estos hombres desesperados y sin dinero compitan por nuestra mano?

Papá apenas parecía capaz de escucharla.

—Haré lo que tú sugeriste, Rosenrot. Iré a la imprenta y compraré miles de panfletos que digan lo mismo: «Las hijas de Zmiy Vashchenko, futuras novias: venga a la casa en la calle Rybakov si le gustaría ser dueño de ella algún día». Los colgaré por toda Oblya, y para cuando anochezca, hijas mías, os garantizo esto: la mitad de los hombres de la ciudad estarán zarandeando la verja de nuestro jardín.

—Pero ¿cómo escogerás? —conseguí decir. Comenzó a arderme la cara. Pensé en cuán grandes podían ser las manos de un hombre cuando se estiraban hacia ti.

—Le daré a cada hombre tres noches para que las pueda pasar en mi hogar —dijo papá—. Tres noches durante las cuales podrá hablar con cada una de vosotras si lo desea, y explorar la casa como crea conveniente. La única regla que exigiré que cumpla será que no se aventure a subir al tercer piso; ya he protegido la puerta de la escalera contra intrusos. Y, al final de esas tres noches, me dirá cómo consiguieron mis hijas escaparse de la casa sin la arena negra. Si me dice la verdad, le daré a escoger entre Undine, de cabello dorado y lengua afilada; Rose, de ojos de color violeta y mente despierta; y Marlinchen, vulgar de cara, pero bondadosa de corazón.

—No veo cómo podría resolver nada eso —soltó Undine—.
Tendremos los estómagos tan vacíos como antes, excepto que además tendremos a una multitud de bocas más que alimentar. ¿Pretendes que estos hombres, nuestros invitados, se coman la carne
del duende, o las manzanas de cristal?

—Le cobraré a cada uno un buen precio —dijo papá, rascándose
un mordisco de araña pequeño y rojizo bajo su barba—. Por tres días
de alojamiento y comida, y por supuesto por la oportunidad de casarse con una de mis hijas. No creo que muchos de ellos se nieguen.
Después de todo, ¿qué mejores perspectivas tienen en esta ciudad?

Pensé en el piso de Sevas, con sus tres catres y la única ventana manchada de grasa, en el pequeño saco de rublos de Niko, y en
cuán rápido se había quedado vacío. Pensé en los hombres con
sonrisas taimadas en las escaleras, en los borrachos y los mendigos tirados en los callejones. Todos estaban tan estirados y flacos
como un trozo de cuerda gris y sucia, con las puntas deshilacha-
das y los ojos tan vacíos como un nudo. Si alzabas la gran roca que
era Oblya, ¿cuántos de esos hombres de tez pálida encontrarías
retorciéndose bajo ella? ¿Al lado de cuántos habíamos pasado Undine, Rose y yo en nuestro camino hacia el teatro de ballet, con
nuestras joyas titilando como el filo de un cuchillo, nuestras sedas
siseando como crueles susurros?

No teníamos mucho, y a veces no teníamos ni siquiera suficiente para alimentarnos, pero siempre teníamos aquello: una
casa con tres pisos, una extensión de jardín, y una verja sólida y
negra alrededor de él, agua que corría cuando abrías el grifo, lámparas que se encendían cuando tirabas de la cadena, y por supuesto, magia para hacerlo todo un poco más fácil, un poco más
brillante. De repente me sentí tan culpable y triste que el estómago me dio un vuelco. La desesperación de esos hombres me había
repugnado e incluso aterrado, pero realmente debería de haberme
compadecido de ellos.

Papá dejó de caminar. El reloj de pie dio las siete. Se me ocurrió
entonces que había una cosa que papá no había hecho: castigarnos.

Sus castigos normalmente eran rápidos y predecibles, una nueva limitación, una tribulación más dura, algo que quitarnos y no reemplazar. Hasta ahora, no podía ver qué había exactamente en su plan que debiera hacernos sentir miserables de nuevo. Quizá mis hermanas más listas pudieran, pero en realidad, yo era la que conocía la crueldad de papá mejor que ninguna de ellas.

Me había llevado muchos años entender aquello, pero había cosas que yo comprendía que mis bellas hermanas jamás podrían.

—Supongo que no tenemos elección —dijo Undine. Su voz era tan fría como una ráfaga de aire de la fresquera.

—¿Por qué debería daros a elegir? —La mirada de papá se centró en ella con la precisión de unas tijeras—. ¿Por qué deberíais poder decir nada en absoluto sobre esto? Esta es mi casa, y vosotras sois mis hijas, y sin mi semilla tan solo seríais un sueño en la mente de vuestra madre. Os lo he dado todo, incluso soporté el ataque de la maldición infernal de Titka Whiskers, y vosotras me lo habéis pagado solo con odio y engaños. No me causaría pena alguna veros casadas con un hombre con el rostro lleno de forúnculos que suelten pus en vuestra cama, o con uno que oscurezca los ojos de su mujer por haber quemado la cena. Imagino que tú serás la primera elegida, Undine, la más bonita y amarga de mis hijas. Mi ciruela negra, de sabor dulce pero envenenada.

—Incluso el hombre más cruel y feo de toda Oblya sería algo mucho mejor que tú —escupió Undine, pero pude ver que su rostro palidecía.

Pensé en lo que había dicho ella acerca de papá, que no quería que nadie excepto él estropeara a sus hijas. Supuse que esta era una manera de hacerlo. Mis hermanas serían echadas a perder (ningún hombre me escogería como esposa cuando Rose y Undine estaban allí), pero solo ocurriría porque él lo había orquestado. Si le dabas a un hombre una poción que le llevara a comerse el corazón de su vecino, tú también notarías algo del sabor de la sangre en tu boca.

La magia era así. Siempre implicaba al que lanzaba el hechizo.

Rose me observó a través de sus pestañas, con sus feroces ojos violetas. Ambas sabíamos la verdad sobre cómo había conseguido eludir el hechizo de papá, o al menos ambas sabíamos lo de la arena negra. Podríamos guardar al secreto y gastarlo solamente con un hombre bueno, para que nuestra hermana no sufriera con forúnculos o palizas. Aun así, temía que esta no fuera la peor de las cosas que papá planeaba para nosotras. ¿Qué haría cuando se le presentara la verdad? ¿Cómo la transformaría en una hoja más afilada, en un hierro más caliente? Sabía que pretendía transformarlo en un arma.

Las palmas de mis manos comenzaban a empaparse, y me las limpié en el camisón. Rose parecía incluso más enfadada conmigo de lo que había estado antes.

Papá no reprendió a Undine por sus palabras. Quizá fuera cierto lo que me había dicho, sobre que papá quería hijas con garra. Él simplemente tomó aire y dijo:

—Lo mínimo que podríais hacer es arreglaros un poco para parecer bellas y dulces. Lavaos la cara y peinaos, poneos el perfume de lila de vuestra madre. Poneos vuestros mejores vestidos y zapatos. Cuantos más hombres se enamoren de vosotras, más grandes serán nuestros festines.

Entonces pasó junto a nosotras y salió de la sala de estar antes de que Undine pudiera protestar, o de que Rose pudiera recordarle con seriedad que había destrozado todos nuestros vestidos y joyas. Undine tiró del cuello roto de su vestido, y Rose se tocó la punta de su trenza. Yo miré y miré la alfombra aplanada, con el estómago tan vacío como un tazón de porcelana azul.

—Yo me bañaré primero —dijo Undine finalmente, con brusquedad—, y Rose puede ir después de mí. No habría diferencia alguna si Marlinchen se bañara o no. Todas sabemos que no será escogida como esposa.

Aquello era tan cruel como había esperado, pero aun así sus palabras me hicieron encogerme. No podía culpar precisamente a Undine por su ira en ese momento, dado que aquella era quizá la única ocasión en la que tener una cara vulgar me daría ventaja. Undine se fue hecha una fiera escaleras arriba; un momento después, escuché la puerta del baño cerrándose con un estampido.

En el silencio que siguió, Rose dijo:

—Tú me salvarías, ¿no?

—¿Cómo dices?

—Solo puedes gastar tu secreto una vez —dijo ella, tocándose aún la trenza—. No sé cómo conseguiste esa arena negra, y creo que no me lo dirías si te preguntara. No pasa nada. Pero digamos que un hombre viene preguntando por mí, y otro por Undine. Le dirías al pretendiente de Undine la verdad y dejarías que el mío no lo supiera, ¿no es así? De todas nosotras, Undine es la que sobreviviría mejor casándose con un hombre extraño. Tú estarías demasiado aterrada y yo no podría soportarlo. Simplemente no podría. Dime que gastarías tu secreto para salvarme.

Lo único que pude hacer fue observarla boquiabierta, atónita ante sus palabras. Nunca antes mis hermanas me había rogado que las ayudara. Nunca antes había sostenido yo algo en mi mano que ninguna de ellas pudiera tocar. Rose sabía tanto de la verdad como yo, pero eso no importaba: ella creía que yo tenía el secreto que podría condenarla o salvarla.

Me sentí como si estuviera en lo alto de nuestra casa, asomándome por la barandilla y mareada ante la posibilidad de caer. Me sentí como si supiera que iba a caer, pero tuviera que seguir asomándome aun así hasta que cayera. Y no quería nada de aquello.

Y, a pesar de todo, Sevas aún era mi secreto, mi mentira. La arena negra se había desprendido durante *mi* baño. Me pertenecía a mí, y solamente a mí. De repente entendí algo que hundió sus oscuras raíces en mi interior: incluso si hubiera sabido de dónde provenía la arena negra, no se lo habría dicho.

—Te dije todo lo que sé —le hablé lentamente—. Sobre el baño, y la arena negra. Puedes quedarte con el secreto y gastarlo como desees. Aunque no sé si será suficiente para papá.

Rose hizo un sonido que le subió por la garganta, y se irguió, como si alguien le hubiera tirado de la trenza desde arriba.

—Siempre he sido buena contigo, Marlinchen. Más buena que Undine. Espero que cambies de idea.

Y entonces se fue también. Me quedé mirando al lugar vacío donde había estado, al vestíbulo vacío, con la sombra del reloj de pie estirándose sobre el suelo. No sabía qué hacer con el tiempo que de repente se hinchó en mí: sin mis tareas de siempre, las horas crecieron en mi interior como la masa que se deja para que suba. Incluso los sonidos de siempre del jardín, como los sollozos del duende o el batir de alas de los cuervos sin ojos, se habían acallado momentáneamente. Motas de polvo planearon por los tramos de luz de sol.

Como si se tratara de un comedero, el espacio vacío en mi mente se llenó de repente con pensamientos sobre Sevas. Allí estaba su cara bañada en gris, las manchas violetas bajo sus ojos, y sus labios mordisqueados y ensangrentados. Allí estaba la marca roja que había dejado la mano de Derkach en su espalda, y la forma de su oreja, que Derkach había rozado con sus labios. Me pregunté por las palabras que había volcado sobre la cabeza de Sevas, y eso me agarró con tanta fuerza que me dolía al respirar. Era como si alguien hubiera enroscado un hueso de ballena alrededor de mi pecho, y hubiera hecho para mi corazón su propio corsé asfixiante de marfil.

No podía soportar el no saberlo. Me metí los nudillos en la boca y mordí con fuerza, pero las lágrimas salieron de todas formas, llenándome los ojos hasta que no pude ver nada a través de ellas. Pensé en el chico sonriente del paseo marítimo, pero parecía tan lejano… no era como el Sevas que se había rebajado ante Derkach y ante mi padre. Vi en mi mente una y otra vez la sonrisa trémula que me había dedicado cuando se puso entre papá y yo, como una mala visión. Las visiones malas eran aquellas de las que me llevaba semanas librarme, que se colgaban de la periferia de mi campo de visión cuando estaba despierta, y desplegaban sus bucles oscuros mientras dormía. Las lágrimas me empaparon las mejillas y se metieron en mi boca, haciendo que el reciente corte en mis nudillos me escociera. Estaba muy hambrienta.

Si papá llegaba a casa y me veía llorando, me castigaría. Undine me abofetearía de nuevo, y Rose pondría los ojos en blanco. Respiré hondo, tanto que me hizo presión contra las costillas, causándome dolor. Me sequé el rostro con la manga de mi bata, y me saqué los nudillos de la boca.

Podría desayunar, pero el ansia de vomitarlo después sería demasiado fuerte. Me permití imaginar la posibilidad en mi mente: me comería la col encurtida primero, marcando el principio de mi festín con su color violeta, para que así, cuando vomitara el morado, supiera que había terminado. Tendría que evitar a Indrik y enterrar el vómito, y lavar todos los platos y la cubertería que había manchado. Era demasiado, y papá me había prohibido que lo hiciera de todas formas. Prefería pasar hambre antes que tratar de mantener toda aquella comida agitándose en mi interior.

Pestañeé para liberar las últimas lágrimas de mis ojos, y subí escaleras arriba en su lugar. Undine estaba aún dándose un baño, ya que podía escuchar el agua salpicando desde el otro lado de la puerta del baño. La puerta del dormitorio de Rose estaba cerrada.

Al final del pasillo estaba la puerta que daba a las escaleras que conducían al tercer piso. El pomo de latón brillaba como un cubo de cobre al fondo de un pozo. Papá ya la había protegido contra intrusos, y me pregunté por qué. Ninguno de nosotros había subido allí desde que mamá había muerto. Las únicas cosas que quedaban eran una jaula vacía, manchada de excrementos osificados que nadie había limpiado nunca, y la manta blanca que estaba echada como un lánguido fantasma sobre el espejo que nunca mentía. Había vendido su pulsera de dijes, y Undine, sus perlas. No había nada de valor que pudieran robar.

Caminé hacia la puerta como si estuviera en un trance, con la mirada fija en el brillante pomo, pero antes de alcanzarlo giré bruscamente hacia mi habitación.

Todo estaba tal y como lo había dejado tras despertarme: el montón de vestidos manoseados en el suelo, en unos colores pasteles flotantes y finos, como medusas varadas en la arena. El monstruo seguía muerto, en el estómago de mi padre. La pluma de Sevas seguía en mi tocador. La agarré de nuevo, y el dolor me golpeó como una herida en el vientre.

Había mantenido mi secreto, había enterrado la arena negra, pero nada de eso me había salvado. No podía salvar a Sevas, cuya garganta aún tenía la herida sensible y cruel de la mano de Derkach. No podía salvar a mis hermanas del destino que papá había planeado para nosotras, y no podía salvarme a mí misma de la historia que había brotado a mi alrededor como si de maleza se tratara, como hiedra, como el verde sofocante del jardín cuando se quedaba abandonado. Fuera cual fuere la historia en la que me encontraba, no era «Ivan y la princesa cisne». Mi padre permitiría que una multitud de hombres compitieran por mi mano, pero todos ellos serían jornaleros, y los hijos de siervos liberados, y no bogatyrs. Echarían un vistazo a mi rostro simple, a mis ojos llenos de matanza, y huirían hacia la seguridad sin estropear de mis hermanas.

Las lágrimas se acumularon calientes en mis ojos de nuevo, y ¿de qué me servía detenerlas? Me senté frente a mi tocador para recobrar el aliento, y me puse la mano contra la boca, y entonces recordé lo que Undine había dicho: «Lo único que harías si alguien te estuviera haciendo un torniquete en el muslo y preparándose para cortarte la pierna sería sonrojarte y batir las pestañas».

Me atraganté con un sollozo, y sonó tan extraño viniendo de mi boca, como si el sonido perteneciera a una criatura que vivía dentro de mi cuerpo que no fuera yo.

Estaba llorando contra la palma de mi mano cuando algo dorado captó mi atención por el rabillo del ojo.

Era la pulsera de dijes de mamá.

La habría reconocido incluso estando ciega, por el sonido de su tintineo, por el tacto de sus dijes: el diminuto reloj de arena con arena rosa de verdad, la bicicleta en miniatura con ruedas que giraban de verdad, la ballena del tamaño de un dedal con una boca que se abría con una bisagra, la campana que realmente sonaba, la caja de oro con la nota de papel doblada de forma infinitesimal, el silbato que sonaba levemente, el búho con perlas por ojos, el libro con nuestros nombres en su interior. La apreté contra la palma de mi mano hasta que la cadena dejó pequeñas marcas en mi piel. Cerré los ojos y cuando los abrí, la pulsera seguía allí, con el metal calentándose contra mi cuerpo.

Imposible. Era imposible. Había visto al comerciante salir por la puerta con la pulsera de mamá tintineando en su bolsillo. De repente, como si el metal me hubiera quemado contra la mano, la tiré lejos de mí y dejé que rodara por el suelo hasta acabar debajo de mi cama. Una oleada de terror me invadió tan rápido y con tanta fuerza que no podía ser otra cosa que magia. Magia de la *mala*.

Enroscada sobre mi silla, con las rodillas dobladas bajo mi barbilla, recordé la conversación con el agente en mi cabeza una y otra vez. Dentro del teatro de mi mente, lo vi agarrar la pulsera de mi mano y meterla en su bolsillo. Una, dos y hasta tres veces. Lo vi dándole a Rose la bolsa de rublos.

Si se lo decía a mi hermana, me acusaría de habérmelo imaginado. La cadena dorada brillaba en mi dirección desde debajo de la cama, como los ojos del monstruo muerto. Allí había una prueba que podía sostener en mi mano. Recogí de nuevo la pulsera, incluso mientras su poder oscuro y sobrenatural parecía quemarme la carne, y la metí en el bolsillo de mi bata.

Estaba a solo unos pasos de la puerta de Rose cuando me frené. Recordé cómo me había rogado que gastara su secreto con ella, y cómo me había mirado con el ceño fruncido con tal ira cuando me había negado. Se me ocurrió entonces por primera vez que no podía depender de mi hermana para hallar las respuestas. Siempre había pensado en Rose como en la inteligente, pero ¿qué había hecho ella realmente para demostrarlo? Estaba atrapada aquí tal y como el resto de nosotras.

No, no podía depender de mi hermana para salvarme. Me giré en el pasillo y fui en su lugar a la habitación de papá.

Él siempre dejaba su puerta abierta para que pudiera entrar a limpiar. Ahora había ropa tirada por todos los muebles, pantalones arrugados sobre la silla, camisetas estiradas sobre el suelo. Tenía la cama sin hacer, las almohadas aplastadas con la forma de su cabeza, y las mantas enrolladas a los pies del colchón como si se tratara de un banco de nieve.

Cada vez que entraba, me imaginaba cómo habría sido ver el cuerpo de mi madre en esa cama, cuando aún era una mujer y no un pájaro, mortal y suave. Sus pechos estaban abultados de amamantarnos, con los pezones masticados por nuestros dientes de bebé. Papá dijo que solo fue la maldición la que hizo que dejara de amarla, pero al escuchar las palabras de Undine haciendo eco, me pregunté si pensaba que ella también se había echado a perder por la cruel banalidad de la maternidad. Ya no le servía como mujer ni como esposa, así que mejor tenerla como un pájaro en su jaula.

Por puro instinto, recogí toda la ropa de papá en mis brazos. Pensé en lavarla por un momento, dado que eso quizá podría hacer que menguara su ira; había funcionado otras veces. Pero me imaginé arrojando la ropa de papá por la barandilla; me imaginé recogiéndola toda en una pila y prendiéndole fuego. Me imagine pegándole en el pecho con los puños y gruñendo como un gato malhumorado, o como mi hermana mayor. La posibilidad afloró en mi estómago y me subió por la garganta hasta la boca, algo que quería vomitar.

Ya había hecho lo peor que podía ocurrírseme: desobedecer a mi padre y salir a escondidas bajo su hechizo. Y aun así estaba respirando, y mis piernas no se habían convertido en patas de gallo. ¿Qué importaba todo ya?

De pie, entre la ropa desparramada, con la pulsera haciéndome un agujero en el bolsillo de mi bata, me pregunté por qué había entrado allí en primer lugar. Me había ido de la puerta de mi hermana porque sabía que, dijera lo que dijere, no me satisfaría. Undine ya había soltado toda la sabiduría que conocía, pero aun así yo estaba vacía. Todavía anhelaba algo.

Envuelta en una emoción que no reconocía ni sabría nombrar, rasgué la ropa de papá de la manera en que él había roto nuestros vestidos, como si fuera una bestia con garras y colmillos. Tan solo tenía la fuerza de una bruja medio entrenada, pero conseguí arrancar los botones de sus camisas y rasgar las costuras de sus pantalones. Usé mis dientes para trabajar en la piel de su cinturón hasta que se rompió en dos trozos. Y entonces, allí de pie entre las ruinas de todo aquello, sentí que mi estómago se asentaba, como si hubiera comido en abundancia y no tuviera la necesidad de vomitarlo.

Mientras alargaba la mano hacia otro par de pantalones, algo cayó de su bolsillo y al suelo. Me agaché y lo recogí. Era un cuadrado de papel grueso, ligeramente manchado de agua y con la tinta borrosa, que hizo que las letras pareciesen pestañas mojadas. Aún podía leerlas si entrecerraba los ojos y sostenía la tarjeta contra la luz.

«FISHEROVICH & SYMIRENKO 3454, CALLE VOROBYEV».

El pulso se me aceleró en silencio. Sabía, *sabía* que no había aceptado la tarjeta del hombre, de igual manera que sabía que le había entregado la pulsera de dijes de mamá. Traté de aplanar mis recuerdos como si fueran un mantel blanco, para ver si había manchas o salpicaduras, pero todo estaba limpio y de un blanco marfil, y ni siquiera había arrugas en los bordes. El comerciante había llegado y se había marchado sin dejar nada suyo tras de sí.

Las posibilidades afloraron en mi mente: a lo mejor papá lo había perseguido y había aceptado la tarjeta. O se habían conocido anteriormente, mucho tiempo atrás, y se habían olvidado de las caras el uno del otro. Pero todos mis razonamientos inventados se marchitaban cuando los examinaba de cerca.

Me invadió una incertidumbre heladora, como la nieve a medio derretir que se acumulaba en las esquinas de la calle durante el invierno. Rápidamente, me metí la tarjeta en el bolsillo de mi bata, junto a la pulsera de dijes, y me apresuré a bajar las escaleras.

Para cuando papá volvió a casa, el cielo estaba atenuándose con el color de un melocotón amoratado, y nos dijo que había puesto los carteles por toda la ciudad. Rose y Undine habían usado aguja, hilo, y algo de magia para arreglar sus vestidos, y ambas estaban tan preciosas que al mirarlas se te llenaban los ojos de lágrimas. Undine tenía puesto su vestido azul eléctrico, y Rose, uno de un color escarlata intenso; me recordaron a unos caramelos como joyas que venían en latas de bronce, excepto por que la mirada de Undine era peligrosa y la sonrisa de Rose era cruel.

Yo había escogido mi vestido menos roto, uno de un color rosa pálido que era demasiado ceñido por la cintura, y tenía uno de los huesos del corsé roto. Undine tenía razón; no importaba demasiado el aspecto que tuviera. Papá pasó junto a mí sin dirigirme la mirada. Estaba de pie con sus brazos cruzados sobre su barriga hinchada, mirando por la ventana.

La pulsera de dijes estaba hecha una bola en mi bolsillo, y la tarjeta estaba doblada y entre mis pechos. Sentí que, si me deshacía de una de las dos, desaparecerían, como si hubiera un hechizo en la casa que pudiera destruir al instante cualquier cosa que papá quisiera mantener escondida. Pero podía sentirlos ambos ahí; el peso de la pulsera, y el papel hincándoseme en la piel, con la tinta arrastrándose mientras se mezclaba con mi sudor.

Quería sacarla, sostenerla frente a él y exigir la verdad. Quería verlo farfullar, sonrojarse y tratar de explicarlo. El valor aumentaba en mi interior a cada momento que pasaba, así como un hambre insaciable. Mi miedo y mi buen juicio fueron olvidados de nuevo... ¿qué tenía que perder ya? Papá estaría furioso en el momento en que entrara en su habitación y viera el destrozo que había hecho. Para el caso, mejor tratar de arrancarle la verdad también.

No eran solo la tarjeta o la pulsera de dijes, o el extraño relleno que había aparecido en la fresquera el mismo día que mamá había desaparecido. Era cada grito que me había tragado durante tantos años. Si abría la boca en ese momento, aquellos gritos saldrían de mi interior sin forma alguna de frenarlos.

Y quizá las paredes a mi alrededor empezarían a mostrar sus pequeñas grietas por fin. Si había algún poder en mantenerlo en secreto, ciertamente también habría poder en revelarlo.

Pero no conseguía realizar esa gran hazaña, sin importar el latido atronador de mi corazón. Pensé en Sevas y apreté el puño con tanta fuerza que la herida de mi nudillo se abrió y sangró.

Todos nos quedamos en silencio durante un largo rato, con el reloj de pie marcando cada segundo. Abrí la boca y la cerré de nuevo, con la piel fría por los nervios de la anticipación. Y entonces, antes de que ninguno de nosotros pudiera hablar, papá alzó la mano y señaló la ventana, hacia la verja.

—Mirad.

Un trío de hombres estaba caminando por la calle a grandes zancadas. Tenían la cara llena de sudor, y dividida por la mitad por el ángulo del atardecer, un lado iluminado por la luz naranja y el otro pálido como un huevo. Sus ojos brillaban como kopeks en el fondo de una fuente, radiantes pero borrosos, atrapados en el agua.

Eran jornaleros, y podía distinguirlo por la forma en que el hambre y el trabajo habían eliminado sus mejillas de niños. Hicieron una pausa frente a la verja y rodearon los barrotes con sus huesudos dedos, apretando los puños entre ellos.

La sonrisa de papá era exuberante.

—Y son solo los primeros de muchos —dijo él, mirándonos a mis hermanas y a mí—. Cambiad esas caras. Bien podrían ser vuestros futuros maridos llamando a la puerta.

Undine dejó escapar un sonido de desdén indignado por la garganta, y Rose cerró momentáneamente los ojos. La ira suave y efervescente que había en mi interior estalló y fui a sacar el papel doblado de mi corpiño, pero en ese momento papá habló de nuevo.

—Bueno, Marlinchen. —Infló el pecho como una paloma en celo y me agarró con firmeza de los hombros para obligarme a girar hacia la ventana, todo ello mientras me daba vueltas la cabeza con protestas silenciosas—. Puede que estuviera equivocado. Después de todo, un hombre ha venido por ti.

Miré a través del cristal, por encima de las cabezas de los jornaleros que hacían traquetear la verja. Había un hombre con pelo canoso y unos hombros altos y estrechos, y observaba con poco interés el escándalo que formaban los pretendientes. Un sonido ahogado se escapó de mi interior. Sentí como si alguien me hubiera metido la cabeza en un baño de agua helada, y todo me llegara borroso y amortiguado.

Cuando la niebla se aclaró de nuevo, casi me reí ante mi propia ridícula audacia, mi propia convicción maldita. La chica de un segundo atrás que había creído que no tenía nada que perder era una necia, y la odiaba. Se me cerró la garganta poco a poco y de forma dolorosa mientras veía a uno de los jornaleros abrir la verja. Entró al jardín dando grandes zancadas, seguido por sus compañeros.

Y el Dr. Bakay ingresó de forma despreocupada tras ellos.

Capítulo nueve

Esto era lo que sabía sobre el Dr. Bakay.

Se había educado en una universidad de medicina en Askoldir, y era médico, lo que significaba que trataba solamente las enfermedades del cuerpo, y solo las partes del cuerpo que podías sentir y ver, mientras que los cirujanos se ocupaban del resto. Llevaba en su maletín de médico unos diminutos viales de láudano, jarras de sanguijuelas y arsénico en urnas de porcelana. Escribía prescripciones en rugosos trozos de papel que se arrugaban alrededor de tus dedos como la lengua de un gato, y si ibas a la farmacia y veían la firma del Dr. Bakay y su letra llena de bucles, el farmacéutico te sonreía mientras te daba una lata llena de pastillas de opio con sabor a cereza. A todos les caía tan bien el Dr. Bakay que, por asociación, les gustaban sus clientes.

Los remedios del Dr. Bakay no eran como los de Rose: le daba igual si te sentías algo melancólico cuando te los tomabas, no funcionaban de manera diferente dependiendo del ciclo de la luna, y no necesitaban del toque preciso y hereditario de una bruja. Funcionaban tanto si la marea estaba alta o baja, tanto si estabas enfadado o te sentías solo, tanto si el conejo cuya pata habías cortado había corrido en dirección a las agujas del reloj alrededor del abedul, y tanto si tenías los ojos grises, verdes o azules. Eran una magia excepcionalmente buena, y solo el carisma y la belleza de Rose podían competir con ella de alguna forma.

Y entonces llegó una nueva moda, venida del oeste como si un viento muy fuerte o una corriente especialmente abrupta la hubieran arrastrado. Los marineros la dragaron y la recogieron con sus redes, enredada entre las truchas y los esturiones. Fue llamada «frenología» por nuestros colegas occidentales, y aunque sus métodos eran complejos y solo podía ser practicada por doctores, sus resultados eran suficientemente simples como para que incluso los casi alfabetizados jornaleros de Oblya pudieran entenderla si abrían los tabloides. Podías comprar un diagrama del cerebro por solo un kopek, y estaba separado en secciones, como el dibujo de un carnicero, indicando los veintisiete órganos diferentes de la mente.

Había un órgano para la cautela, otro para la bondad, otro para el lenguaje, la música y el tiempo. ¡Resultó que muchísima gente quería la topografía de su cerebro, cartografiada por un profesional! Cuando el Dr. Bakay se convirtió en el primer médico de Oblya en comenzar a practicar esta nueva disciplina, incluso los jornaleros ahorraron sus kopeks en latas de café para después hacer que él dibujara un atlas de sus mentes.

Podrían haber acudido a Undine o a mí por mucho menos dinero. Pero eso habría significado reunirse con brujas. El Dr. Bakay era respetable, y les diría el motivo por el que eran pobres, y resultaba que al final no tenía nada que ver con sus circunstancias desafortunadas. Tal vez tu tercer órgano era demasiado pequeño, y por ello no tenías suficiente atención para permanecer despierto durante tu turno en la línea de montaje. O quizá tu órgano de la aprobación era demasiado grande, y no podías soportar trabajar en algo insignificante que no te diera suficientes elogios. De cualquier manera, había poco que pudieras hacer, excepto resignarte con tu lugar en la vida, o tratar de superar el augurio imposible de tu propia mente.

Algunos tenían un diagnóstico mucho mejor que otros. La mayoría de los frenólogos decían que las mentes de los hombres yehuli se habían adaptado bien al capitalismo: ¡sus órganos número

veinte y veinticuatro eran enormes! Eso era por lo que el gradonalchik tuvo que redactar algunas leyes para restringir sus activi-
dades, dado que tenían una ventaja sobre el resto. Por ejemplo,
prohibió que los yehuli residieran en ciertas áreas de la ciudad, que
trabajaran los domingos, y que compraran tierras. Una vez vi un
cartel en unas termas que decía: «NO SE PERMITEN PERROS NI YEHULI».
No sabía si aquella era otra de las proclamaciones del gradonalchik, o simplemente la preferencia del dueño de las termas.

Mientras tanto, el Dr. Bakay nos quitó los clientes de la misma
forma en que un constructor quita capa a capa el suelo de la estepa, desde la plantación de trigo. Yo tenía dieciséis años, y papá
estaba tan enfadado que solo hablaba con palabras cortas e hirien-
tes, y le daba patadas a nuestro duende en venganza.

Y entonces, un día, el Dr. Bakay apareció en nuestra puerta,
con su bigote canoso apuntando hacia arriba como una sonrisa.
Tenía miedo de que papá lanzara un hechizo que lo convirtiese en
un cerdo trufero, o en un búho cornudo, pero antes de que pudiera reunir su magia, el Dr. Bakay alzó una bolsa de rublos y la za-
randeó. Era tan inteligente que sabía lo que dominaba a mi padre
sin haberlo conocido siquiera.

Papá abrió la puerta mientras refunfuñaba, y dejó que el Dr.
Bakay entrara a nuestro vestíbulo. Olía a limpio, y a un jabón bueno y carbólico. Se quitó el gorro y lo sostuvo entre sus manos, tan
decoroso y dócil como un hombre de un tercio de su edad, y ni
siquiera pestañeó cuando papá le enseñó los dientes.

—No dejo que ningún hombre entre en mi casa gratis —gruñó
papá.

—Sí, por supuesto —dijo el Dr. Bakay, y le tendió la bolsa de
rublos como si no fuera nada. Aún no me había mirado—. Vengo
como un colega practicante de la medicina, y simplemente, como
un hombre con una curiosidad insaciable. Algunos de mis clientes me han hablado del gran hechicero Zmiy Vashchenko y de
sus tres increíblemente talentosas hijas. Un hombre me dijo que
su hija Rose curó su dolor de muelas por la mitad de lo que yo

cobro, y con solo un puñado de hierbas. Otro me contó que su hija Undine predijo su mano ganadora en el póker, y todo lo que le pidió fue cinco rublos. Puedo pagarle lo que me pida, señor Vashchenko, si me permite satisfacer mi curiosidad con una de sus hijas.

Papá hizo un sonido ronco y balbuceó mientras fingía considerarlo, pero supe que había tomado su decisión en el momento en que el Dr. Bakay le había dado el dinero. Se guardó la bolsa entera en el fondo del bolsillo de su bata, y después paseó la mirada como si se hubiera olvidado de la forma de su propia casa. Al final, suspiró y dijo:

—Mis otras hijas están ocupadas, pero puede hablar con Marlinchen.

Undine tenía un cliente en el estanque de adivinación, y Rose estaba en su despensa, concentrada en sus tallos de lavanda. El Dr. Bakay asintió, y al fin su mirada se posó sobre mí. Sus ojos eran marrones y acogedores, con la luz reflejándose en ellos como peces que saltan fuera del agua turbia. Me miró de arriba abajo, desde mis zapatillas hasta la encrespada corona de mi cabeza, y dijo:

—Encantado de conocerla, Marlinchen.

Debí tartamudear un saludo también, pero no puedo decir que lo recuerde. De hecho, no recuerdo muchas de las cosas que ocurrieron durante mis sesiones con el Dr. Bakay. Había ciertos hechos que salían a la superficie, como algo muerto que ha arrastrado la corriente: la curva particular de su pulgar, el pelo gris hirsuto del dorso de su mano, la forma en que su diente se deslizaba sobre su labio inferior cuando sonreía. Todo lo demás se hundía bajo el agua y desaparecía.

Papá nos guio a ambos a la sala de estar y se sentó en su diván. Yo fui a sentarme en el sillón cuando el Dr. Bakay habló.

—Espera un momento. ¿Te importaría quedarte de pie? Por favor.

—Ah —dije yo, o algo igual de bobo y débil—, de acuerdo.

—Tu don te permite adivinar mediante el contacto, ¿no es así? —preguntó el Dr. Bakay.

Yo asentí. Estaba de pie, muy cerca de mí, tanto que algunos de los pelos sueltos de mi cabello le rozaron los labios, pero no se dio cuenta, o no se molestó en apartarlos.

—Por supuesto, como médico que estudia el cuerpo, estoy interesado de forma vital en saber cómo se manifiesta un talento como ese, y cómo se refleja en la anatomía del sujeto. O más bien, ¿cómo se diferencia la anatomía de una bruja de la de las mujeres mortales? En otras palabras, Marlinchen, creo que debe haber algo único en *tu* cuerpo, para hacer que un don como ese funcione tal y como mis clientes lo han descrito.

Mis mejillas comenzaban a sonrojarse. Papá no estaba escuchando, en realidad; podía notar que su atención estaba puesta en los rublos que había en su bolsillo, y en considerar qué haría con ellos, y como podía conseguir más. Su dedo frotó la tela hinchada mientras sus ojos se dirigían hacia el techo. El Dr. Bakay presionó el dorso de su mano contra mi frente.

—Ah —dijo él—, tu temperatura corporal no parece anómala.

—Creo que soy bastante normal —le dije con una risa nerviosa—. Aparte del hecho de ser una bruja.

Los ojos del Dr. Bakay se arrugaron cuando sonrió.

—He conocido una gran cantidad de chicas normales, y no puedo decir que tú seas una de ellas.

Y entonces, creo que me preguntó qué era lo que más me gustaba, y le dije que el varenyky de cerdo. Me preguntó si me gustaba cocinar, o coser, o jugar al dominó. Me preguntó si mis hermanas eran crueles o buenas. Me preguntó qué pensaba de las nuevas farolas eléctricas, el tranvía y el museo de arte en la calle Rybakov.

Si papá hubiera estado prestando atención, se habría enfurecido con las preguntas del Dr. Bakay; habría perseguido al doctor hasta echarlo fuera de la casa, y aquello habría sido el final de todo. Pero no estaba prestando atención, y con cada pregunta,

sentía que me soltaba como un arco anudado, desatado y aplanado mientras el Dr. Bakay hablaba.

—¿Has considerado alguna vez que tu brujería está necesaria-
mente atada a tu femineidad?

Debí haber pestañeado varias veces, muy confundida. Mis
hermanas eran mujeres, ciertamente, con la cintura estrecha y las
caderas anchas. Sus cuerpos se asemejaban más y más al de nuestra madre con cada día que pasaba. Pero yo aún me sentía como
una niña que solo estaba empezando ahora a rellenar sus vestidos. El calor invadió mi rostro.

—No lo sé. Nunca he pensado mucho en ello —le respondí.

—Bueno, le daría a esa teoría algo de peso sustancial. La frenología nos dice que las mentes de los hombres y las mujeres son infinitamente diferentes. Los órganos catorce y dieciocho de las mujeres
son mucho más grandes que los de los hombres, lo que indica que
tienen un grado mucho mayor de veneración y esperanza, y sus
órganos número quince son ciertamente diminutos, lo que sugiere
una muy poca propensión para la resolución. Lo cual nos lleva a
poder cartografiar otros órganos del cuerpo usando métodos si-
milares. Quizás más productivos, creo, serían los órganos que
pertenecen solamente a las mujeres.

No me había percatado de que había comenzado a desatarme
el corsé. Estaba tan impactada que lo único que salió de mí fue un
pequeño sonido; ni siquiera era un grito ahogado, tan solo era el
piar de un gorrión golpeado por el viento. Mi corpiño suelto cayó
frente a mí, y yo me tapé con las manos rápidamente, cubriendo
mis pechos. Comencé a sentir la garganta tremendamente cerrada, y cada respiración era caliente, irregular y entrecortada. Miré
hacia papá.

Mi padre aún estaba reclinado sobre el diván, pero su mirada
se había posado en mí. Busqué en su rostro indicación alguna de
disgusto, alguna protesta incipiente. Le tembló el labio inferior, y
un músculo se marcó en su mandíbula. Su bolsillo estaba muy
hinchado con los rublos del Dr. Bakay.

—Marlinchen, baja los brazos —dijo entonces.

Aquel fue el momento en que me separé de mí misma, como un caballo soltado de su amarradero. Mi cuerpo hizo los movimientos, pero mi mente era como algo arrojado por la borda y abandonado a la deriva en aguas oscuras y agitadas. Bajé los brazos a mis costados con los puños apretados, y el Dr. Bakay movió su mano izquierda hacia mi pecho izquierdo. Lo apretó con cuidado y después lo sostuvo en su palma, como si estuviera juzgando su tamaño. Con el pulgar y el índice, me pellizcó el pezón.

—Papá —dije, con la mirada borrosa por las lágrimas.

—Silencio —dijo él—. Deja que el doctor haga su trabajo. Normalmente cobra muchos rublos por este tipo de evaluaciones, y aquí está, pagándonos a nosotros por el privilegio. ¿No es cierto?

—Por supuesto —dijo el Dr. Bakay—. Estoy agradecido de poder probar los métodos de la frenología en una bruja por primera vez. Estoy seguro de que hay una gran cantidad de revistas médicas que estarían encantadas de publicar mis conclusiones.

Pero no había estado tomando ninguna nota en su diario, ni en su grueso recetario.

Desde ese momento, habló con papá de forma animada, sobre el color y la forma particular de mis pezones, sobre el peso y la forma de mis pechos. Me acarició los pezones hasta que se me pusieron duros, y me pidió que describiera la sensación.

No recuerdo qué le dije. Tenía la mirada fija en la pared más lejana, en el punto en el que el papel de damasco estaba comenzando a despegarse y a exponer el yeso amarillento de debajo. Al fin, el Dr. Bakay se irguió por completo y giró sus estrechos hombros.

—Muchísimas gracias por esta oportunidad —dijo él, y papá también se levantó.

Mientras yo me ponía el corsé sobre mis pechos de nuevo, el Dr. Bakay estrechó la mano de papá. Guardó sus cosas en su maletín de médico, con sus diminutos viales negros de láudano y sus jarras de sanguijuelas y su arsénico en urnas de porcelana. Antes de salir por la puerta hacia el jardín, me saludó de forma alegre y me guiñó un ojo marrón.

Me quedé parada en el vestíbulo mientras el reloj de pie realizaba su rotación métrica, y no pensé en nada excepto en el papel de pared que se estaba despegando. La luz del sol rebotó contra el pelo canoso del Dr. Bakay mientras abría la verja. Comencé a pensar en el bulto en la tela que había visto cuando había bajado la mirada, en la hinchazón bajo los botones oscuros de sus pantalones.

Debería haber sabido por cómo papá había tocado sus rublos que recibiría con gusto al Dr. Bakay en nuestra casa de nuevo, y así lo hizo. Varias semanas después, el doctor volvió con su maletín negro y más teorías, con un pronóstico diferente, una nueva tanda de preguntas y un arsenal de astutos métodos.

Las primeras veces, papá se quedó sentado en el diván y miraba distraídamente, charlando con frivolidad mientras el Dr. Bakay tiraba de mi corsé hasta abrirlo con una precisión quirúrgica. Al final, se cansó de hablar y de mirar, así que nos dejó a solas en la sala de estar con la puerta cerrada.

Memoricé el patrón del papel de damasco, conté cada espiral y cada flor mientras el Dr. Bakay me preguntaba si había habido algún hombre que hubiera captado mi atención. No recuerdo qué le dije, solo que le hizo sonreír mientras su pulgar trazaba un cuidadoso círculo sobre mi pezón izquierdo, como si fuese un amuleto al que sacarle brillo.

En una ocasión, quiso saber si la naturaleza de los órganos se veía afectada por la vigilia, así que me dio un brebaje para dormir y me tumbé sobre el sofá mientras la vista se me nublaba, y después todo se quedó bruscamente en negro. Cuando me desperté, mi corsé había desaparecido, y el Dr. Bakay estaba sentado junto a mí. Respiraba con dificultad, y a través del patrón de mis pestañas, vi que su pecho subía y bajaba, la condensación del sudor en su frente, y por fin, las arrugas en el pantalón, en su regazo. Su mano se movía bajo su cinturón suelto con movimientos bruscos, como si agarrara y tirara de algo. Cerré los ojos y fingí dormir de nuevo. Más tarde, cuando se levantó para marcharse, trató de ocultar de forma vaga el parche húmedo de sus pantalones.

La última vez que vino, quería comprobar qué había dentro de mi piel. Tenía diecisiete años, y ya era claramente una mujer, con mis pechos floreciendo bajo sus manos. El Dr. Bakay tomó una pequeña cuchilla e hizo dos cortecitos como una sonrisa, bajo cada uno de mis pezones. La sangre brotó como perlas rojas. Capturó mi sangre en unos viales transparentes; vi cada gota deslizarse lánguidamente por el cristal hasta formar un charco en el final, como medio dedo de alto.

Cerró los viales y los metió cuidadosamente en su maletín de médico, junto a la urna de porcelana de arsénico. Entonces le dijo a mi padre que ya tenía todo lo que necesitaba, y le entregó el último saco de rublos. El rostro de papá estaba tan inexpresivo e insulso como el jamón cocido, pero aceptó los rublos y los sostuvo en su puño, con la bolsa ondulando y meneándose con el peso de su contenido.

El Dr. Bakay inclinó su gorro hacia nosotros y salió por la puerta. Yo observé cómo abría la verja, con la luz del sol agarrándose al color plateado de su pelo. Crucé mis brazos sobre el pecho y sentí una punzada de dolor, con las heridas gemelas llorando como si estuviera amamantando a algo con unos dientes muy puntiagudos. En realidad, nunca averigüé por qué el Dr. Bakay dejó de venir a nuestra casa. Quizás había agotado toda su curiosidad médica, o tal vez mi cuerpo en transformación lo había agotado a él.

Rápidamente, sin embargo, averigüé que daba igual si volvía o no. Mis sueños se agitaban con su cara, sus manos y el bulto de sus pantalones. Con papá y sus rublos, y los dos hombres dándose la mano. A veces me despertaba de los sueños con una humedad entre mis piernas, y tenía que bajar a la cocina y comerme una hogaza entera de pan negro con mantequilla y kvas de fresa, y diecisiete varenyky de cerdo. Pensar en el Dr. Bakay siempre me daba hambre.

Papá había tenido razón. Para cuando cayó la noche, había tantos hombres en nuestra puerta que no habríamos podido meterlos a todos en nuestro vestíbulo, ni aunque hubiéramos querido, y nuestros vecinos más cercanos estaban tan perplejos ante el ruido que amenazaron con llamar al Gran Inspector. Papá, por su parte, amenazó con convertirlos en arbustos.

Rose propuso una solución antes de tener que recurrir a las detenciones o a la hechicería: les daríamos a los hombres trozos de pergamino numerados que indicaran su puesto en la cola. Nuestra casa podía albergar razonablemente a quince de ellos a la vez, así que dejamos que los primeros quince hombres se colaran por la puerta y en el vestíbulo, con el reloj de pie anunciando su llegada. El resto de los candidatos se retiraron con los hombros caídos, y con el trozo de pergamino agarrado en el puño. Cuando hubieran pasado tres días, dejaríamos entrar a la siguiente tanda de pretendientes.

Y así fue como nuestra casa se llenó con quince hombres, o más bien, chicos, la mayoría de ellos. Tenían los brazos delgados, con unos codos puntiagudos, y un corte de pelo tan corto que se podía ver bajo él su cuero cabelludo. Dijeron que cuando tenían el pelo más largo que unos pocos centímetros, era un peligro en la fábrica, y no pensaban llevar tocados floreados como las mujeres.

Había esperado que fueran tan brutos como perros de caza, pero eran más bien como cachorros de lobo holgazanes, tumbados sobre nuestros muebles y echados boca arriba en el jardín. Hablaban con respeto con nuestras hermanas y conmigo, con la mirada gacha, y abandonaban la habitación cada vez que entraba nuestro padre.

El duende estaba muy consternado, y se escondía entre las ramas del peral en flor. Indrik miraba desde la hierba de trigo con furia, respirando humo blanco a través de sus fosas nasales, y cubriendo los músculos de su pecho con aceite de semilla de lino para que brillaran bajo la luz del sol. Increíblemente, funcionó, y la mayoría de los hombres temían a aquel dios bajado de las montañas, con un milenio tras su mirada.

Rose no estaba satisfecha en absoluto, y se encerraba en su despensa durante horas y horas, con unas brumas moradas saliendo por debajo de su puerta. Undine estaba más dispuesta a hacer las paces, o al menos estaba disfrutando de toda la apasionada atención que recibía. Los hombres se amontonaban alrededor de su estanque de adivinación mientras ella hacía predicciones que, como mucho, eran solo medias verdades, se reía de forma dulce, y se subía el vestido para revelar sus pantorrillas ovaladas, suaves y pálidas.

Seguramente todos le preguntaron cómo conseguimos eludir la magia de papá, pero si Undine les respondió, lo único que pudo hacer fue mentirles. Me preocupaba que pudiera inventarse su propia historia por el caso improbable de que pudiera acertar, sin importarle lo que papá le haría al hombre que le llevara la mentira como un perro con un pájaro destrozado entre sus fauces. Ciertamente ni siquiera mi hermana mayor podía ser tan cruel.

Observé desde el vestíbulo mientras me abría con los nervios la herida de los nudillos, y me encogía cada vez que se acercaban demasiado al enebro. Cuando hablaban conmigo, eran tan educados como los hombres podían ser, y preguntaban por maleficios y áticos malditos. De alguna manera, se había extendido por Oblya el rumor de que había un fantasma paseándose por nuestros pasillos. Les dije que papá había protegido la casa contra espíritus malignos, y ellos asentían sonrojados, pero podía ver que no me creían.

De cualquier manera, los mantenía alejados del tercer piso, lo cual a papá le gustaba. Era amable con los hombres, como nunca lo había visto antes, preguntaba por sus orígenes si hablaban con acento, y les ofrecía rollitos de col y huevos cocidos de la fresquera. Incluso se preocupaba por sus delgados brazos, por las costillas que se veían a través de su piel. Era tan extraño de ver que ni siquiera podía empezar a encontrarle sentido, y mi mente parecía una caja musical rota.

ENEBRO & ESPINA 211

Aquella nueva actitud pacífica suya se extendió incluso a mí. Cuando vio el desastre de su dormitorio, me sonrojé intensamente y le dije que un monstruo se había colado dentro. Era una mentira terrible, pero papá fingió creérsela y me dijo que parecía tener hambre. Me llevó abajo y me dio varenyky de cerdo y zumo negro para comer. Apenas noté el sabor de nada, y todo se asentó en mi estómago con el peso de una piedra. Quería soltarlo todo, pero no me atrevía después de la grave advertencia de papá.

¿Y qué había del Dr. Bakay? Cuando entró en nuestra casa con aquellos primeros tres pretendientes, papá le dio la bienvenida con gran alegría, como si fueran dos viejos amigos. Él apenas me dirigió la mirada. Después de estrecharse la mano, el Dr. Bakay dijo:

—Me he enterado de tu competición, Zmiy. Lo leí en los carteles, y después los tabloides escribieron sobre ello.

Papá resopló.

—La única historia real que publicarán. No me digas que has venido a competir tú mismo.

—No, tristemente no —dijo el Dr. Bakay. Sus ojos brillaban alegremente tras sus gafas. No recordaba que hubiera llevado gafas antes, pero debían haber sido para verme mejor—. Esperaba que simplemente me dejaras observar los acontecimientos… como investigación científica, claro. Muchos de estos hombres han sido clientes míos, y estoy muy interesado en ver cómo les va, y en comprobar si las predicciones que hice eran correctas. Puedo pagarte por tu hospitalidad, por supuesto.

Así que no hubo más discusión. Papá le dedicó una gran sonrisa, aceptó la bolsa de rublos que el Dr. Bakay le ofreció, y él colgó su chaqueta y su sombrero en nuestro perchero.

Me quedé allí en el vestíbulo, bajo la alargada sombra del reloj de pie, y los años cayeron sobre mí como si se tratase de nieve. Una avalancha blanca comprimida en el espacio entre la chica que había sido con dieciséis años y la mujer que era ahora; era como si mi propio fantasma estuviera poseyéndome. El fantasma movió mi cuerpo hacia las escaleras, y nuestros corazones gemelos latieron de forma irregular.

Pero antes de que pudiera llegar, el Dr. Bakay se volvió.

—Querida Marlinchen —dijo él—, casi no te he visto. Tan silenciosa como un ratón, justo como te recuerdo. Aunque juraría que has crecido.

Entonces me apretó en un abrazo, con sus puños presionando mis lumbares. La chica que era en ese momento logró gimotear un saludo, con el fantasma manipulando mi boca y mi lengua.

En cuanto me dejó libre, me deslicé de nuevo hacia las escaleras. Tan silenciosa como un ratón.

Esa noche no dormí, y atranqué mi puerta con la silla que normalmente tenía frente a mi tocador. De todas las puertas de mi casa, solo la mía no tenía un cerrojo. El Dr. Bakay estaba durmiendo en una de las habitaciones sin usar de los cuartos de los sirvientes, en la primera planta. Me pregunté si él también estaría despierto, con su aliento subiendo en olas hacia el techo que nos separaba.

También había otros quince hombres abajo, tumbados en los sofás, en el diván, o tirados en el suelo mientras usaban como almohada sus propias chaquetas hechas una bola. Y a ambos lados de mi puerta estaban mis hermanas. No estaba segura de si ellas conseguirían dormir hasta que escuché los suaves ronquidos de Undine a través de la pared.

Sus palabras se abrieron paso de nuevo hacia mi mente, crueles y familiares. «No es divertido pisotear la nieve vieja. La gente quiere arruinar cosas que estén impolutas y nuevas». Al menos, la parte de la nieve podía entenderla. No era tan estúpida como para no saber que la mayoría de la gente disfrutaba estropeando las cosas bonitas. Había visto suficientes fábricas que escupían humo gris alzarse de la hierba de la estepa como para entenderlo.

«No puede soportar la idea de que alguien que no sea él nos arruine. Si pensara que tú también podrías arruinarte, Marlinchen, estarías tan muerta para él como mamá». Aquella era la parte que no me cuadraba. Undine no sabía lo que había ocurrido entre el Dr. Bakay y yo cuando la puerta de la sala de estar se había cerrado; no podía ver las cicatrices que su cuchillo había dejado. Así que quizá mi hermana cruel estuviera equivocada.

Pero entonces, supuse, yo sí que me había arruinado por lo que había orquestado papá cuando tuvo los rublos del Dr. Bakay en la mano. Cuando el reloj de pie dio las siete, fui escaleras abajo y me comí tres tartas de miel del tamaño de mi puño, con el estómago revuelto como un río con el hielo derritiéndose.

Entonces fui a la sala de estar. La mayoría de los hombres ya se habían despertado, y cuando me vieron se incorporaron, se peinaron el pelo alborotado tras dormir, y balbucearon un «buenos días» automático. Parecían demasiado tristes como para tenerles miedo.

Me había caído bien un hombre que no era mucho mayor que yo, con el pelo rubio y desaliñado como la hierba de la estepa, y unos ojos anchos y cansados, como los de un viejo sabueso. Tenía un nombre mortal ordinario, pero en mi mente lo bauticé como Sobaka, como el dulce y sombrío perro al que me recordaba.

Sobaka estaba sentado en el mismísimo filo del diván con un periódico arrugado en su mano. Miré por encima de su hombro.

—¿Qué es eso? —le pregunté.

—Solo es uno de los tabloides, señora —me dijo con las mejillas sonrojadas—. Este ya es de hace varias semanas.

La portada estaba llena de daguerrotipos y de titulares con exclamaciones. La mujer del gradonalchik estaba teniendo una aventura con el conductor de su carruaje. Habían hallado carne de rata en los varenyky de un restaurante de la calle Kanatchikov. Mis ojos deambularon por la página hasta llegar a un titular más pequeño, acompañado de un daguerrotipo de un hombre con gafas y aspecto serio. Lo reconocí cuando entrecerré los ojos y me acerqué.

Era el comerciante de Fisherovich & Symyrenko, el que había comprado la pulsera de dijes de mamá. El comerciante del cual había encontrado su tarjeta en el bolsillo de papá. El titular decía que llevaba tres días desaparecido.

Algo frío se deslizó por mis venas. Pensé en la pulsera de dijes en el cajón de mi tocador, ardiendo con su magia mala. Traté de contar cuántos días hacía desde que habíamos vendido todas nuestras cosas, desde que el comerciante había estado en nuestra casa. Mis recuerdos parecían ser una madera que las termitas devoraban, porosa y con espacios en negro. Las horas eran tragadas por una oscuridad extraña y turbia.

Pestañeé con fuerza e incluso apreté los ojos, pero no pude hacer que el tiempo volviera a mí. El pánico se agitó en mi estómago: ¿qué había pasado para hacer que lo olvidara todo? ¿Había algún hechizo furtivo en funcionamiento?

Una vez que pude forzarme a mover la boca, dije:

—¿Sería mucha molestia si me lo quedara?

—No, por supuesto —balbuceó Sobaka, ofreciéndome el periódico.

Yo lo acepté y lo apreté contra mi pecho mientras se me nublaba la visión. No sabía lo que iba a hacer precisamente con él; solo sabía que debía protegerlo, como la tarjeta y como la pulsera de dijes de mamá.

Había un secreto allí que no era mío, algo malo, algo encubierto, como los gusanos dentro de una manzana, y tenía el sentimiento perceptible de que era algo que, si papá se enteraba, querría aniquilarlo.

Los hombres juguetearon con los flecos de nuestras lámparas de gato, y pasaron los pulgares por los retratos llenos de polvo de las paredes. Me pregunté si, entre todos ellos, habría alguno con el que no me importaría casarme. Sobaka sería un marido bueno, responsable y apacible. Pero yo era demasiado tímida y fea como para imaginar que alguno de ellos pudiera escogerme como esposa.

Y, en realidad, no quería que lo hicieran. La polvera seguía aún enterrada bajo el enebro, y aquel era *mi* secreto, lo único que podría llevarme de vuelta con Sevas. Me apresuré a salir de la sala de estar y hacia el vestíbulo, mientras la sangre se me acumulaba en los oídos.

Estaba mirando fijamente al suelo y con el periódico agarrado con tanta fuerza que estaba arrugándolo, y no vi que había alguien más en el vestíbulo hasta que me choqué contra su espalda. Di un paso atrás mientras me disculpaba una y otra vez, y entonces alcé la cabeza.

Era el Dr. Bakay. Las demás palabras se marchitaron en mi lengua.

—Marlinchen —dijo él. Tras sus gafas, sus ojos parecían diminutos, como huevos de insecto—. ¿Siempre te despiertas tan temprano? El sol apenas ha salido.

—Le hago el desayuno a papá —Mi voz no sonó mucho más alta que un susurro. «Silenciosa como un ratón». No había tratado de protestar ni una vez cuando me había tocado.

—Es cierto —dijo él, como si ya se lo hubiera contado en alguna ocasión. A lo mejor lo había hecho—. Tu padre siempre dice que eres la mejor de sus hijas, la más diligente, incluso aunque tengas un rostro simple, mientras que tus hermanas son bellas. Nunca llevé a cabo una lectura de frenología de verdad contigo, para comprobar los órganos de tu mente. Tengo mucha curiosidad por ver qué encontraría, si lo hiciera. Quizá le pague a tu padre de nuevo por el placer de hacerlo.

Alzó la mano hacia mí y me agarró la cabeza con ella. Cuatro dedos contra mi cráneo, mientras que con su pulgar me acariciaba la garganta.

Las motas de polvo que había en la habitación se pararon en seco. Se quedaron allí suspendidas, como venas de oro en el mármol, como moscas atrapadas bajo una capa de barniz. Los segundos se tambalearon al pasar junto a mí. Por fin, el Dr. Bakay me soltó.

Si trató de hablar de nuevo, yo no lo escuché. Había una inundación de agua en mis oídos. Me aparté de él y trepé las escaleras.

Tropecé en el último escalón y caí sobre mis rodillas en el rellano del segundo piso. Se escuchó un crujido, mi hueso contra la dura madera, pero lo único que podía sentir eran los ecos de un dolor distante, alejándose y después acercándose de nuevo, como la marea lamiendo la orilla.

Cuando desapareció, me puse en pie. Corrí hacia mi habitación, cerré la puerta y la atranqué de nuevo con la silla.

Mi intención había sido simplemente esconder el periódico bajo mi almohada, y después volver abajo para prepararle a papá su desayuno, pero cuando estuve en el refugio seguro de mi habitación, no pude obligar a mi cuerpo a moverse de nuevo. Me tumbé boca arriba, con las sábanas enganchándose a la seda de mi vestido, y observé la línea de yeso partido que había en el techo, como la grieta en una cáscara de un huevo. Donde el yeso se estaba despegando, había un sector como si fuera una estrecha boca de espacio negro, con una sonrisa burlona y unos puntiagudos dientes.

Cuando era una niña, mi mente había tratado de fingir que aquella oscuridad era algo seguro, en lugar de algo escalofriante. Había imaginado que era el hogar de una familia de amables búhos de plumas suaves, o de unos ratones vestidos con diminutos delantales y chisteras. No me había permitido imaginar lo que sabía que era la verdad: que la casa en sí misma estaba plagada de miles de pequeñas heridas, y cada día se abrían más y más, con las horas tirando de la piel quebrada.

A través de una hendidura de mi ventana abierta podía escuchar a los cuervos sin ojos, graznando en lenguas perdidas en el tiempo. Cuando giré la cabeza para mirar al jardín, creí ver a la serpiente de fuego, pero puede que fuera simplemente un lazo negro que se le había caído a alguien sobre la hierba. Uno de los hombres estaba hablando con Undine junto a su estanque de adivinación, con sus rostros muy juntos. El viento atrapó su pelo dorado y lo retorció como si estuviera mojado y necesitase que lo estrujaran. A Rose no pude localizarla.

Hubo un sonido como de madera contra madera, y mi puerta se abrió de un golpe. La silla que había usado para atrancarla retumbó sobre el suelo; mi débil defensa, apartada a un lado con tanta facilidad.

Me erguí, con la bilis subiéndome por la garganta tan rápido que casi vomité.

Papá estaba bajo el marco de la puerta, aún con su bata. Su estómago hinchado estaba plano de nuevo, suelto y vacío con la piel rebotando mientras caminaba hacia mí.

—¿Por qué no hay comida en la sala de estar?

Mi mente conjuró un «lo siento», pero mi boca no podía formar las palabras. Me quedé mirándolo, con el corazón latiéndome con fuerza.

—¿Y bien? ¿Qué pasa, Marlinchen? Pareces haberte quedado atontada como un perro al que han golpeado. En la fresquera hay más que suficiente comida, lo comprobé yo mismo anoche cuando bajé para comerme otro pollo. Los hombres no han podido comérselo todo, ¿no es así? La mayoría son dóciles como corderillos. Pero como puedes ver, mi estómago está vacío otra vez, estoy tan hambriento que he olvidado el sabor de los varenyky y del kvas. Las ratas que hay en mi mente están royendo el recuerdo. Necesito volver a comer. Necesito *comer*.

Alcé la mirada hacia los ojos marrones de papá, del mismo color como del té que los míos, y ligeramente alzados en los bordes, como los míos. Observé la forma de su larga nariz, tan larga como la mía, o más, y su boca, que se abría como si fuera un hoyo negro, un agujero bajo la zarza que era su barba. Un sitio donde podías caerte.

—Yo también tengo hambre, papá —le dije—. Necesito comer.

Hizo un sonido de desdén y frunció el ceño.

—¿Y no puedes comer una vez que haya comido yo antes? Tienes veintitrés años, eres ya una mujer, ciertamente eres suficientemente capaz.

—¿Me he echado a perder? —le pregunté, con las mejillas ardiéndome—. ¿Soy una mujer porque me he echado a perder? ¿Era antes una chica? ¿Cuándo estaré lo suficientemente arruinada como para que me conviertas en pájaro y te libres de mí?

Los ojos de papá se centraron en mí de repente, como las fauces de un zorro cerrándose.

—¿Por qué me hablas con acertijos? Habla claro, o no hables en absoluto.

—Solo estoy hablando de la forma en que tú me has enseñado. Las chicas se convierten en mujeres, y entonces las mujeres se transforman en pájaros. Todo eso es cierto. Tú y tu códice me lo enseñaron. —Me puse en pie, con el estómago tan agitado como una bebida a punto de derramarse—. No quiero ya nada de esto. Quiero ser una niña de nuevo, antes de conocer el sabor de la carne de mi madre.

Mi padre se rio entonces, mostrándome todos sus dientes medio podridos.

—Si pudiera, te transformaría en una, Marlinchen. Eras mucho mejor para mí cuando tenías los pechos pequeños y estabas callada. Pero las transformaciones no funcionan así, y la magia tampoco funciona así. No puedes hacer que una flor vuelva atrás después de haber florecido. —Papá me agarró del cuello de mi vestido y tiró de mí hacia él, hasta que estuvimos tan cerca que podía contar cada puntiagudo pelo azul de su barba—. Baja a la cocina. Y ya que estás, prepárale el desayuno también al Dr. Bakay.

Algo se quebró en mi interior, y los diminutos y afilados pedazos me inundaron. Papá me tiró lejos de él y caí al suelo, con mi pelo separándose en dos como una cortina salvaje sobre mi rostro.

No alcé la mirada de nuevo hasta que escuché a papá cerrar la puerta de un golpe y bajar con estrépito las escaleras, con la madera quejándose bajo su peso. Miré la herida abierta de mis nudillos una vez más, que brillaba como un anillo de rubíes. Sería fácil llorar, pero por mucho que lo intenté, las lágrimas no acudieron a mí.

Me levanté de forma tambaleante, y las rodillas me hormiguearon con los moretones que se estaban formando. Una conversación se filtró por la grieta de la puerta, las palabras flotando desde la boca del Dr. Bakay, subiendo por las escaleras hasta llegar a mis oídos. La brusca voz de mi padre llegó después. Sonaban como dos líderes conquistadores, discutiendo sobre cómo era mejor repartir el botín.

Supe entonces, sin una pizca de duda, y quizás aquel fuera mi instinto por haberme criado como una bruja, que la próxima vez que escuchara pasos en las escaleras estarían dirigiéndose hacia mí como un dragón de dos cabezas que respiraba fuego helado. Pensaba que papá ya había hecho lo peor que podía hacer, pero su ira era insaciable e infinita. Siempre había algo más de mí que podría morder y masticar, hasta que estuviera chupando el mismísimo tuétano de mis huesos.

Me recogí el vestido con ambos puños y salí corriendo de mi cuarto, bajé los escalones y me dirigí al vestíbulo, donde la luz del sol de media mañana hacía que todo brillara con la intensidad del interior de una tabaquera, dorada, consistente e íntima.

Papá y el Dr. Bakay estaban en la sala de estar, y cuando me vieron, sus ojos se entrecerraron al unísono.

Ambos se movieron hacia mí, pero yo estaba más cerca y era más rápida. Salí por la puerta principal al jardín, y el frío aire se me coló hasta los pulmones. Uno de los cuervos sin ojos pasó volando junto a mí, desperdigando plumas negras. Yo lo asusté con la mano, y eché a correr a través de la hierba de trigo y hacia el enebro.

Cuando llegué allí, me hinqué de rodillas, que ya me dolían, y comencé a excavar en la tierra con las uñas. Estaba frenética y salvaje como un perro sarnoso, con la tierra colándose bajo mis uñas. Por fin toqué con la mano la polvera de mamá, y temblé de alivio y terror.

Papá estaba bajo el marco de la puerta, con una mano sobre sus ojos para protegerse contra el sol.

—Marlinchen, ¿qué estás haciendo? Vuelve adentro.

—¿Qué demonios ha hecho que esté tan angustiada? —preguntó el Dr. Bakay, perplejo mientras se ajustaba sus gafas.

No escuché la respuesta de papá, puesto que ya estaba corriendo hacia la verja. Se alzaba frente a mí, tan alta que cortaba el cielo en estrechas porciones, como trozos de un queso rodeado de azul. Forcejeé contra el cerrojo durante un momento antes de conseguir abrirlo.

—¡Marlinchen! —gritó papá.

Había magia en su grito, e hizo que unos cuantos pétalos blancos cayeran del peral en flor. Incluso desde tan lejos, su magia era fuerte. Me heló las venas y me hizo parar y mirar atrás. Papá tenía la mano alzada, y sus pálidos y estrechos dedos estaban enroscándose.

Pero entonces algo ocurrió, y el hechizo se rompió. La polvera de mamá comenzó a vibrar en mi puño apretado, con la arena negra repiqueteando en su interior. El recuerdo de un secreto que no había cedido, y la mentira a la que me había aferrado con firmeza, hasta el mismísimo final. Había poder en ello, una magia propia, y atravesó el hechizo de papá como unas tijeras cortando un trozo de seda.

Empujé la verja y corrí tan rápido como pude hacia la calle Kanatchikov.

Caminé por las calles de Oblya sin un destino concreto hasta que cayó la tarde, indispuesta por la adrenalina sin gastar en mi interior. Antes, me habría quedado petrificada al encontrarme allí sola, en las calles de la ciudad, pero nadie a excepción de los mendigos boquiabiertos trataba de hablar conmigo. Los jornaleros que una vez me habían aterrado, ahora sabía que eran perros sin dientes como Sobaka. Los agentes y mercaderes estaban ocupados con su trabajo, y yo parecía una caminante sin suerte más, quizás una trabajadora de la fábrica que se había hecho daño en la

mano y no podía operar una máquina, o quizás una mujer emba-
razada con el hijo de un marinero que la había abandonado por
aguas más prometedoras.

La noche vistió la ciudad con un vestido de un opulento
negro, con las fachadas brillando como lentejuelas. Fue entonces cuando los hombres y las mujeres de alta alcurnia comenzaron a salir poco a poco de sus dachas en primera línea de playa,
y de sus casas adosadas de color crema. Se arrastraron por la
calle Kanatchikov como si se tratara de un buen vino derramado, con sus vestidos de tonalidades de joyas brillantes. Yo me
apreté contra el lateral de una tienda yehuli, con la boca seca
mientras los observaba. Sus risas inundaron el aire de un vaho
blanquecino.

Todo aquel tiempo no había considerado lo que iba a hacer.
No me había permitido evaluar mis escasas posibilidades, ni había pensado en absoluto en papá. Pero mientras el cielo se oscure-
cía y el aire se volvía cruelmente frío, el pánico comenzó a agitar
mi estómago como si hubiera tragado veneno. No tenía dinero, ni
ningún sitio adonde ir, y sin la emoción embriagadora y excitante
de mis anteriores escapadas, mi vestido parecía tan fino como el
papel. Tenía ya la piel de gallina, y una nube se formaba alrededor
de mi boca al exhalar.

Mi primer instinto fue pensar en mis hermanas, más inteligen-
tes que yo, y en lo que harían ellas. Pero Rose y Undine nunca se
habían encontrado en tal apuro. No tendrían sabiduría alguna
que compartir conmigo. Y ¿cómo podrían? Nunca las habían hecho sangrar del pecho.

Los hombres y las mujeres siguieron caminando junto a mí,
con sus sonrisas como brillantes perlas. No sabía moverme bien
por la ciudad, pero conocía la calle Kanatchikov como las venas
en el dorso de mi mano. Toda aquella gente iba al teatro de ballet.
La posibilidad me produjo un cosquilleo.

Sin considerarlo mucho más, me uní al gentío. Ciertamente,
destacaría enseguida con mi pelo despeinado y mi vestido roto, y

por supuesto, no tenía entrada. Pero seguí por la repleta calle aun así, hasta que nos condujo a la plaza, con su gran fuente dorada, y con el teatro, que parecía una pulsera hecha de hueso brillante, radiante.

Me frené entonces con el pecho encogido. El río de hombres y mujeres continuó caminando a mi lado, como el agua que se separa alrededor de una roca. Los vi caminar en fila, uno tras otro, con las mujeres y sus estolas de piel de zorro, y los hombres con sus bigotes encerados, hasta que todos hubieron entrado, y las puertas se cerraron a sus espaldas. Me quedé allí de pie durante tanto tiempo que los dedos se me entumecieron del frío y la herida de mis nudillos se abrió de nuevo. La sangre cayó sobre los adoquines. Me quedé allí de pie durante tanto tiempo que, ciertamente, la actuación casi habría terminado ya, y entonces, en un arrebato de valentía inepta, caminé hacia el callejón medio iluminado.

Me frené ante la puerta, apretando y relajando mis dedos congelados. Quizás esta vez estaría cerrada. Quizás habría un acomodador al otro lado, esperando para echarme de vuelta a la calle. Pero lo que había sido mi vida estaba en ruinas tras de mí, y el Dr. Bakay estaba sentado en el diván de la sala de estar, riéndose con papá tan fuerte que podría contar todos los dientes en su boca.

Giré el pomo, empujé la puerta, y entré al teatro de ballet.

Por el tono de la música, supe al instante que la actuación estaba llegando a su punto álgido. El interior del teatro estaba tan brillante y dorado como un panal, y los violines chirriaban alarmados. Avancé lentamente, oculta entre las sombras de la columna blanca y fría, hasta que pude ver el escenario.

Los hombres de fuego estaban saltando y girando. Las doncellas níveas estaban encogidas, pero con una sonrisa. Y en el centro de todo estaba Ivan, con el pecho desnudo, con su túnica de plumas y su espada de madera trazando un arco sobre el Zar-Dragón.

Cada vez que lo veía, era como verlo por primera vez, y apenas podía respirar de lo apuesto que era. Pero en ese momento, mi mirada buscó los trozos de sangre seca en sus labios y la marca roja en su garganta. Busqué el rostro de Sevas, escondido bajo la mueca heroica de Ivan, como una forma borrosa bajo el hielo.

Apenas me di cuenta de que estaba acercándome más y más al escenario hasta que sentí que mis ojos se llenaban de lágrimas por el brillo de las luces. Sevas clavó su espada en el vientre del Zar-Dragón (en realidad, entre su pecho y su brazo; desde ese ángulo, podía ver la perfecta falsedad de su muerte). Los violonchelos trinaron, los hombres de fuego languidecieron y las doncellas níveas se pusieron en pie como nubes de nata montada sobre un dulce, suaves y blanquecinas. La zarevna atravesó el escenario a saltos en dirección a Sevas, y supe que era el momento de su beso fingido.

Pero antes de que ella llegara hasta él, Sevas se giró, y de algún modo sus ojos me encontraron. Abrió la boca, y toda la victoria engreída y falsa de Ivan desapareció de su rostro.

Justo cuando la zarevna se estaba preparando para saltar a sus brazos, Sevas abandonó su postura de bailarín y dio unos pasos hacia el centro del escenario. Y entonces bajó de un salto, aún con su espada de madera en la mano. Su rostro estaba iluminado por el asombro, y su mandíbula se veía tensa por la determinación.

Los violines pararon tan abruptamente como si les hubieran cortado las cuerdas, y la caja se apagó como un latido menguante. La audiencia estalló en murmullos, y después en gritos de furia, pero apenas podía escucharlos. Sevas avanzó por el pasillo hacia mí, y yo me moví hacia él, como si estuviéramos en un trance, como si estuviéramos caminando entre sueños.

Cuando al fin nos encontramos me rodeó con sus brazos, y todos los asistentes se pusieron en pie, aullando como lobos.

Capítulo diez

En cuanto Sevas me soltó, la multitud se levantó y casi lo arrastró lejos de mí. Le llevó al acomodador casi un cuarto de hora reconducir a la gente a sus asientos, e incluso entonces, algunos ya se habían dirigido hacia la taquilla y estaban exigiendo la devolución del dinero. El telón se cerró sobre el escenario con rapidez, borrando a las aturdidas doncellas níveas y al boquiabierto e inexpresivo Zar-Dragón de la vista.

Encontré con la mirada brevemente a la zarevna antes de que se desvaneciera, y el aliento se me cortó por la manera amenazante en que me miraba fijamente.

Cuando los candelabros guiñaron y se encendieron, pude ver mejor todas las expresiones de ira de los miembros del público; las duras y afiladas miradas, que me cortaron como si se tratase de guadañas. Me encogí contra el pecho de Sevas, que aún estaba medio desnudo, pintado de oro y respirando con dificultad. Un hombre con un traje de terciopelo salió corriendo al escenario y trató de persuadir y reconfortar a la audiencia, haciendo uso de excusas inventadas, con el talento para el espectáculo de un mago callejero.

Fue Aleksei, y no Derkach, quien finalmente se abrió paso a través de la muchedumbre y agarró a Sevas. Tiró de él, y de mí con él, hasta introducirnos entre bastidores.

Nos arrastró a Sevas y a mí a una habitación con espejos en las cuatro paredes, con nuestros reflejos doblados, y después

esos doblados de nuevo, como si estuviéramos en el interior de
un caleidoscopio. Yo tenía el pelo enmarañado y estaba horrible;
Sevas tenía el rostro pálido, pero estaba muy guapo; Aleksei parecía furioso. Comenzó a quitarse la chaqueta roja, bordada con
las llamas de mentira.

—¿En qué estabas *pensando*? —dijo él—. ¿Os habéis vuelto lo-
cos los dos?

No me venía a la mente ninguna respuesta. Sevas se pasó una
mano por el pelo.

—Quizá —dijo simplemente.

Aleksei dejó escapar un suspiro.

—¿Por qué tienes que empeorar siempre las cosas para ti, Sevas? Parecería que no puedes mantener la cabeza agachada y la
boca cerrada. Derkach ya estaba furioso, no puedo ni imaginar
qué hará ahora.

—Da igual lo que haga —dijo Sevas, pero su mirada fue hasta
los espejos, persiguiendo su propio reflejo, la línea de su codo doblado—. Derkach siempre está furioso.

—Bueno, esa es una actitud un poco infantil, ¿no? Y nos hace
quedar a los demás muy mal. El resto de la compañía... nos recor-
tarán el salario para pagar la devolución de las entradas, ¿sabes?

—Lo sé —dijo Sevas de forma triste. Me miró entonces, y se
mordió el labio—. Marlinchen, tienes que irte.

Pensé en los dedos de Derkach alrededor de su nuca, y en el
Dr. Bakay en el vestíbulo, charlando animadamente con mi padre.

—No tengo ningún otro sitio adonde ir.

El silencio se instaló en la habitación de los espejos, de forma
irregular y desagradable, como una caja de música que de pronto
había dejado de sonar.

Sevas asintió de forma rápida, como si no esperase otra cosa, y
Aleksei suspiró con el agotamiento de una madre cansada.

—Lo siento —dijo él, aunque no tenía muy claro si estaba ha-
blándome a mí o a Sevas—. No puedo protegerte de tu propia estupidez.

—Has hecho un trabajo encomiable hasta ahora, Lyosha. —La sonrisa de Sevas era retorcida y pesada; podía ver el gran esfuerzo que le había supuesto curvar los labios—. No te culpo por haberte cansado de ello.

Los labios de Aleksei se pusieron pálidos cuando los apretó, pero entonces le dio una palmada a Sevas en el hombro. Dejó la mano allí un momento sin decir nada, mientras Sevas lo observaba a través de sus oscuras pestañas, con una especie de comunicación silenciosa entre ellos que yo no podía entender. Aleksei se giró hacia mí brevemente, y después hacia Sevas de nuevo.

Me pregunté si pensaba que todo era culpa mía. Probablemente lo era. No había considerado qué podría pasar si dejaba que Sevas me viera; ni siquiera había considerado que Derkach me había advertido que mis hermanas y yo debíamos mantenernos alejadas del teatro de ballet. Había sido inconsciente, estúpida y desesperada.

Aleksei iba a hablar, pero antes de poder decir nada, la puerta se abrió con un estrépito tras él.

Por supuesto, era Derkach, y con él estaba el hombre del traje de terciopelo que había tratado de calmar al agitado público. Tenía un bigote extravagante que en algún momento había estado encerado, pero ahora los extremos comenzaban a caerse, y tenía la frente perlada de sudor. Se llevó un pañuelo a la frente y comenzó a limpiársela mientras Derkach decía:

—Aleksei, fuera.

Sus palabras golpearon el aire como dos flechas. Aleksei dejó que su mano cayera del hombro de Sevas, y después se fue encorvado por la puerta, desapareciendo por el umbral con una sola mirada desamparada sobre su hombro.

En su ausencia, Sevas se irguió e hinchó el pecho.

—Puedes enfadarte conmigo luego —dijo él.

Los ojos de Derkach se empañaron. Atravesó la habitación en dos rápidas zancadas, parando a solo unos centímetros de la cara de Sevas.

—Me enfadaré contigo ahora, y más tarde, y cuando me dé la gana.

—Venga, venga, Ihor —dijo el hombre del traje de terciopelo, doblando su pañuelo en un pequeño triángulo y metiéndolo de nuevo en el bolsillo de su camisa—. La ira no nos llevará a ningún lado; ya hay medio centenar de miembros del público enfadados y listos para tirar mi puerta abajo. Querrán reembolsos, por supuesto, pero quizá podamos…

—Discúlpeme, señor Kovalchyk —lo interrumpió Derkach con frialdad—, pero Sevas está a *mi* cargo. Puede que usted sea el director de la compañía, pero es mi derecho ocuparme de Sevas y castigarle como yo crea conveniente.

El señor Kovalchyk se quedó mirándolo con la boca tan abierta como una trucha enganchada a un anzuelo.

—Bueno, Sevastyan también es responsabilidad mía, en lo que respecta a su danza, y son las arcas de *mi* teatro las que se vacían para pagar el salario de ambos. Ciertamente debe haber unas consecuencias apropiadas por su comportamiento, en eso estamos felizmente de acuerdo. Pero he visto a muchos bailarines principales derrumbarse sobre sí mismos porque sus superiores exigían lo imposible. Y también debemos estar de acuerdo en que Sevas es demasiado valioso como para perderlo.

Sevas no dijo nada. Su mirada cayó al suelo mientras Derkach y el señor Kovalchyk se peleaban como dos especuladores por la misma parcela de tierra, sin importarles nada excepto que pudieran labrarla una y otra y otra vez hasta que el suelo se agotara. Un horrible sentimiento me embriagó, y quise más que nada en el mundo tomar su mano con la mía, de la forma en que él había tomado la mía y me había subido al carruaje con él, y después llevarlo lejos de allí, de aquel lugar. Pero la culpa me liberó de aquella fantasía deseosa.

—Es culpa mía —dije de repente, con el estómago encogido de forma dolorosa—. Yo hice que se desconcentrara. No debería de haber venido…

Dejé de hablar, marchitándome bajo la cruel mirada de Derkach. Pero el señor Kovalchyk simplemente pestañeó en mi dirección, con el rostro sudado y una expresión estúpida.

—¿Y quién es usted, exactamente?

—Una de las hijas de Zmiy Vashchenko —dijo Derkach a través de su mandíbula apretada—. El hechicero que vive en la calle Rybakov. Les advertí a ella y a sus hermanas que se mantuvieran alejadas del teatro, ya que aparentemente su presencia distraía a Sevas.

El señor Kovalchyk frunció el ceño y su bigote tembló. Me miró de arriba abajo con un escrutinio desconcertado. Debía estar preguntándose cómo podía ser yo una distracción para Sevas, con mi aspecto sencillo y mi fealdad corriente. Incluso yo apenas podía creerlo. Pero recordaba con una ferviente claridad sus brazos alrededor de mi cintura, cada curva y muesca de su pecho, apretado contra mí a través de mi vestido. Me sonrojé con violencia solo de pensarlo.

—No importa si es una bruja, o una chica, o una paloma especialmente atractiva —dijo al fin el señor Kovalchyk—. Si su presencia es un detrimento para Sevas, debe marcharse.

El terror me invadió durante un breve momento, como un corsé hecho de acero frío. Me estaba preparando para balbucear una respuesta, pero antes de que pudiera hablar, Sevas alzó la mirada del suelo y dijo:

—No.

Derkach alzó una pálida ceja.

—¿Qué has dicho, Sevas?

—No —repitió Sevas, y por fin miró a Derkach a los ojos—. No se va a ir a ningún lado. Quiero que se quede. Tú eres el que debería marcharse.

Una pequeña risa se escapó de la garganta de Derkach, y sus ojos brillaron, divertidos.

—Sevas, por favor. Han pasado tantos años, y tú aún te portas como el niño que eras cuando nos conocimos, con doce años y malhumorado, protestando ante cada mínima regla. Es decepcionante ver lo poco que has aprendido. Siempre has tenido inclinación por lo imposible. Vuelve a casa conmigo y podremos dejar atrás esta mala conducta. Mucho mejor que el asqueroso piso en los suburbios por el que pagabas demasiados rublos.

Así que esa era la promesa que Sevas le había hecho para aplacar la ira de mi padre: había vuelto a vivir con Derkach. Había tantas cosas horribles pasándome por la cabeza, los mismos pensamientos que había revisitado cada noche antes de dormirme: esas violencias pequeñas e imaginadas. Imaginé a Derkach cortándole a Sevas los pezones con un par de tijeras de podar, dos cortes perfectos para que cayeran como los pétalos de una flor, sin sangre y rosados. Lo imaginé despellejando la parte blanca de la piel alrededor de la uña de Sevas, en espirales como si fuera la piel de una patata, hasta que toda su mano entera estuviera cubierta de rojo. El estómago me dio un vuelco. Recordé cómo había visto la cara flotante de Derkach cuando Sevas había tomado mi mano, y ese pensamiento profundamente sumergido se había filtrado en mi interior como si fuese agua oscura. Un sonido de protesta se escapó de mis labios, pero nadie me estaba prestando suficiente atención como para escucharlo.

—A mí me gustaba ese piso —dijo Sevas—. Y mis compañeros de piso, y vivir en los suburbios. Allí fue donde me encontraste, de todas formas: en el gueto de Askoldir. Preferiría mil veces eso a vivir bajo tu campana de cristal como si fuera una paloma disecada.

Derkach negó con la cabeza, riéndose de nuevo.

—Ay, Sevas. Sevastyan. Estas pequeñas rebeliones tuyas se han alargado demasiado. Puedes engañarte a ti mismo y pensar que habrías disfrutado esa clase de vida, una vida en ruinas y de miseria, compartiendo un piso de una sola habitación entre tres hombres, y tragando más vodka que pan... pero la realidad es que no habrías sobrevivido a ello. Eres demasiado delicado, demasiado valioso, demasiado ambicioso. Y apenas podrías haber hallado nada mejor en los suburbios de Askoldir si no te hubiera encontrado. ¿Qué motivo tienen acaso para vivir los niños yehuli de los guetos de Yehuli? ¿Trabajos de barrendero, piedras tiradas a sus ventanas? Yo te liberé de ese feo destino, y te adorné con la posición más envidiable para un bailarín en todo el Imperio Rodinyano: bailarín principal de la compañía de ballet de Oblya. —Aspiró por la nariz—. No te pido una gratitud de esclavo, pero sí te exigiré obediencia. Ven conmigo ahora mismo, Sevas.

Había visto a Sevas con el rostro de Ivan anteriormente, con el serio ceño fruncido de un guerrero, y después con su resplandeciente sonrisa de santo, y lo había visto esbozar su sonrisa infalible, la que hacía que pareciera que nada podía tocarlo, la que hacía que te preguntaras si tus rodillas pararían de temblar en algún momento. Pero ahora tenía un aspecto de ira bellísimo, con sus ojos como dos trozos de vidrio marino ardiente, y me aterraba pensar que aquello había estado viviendo en su interior todo este tiempo, encadenado bajo su falsa ropa de bogatyr.

Sevas se arrancó la túnica de la espalda, con las plumas flotando como nieve a la que habían golpeado. Alzó la espada de Ivan y la tiró contra la pared más alejada; se estrelló contra el espejo y este se hizo añicos, con los diminutos trozos arremolinándose en el aire.

Antes de que alguno de nosotros pudiera decir nada, se lanzó hacia delante para perseguir la espada de Ivan. La volvió a agarrar, y golpeó el puño contra el espejo una, y otra, y otra vez. El cristal se quebró con un sonido como de un collar de perlas roto esparciéndose por todo el suelo de madera.

—¡Sevas, detente! —gritó el señor Kovalchyk. Había trozos de cristal reluciendo en su bigote.

Derkach se lanzó hacia él y agarró a Sevas por los hombros. Pude ver su piel transformándose, roja en los sitios donde Derkach había apretado los dedos. La mirada de Derkach se encendió de furia, y había una mancha de sangre a través de su mejilla, justo en la comisura de sus labios. No me había dado cuenta de que yo también estaba sangrando, hasta que me toqué la mejilla y vi el rojo en la palma de mi mano.

—¿Qué vas a hacerme? —exigió saber Sevas, y sus labios se enroscaron en una sonrisa salvaje, la hermana malvada de la sonrisa que siempre hacía que me fallaran las piernas—. Nadie pagará por ver a un Ivan con el ojo morado, o con una cojera. Pégame si quieres, señor Derkach, pero asegúrate de no dejar una marca.

Por un segundo realmente pensé que lo haría. Incluso emití un grito ahogado, acompañado de un «¡no!». Pero lo único que Derkach hizo fue hundir sus uñas aún más en los hombros desnudos de Sevas, y lo sacudió de forma cruel y abrupta.

Sevas arrojó la espada de Ivan con el pecho subiéndole y bajándole. Derkach lo soltó, y dejó un pequeño brote de sangre allí donde sus uñas se le habían clavado en la piel. El pecho también le subía y bajaba cada vez que respiraba de forma trabajosa, y entonces escupió sobre el cristal roto a los pies de Sevas.

—No me causaría ningún placer —dijo Derkach con voz ronca— verte intentar sobrevivir una semana, un día, o incluso una hora sin mí. Has sido consentido y mimado, y no sabes nada del mundo más allá del teatro, donde bailar bien es suficiente para hacer que todos te veneren. El resto del mundo no es tan bueno con los chicos yehuli, sin importar lo bonita que sea su cara o lo coqueta que sea su sonrisa. No he hecho nada en estos últimos nueve años más que intentar protegerte de todo ello, y lo único que tú me has dado ha sido tu odio y tu rencor. Así que adelante, trata de vivir esa gran vida que te has imaginado para ti mismo fuera del teatro, libre de mi cuidado opresivo… Solo recuerda, Sevas, que siempre te he querido.

Y con eso, se echó hacia delante, agarró el rostro de Sevas con ambas manos, y lo besó en la boca. Apenas podía respirar por el horrible y abrasador dolor que ver aquello liberó en mí. Derkach soltó a Sevas y se volvió hacia la puerta. El señor Kovalchyk miró a uno y a otro, y después a mí, como si lo hubiera golpeado un viento excepcionalmente fuerte. Su mandíbula parecía haberse desencajado como la de un muñeco de madera.

Tras unos momentos, se aclaró la garganta.

—Sevastyan, te dejaré que te las arregles solo —dijo él—. Espero que por la mañana podamos llegar a un acuerdo que sea tolerable para todos los involucrados.

Parecía algo tan absurdo que decir en ese momento, disparatadamente lógico, como si se pudiera hallar el sentido entre los espejos rotos y el beso de Derkach, que aún quemaba en el rostro de Sevas como unas brasas vivas. Me abracé a mí misma, con la carne repentinamente de gallina como si tuviera inexplicablemente frío. Observé al señor Kovalchyk escabullirse por el amplio umbral de la puerta, caminando lentamente hacia atrás con ambas manos alzadas, como si estuviera tratando de huir de un oso enfadado y no quisiera enojarlo aún más.

La puerta se cerró con un repiqueteo tras él, y Sevas y yo nos quedamos solos en un silencio extraordinariamente ruidoso.

Me quedé callada tanto tiempo como pude soportarlo mientras miraba a Sevas, y él en cambio miraba la puerta. Entonces, la culpa bulló en mi interior y no pude soportarlo.

—Lo siento —gimoteé—. No debería haber venido aquí.

Por fin Sevas se giró, con sus ojos azules brillando y oscuros. Busqué la evidencia del beso de Derkach, una marca que hubiera dejado aquella ternura cruel, pero solo encontré la sonrisa trémula de Sevas. El gran esfuerzo que le supuso esa sonrisa me apretó el corazón como si se tratara de un puño cerrado.

Quería borrar todas las cosas que hacían que aquella sonrisa fuera tan difícil de erigir. Quería realizar una transformación imposible: quería hacer que todo su dolor volviese hacia atrás, todos los cristales volvieran a estar intactos, todas las heridas volvieran a estar curadas, y su piel estuviera como nueva. Quería llorar, y esta vez las lágrimas acudieron a mí con facilidad, agolpándose en los rincones de mis ojos.

—Ay, no —dijo Sevas, avanzando hacia mí—. No puedo soportar ver a una mujer llorar por mi culpa. A no ser que sea por
haberla llevado a un nuevo nivel de éxtasis.

Pero su broma cayó al suelo frente a mí, como una pluma
blanca flotando hasta el suelo. Apenas me sonrojé. Sevas se acercó
a mí, lo suficiente como para ver los lugares en los que la pintura
dorada estaba despegándose en su pecho, con el principio de sus
tatuajes negros sobresaliendo por debajo. Me di cuenta un momento después de que sus zapatos estaban salpicados de cristal
en todas partes, con marcas rojas floreciendo entre el pálido satén,
como si fueran los capullos de amapola más delicados y nuevos.
Tuve la febril necesidad de arrodillarme, quitarle los zapatos, quitar trozo a trozo los cristales, y lamer la sangre de su piel hasta
que estuviera limpia.

—Tus pies —conseguí decir, y esperé que mis lujuriosas ima-
ginaciones no pudieran verse claramente en mi rostro—. Todo
esto es culpa mía, todo.

—Tú no me obligaste a saltar del escenario. No me obligaste a
romper los espejos. —Sevas se acercó aún más, hasta que pude
sentir su aliento contra mi mejilla—. Y tú no obligaste a Derkach a
ser así de mediocre, de horrible. Apenas necesita que lo provo-
quen para convertirse en alguien monstruoso y cruel.

—Te ha besado. —Incluso las palabras sonaron simples y feas,
allí expuestas como una cerda muerta sobre una tabla de cortar.

—Es algo que hace a veces. —Un músculo tembló en la mandíbula de Sevas, y su sonrisa se apagó—. Eso, y más, aunque no
desde que era un niño. Creo que le enfada más que nada saber
que no le deseo, que me repugna. Se supone que los bailarines
no deben amar a nadie más que a sus cuidadores, y renunciar a
cualquier vínculo o distracción. Se supone que Derkach debe
ser mi padre, mi maestro y mi amante, y no debo desear a nadie
más.

Pensé en mi madre pájaro en su jaula dorada. Recordé cómo le
había dado de comer de la palma de mi mano, y cómo le había

susurrado mis secretos a través de los barrotes, y cómo había canturreado para mí misma mientras limpiaba sus excrementos. Recordé cómo la había cuidado, de forma desesperada y feliz, y que me había preguntado si tenía algo de la maldad de papá en mi interior, después de todo. Había amado a mi madre más cuando había estado encerrada y a salvo, cuando mi mano era la única que la cuidaba.

Con una avalancha de ácido que me subía por la garganta, dije:

—No creo que eso sea correcto. E incluso si lo es, Derkach llega demasiado tarde. Oblya ya está enamorada de ti.

Sevas dejó escapar una risa sin humor alguno.

—¿Y cuánto durará ese afecto? Supongo que no mucho más de lo que le lleva a uno recuperarse de una noche de borrachera, o en disolver una pastilla de jabón de lavanda. Para cuando tenga treinta años, habrá un nuevo chico aquí para abrir su apetito. Bien podría morir antes de eso, mientras mi rostro sea bonito y mi sonrisa sea coqueta.

—Tú jamás podrías ser feo —le dije, con un calor agolpándose en mi vientre—. Y, además, no está tan mal.

—¿El qué?

—Ser feo. Solía pensar que era una maldición que mis hermanas fueran bellas y yo no, pero ya no lo pienso. Ahora creo que hay algunas ventajas en ser simple de rostro.

Sevas frunció el ceño tanto que le salieron surcos en las mejillas.

—¿Y quién dice que tú tienes un rostro simple?

Casi me reí, porque ¿por dónde podría empezar a nombrar a todo el mundo que lo había dicho?

—Bueno, por supuesto Undine, y papá, y mamá antes de convertirse en pájaro, y a veces Rose cuando está de mal humor, la mitad de nuestros clientes… incluso si no lo dicen con palabras, lo dicen con sus ojos, y el Dr. Bakay…

—Ah —dijo Sevas—. El Dr. Bakay me dijo que el sexto órgano de mi mente era el doble de grande que el de un hombre normal, y que el sexto órgano de la mente es lo que mide la capacidad de destrucción. —Miró a su alrededor, a la capa de cristal roto sobre el suelo, los espejos llenos de grietas—. Vaya respaldo tan rotundo le acabo de hacer a la frenología. No me di cuenta de que sus servicios también incluían evaluar la sencillez o la belleza de los rostros de las mujeres.

Me dolía el pecho. Parte de mí no quería hablar del Dr. Bakay nunca más, hasta que su rostro se borrara de mi mente como agua sucia colándose por el desagüe. Pero otra parte de mí quería gritar su nombre a través de pasillos vacíos para que pudiera escuchar la manera en la que producía eco. Quería susurrarlo al oído de cada persona que había conocido; quería marcarlo en mí con un hierro. Quería, sobre todo, que alguien me quitara la terrible y maldita carga, y que me explicase exactamente cuán terrible y maldita era. Quería que alguien la escribiese como una historia en el códice de papá para saber la lección que debía aprender.

—Me dijo que era silenciosa como un ratón —dije, al fin—. Y eso le gustaba. Nunca me midió los órganos de la mente, pero evaluó todas las cosas que me hacían ser una mujer cuando aún era solo una niña, y dijo que era porque quería entender a las brujas. —Y allí estaba, la perfecta disección de mi vida: niña, mujer, bruja. Tres pequeñas cosas que eran fáciles de tragar—. El Dr. Bakay no es un hechicero, pero hizo magia de la buena aun así. Deberías haber visto la forma en que me convertí en mujer bajo sus manos.

Sevas se puso tenso. Podía ver los músculos que sobresalían en su garganta, y sus hombros muy arriba y juntos.

—Eso no está bien, y no es magia —dijo él—. Magia es el primer sorbo de un buen vino que hace que la vista se te ponga un poco borrosa. Magia es el soplo de aire fresco del paseo marítimo por la noche, y la música del órgano que llena el aire. Magia es realizar bien un *grand jeté* y casi quedarte sordo con el aplauso del público. Magia es el parpadeo tenue de las luces de una taberna, y que la chica a la que estás cortejando se acerque para que podáis besaros.

Mientras él hablaba, sentí algo a lo que no habría sabido darle nombre borboteando en mi interior, algo incluso más cruel que la pérdida. Sus palabras eran preciosas, pero extrañas; bien podría haber estado hablando en su lengua yehuli nativa. No quería llorar de nuevo tras saber cuánto lo angustiaba, pero sentí aun así las lágrimas agolpándose tras mis pestañas, y el rostro de Sevas se inundó de líquido.

—Nunca he probado el vino —le dije, alrededor del fuerte nudo que había en mi garganta—. Solo he estado en el paseo marítimo por la noche y he escuchado la música de órgano; la única vez que he estado en el interior de una taberna fue la noche en que estuve contigo. Y nunca me han besado. Solo conozco la magia antigua de lo que este lugar era antes de que el zar plantase su bandera aquí. Antes de que hubiera farolas eléctricas en cada carretera, o rotativas corriendo a toda velocidad en el sótano de las imprentas. Si el zar no hubiera venido, estaría mejor. Podría haber huido a la cabaña de una arpía del bosque, ya que ellas les dan refugio a las chicas con familias crueles, y lo único que piden a cambio es que separes los granos del maíz podrido del bueno, y las semillas de amapola de la tierra. Nunca habría tenido que venir aquí y arruinarlo todo para ti. Sevas, ¿qué voy a hacer?

—No has arruinado nada que merezca la pena ser reemplazado —dijo bruscamente—. Podría haberme quedado sobre el escenario y acabado mi actuación como un niño bueno, como la pequeña marioneta dócil de Derkach, como el Ivan perfecto de Kovalchyk. Pero estoy tan cansado, Marlinchen... Llevo haciendo de Ivan desde que tenía doce años. ¿Cuántas veces más puedo matar al Zar-Dragón? Quizás una noche dejaré que me mate él a mí, solo por la emoción de hacer algo nuevo.

Y entonces ocurrió algo extraordinario: Sevas se llevó las manos a los ojos y comenzó a llorar. Los hombros le temblaron con sus sollozos, y lo único que yo pude hacer fue mirar y mirar, hasta que se tiró al suelo, pegando sus rodillas al pecho.

Nunca antes había visto a un hombre llorar. Sentí como si fuera a morirme solo de verlo. No creía que fuera capaz de vivir en un mundo que pudiera hacerle llorar de esa forma, tan triste como un niño. Incluso mientras mi mente tenía convulsiones ante aquel pensamiento, me arrodillé junto a él.

—Por favor, Sevas —susurré—. No quiero verte morir.

Lloriqueó de forma amortiguada, y alzó los brazos para abrazarme alrededor de la cintura. Apenas pensé en qué estaba haciendo, pero alcé mis propios brazos y apreté su cabeza contra mi pecho. Su mejilla estaba presionada contra la piel desnuda de mis senos, justo por encima de la línea hecha jirones donde mi corsé terminaba. Lo sostuve allí con la ferocidad y la fuerza de una madre oso que protege a su cachorro, o de un mercader que se aferra a su mercancía más valiosa.

Tras un momento, sus sollozos se calmaron y sus hombros dejaron de temblar. El corazón me latía tan deprisa y de forma tan irregular que me pregunté si se agotaría del todo, como un viejo perro de carreras. Sevas giró la cabeza y, muy lentamente, apretó los labios en el hueco entre mis pechos.

Casi me desplomé. Dejé caer mis manos a los hombros de Sevas y él elevó la mirada para observarme entre sus oscuras pestañas. El blanco de sus ojos estaba salpicado de rojo, pero aun así era tan apuesto que casi no podía soportar mirarlo.

—Has dicho que nunca te han besado —dijo él—. Es magia de la buena, ¿sabes? Quizá la mejor.

—No sabría decir si lo es o no.

Tenía la piel muy caliente, y podía ver en el reflejo de los espejos que había un rubor extendiéndose desde mi frente hasta mis clavículas.

Sevas me dedicó una sonrisilla, con el carisma imprudente del hombre con el que había paseado por el paseo marítimo en aquella noche imposible.

—Deja que te lo enseñe —me dijo.

Entonces me rodeó la cintura con un brazo, y colocó la otra mano sobre mi nuca, agarrando mi salvaje pelo. Tiró de mí hacia abajo, y me besó de forma tan concienzuda e implacable que pensé que iba a desmayarme antes de que acabase. Con su lengua me separó los labios, con una suave insistencia.

Yo llevé mis manos a su rostro, a su garganta y a su pecho, tocando todos los lugares que había imaginado en mis febriles fantasías nocturnas, y casi me sorprendí de que no hubiera un lazo que me arrastrara de vuelta al grisáceo mundo real. Tras mis párpados, todo se estaba volviendo rojo y ardiente.

Cuando se apartó al fin, dije sin aliento:

—Si eso fuera magia de verdad, yo me habría transformado en algo diferente.

—Tal vez no lo he intentado con suficiente fuerza —dijo, y entonces me empujó hacia el suelo, bajo él.

El pelo se me derramó por el suelo, mezclándose con los trozos de cristal roto. Me besó con determinación en la boca, y entonces sus labios describieron un insistente camino por mi barbilla, por la línea de mi mandíbula y por mi garganta. Mientras tanto, lo único que pude hacer fue soltar un grito ahogado, respirar con dificultad, y aferrarme a su cuello para acercarlo más y más a mí.

—Sí que me siento diferente ahora —dije de forma débil cuando me dio un respiro para hablar—. Quizá sí que es magia de la buena, después de todo.

Sevas sonrió, y fue algo tan bonito que se me rompió un poco el corazón, de la forma en que los corazones de cien chicas ciertamente se habrían roto cuando él las había mirado así.

—¿Qué crees que eres ahora?

Se me ocurrió entonces que a lo mejor aquello fuera *mi* magia: que el secreto que aún retenía en mi vientre sin escupirlo, y que la mentira que había dicho una y otra vez para mantener el secreto a salvo ahora se estaban manifestando.

—Una chica recién besada —dije yo—. Quizás una mujer.

Podía sentir la presión de algo duro y rígido contra mi muslo, y se me había subido el vestido por encima de la rodilla. Pasé las manos por el pecho de Sevas, por todos los músculos y las llanuras de sus huesos, con la piel tan tirante sobre ellos. Todo estaba entrelazado, firme y fuerte.

Cuando llegué a la pendiente que era su abdomen y al nudo que era el hueso de su cadera, Seva tembló y dejó escapar un suave gemido entre sus labios abiertos.

—¿Pretendes atormentarme? —preguntó él.

En ese momento me sentí tan ligera como las motas de polvo que flotan a través de los rayos de luz del sol, tan ligera como el propio aire. Agarré la mano de Sevas con la mía, y la guie hasta la parte baja de mi espalda, donde comenzaban los cordones de mi corsé.

—Quítamelo —le dije, y entonces recordé las lecciones de etiqueta de mi institutriz, así que añadí—: Por favor.

Los dedos de Sevas se apresuraron a deshacer los nudos, pero no encontró mucho donde aferrarse. Exhaló por la nariz y apretó los dientes mientras fruncía el ceño ligeramente. Al final, rodé hasta colocarme boca abajo, apoyándome sobre los codos. La respiración de Sevas se entrecortó un poco ante mi audacia, y me alegró tanto escucharlo; alegría porque, por una vez, era *yo* quien lo había puesto nervioso *a él*.

Miré por encima de mi hombro y a través de los mechones sueltos de mi pelo irreparablemente despeinado, y vi la forma de su rigidez a través de sus mallas. Aquello me excitó incluso más, tanto que ni siquiera me importó el modo en que arrancó los cordones de mi corsé como si fuera un animal salvaje, quitándome las capas y mi falda, ni tampoco me importó la manera en que el suelo de madera enfrió mis pechos e hizo que mis pezones se contrajeran.

Sevas me besó los hombros, siguió bajando por toda la espalda hasta llegar a mis nalgas, y por último succionó el dulce lugar entre mis muslos. Gimoteé y entonces él me hizo girar, deslizándose entre mis piernas. Mientras se sostenía sobre mí, dijo:

—Marlinchen...

—No —dije yo—. No pares, o serás un mentiroso, un embustero...

Se rio.

—¿Quién lo dice?

—Yo.

Las transformaciones eran una magia inconsistente y peligrosa, y cada hechizo iba acompañado de un alto y terrible coste. Una vez que transformabas algo en otra cosa, no podías devolverlo a la forma que había tenido antes. Un gato que mutaba en un jarrón con forma de gato perdía sus bigotes y su rápida lengua rosa. Y una vez que te convertías en mujer, renunciabas por completo a la niñez y a sus preciados regalos.

Supe que, cuando finalizara todo aquello, ya nunca más podría esperar a ser rescatada de una torre, o que me despertaran con un beso de un sueño maldito. Los príncipes no salvaban a las mujeres; solo acudían a las chicas con la virginidad intacta e inmaculada, para abrirlas como flores que aguardaban a ser arrancadas. Me estaba extirpando a mí misma de la mitad de las historias del códice de papá, y quizás aquello debería haberme aterrado. Pero lo único que sentí fue un deseo en lo más hondo de mi vientre, y estaba casi vergonzosamente mojada entre las piernas.

Sevas se quitó sus mallas y después se arrodillo sobre mí, desnudo. Me empapé de aquella visión de él como si fuera el más dulce de los kvas: la pintura dorada, aún emborronada en sus mejillas y en su garganta, los tatuajes garabateados en sus hombros y en el dorso de su mano, los músculos en movimiento de su pecho, su firmeza, rígida contra su estómago.

Me besó de nuevo con una delicada desesperación, metiendo dos dedos en mi interior. Yo temblé y le mordí el labio, tan fuerte que sentí el sabor salado de la sangre. Sevas llevó su boca a mi garganta, y sobre mis pechos, dibujando delicadamente un círculo con su lengua sobre mi pezón. Sus caricias eran tan dulces, tan delicadas, que casi pude olvidar que el cuchillo del Dr. Bakay había pasado por ese mismo lugar.

Al fin me penetró, y un estallido de dolor y placer ardiente se entrelazó desde mi virginidad rota, subiéndome por la columna. Dolía, y de pronto ya no dolía, pero después dolió de nuevo, y en ocasiones me sentía tan bien que deseé que jamás parase. Cuando el dolor regresó, no pude evitarlo y lloré en silencio, amortiguando el sonido contra su hombro.

Sevas paró enseguida, mirándome alarmado.

—Te dije que no puedo soportar hacer llorar a una mujer.

Me arrepentí de haberle causado malestar, pero no quería que se detuviese. Sevas puso su mano contra mi mejilla, con el pulgar pasando por mis labios, y una vez que estuvo ahí, sentí la necesidad de probarlo, así que tomé en mi boca dos de sus dedos.

Él dejó escapar una larga y temblorosa exhalación, y comenzó a moverse de nuevo, al principio de forma muy lenta, y después alargando sus movimientos hasta que sentí lo fuerte que su corazón latía a través de nuestros pechos unidos. Con cada relámpago de dolor, mordí alrededor de sus dedos, con los puños apretados en su espalda.

—¿Sabes lo que les haría a todas las personas que te llamaron sencilla de rostro? —dijo Sevas sin aliento, con sus labios rozándome la oreja—. Las mataría.

Me reí, y aquello produjo algo extraño en el lugar donde nuestros cuerpos estaban unidos, haciendo que ambos tembláramos. Me saqué sus dedos de la boca.

—¿Con tu espada de madera?

—Creo que te estás burlando de mí.

No tardó mucho en terminar con un gemido, derramando su semilla en mi interior. Sevas se desplomó como un castillo de naipes, respirando con dificultad contra mi pelo y mi garganta. Yo cerré los ojos y dejé que los segundos se arrastraran, hasta que se

ablandó dentro de mí. Cuando al fin salió de mi interior, abrí los
ojos y giré la cabeza para mirar nuestro reflejo.

Allí estaba mi cuerpo desnudo, mis suaves y pesados pechos,
cortados en pedazos en el espejo hecho añicos. Allí estaban los
ojos de Sevas, húmedos, azules y brillantes, y su pecho que subía
y bajaba, como si algo muy grande estuviera tratando de liberarse
desde debajo de su piel. Los dedos que habían reposado en mi
boca estaban ahora salpicados de pequeñas heridas con la forma
de mis afilados incisivos, iguales que la herida de mis nudillos.

Le besé las heridas de los dedos, como disculpa. Sevas limpió
la sangre de entre mis muslos, manchándose la palma de las manos del color del kvas de guindas. Comenzaba ya a sentirme horriblemente vacía sin él en mi interior. Deseé poder atraparlo y
mantenerlo allí, y tragármelo entero.

CAPÍTULO ONCE

No había ninguna ventana en la habitación de los espejos, así que solo me desperté cuando sentí que el suelo de madera se me clavaba en la cadera, y algo contra mi cabeza. Me incorporé y me sacudí los trozos de cristal del pelo. Sevas se dio la vuelta, poniéndose boca arriba y echando una mano sobre sus ojos, aunque aún estaba tan oscuro como había estado todo aquel rato. Tenía los labios hinchados de forma maravillosa, y me sonrojé solo con mirarlo, aún desnudo, con nuestras piernas entrelazadas como un extraordinario centro de raíces de árbol.

Podría haber seguido observándolo para siempre, y quizá podría haberme quedado allí acurrucada contra él, si no hubiera sido por el dolor en mi costado y de algo que se había roto entre mis muslos. Le di un pequeño empujón en el hombro. Sevas soltó un quejido y sus pestañas se agitaron.

En el momento en que él se había hundido en mi interior, una visión había explotado dentro de mis párpados, pintándolo todo de un color estridente. Vi las manos de Derkach, enormes y peludas, y el destello de una hebilla de cinturón plateada. Era tan horrible que le mordí el labio a Sevas, y deseé que el recuerdo estuviera saliendo de ambos a través de la sangre.

Entonces solo había querido volcarme en el espacio libre que el recuerdo había dejado en su interior, como el azúcar en un té negro, rebajándolo y volviéndolo más dulce. Lo besé con tanta fuerza como él me había besado, y cada vez que empujó contra mí, el rostro de Derkach se desvaneció de nuestras mentes. Ahora vi la mancha de sangre en la palma de sus manos, oscurecida por las horas hasta alcanzar un color que era prácticamente negro. Casi pensé en lamerlo, para ver a qué sabía mi virginidad: debía ser tan embriagadora y deliciosa como el hidromiel, para que papá la protegiera como un perro rabioso. Pero supuse que aquello lo perturbaría. En su lugar, le di a Sevas otro empujón, esta vez más fuerte. Con un suspiro cansado, al fin abrió los ojos.

—Marlinchen —dijo él. Me recorrió lentamente con la mirada, pasando por mi pelo, que yacía en bucles cubriendo mis pechos. La noche anterior no me había avergonzado de ellos, por su suavidad y lo pesados que eran, pero ahora sí que lo hacía, y me alegré de que estuvieran cubiertos—. Siento haberte hecho sangrar.

Yo no lo sentía en absoluto, pero no se lo dije. En su lugar, me estiré para agarrar mi vestido, que estaba irreparablemente roto ya, con todos los cordones cortados del corsé desparramados entre los trozos de cristal. Mientras trataba de alisar los pliegues de mi falda, me sentí como si el fantasma hubiera regresado a su cuerpo, solo que yo era a la vez el cuerpo y el fantasma. Las palabras del fantasma borbotearon fuera de mí.

—Tengo que irme a casa.

Sevas se incorporó sobre los codos, retorciendo su hinchada boca.

—¿Qué?

Cuando había huido la noche anterior, con la polvera entre el hueco de mis pechos, y cuando había huido del agarre de papá, con la magia de mi secreto guardado durante tanto tiempo rompiendo su hechizo, no había pensado en volver. Solo había pensado en escapar de los dragones que había en la puerta.

Pero ahora sabía que tendría que regresar. Lo sabía en mi interior, en mi sangre. Pertenecía a aquella casa igual que una de las muñecas de Undine, o el reloj de pie, o el último jarrón en forma de gato de papá. Me había dado a luz en toda mi extravagancia salvaje y fea, así que tendría que aceptarme de vuelta. Solo que…

Se me cortó el aliento, como si fuera un imperdible en el dobladillo de un vestido. Mis ojos se cubrieron de una película, y el miedo cubrió mi vista, tan lechosa como el cristal marmóreo.

Sevas se incorporó alarmado, poniéndose de rodillas junto a mí mientras yo respiraba con dificultad, tratando de no llorar. Fuera cual fuere la magia imposible que había existido en aquella habitación de espejos la noche anterior, había desaparecido, se había secado, había ardido. La mano de Sevas pasó flotando por encima de mi hombro, como si temiera tocarme, y lo absurdo de todo aquello casi me hizo reír; la palma de su mano aún estaba llena de mi sangre. Solo entonces conseguí decir:

—Mi padre me quitará el hígado por lo que he hecho.

—¿El hígado? —Sevas frunció el ceño, con unos surcos profundos y firmes—. Marlinchen, por favor, tienes que explicarme el funcionamiento de la mente de un hechicero.

Así que le conté lo de la poción de papá, aquella pócima negra de horrible sabor que nos vertía por la garganta cada semana, o cada vez que creía oler una mentira en nosotras. Le conté cómo había protegido nuestra virginidad como un señor celoso resguardando sus tierras más fértiles, para que solo él pudiera plantar algo allí.

Para cuando terminé, me castañeaban los dientes como si de repente me hubiera invadido un ataque de frío, y Sevas me agarró de los brazos, manchándome el codo con mi propia sangre.

—¿Por qué no me lo habías dicho? —preguntó, con la voz subiéndole en la última sílaba, aguda y débil por su desesperación—. No habría hecho lo que hice si lo hubiera sabido.

Yo tomé aire de forma brusca.

—Quizá deberías haber considerado el desastre que sería acostarse con una bruja de rostro sencillo.

Aquella fue la única vez que vi a Sevas sonrojarse. Me soltó el brazo.

—No elijo mis conquistas como una mujer que elige sombrero, imaginando cómo me hará quedar cada una cuando me pavonee frente a mis amigos. ¿Tan absurdo es pensar que solo era un hombre estúpido, como tantos otros, que deseaba a una mujer a la que tal vez no debería desear? Es la historia más vieja que existe; los hombres desean cosas que los terminarán matando.

—Yo no te mataría —le dije, pero las palabras eran pesadas y vacías—. Solo papá lo intentaría.

—Preferiría dejar que lo intentara a hacer de Ivan una vez más —dijo Sevas, e incluso trató de sonreír, pero podía ver la miseria embrollada en sus ojos—. Un Zar-Dragón o un hechicero en su mansión. ¿Qué diferencia hay, realmente?

La diferencia era que papá no respiraba llamas de papel. Su magia era tan real como las plumas blancas de mi madre pájaro, o como las serpientes negras del jardín, tan real como el terror que se arremolinaba en mi vientre. Apoyé la palma de mi mano contra el suelo de madera para estabilizarme, y comencé a ponerme el vestido.

Sevas me observó en silencio, con sus ojos pasando por la ladera de mis pechos, las curvas de mis gemelos y mis muslos, y parecía embelesado. Había visto la prueba de su deseo, y la había sentido en mi interior, y aun así era casi imposible creer que me deseara con la misma desesperación con la que yo lo había deseado a él. Sevas se puso sus mallas de nuevo, y sacudió la túnica de plumas, quitándole los trozos de cristal roto.

La polvera de mamá estaba en el suelo, en un lecho de cristales brillantes. La agarré y me la pegué a los pechos; el frío metal contra mi piel febril. La noche anterior, cuando Sevas me había arrancado el corsé, la polvera se había caído con un estrépito, derramando incluso parte de la arena negra. Había esperado a que me preguntara qué era, y la había mirado brevemente, con curiosidad, pero al final simplemente se había girado y me había besado de nuevo con la desesperación de un hombre a punto de morir. Sostuve aquella memoria en el espacio oscuro de mi mente y me lamí los labios, sintiendo allí la sal que pertenecía a él.

—No sé qué hacer —le dije. Las lágrimas comenzaban a agol-
parse de nuevo en mis ojos—. Papá me quitará el hígado y no
puedo deternelo. Hay quince hombres extraños en mi casa, y eso
sin contar al Dr. Bakay. Se estará riendo con papá, en el diván. Mis
dos hermanas me odian por guardar el secreto y contar mi mentira. Y me he arruinado, y jamás seré una buena historia de nuevo.

El corazón me traqueteaba como si fuera una ventana abierta
contra el viento. Sevas se acercó a mí y me agarró con firmeza la
cara con ambas manos.

—Sé lo de los hombres. Los carteles de tu padre están por todas
partes, y los tabloides lo publicaron en primera página. Dices que
quiere proteger tu virtud, pero ahora quiere casarte con cualquier
soltero desesperado de Oblya que consiga adivinar un acertijo de
hechicero.

—Mis hermanas —le dije en voz baja, mirándolo a través de
mis pestañas húmedas—. El hombre que consiga adivinar la verdad puede escoger, y ningún hombre cuerdo me elegiría a mí
cuando podría casarse con Rose o con Undine.

Sevas apretó los labios.

—De todas las cosas que el Dr. Bakay dijo sobre mí, nunca su-
girió que no estuviese cuerdo.

—Habla con franqueza. —El estómago describió un movimiento como el vuelo en picado de una gaviota—. ¿Qué necesidad tienes tú de una esposa bruja de rostro sencillo? Debes saber que las
brujas tienden a transformarse en malvadas una vez que se convierten en esposas. Podría salirme una segunda dentadura, podría comerme a mi marido.

—Debes dejar de llamarte a ti misma «sencilla de rostro» —dijo
Sevas muy serio—. No pienso en las mujeres de rostro sencillo de
la forma en que pienso en ti. Y ya tienes los dientes afilados. —Me
enseñó sus dedos, que estaban marcados por mis mordiscos—. Si
te tomara como esposa, no me importaría que me mordieras en
nuestra cama.

Tenía el rostro ardiendo.

—No puedes estar sugiriendo de verdad que quieres participar en la competición de papá.

—¿Crees que no podría sobrevivir? —Él alzó una ceja—. De cualquier modo, ¿qué es ese acertijo de hechicero? El Dr. Bakay dijo que mi órgano de la inteligencia era excepcionalmente grande.

—No es un acertijo que pueda resolverse con inteligencia.

—Pero algo se me ocurrió entonces—. Quiere saber cómo me escapé de su hechizo para venir al teatro.

—Tu secreto —dijo Sevas—. Nunca me contaste cómo.

Abrí la polvera con los dedos temblorosos. La arena negra estaba aún allí, y olía ligeramente a salmuera y al aire marino, tan imposible como siempre lo había sido, pero ahora además imbuido de una extraña magia nueva que no había sabido que tenía—. Salió de mí durante un baño. El hechizo de papá dictaba que ninguna de nosotras podría abandonar la casa sin arena negra de la playa de Oblya.

—¿Salió de ti durante el baño? —Sevas frunció el ceño—. Pero me dijiste que nunca habías visitado la playa hasta aquella primera noche conmigo. ¿Cómo llegó hasta allí?

Había alejado aquel pensamiento de mi mente durante tanto tiempo que volver ahora a él hizo que se me revolviera el estómago. Solo podía explicarlo de la forma en que papá siempre lo había hecho, cuando había una pregunta que era como una caída empinada desde el filo de un acantilado, cuando no había nada excepto un abismo negro en lugar de una pregunta.

—Magia —le dije. La palabra parecía de alguna forma más débil viniendo de mí que de papá.

—¿Magia de quién? ¿Tuya?

Aquello, realmente, no lo sabía. Si mi deseo podía ser transformado en un poder real, ciertamente habría podido alterar el curso de mi vida mucho antes. Quizá se me había dicho que solo deseara la felicidad de papá, y aquello había reprimido cualquier magia propia. O quizá nunca había deseado algo con tanta fuerza como deseaba ahora a Sevas. Yo simplemente me sonrojé y no respondí.

Algo había salido con la polvera. Un cuadrado de papel, doblado una sola vez. Me agaché adonde se había caído en el suelo y lo recogí. Había algunos trozos de cristal pegados al papel, y me pincharon la yema del pulgar al abrirlo.

La tinta estaba emborronada por el agua, pero aún podía leerse que ponía: «Fisherovich & Symyrenko 3454 de la calle Vorobyev».

Con un arrebato de comprensión, quizás incluso de inteligencia, cerré la polvera de un golpe y le tendí el papel a Sevas sin una palabra.

Él frunció el ceño mientras trataba de leerlo.

—¿Qué es esto, Marlinchen?

Así que le conté cómo habíamos tenido que vender todas nuestras cosas, las perlas de mamá y la pulsera de dijes, y cómo aquel comerciante había llegado para tratar de comprarnos algo de magia. Había querido cosas como espíritus embotellados, amuletos malditos, o muñecas que se levantaran y movieran por su propio pie. Yo supuse que aquella era la perspectiva de la magia capitalista, como si fuera algo que podía ser envasado y vendido. Aquello era lo que los promotores y comerciantes habían querido hacerle a Oblya, después de todo: querían envolver la ciudad en muselina y cordel como si se tratara de una pastilla de jabón de lavanda. Querían encerrarla dentro de una tabaquera esmaltada de perlas para que el zar pudiera acariciarla cuando le apeteciese. Bueno, pues no teníamos ningún espíritu en botella, ningún amuleto maldito, y las hierbas de Rose se volvían ordinarias en las manos de los hombres mortales.

—Pero la pulsera de dijes de mamá volvió a mí —dije rápidamente—. Tal vez… mi anhelo sí que tiene magia, después de todo. El comerciante pagó mucho por ella.

—Mucho —repitió Sevas, lentamente—. ¿Cuánto?

—No lo sé, exactamente. Pero eran más rublos de los que podría ganar de mis clientes durante un mes. Quizá suficiente para alquilar un piso en los suburbios. —Las mejillas se me pusieron rosas al decirlo. Incluso tan lejos de la casa de papá, mencionar aquello parecía como una traición—. Y hay algo que no se ha vendido aún. Un espejo; mi madre tenía un espejo.

—¿Un espejo?

—Un espejo mágico, uno que nunca miente. Si te miras en él, te dirá la verdad, tanto si te gusta como si no. Si no es este comerciante, sé que habrá alguno que quiera comprarlo.

—Pero el espejo no está aquí. —Sevas apretó los labios—. Ni la pulsera.

No, ninguna de las dos cosas estaba allí. Volví a quedarme la tarjeta, sintiendo que el arrebato de astucia se desvanecía de mi interior. Si realmente había pensado en escapar, debería de haber traído algo conmigo cuando había huido: la pulsera, rublos robados, o al menos un abrigo para cuando el día diera paso a la noche. Pero solo había sido imprudente y desesperada.

—No deberías haberte molestado conmigo —le dije—. Lo único que te he traído es sangre, ruinas y un montón de cristales rotos. Si la pócima de papá me mata, será solo por mi propia estupidez, y ninguna culpa por tu parte. Sevas, deberías dejarme aquí sola, y extirpar todos los pensamientos sobre mí de tu mente.

Sevas tomó aire y se separó de mí. Su mirada se tornó furiosa durante un momento, y me pregunté si iba a volver a blandir la espada de Ivan. Pero tan solo apretó los puños, que aún estaban manchados con mi sangre, y dijo:

—Marlinchen, ¿es que no lo entiendes? Preferiría morir antes que hacer de Ivan de nuevo. Preferiría tirarme del muelle y al mar antes que ponerme otra vez la pintura dorada. Preferiría volverme ciego por el vodka que girar para Kovalchyk una vez más. Y preferiría prenderme fuego antes que regresar con Derkach.

Su voz se apagó al final, débil y trémula, y bajó la mirada al suelo. Yo lo observé con el pecho encogido, viendo aquella espectacular y terrible metamorfosis. Había visto a Sevas llevar la túnica de plumas de Ivan, y la brillante sonrisa del bogatyr; lo había visto sonreír como un hombre que sabía cómo hacer que las mujeres se desmayasen, que sabía que, en ese momento, era intocable. Lo había sentido besarme con el anhelo ferviente de un asceta ante el altar.

Pero ahora solo veía a un chico, aterrado de estar solo.

Fui a decir algo, pero él agarró mi cara entre sus manos de nuevo, acariciando mis labios con sus dedos mordisqueados. Aún me temblaron las piernas por el modo en que me miró, como si no quisiera mirar nunca a nada más.

—Si te beso de nuevo —me dijo, con sus labios muy cerca de los míos—, ¿te convertirás en una chica que me cree?

—No estás siendo justo —protesté yo—. ¿Planeas salir de cada dilema con un beso?

—Solo de aquellos que involucren a una mujer. —Hizo una pausa—. No temo la ira de tu padre. Solo temo su bondad.

—¿Qué?

Sevas bajó la mirada.

—Incluso Derkach era capaz de ser bueno. Lo escuchaste decir que me amaba. Cualquier depredador puede elegir sonreír sin mostrar los dientes. Temo que tu padre escoja tratarte con dulzura si vuelves, y entonces nunca seré capaz de arrancar sus dientes de ti.

El corazón me dio un vuelco. Tenía razón. Papá podía ser bondadoso. Por todo el miedo que su magia había volcado en mí, la cama de mi casa aún era el sitio más mullido que había conocido nunca. Y aunque los momentos bondadosos de papá eran raros y escasos, sí que se hinchaban en mi mente, tanto que en ocasiones borraban todo lo demás.

—Desearía —dijo Sevas en voz baja, como si pudiera ver dentro de mi mente— darte un lugar más suave sobre el que caer. Pero tienes razón: solo tengo una espada de madera, un puñado de rublos y una cara que se vuelve más vieja, más fea y menos útil con cada momento que pasa.

Tal y como él desearía darme un lugar más suave, yo deseaba lo mismo para él. Recordé la visión que se había derramado dentro de mí, y quise besarlo para sacársela de su interior, para hacer que el espacio entre él y Derkach fuera más grande y vasto. Quería darle el regalo de las horas, recogerlas en mi delantal como si se tratase de manzanas frescas, y echarlas sobre su regazo. Quería alimentarlo con las horas que estuviesen libres del deterioro negro y podrido de Derkach.

Desconocía si los besos podían hacer tal cosa, pero Sevas tenía razón: eran ciertamente una magia de la buena. Así que, con un estremecimiento de valor, apreté mis labios sobre los suyos mientras rodeaba con mis dedos sus muñecas. Sevas sostuvo mi rostro y metió mi lengua en su boca, y no me soltó hasta que ambos necesitamos respirar con desesperación.

—Me fortaleceré contra la bondad de papá —susurré—, si puedes resolver el acertijo que no es un acertijo, y robar el espejo frente a sus narices.

—Lo prometo —dijo él—. Seré el ladrón de cristal más sagaz que hayas visto jamás. Además —añadió—, se me dan bien los espejos.

Yo sonreí un poco, incluso mientras su promesa me arrastraba como a un juguete de madera atado a un cordel y me guiaba hacia el camerino de Sevas. Allí, él se puso su ropa y yo me miré al espejo de su tocador para ver si podía ver allí mi propia metamorfosis. Tenía un moretón en la garganta con la forma de la boca de Sevas, y tenía el pelo despeinado por el movimiento de sus manos. ¿Se daría cuenta papá enseguida en cuanto me viera, la prueba de la sangre derramada entre mis muslos? El antiguo miedo resurgió en mí como un naufragio arrastrado fuera del mar. Si sospechaba de mi fechoría y me forzaba a tomar la pócima, no había nada que Sevas o yo pudiéramos hacer. Y si la propia presencia de Sevas lo instaba a una furia vengativa, ¿qué poder tenía yo para evitar que papá lo transformara en unas serpientes negras a mis pies?

Miré a Sevas mientras se ponía su abrigo, y sentí cómo me invadía el miedo. A él le preocupaba la bondad de papá, pero la ira de papá era algo agitado y revuelto, y siempre cambiante. Podía retorcerse a mi alrededor como una serpiente, o cerrar sus fauces sobre mí como un lobo.

Tendría que ser lista para evitar su ira, y lo suficientemente cruel como para no aceptar su bondad. Mi problema era que, durante toda mi vida, me habían dicho que no era ninguna de las dos cosas. Que tan solo era una tercera hija de rostro simple cuya magia solo era para mostrar, no para hacer, cambiar o crear nada.

¿Estaba siendo lista ahora con mi plan, o era tan solo la magia de papá, manejándome desde la distancia, arrastrándome lentamente de vuelta al jardín, a la casa, a la sala de estar donde el Dr. Bakay y él estarían charlando como viejos amigos?

Sevas me agarró la mano. Me guio a través del laberinto de camerinos con la mirada puesta al frente, con determinación. Me alegraba que su agarre no me diera una elección, porque de lo contrario me habría quedado paralizada, con mi reflejo en el espejo sujetándome allí.

Las voces hicieron ondear el telón de terciopelo. Al principio tan solo eran susurros, demasiado bajos para entenderlos, pero después se convirtieron en un coro de gritos. Sevas se detuvo de repente.

—Es Kovalchyk.

—¿No hay ninguna otra salida?

—No, tendremos que pasar por ahí.

Hubo más gritos, y entonces un sonido que parecía como si unas rocas estuvieran rodando por la ladera de una montaña. El metal chirrió contra el metal, y Sevas inhaló. Tras un momento, apartó el telón con su mano y lo atravesamos juntos.

El señor Kovalchyk estaba de pie en el centro del escenario bajo la luz de un foco, limpiándose la frente con el mismo pañuelo húmedo que la noche anterior. Había cuatro hombres a su alrededor; jornaleros, por la pinta de sus rostros delgados. También había un grupo de bailarines, algo más atrás. Busqué y busqué, pero Aleksei no se encontraba entre ellos, ni tampoco Derkach. Cuando el señor Kovalchyk nos vio a Sevas y a mí allí de pie, se dio la vuelta ágilmente, casi como un bailarín, y abrió mucho los ojos.

—Sevastyan —comenzó a decir.

—Puedes quedarte el dinero de mi salario para pagar los espejos —Sevas lo interrumpió—. Dimito.

El señor Kovalchyk se quedó mirándolo embobado, abriendo y cerrando la boca, una y otra vez, como un juguete de cuerda en bucle.

—Voy a fingir que no he escuchado salir esas palabras de tus labios, Sevas. Puedes hablar con el señor Derkach sobre eso cuando llegue aquí. Por ahora, tengo problemas más urgentes que atender.

Ni siquiera parecía haberse percatado de que yo estaba allí, a pesar de todos los problemas que le había dado mi presencia a Sevas la noche anterior. Los bailarines comenzaron a susurrar con las voces tan suaves y bajas que parecían el murmullo del viento soplando a través de las hojas de un sauce, y uno de ellos señaló hacia arriba. Dirigí mi mirada al techo a la vez que Sevas. Las vigas estaban a oscuras, y tuve que entrecerrar los ojos para ver a través de las espirales de polvo, pero entonces lo vi: embutido entre las vigas de metal, con las extremidades extendidas como si fuera una estrella de cuatro puntas, estaba el cadáver de un hombre cuyos ojos habían sido arrancados de su cráneo.

Todo el aliento me abandonó de una vez.

Y entonces mis ojos tampoco estaban y una neblina cayó sobre mi vista, la cual me sacó de la habitación poco a poco y de forma agonizante, como un exorcismo lento y doloroso. Vi a través de la capa cómo los jornaleros bajaban el cuerpo con un elaborado sistema de cuerdas y poleas mientras los bailarines miraban y se reían nerviosamente en sus mallas. Sevas tragó saliva de forma dificultosa. El cuerpo cayó sobre el escenario como un pájaro muerto, y el olor que salió de él casi me hizo vomitar.

—Debe llevar muerto casi una semana, o quizá más —dijo uno de los jornaleros, pellizcándose la nariz—. Mira cuán descompuesto está.

Una semana. ¿Qué había estado haciendo yo una semana atrás? Mis días se emborronaban, todos repetidos y casi idénticos. Le había estado sirviendo el té a papá, o picando la carne para hacer el relleno, mientras algo, *alguien*, mataba a los hombres de Oblya como un halcón cazando a sus presas. Mientras la piel de aquel hombre se despegaba de sus huesos.

El recuerdo de la voz de papá me golpeó de repente: «Oblya no echará de menos a un solo jornalero. Si acaso, significará que hay más trabajo para el resto».

—¿Cómo puede ser que hayamos tardado tanto en darnos cuenta? —exigió saber el señor Kovalchyk, cubriéndose la nariz con su pañuelo.

El jornalero se encogió de hombros.

—Está demasiado alto para olerlo. Y cuando las luces están encendidas, son demasiado brillantes para verlo.

Donde una vez habían estado los ojos del hombre, tan solo había dos pequeños huecos, aperturas a una oscuridad grasienta. Le habían abierto el pecho casi con precisión, con la caja torácica y el esternón partido por el medio como si se tratara del corpiño de un vestido, roto en un momento de éxtasis, y bajo él solo hubiera la carne rosada y los músculos. Pero dentro de su esternón no había nada, ni un corazón rojo y marchito, y su caja torácica no tenía ni cartílago ni sangre; parecía tan blanca como unos cuernos disecados y montados sobre la chimenea de un conquistador. El hígado tampoco estaba, ni la guirnalda de sus intestinos, e incluso el estómago estaba abierto y vacío. Todo estaba tan limpio como un cuenco de porcelana blanca.

Me recordó a cómo yo había despellejado al monstruo y sacado sus entrañas. Había sido tan fácil, como si semejante matanza fuera tan natural como respirar. Cerré los ojos con fuerza y aguanté la respiración hasta que me mareé, hasta que, cuando los abrí de nuevo, la vista se me llenó de falsas estrellas.

Había dos heridas gemelas sobre las rodillas del hombre muerto, como si alguien hubiera usado un cuchillo para baldarlo para que no se escapara. Al menos, eso fue lo que el Gran Inspector dijo cuando llegó con seis de sus hombres, todos vestidos de negro.

—Una semana o más —proclamó mientras empujaba el cadáver con la punta de su bota—. Es difícil de decir antes de llevarlo a la funeraria. Señor, voy a necesitar una lista de todas las personas que han estado dentro de este teatro en las últimas dos semanas: bailarines, trabajadores, directores. Y necesitaré ver el registro de la venta de entradas.

—Pero ¿quién era? —insistí, aunque una parte de mí ya lo sabía.

La voz de papá resonó de nuevo en mi interior. «Si acaso, significará que hay más trabajo para el resto». Era un hombre cualquiera. Un hombre al que nadie echaría de menos.

—Ah —dijo el señor Kovalchyk, pestañeando mucho y con la frente sudada—. Algún jornalero que otro. Los contratamos a precio de mercado para limpiar los suelos.

El Gran Inspector asintió con tristeza y preguntó si el hombre tenía familia alguna, pero no pude escuchar la respuesta del señor Kovalchyk por encima del sonido de mi propia sangre agolpándose en mis oídos. Le escuché reír, porque qué pregunta tan absurda era aquella. Los hombres como Niko, Fedir, o incluso Sevas no tenían familia a excepción de ellos mismos. El Gran Inspector tomó algunas notas en su libreta. Lo observé a través de mi neblina fantasmal mientras Sevas mantenía su mano apretada contra la parte baja de mi espalda, y pensé en todo lo que papá me había dicho sobre el hombre que había ante mí y sus hombres vestidos de negro.

Dado que era de Oblya, y no yehuli, ioniko o merzani, papá no podía asegurar que tuviera cuernos escondidos entre el pelo, o lepismas reptando sobre su chaqueta, pero aun así decía que el Gran Inspector era un hombre demoníaco, y tan peligroso como una serpiente enroscada bajo una roca. A mí me recordaba más bien a un cuervo, con su alargado y negro abrigo, tan alto y con una nariz que sobresalía de forma impresionante sobre su bigote. Cuando hablaba, su boca hacía un movimiento como de chasquido, como si sus labios estuvieran rodeados de una goma elástica muy apretada.

Hizo que sus hombres envolvieran el cuerpo en una sábana y lo enrollaran en un gran saco, y seis de ellos juntos tuvieron que levantarlo a peso para sacarlo por la puerta. Mientras llevaban el cuerpo sobre los hombros, dos pequeñas cosas se cayeron de la sabana.

Las vi repiquetear hasta el suelo, oscuras, con muescas, y cada una del tamaño de una canica: huesos de ciruela.

—Quiero el teatro cerrado por ahora —dijo el Gran Inspector—. Que nadie salga ni entre. Mis hombres deberán llevar a cabo una investigación, y llevará días.

El señor Kovalchyk se quedó boquiabierto. Se limpió de nuevo la frente.

—¿Cree usted...? Señor, ¿sería posible que...? Leí en los tabloides una historia... ¿Podría ser un monstruo?

El rostro de pájaro del Gran Inspector palideció de rabia.

—No me diga una palabra más sobre los tabloides o sobre monstruos. Ya es lo suficientemente difícil investigar la muerte de un hombre sin que todo el mundo en Oblya esté echando espuma por la boca para que ejecute a un villano imaginario. No diga más sobre el tema, señor Kovalchyk, y no diga nada a nadie sobre el estado en que se encontró el cuerpo. No toleraré otra multitud congregada ante mi puerta.

Aún tenía la tarjeta del comerciante, y los afilados bordes del papel se me clavaban con crueldad entre los pechos. Mi secreto, o el secreto de papá, una sospecha que no me atrevía ni a decir en voz alta. El señor Kovalchyk cerró la boca y se dio la vuelta, sonrojado con intensidad. Los bailarines se apretujaron y los susurros rebotaron dentro de su apretado círculo. Estaba segura de que no importaba lo que el Gran Inspector decretara: los tabloides se enterarían de aquello para cuando llegara la noche.

Los jornaleros se marcharon, y Sevas me condujo fuera del escenario, por un largo pasillo, y a través de una puerta. La luz del sol cayó sobre nosotros como si fuera mantequilla derretida caliente. Al fin, se volvió hacia mí.

—Marlinchen.

—Por favor —dije yo—. No quiero hablar sobre el hombre muerto.

Estaba pensando en huesos de ciruela. Pensaba en corazones ausentes, y en los pequeños y picados trozos de carne que formaban el relleno del varenyky. De repente tuve ganas de arrugar la tarjeta y lanzarla contra el viento, para impedir que su magia de la mala se colara en mi interior durante más tiempo. Quería arrancar las ideas que había plantado en mi cabeza.

Sevas asintió y su mano se deslizó de mi espalda. Entonces, caminamos por la calle Kanatchikov juntos hacia la casa de mi padre, con el suelo abriéndose paso bajo nuestros pies.

El jardín estaba mullido y húmedo, tal y como estaba al día siguiente de una tormenta, pero no creía que hubiera llovido; no había charcos sucios entre los adoquines. Era como si una gran nube oscura hubiera aparecido sobre nuestra casa, y solo sobre nuestra casa.

Empujé la verja con el aliento quemándome en la garganta, y cuando la atravesé, el zapato se me hundió en la tierra mojada. Di otro paso, con el barro aún devorando mi zapato, y le hice un gesto a Sevas para que me siguiera. Él tenía los ojos entrecerrados ante la luz del sol, y una ráfaga de viento sopló entre su pelo. Estaba tan asustada y llena de tal afecto trémulo, que deseé poder recogerlo, apretarlo contra mi corpiño, y mantenerlo a salvo y calentito entre mis pechos, como una mujer lobo con su cachorro.

Él entró por la puerta y no se convirtió en un grupo de serpientes negras. Aquella fue la primera cosa que me alivió.

La segunda cosa que me alivió fue que no había ocurrido ninguna intensa transformación en mi ausencia; el jardín no parecía
muy diferente a como lo había dejado, excepto por que la mayoría
de los pétalos blancos no estaban ya en el peral en flor. Estaban
sobre el suelo, como plumas caídas. El duende estaba cavando un
pequeño agujero en la tierra para sentarse dentro. Los cuervos sin
ojos estiraban sus alas y graznaban sonidos vocales que ningún
mortal sabría cómo hacer.

Indrik salió desde detrás de la maravillosa begonia, con el pecho untado en aceite y su cola de cabra dando coletazos. Vio a
Sevas y soltó aire de forma audible por las fosas nasales.

Sevas dejó escapar un sonido de sorpresa y se escondió detrás
de mí.

—Marlinchen, ¿qué es eso?

Indrik se irguió todo lo posible, hizo rodar sus hombros, y entrecerró sus ojos de humano.

—Bueno, hombrecillo mortal, cuando escuchas los truenos
desde las montañas, o ves las nubes que se arremolinan sobre
ellas, cuando el invierno se derrite y da paso a la primavera, y
cuando el trigo florece del suelo para poder hacerte tu kasha ma-
tutino…

—Ese es Indrik —dije yo.

—Mi querida suplicante, ¿te está poniendo este hombre en peligro? —preguntó Indrik, resoplando de nuevo incluso más indignado aún—. ¿Querrías que lo matara con un rayo certero?

—No, gracias —dije mientras Sevas palidecía—. Indrik, ¿dónde están mis hermanas?

Había temido que papá las castigara a ellas en mi lugar, pero
había guardado ese miedo como un pendiente al final de una caja
llena de joyas, y solamente ahora había aparecido allí, brillante. ¿Y
si yo las había arruinado? Comencé a sentir que el plan que había
trazado era ridículo y que estábamos condenados. Y ¿cómo iba a

conseguir ir hasta el tercer piso y llevarme el espejo de mamá? E incluso si lo conseguía, ¿encontraría a un comerciante dispuesto a comprarlo? ¿Y si papá se enteraba antes de poder hacerlo?

Se escuchó un crujido, y Rose salió desde detrás del ciruelo negro. Tenía el pelo suelto y lleno de rosas salvajes, y las manos y las muñecas las tenía sucias hasta el codo. Estaba tal y como la recordaba.

Había creído que estaría enfadada, pero para mi gran sorpresa, tenía lágrimas cayéndole por las mejillas, y cuando se acercó a mí me envolvió en un abrazo, me dio un beso en la sien y me apartó los rizos encrespados de la frente. Olía a tierra y a kvas de guinda. Cuando al fin me soltó, se limpió las lágrimas de sus ojos violetas, y me sentí como una granuja, una sinvergüenza por hacer llorar a mi dulce hermana.

—Marlinchen —dijo ella sin aliento—. Tenía tanto miedo de que no volvieras.

La garganta se me cerró.

—Tenía que hacerlo.

Ella miró por encima de mi hombro, hacia donde Sevas estaba de pie. Entrecerró los ojos. Vi a Sevas pasarse la mano por el pelo para despeinarlo intencionadamente, y comenzó a esbozar su sonrisa coqueta y encantadora. Quería decirle que no se molestara, que sería como tratar de sacarle sangre a una piedra. Jamás había conocido a alguien más resistente al encanto que Rose, y miraba a la mayoría de los hombres con el ceño fruncido y con desprecio, como si no fueran mejores que las ardillas o cualquier otra alimaña que amenazara su jardín.

Pero Sevas estaba decidido.

—Me llamo Sevastyan —dijo, sonriendo con esplendor y estirando la mano—. Sevastyan Rezkin.

Rose le dirigió una mirada severa.

—Este no durará mucho aquí.

La sonrisa de Sevas menguó ligeramente.

—Soy menos frágil de lo que parezco.

Yo me clavé la uña en el corte de mis nudillos.

—¿Qué ha hecho papá, mientras tanto? Y todos los hombres...

—Bueno, por supuesto estaba furioso. —Pude escuchar el tono de culpa en su voz, y me sentí como si me hubiera dado contra el filo del mostrador, un golpe fuerte y rápido contra el vientre—. Estuvo enfadado varias horas y transformó las botas de cuero de uno de los hombres en un perro negro, y lo mató. El Dr. Bakay trató de aplacarlo, pero papá se resistió a ser calmado.

Sevas ya no sonreía. Una poderosa racha de viento sopló en el jardín, sacudiendo los pétalos rosas de la begonia, y casi arrancándome la falda. La bajé de nuevo rápidamente, preguntándome si Rose habría visto la sangre seca entre mis muslos, o si se había percatado del moretón en mi garganta, con la forma de la boca de Sevas, o si había notado que me faltaba el corsé, que se había quedado abandonado en la sala de los espejos rotos. ¿Sería su magia suficiente para presentir que había cambiado?

—Ha sido muy estúpido el traer a este hombre de vuelta aquí —dijo Rose bruscamente—. ¿No crees que papá se acordará de cuán embelesada estabas con él la primera vez? ¿No te acuerdas de su promesa de convertirlo en una pila de serpientes negras en nuestra puerta?

Casi toda mi seguridad y mi confianza se derrumbaron bajo la mirada de mi inteligente hermana.

—Los hechizos de papá se desmantelaron para dejar pasar a los jornaleros —dije con dificultad.

Pero la expresión de Rose no cambió.

—¿De verdad crees que puedes engañarlo, Marlinchen? Pasar una noche fuera no te convierte en una bruja poderosa. Si acaso, eres menos lista ahora que cuando te fuiste. El bailarín solo te ha infectado con su temeridad.

Yo me encogí, pero antes de poder contestarle, Sevas habló.

—Puede que tú la hayas infectado con tu pesimismo y tu desánimo. —Jamás había escuchado a nadie hablarle a Rose así—. Tampoco soy tan estúpido como parezco.

Tampoco había escuchado la voz de Sevas en un tono tan helado. Me sentí un poco como cuando lo había visto matar al Zar-Dragón por primera vez, llena de una extraña sed de sangre.

—Anda, venid los dos —soltó Rose—. Papá está esperando, y tiene hambre. Es lo único de lo que habla desde que te fuiste, de cómo su estómago se está devorando a sí mismo en tu ausencia.

Otro golpe en el vientre. Avancé por el jardín empujada por otra fuerte racha de viento, pisoteando los helechos y la pelusa de los dientes de león, que estaba pegada contra el suelo mojado como un poco de nieve sucia esparcida. Rose iba primero, con sus pasos rápidos y seguros, la mirada puesta en el frente. Sevas me agarró la mano y la apretó.

En cuanto mi hermana abrió la puerta y entré, sentí la neblina de la magia de papá asentarse sobre mí de una forma que no había sentido nunca. Allí estaba el reloj de pie, proyectando su sombra sobre el suelo de madera. Allí estaba la escalera que daba al piso de arriba, como si fuese la lengua de un gran dragón rojo. Allí estaba el pasillo que llevaba hasta la cocina, y la sala de estar a nuestra derecha, y todos los hombres con sus rostros de sabuesos tristes, echados sobre nuestros muebles.

Allí estaba el Dr. Bakay, palpando el cráneo de un hombre, con una cinta de medir amarilla separando la cabeza del hombre en dos mitades. Allí estaba el olor acogedor pero hediondo de la cocina. Allí estaba Undine en las escaleras, con un aspecto arrebatador pero cruel.

Y allí estaba papá, de pie en la boca del pasillo, alto, estrecho y pálido, con su camisa blanca y el rostro tan brillante como un hueso. No pareció ver a Sevas, o ni siquiera a Rose. Su mirada era como una pistola amartillada y apuntada solo a mí.

El reloj de pie dio las tres. Papá dijo una palabra que sonó como un hechizo, pero no podía estar segura. No era buena ni cruel, sino simplemente una rueda encajando en su ranura. Lo único que sabía era que estaba cayendo a través del tiempo, con los años abriéndose ante mí como un abismo negro que me tragó entera. Cuando me escupieron, tenía dieciséis años de nuevo, y tenía las manos del Dr. Bakay puestas en mis pechos incipientes; tenía trece años, y me estaba comiendo a mi madre pájaro para cenar; tenía once años, y papá me estaba arrastrando por las escaleras y al vestíbulo, para que pudiera decirles su fortuna a los hombres con la lujuria en sus ojos. Tenía nueve años, y estaba totalmente despierta de noche, mientras los pasos de papá hacían que la madera crujiera.

Fue una magia increíble la que movió mi cuerpo por mí y me hizo cruzar el vestíbulo hasta papá. Si había permitido que Sevas me contagiara su temeridad, había dejado agujeros por los que el hambre de papá se colara en mi interior también. El estómago me rugió tan fuerte que todos debían haberlo escuchado: Sevas, el Dr. Bakay, los jornaleros y mis preciosas hermanas, que me miraban con odio.

Me arrodillé a los pies de papá, y me agaché hasta que rocé el suelo con la nariz. Apreté los labios contra la punta de su bota. Me pregunté qué habría hecho con el perro negro, y entonces supe que se lo había comido, y me pregunté también si aún habría sobrado algo.

Contra el cuero de su zapato, susurré:

—Lo siento, lo siento, lo siento. Nunca te dejaré de nuevo.

Capítulo doce

Esto fue lo que ocurrió cuando volví.

Papá le dio la bienvenida a Sevas sin fruncir siquiera el ceño; era como si hubiera olvidado por completo lo que había pasado en el piso. Incluso tomó el abrigo de Sevas y lo colgó. Yo me levanté, sonrojada y temblorosa con el reflujo de la magia de papá, y dejé que se desprendiera de mí mientras el mundo volvía a la normalidad. Los jornaleros que había en la sala de estar murmuraron como cuervos.

El Dr. Bakay le estrechó la mano a Sevas, comentando la firmeza de su agarre, y cómo estaba eso relacionado con su extremadamente grande órgano número quince, el órgano de la firmeza, el cual había medido con anterioridad. Sevas estrechó la mano del Dr. Bakay con tanta fuerza que parecía que pretendía hacerle daño. Cuando al fin lo soltó, los nudillos de Sevas estaban blancos.

Undine bajó las escaleras de forma ligera, tirándose hacia abajo de forma obvia del cuello de su vestido. Pasó por delante de mí, le dedicó una sonrisa a Sevas, y le preguntó si quería que le enseñara la casa. Sevas le sonrió también, y no podía culparlo.

Pero él rechazó su oferta, y sentí un perverso pinchazo de satisfacción al ver la forma en que la expresión de mi hermana se desplomaba como si fuera un edificio en ruinas. Frunció los labios y se fue hacia el jardín. Rose se quedó allí, bajo la sombra del reloj de pie, y puso los ojos en blanco con un suspiro.

—Bueno, Marlinchen. Tengo hambre —dijo papá.

Podía ver las bolsas bajo sus ojos, moradas y rechonchas, y el hueco dramático de sus mejillas, como si alguien se las hubiera cortado con un bisturí. Me llenó de una pena y una culpa terribles, que aparecieron tan automáticamente como si yo estuviera hecha para eso, una máquina para dispensar pena.

En ese momento se me olvidó por completo mi insistente hambre, los huesos de ciruela, los corazones e hígados ausentes... Casi se me olvidó también la tarjeta que tenía entre los pechos, y la polvera que había en el bolsillo de Sevas, y la pulsera de dijes escaleras arriba, y el espejo que nunca miente del tercer piso. Había una poderosa magia amnésica en toda la casa, como una corriente silenciosa que me arrastró con ella, me hizo pasar a través de la sala de estar y hacia la cocina.

En el interior, los platos sucios estaban apilados de forma peligrosa en el fregadero, y la tabla de cortar estaba empapada de sangre. Las hojas de los cuchillos estaban llenas de grasa, los tenedores de ternillas. ¿Quién había causado tal desastre en mi ausencia? ¿Habrían sido los jornaleros? Ninguno parecía ser lo suficientemente valiente como para ello.

Debía de haber sido papá, aunque apenas podía imaginarlo sujetando al perro negro contra la tabla de cortar mientras chillaba, y abriéndole la panza. Papá no estaba hecho para esa violencia tan cotidiana. Yo era su cuchillo contra lo banal y lo grotesco. Yo mataba a los monstruos y me pelaba los nudillos limpiando su sangre. Pero él no.

Abrí el grifo y dejé que el agua caliente corriera por todo, con el vaho ascendiendo ante mi rostro.

No me di cuenta de que Sevas me había seguido a la cocina hasta que escuché que algo se caía al suelo con un repiqueteo. Me di la vuelta y lo vi agachado, recogiendo una cuchara. La dejó sobre la tabla de cortar, y después me sonrió de forma inocente, como si no hubiera pasado nada.

—No deberías estar aquí —le dije—. Papá sospechará algo.

Sevas apoyó una mano sobre el mostrador y habló en voz baja.

—Dime que todo ha sido una trampa astuta, una promesa falsa. Lo de arrodillarte frente a tu padre.

—Por supuesto. —Se me sonrojaron las mejillas—. Trataba de ser convincente.

Sevas asintió. Podía ver que me creía o, al menos, *quería* creerme. Yo también quería creer en mí misma, de forma desesperada. Era mejor que la alternativa: que el fantasma de la chica que una vez había sido aún vagaba por estos pasillos, y podría poseerme en cualquier momento que mi cuerpo doliese, como una herida por la que podría colarse en mi interior. Quizá nunca me dejaría marchar.

Durante un momento, no había habido engaño en absoluto, tan solo la magia de papá y el reloj de pie, haciendo tictac como siempre lo había hecho. Tenía que recordar el plan, el espejo; si no me perdería en aquella casa de nuevo.

—¿Y vas a cocinar para tu padre para convencerlo más aún? —preguntó Sevas.

—Tengo que fingir que todo sigue como antes —dije yo—, o se dará cuenta. Pero primero tengo que limpiar todo esto.

—Puedo ayudar —dijo Sevas, y antes de esperar a mi respuesta, comenzó a agarrar los platos sucios.

Ver a Sevas limpiar mi cocina parecía ridículo, más íntimo e intrusivo que cuando había entrado en mí de un empujón. Sentí como si él pudiera ver mi vida entera allí dispuesta, en el modo en que los platos estaban ordenados, en las tazas usadas, en la pila de huesos de pollo.

Agarró un trapo mojado y limpió el mostrador con una ternura sorprendente, de la misma manera en que me había acariciado el pezón con la lengua. Estaba embelesada mientras lo veía trabajar, e incluso algo excitada. Tanto, que apenas me di cuenta de que el fregadero estaba llenándose y llenándose frente a mí, y el agua sucia comenzaba a derramarse al suelo por el borde.

Enseguida cerré el grifo, miré a Sevas de nuevo y le dije:

—No tienes que hacer este trabajo de mujer.

—¿Y si me apetece hacerlo? —Arqueó una ceja.

—¿Por qué iba a apetecerte?

—Porque es algo útil que puedo hacer aparte de bailar —dijo él—. Aunque sea fregar platos. Tal vez podría encontrar trabajo en un restaurante una vez que nos marchemos. No puede ser peor que el teatro.

Yo bajé la mirada y me mordí el labio.

—Hay una historia en el códice de papá —dije yo—. Es acerca de un rey y una reina...

—¿Es acerca de Ivan y la zarevna?

—No —le dije yo—. Aunque la reina muere también en esta historia. Pero antes de morir, le hace prometer a su marido que solo se casará con alguien de igual belleza que ella. Él se lo promete, pero la única persona igual de bella que ella es la propia princesa. Así que el rey lo prepara todo para casarse con su hija.

—Creo que no me gusta esa historia —dijo Sevas. Nuestras manos estaban muy cerca, sobre la tabla de cortar.

Yo continué, aun así.

—Para hacerse a sí misma fea, la princesa se corta un brazo y un pecho. Su padre no quiere tener nada que ver con ella después de eso. —Recordé cómo había asesinado al pobre monstruo. Recordé cómo su sangre me había empapado la falda. Lo había matado para mantener mi secreto. A lo mejor la magia provenía de ahí. ¿Pensaría Sevas que era merecedora de ser salvada si supiera que le había dado al monstruo una muerte tan lenta y dolorosa, lo había cocinado y se lo había servido a mi padre?

Me pregunté si me trataría con tanta amabilidad si supiera cómo había lamido la cuchara que había usado para servir la carne del monstruo, e incluso me había comido una pequeña parte antes de servírselo a papá. Aquel bocado se había asentado en mi estómago como un pajarillo que no sabía volar, caído del nido.

—Si lo que hace falta para liberarte es un brazo cortado...

—Sevas hizo una pausa, llevándose la mano a la boca. Pude ver allí las marcas de mis mordiscos, que aún rodeaban sus dedos—. No serías fea. No para mí.

Antes de poder responder, el fregadero borboteó, y me di cuenta de que no estaba tragándose el agua. Me arremangué y metí la mano en el agua aceitosa, y por el desagüe, hasta que toqué con los dedos algo duro y grande. Me llevó varios intentos sacarlo, y cuando por fin lo hice, me tambaleé hacia atrás, mareada por el esfuerzo.

Sevas se acercó a mí y ambos miramos lo que tenía en la mano. Era un largo hueso de costilla, curvado como una caracola tallada, aún con algunos tendones y demasiado grande para haber pertenecido a un pollo.

—Marlinchen... —comenzó a decir Sevas mientras sujetaba el hueso tan fuerte entre mi puño, que creí que lo machacaría hasta convertirlo en polvo.

—Ah —dije yo—, papá debe haber matado a un cerdo.

Ninguno de los dos dijo nada. El agua se arremolinó por el desagüe. Al fin, Sevas habló en voz muy baja.

—Debemos hacernos con el espejo esta noche.

—No —me apresuré a decir—. Papá ha protegido el tercer piso con hechizos. Tengo que hablar con él, tengo que descubrir qué magia es, y cómo romper el encantamiento.

Sevas asintió una vez, lentamente.

—Debes ser cuidadosa, Marlinchen. Cuidadosa con sus garras, pero también con sus sonrisas sin dientes.

—Lo sé —dije yo—. Pero ahora necesitamos comer.

Cociné varenyky con el relleno que había sobrado, suficiente para papá, para todos los hombres y para mis hermanas, e hice dos tarros de conserva de ciruela. Las ciruelas de nuestro jardín estaban listas para comer, casi a punto de pudrirse. Me pregunté sobre los huesos que había en su interior.

No había kvas, así que bebimos agua, todos sentados y reunidos alrededor de la gran mesa de ébano. No podía recordar la última vez que habíamos comido allí, o que habíamos comido juntos, y mucho menos con invitados. Ver a Sevas comer lo que había preparado me llenó de un sentimiento indescriptible, algo entre la pena y el anhelo. Quería besarle la mancha de crema agria de la boca, y también lamer la mueca que tenía en el rostro.

Yo también comí de forma voraz, aunque sabía que más tarde lo vomitaría todo. Pero entonces, cuando acabé, la comida se asentó en mi estómago sin revolverse por la culpa. Y aún más, ahora tenía más razones para mantenerla allí: sabía que a Sevas no le gustaría si se enteraba de que había estado obligándome a vomitar en el jardín. Él ya estaba mirando al Dr. Bakay y a mí entre bocado y bocado, con la mirada pasando por la larga mesa como si fuera una guadaña.

Papá repitió su porción, y cuando terminó, su estómago sobresalía por la banda de sus pantalones. No podía obligarme a mirarlo; temía lo que el reflejo de su magia pudiera hacerme. Quizá me haría levantarme y postrarme frente a él, con mis extremidades extendidas como un pollo con la panza abierta. A veces, antes de irme a dormir por la noche, me imaginaba a mí misma expuesta en esta misma mesa, desnuda, mientras mis clientes cortaban pequeñas porciones del tamaño de un bocado con sus cuchillos y tenedores. A veces imaginaba que papá me arrancaba los ojos y se los comía.

Ahora solo podía pensar en el alargado y curvado hueso de la costilla de alguna gran criatura que había encontrado. Demasiado grande incluso para ser de un cerdo, aunque no podía dejar que ese pensamiento se asentara en mí como si fuera levadura al fondo de un tarro de kvas. En su lugar, me levanté y recogí los platos, contando el sonido de cada uno de ellos cuando tintinearon los unos contra los otros. Tres por mis hermanas y por mí, uno por Sevas, otro por papá, otro por el Dr. Bakay, otro por cada uno de los quince hombres…

Debería haber sumado veintiuno, pero cuando volví a la cocina, me percaté de que solo llevaba veinte. Me asomé por la esquina hacia la sala de estar, y entrecerré los ojos mientras trataba de enfocar el rostro de cada uno de los jornaleros. Me di cuenta, sintiéndome algo culpable, de que sus rostros se habían desdibujado en mi mente, y que no había hablado con ninguno de ellos excepto con uno.

Sobaka. No estaba por ningún lado.

Casi abrí la boca para preguntar por él, pero en mi interior la razón ya estaba tomando forma, la semilla de un secreto que no podía mencionar hasta que hubiera florecido. Volví hacia el fregadero sin decir nada. Lavé la suciedad de aquellos extraños de nuestros vasos, cuencos y platos.

Me daba miedo lo poco que papá había hablado durante la comida, y cómo incluso había sonreído a los hombres y a Sevas con sus amarillentos dientes lobunos. Me daba miedo cómo el Dr. Bakay tenía sus papeles dispersos por todas partes de la pequeña habitación en los aposentos en desuso de los sirvientes. Llevaba un registro de la forma y el tamaño de los cráneos de los hombres, y estaba adivinando su futuro con esas medidas. Me pregunté si le podía pedir que midiera la cabeza de Sevas de nuevo, y aquel pensamiento me hizo querer meterme los dedos por la garganta, y apretar con fuerza hasta ver estrellas tras mis párpados.

Al fin, el anochecer tiñó el cielo como una marea de resbaladizo aceite derramado, sin una estrella y absoluto. Dejé a Sevas en la sala de estar con los otros hombres, tras asegurarle de nuevo que estaría bien, y tras más promesas que sabían a agua de grifo tibia. Subí las escaleras hasta mi cuarto.

Todo estaba tal y como lo había dejado, con los vestidos tirados por el suelo y mi cama hecha un desastre. La pluma blanca estaba sobre el tocador. La pulsera de dijes, brillando bajo la cama. Me puse de rodillas, la recogí y soplé el polvo del pequeño búho que tenía perlas por ojos.

Tenía la pulsera, tenía la tarjeta, y tenía el extraño y gran hueso del fregadero, y estaba tratando de darle un sentido a todo, de transformarlo en algo que pudiera blandir como una espada, o de cambiarlo como si fueran abalorios de cerámica.

Pero antes de poder encontrarle algún sentido, escuché el suelo de madera crujir tras de mí.

Papá abrió la puerta solo un poco, y se coló por la rendija como si fuese un cuchillo tratando de serrar la ternilla de un hueso de pollo. Su estómago estaba aún hinchado, y pensé que yo había hecho eso. Lo había llenado. ¿Quién decía que mi magia servía solo para mostrar?

Su poder estaba restallando en el aire, como unos disparos lejanos, pero no sentí el deseo de arrodillarme o arrastrarme. Simplemente nos quedamos allí de pie, en un perfecto silencio durante un rato, hasta que hablé.

—Papá, nos falta un jornalero.

—¿Y qué te hace estar tan segura de ello? —Alzó una ceja.

—He contado los platos en la cena. Había veinte, y debería haber veintiuno.

Mi padre soltó un sonido ronco.

—Ah, eché a uno de los chicos cuando intentó colarse en el tercer piso.

Mi corazón parecía tratar de huir en dos direcciones, como si fueran ranas saltando del mismo nenúfar. Podría haberle acusado de mentir. Podría haberle enseñado la tarjeta y la pulsera de mamá. Podría haber escupido mi secreto a medio florecer. O podía usar aquella oportunidad para preguntarle algo.

—¿Qué hechizo has lanzado sobre el tercer piso?

—Eso no debería preocuparte —dijo papá—. Siéntate, Marlinchen.

El corazón me dio un nuevo vuelco de forma abrupta y dolorosa.

—¿Me vas a castigar, papá?

Jamás le había preguntado tal cosa de forma tan directa. Tan solo había tratado de evitar de forma silenciosa las trampas que había tendido sobre el suelo, o tratado de liberarme de las dagas que había apretado contra mi espalda. Sin embargo, aquella valentía no era de Rose, o de Undine. Era mía. Era la valentía de la chica que había bailado en una taberna, y que había dejado a un bailarín introducirse entre sus muslos. Su espíritu me invadió durante un momento, y sentí cómo mi propio pecho se hinchaba.

Papá no respondió durante un largo rato. Al fin, dijo:

—Sabía que volverías a mí.

—Bueno —le dije, aún con demasiada valentía—, eres un hechicero.

—No por esa razón. Un padre conoce a su hija de la manera en que un árbol conoce todas sus ramas, de la manera en que una serpiente ha memorizado el patrón de las escamas de su panza. Eso es magia en sí misma, de la de tipo hereditario, la que no puede ser enseñada ni aprendida.

Pero tú no me conoces, papá, pensé yo. *Conoces a la chica que te cocina la cena de forma diligente y silenciosa. No conoces a la chica que ha sangrado su virginidad en una habitación llena de espejos, y que sintió solamente un oscuro y amargo placer al recordar tu prohibición contra ello.* Pero no tenía la suficiente valentía como para decirlo.

Hubo otro largo silencio.

—¿Sabes lo que pensé cuando naciste? —preguntó papá, mirándome de pronto en la oscuridad—. La verdad es que me desesperé, porque había adivinado que no serías tan bonita como tus hermanas. No sabía en ese entonces qué uso podía darle a una hija de rostro simple. Ahora lo comprendo. Esta competición lo ha hecho más aparente que nunca. Si te comes las ciruelas negras, Marlinchen, jamás dejaré que notes el veneno. Si te bañas desnuda en un arroyo, lo harás sin atraer la mirada de un lujurioso cazador. Me aseguraré de que todos los osos que conozcas sean amables y dóciles, y nunca sean hombres disfrazados. Nunca te dejaré caer presa en la banalidad del mundo. Nunca te dejaré que te enamores.

Ya has fallado en eso, papá, pensé, pero las palabras se me quedaron atascadas en la garganta.

Alzó una mano y rodeó mi cráneo, pasando su pulgar por mi nuca, como si estuviera realizando una medida de frenología. Me di cuenta de que había algo en su otra mano, un vaso lleno hasta el borde de un líquido turbio. No era kvas, ya que no quedaba nada.

—¿Qué hay del Dr. Bakay? —pregunté con el corazón aún martilleándome, el espíritu de la chica valiente aún en mi interior. Podía sacar la tarjeta en cualquier momento. Podía lanzarle la pulsera de dijes tan fuerte que le diera en la cara y le hiciese daño.

—¿Qué pasa con él? Es un hechicero, a su manera. Sé que eres algo simple de mente, Marlinchen, pero ¿no lo ves? Ese fue mi hechizo para mantenerte a salvo. En los antiguos días de Oblya, antes de que fuese Oblya y cuando era solo una estepa que llegaba hasta el mar sin que nada la detuviera, teníamos un jefe que dictaba sus propias leyes. Castigaba con dureza a los criminales, pero nunca los mataba. Si robaban, les cortaba las manos. Si violaban, los castraba. Por ofensas más pequeñas, solo se quedaba con una oreja, un ojo, o un dedo. Ninguno de esos hombres rompía de nuevo la ley: era como enseñarle a un perro el dolor del látigo. Pero lo mejor de todo era que nadie contrataba de nuevo a esos hombres, sus mujeres no volvían a tocarlos, y sus hijos rehuían de ellos cuando los veían. No podían entrar a comprar pan sin que todos supieran que habían sido mancillados, que estaban podridos hasta la médula, como una ciruela pasada. No podían soportar las miradas ni los insultos, así que se quedaban en casa, refugiados ante la crueldad del mundo.

Sus palabras cayeron sobre mi estómago como aguanieve sobre la nieve, arrastrando la cena que había conseguido mantener allí. Me entró frío, demasiado para que el fantasma de la chica valiente que había en mi interior se quedara, así que huyó, dejándome a solas. Ahora me sentía hambrienta, tan terriblemente hambrienta como si no hubiera comido nada desde que era un bebé.

Todo ese tiempo le había echado la culpa a los rublos, y solo a los rublos. Había dejado que la avaricia de papá lo exonerara. Pero, después de todo, había querido mucho más que dinero. Papá había dejado que el Dr. Bakay me cortara la pierna para que solo pudiera cojear en el interior de la casa, desde la cocina hasta la sala de estar, y hasta mi dormitorio, como un pobre perro. Él mismo me había hecho el torniquete.

De mi boca se escapó un quejido. Tenía diecisiete años de nuevo, y sabía cómo se sentía el cuchillo del doctor contra mi pecho.

Y entonces, una fantástica transformación comenzó a tener lugar ante mí. Donde había estado el rostro de papá, ahora solo había un cráneo, con la carne y el músculo pelados. En los huecos de sus ojos había dos huesos de ciruela. Su mandíbula estaba encajada con un hueso de costilla de alguna criatura grande. En los dientes sostenía la tarjeta del comerciante, y su pelo se había convertido en plumas blancas. Ahogué un grito, y aquella aterradora metamorfosis se revirtió de pronto. Estaba mirando una vez más a un hombre, a un hechicero, a mi padre.

No es cierto, me dije a mí misma. *Papá te quiere, y quería a mamá, y no pretendía convertirla en un pájaro ni comérsela. Solo quería mantenerla a salvo del mundo.*

Papá me observó con extrañeza, como si pudiera ver el tumulto en el interior mi mente.

—¿Estás sedienta, Marlinchen?

De repente me di cuenta de que tenía la garganta completamente seca.

—Sí —le dije—. Tengo muchísima sed, papá.

—Ten —dijo, tendiéndome el vaso. El oscuro líquido borboteaba como si fuese un caldero—. Bebe.

Por un momento, con una oleada de pánico, pensé que era la pócima que usaba para comprobar nuestra pureza, pero enseguida vi que no lo era. Era el mismo zumo negro que había visto con anterioridad, el que había encontrado en la cocina, el que me había ofrecido papá mientras cojeaba a su alrededor en la sala de estar. No sabía amargo como la pócima; tenía un sabor dulce.

Por mi ventana no entraba la luz de la luna. No pensé en Sevas, ni en el espejo, ni en la tarjeta, ni en la pulsera, ni en Sobaka o en el comerciante desaparecido, o en el hombre que habían encontrado muerto en el teatro. Solo pensé en que necesitaba saciar aquella terrible sed. Me puse el zumo en los labios y tragué.

Me desperté a la mañana siguiente con un dolor de cabeza espectacular, con el sol arrojando haces de luz sobre mis ojos. Pestañeé y el polvo cayó de mis pestañas mientras me incorporaba. Aquello hizo que el estómago se me revolviera como una caja de joyas demasiado llena.

Mi conversación con papá parecía difusa, y solo la recordaba a medias, como un sueño. Quizás aquello era lo que había sido. Estaba allí tumbada en mi cama, el lugar más suave en el que jamás me había tumbado, y mi cuerpo recordó la comodidad y se hizo un ovillo en el recuerdo, como si fuera un cangrejo dentro de su caracola.

Entonces el reloj de pared dio las seis, y mi rueda interior comenzó a girar al ritmo habitual. Me levanté, recogí mi bata y bajé las escaleras. Todo estaba quieto y en silencio. Los hombres estaban dormidos en la sala de estar, echados sobre los muebles, como si alguien hubiera desparramado una cesta de la colada. Sevas estaba tumbado cerca del diván, con la cabeza sobre sus propios brazos. Tenía un aspecto bello y en paz.

No quería arriesgarme a despertarlos al abrirme paso hacia la cocina, así que en su lugar abrí la puerta principal y salí al jardín. Hacía un frío agradable, con el otoño comenzando a teñir el follaje como si fuese un incendio, los verdes transformándose en amarillos, naranjas y bermellones. El cielo estaba del delicado y punzante color azul de un dedo congelado. Me dolía muchísimo la cabeza.

Algo me hizo querer recoger el resto de las ciruelas antes de que se pudrieran. Podría hacer kvas con ellas. Quizás aquello agradaría a papá. El jardín estaba extrañamente en silencio, con los cuervos aún dormidos en sus ramas, y no veía al duende por ningún lado.

Por el rabillo del ojo, vi algo negro que brillaba entre la hierba. Al principio pensé que era un lazo que se había caído, pero entonces las nubes se apartaron, el sol brilló a través de los árboles en un ángulo perfecto, y pareció una lengua de fuego. La serpiente de fuego. Pestañeé, y ya se había marchado.

El ciruelo estaba tras el cobertizo, más allá de las hierbas plantadas de Rose y acomodadas en un anillo de flores de salvia de un vívido color azul que crecían hasta casi llegarme por la cintura. Cuando les daba la luz del sol, parecían tan brillantes como alambres vivos. Pasé a través de ellas, llevándome los erizos enganchados en mi bata, pero me frené cuando escuché un extraño sonido como de respiración.

Respiraciones entrecortadas y bruscas que tajeaban el aire como un millar de pequeños dardos. Por un momento pensé que debía ser un truco, que solamente era el aire, atrapado en algún espacio, y que con cada ráfaga trataba de escapar. Pero entonces escuché un gruñido, y rodeé el cobertizo siguiendo el sonido, como si estuviera en un trance.

Undine estaba de rodillas sobre la tierra, con su vestido azul arrugado sobre su trasero, el pelo disperso sobre el suelo como si fuera hidromiel que se había derramado lentamente. Estaba respirando con dificultad, una y otra vez, con las mejillas increíblemente rosadas, uno de sus pechos fuera del corsé y balanceándose con la pesadez de un péndulo. El pezón rozaba el suelo. Indrik estaba agachado tras ella con las manos agarradas a sus caderas y empujando. Su pelaje de cabra estaba despeinado, y la cola le temblaba con cada sacudida.

Ni siquiera fue lo que estaba ocurriendo lo que me dejó sobrecogida, sino la violencia: Indrik estaba penetrando a mi hermana con un fervor decidido, sin rastro de amabilidad alguna. No había nada de la dolorosa suavidad que había sentido cuando Sevas se había introducido en mí. Sentí que llevaba horas allí de pie, mirando, pero no pudo ser más que un momento antes de que Undine me viera. Ella gritó, e Indrik se echó hacia atrás y trastabilló, aún erecto y brillando.

—¡Idiota! —chilló Undine, levantándose. Su falda cayó sobre su trasero, pero su pecho aún estaba colgando por fuera de su corsé, y se balanceaba con cada uno de sus movimientos—. ¿Qué haces aquí fuera?

—Quería recoger las ciruelas. —Mi voz sonó muy incierta y lejana, como si perteneciera a otra persona. Mi hermana me miraba con tal veneno en sus ojos, que seguí hablando con rapidez—. Undine, lo juro, no se lo diré a papá…

Ella se rio, un sonido agudo y cortante que asustó a los cuervos sin ojos desde donde estaban posados.

—Díselo a papá si te apetece, o no se lo digas. Me importa bien poco, es un imbécil. Hace siete años que su hija lleva apareándose con un monstruo en su propio jardín, y nunca ha levantado la vista de su plato lo suficiente como para darse cuenta.

Me quedé tan boquiabierta como si fuera una carpa muerta. Sus palabras aterrizaron sobre mí, pero no dejaron marca alguna, ya que no podía comprenderlas.

Indrik resopló, indignado, pero me sorprendió que no discutiera la descripción de Undine al haberlo llamado «monstruo». Por mucho que a Indrik le gustara alardear, los dioses del códice de papá no se apareaban de aquella manera con mujeres mortales; ni siquiera se apareaban con brujas. Se convertían en cisnes, y dejaban a sus consortes tres huevos en una cesta de mimbre; se transformaban en lluvias de luz dorada y se derramaban sobre las doncellas atrapadas en torres. Nunca era nada así de salvaje, así de bruto, así de mundano y humano.

Mi dolor de cabeza se agudizó de un modo que me dejó ciega por un momento, y solo cuando se aclaró, fui capaz de hablar.

—Pero las pócimas de papá…

Undine hizo un sonido en la garganta, y entonces escupió en la tierra, frente a mí.

—Eres mucho más tonta de lo que había imaginado, Marlinchen. ¿De verdad crees que las pócimas de papá contienen magia de verdad? ¡Ni siquiera es un herborista! Seguro entonces que no sabes que Rose se lleva a sus clientas al cobertizo del jardín y hace lo mismo con ellas, con todas esas mujeres que vienen con la desesperación en sus miradas. Pero por supuesto que la magia más estúpida de papá funcionó contigo... Te convenció de que era real. ¿Te dormías por las noches preocupada de que una de nosotras pudiera echar el hígado por la boca?

Se rio de nuevo, muy fuerte y de manera terrible.

—Pero, por supuesto, ¡tú nunca te preocuparías de algo así por ti misma! Marlinchen, de rostro sencillo y bondadosa, que nunca osaría desafiar a papá, ni llamaría la lujuriosa atención de ninguna mujer ni de ningún hombre.

Aquello no era mucho más cruel que todo lo que me había dicho con anterioridad, pero ahora sus palabras ardieron en mi estómago como la parte quemada de una cerilla. Todos aquellos años, Rose y Undine habían sabido que la pócima de papá no funcionaba, y habían dejado que creyera que era real. Habían disfrutado de sus rebeliones furtivas mientras yo mataba pollos o cosas peores para papá, mientras yo doblaba su colada, fregaba los suelos y las paredes hasta que la casa estuviera tan impecable como un amuleto. Podrían haberme dicho la verdad, pero por qué iban a hacer tal cosa... yo preparaba también sus comidas.

La cabeza me daba punzadas y tenía la boca seca, pero recordé la manera en que Undine había pasado junto a mí para batir las pestañas ante Sevas, y un poco de mi propia crueldad brotó de mi interior.

—Tú no lo sabes todo —le dije, con cada palabra temblando como una cuerda—. No sabes que cuando escapé, fui al teatro de ballet, y que cuando Sevas me vio, dejó de bailar, saltó del escenario, y me tomó entre sus brazos. Y después se acostó conmigo allí mismo, en el teatro, en una habitación llena de espejos rotos, y después me dijo que vendría conmigo a la casa de papá y competiría por mi mano.

Lo dije todo deprisa, y al escucharlo en voz alta, sonó mejor que mi historia favorita del códice de papá, mejor que la zarevna cisne e Ivan. Sonaba mejor que cualquier sueño que pudiera haber evocado en mi propia mente, donde yo no era más que una chica mortal sonrojada, rescatada por un bogatyr valiente. Y lo mejor de todo era que había sido mi secreto el que lo había hecho posible, la magia de mi propia pequeña rebelión.

Apenas me di cuenta de que el rostro de Undine se estaba ensombreciendo y volviendo del color de una ciruela a punto de pudrirse. Pero entonces se lanzó hacia delante, con un pecho aún botando, y me atrapó por la garganta. Sus manos apretaron con fuerza hasta que las lágrimas se me agolparon en los ojos, y solo podía respirar en pequeñas y dolorosas bocanadas.

—No te lo *mereces* —siseó en mi oreja—. Eres la más fea y estúpida de todas nosotras. Jamás he visto un rostro tan sencillo, o una mente tan sosa como la tuya. Y lo peor de todo es que eres como un perro que adora los azotes. Te inclinas ante cada palabra y sonrisa de papá mientras te clava su cuchillo en el pecho. ¿Qué derecho tienes tú a ser rescatada? El bailarín ha sido un necio al venir aquí. Preferirías sentarte sumisa a los pies de papá y lamerle las botas antes que huir con un hombre apuesto, eres demasiado cobarde. No te marcharás con él de todas formas.

La vista comenzaba a fallarme, y me ardía la garganta con la presión. Alcé la mano y arañé la cara de Undine, describiendo tres líneas de sangre en su mejilla.

Ella me soltó y trastabilló hacia atrás, con los hombros subiendo y bajando como un par de alas entre sus omóplatos, listas para desplegarse.

—Puede que le diga la verdad a papá antes de que tengas ocasión —masculló entonces—. Le sirves mejor muerta que arruinada.

Antes de que pudiera alcanzarme de nuevo, me volví y me tiré hacia las flores de salvia y la hierba de trigo, casi tropezando mientras trepaba las escaleras que conducían a la casa. El corazón me latía con furia y tan fuerte que podía contar cada latido irregular, y la cabeza me dolía como un huevo a punto de romperse.

Me abrí paso hacia el interior y caí de rodillas en el vestíbulo justo cuando el reloj de pie daba las siete. Podía escuchar las somnolientas voces de los jornaleros en la sala de estar, y sus bostezos como si fueran gatos viejos. Me preocupé por el sonido de los pasos del segundo piso, y me pregunté si papá se habría despertado ya. Estaría enfadado, y querría su desayuno.

Pero mientras me levantaba temblorosa, frente a mí solo vi a Sevas, con sus feroces ojos de color azul brillando con preocupación. Bajo la luz de la mañana temprana, parecía demasiado bello como para tocarlo. La pena y el horror hicieron que se me aguaran los ojos.

—Marlinchen —dijo él, tomando mi rostro entre sus manos—. ¿Qué ha pasado? ¿Ha sido tu padre?

Al principio quería decirle exactamente qué había pasado, pero no pude hablar. Tras varios momentos, me di cuenta de que era inútil decir nada en absoluto. Las palabras eran demasiado horribles y feas para sus oídos. Y lo que era peor, esta casa era demasiado horrible para mantenerlo allí, escondido en su vientre. No se merecía una comida tan dulce.

—No —conseguí decir—. No le sonsaqué nada anoche, lo siento. Y ahora, es solo que me he caído en el jardín.

—No pasa nada —dijo Sevas de forma suave—. Tenemos tiempo de intentarlo de nuevo.

De repente, fruncí el ceño ligeramente. Me soltó la cara, pero su mirada no se apartó de la mía. Me penetró de forma cuidadosa y con deseo, como si aquella dulce mirada pudiera sonsacar más palabras de mi garganta. Tras un momento, hizo una mueca y bajó la mirada.

—¿Qué pasa? —le pregunté. Podría haberme reído ante tal rápido intercambio si en mi cabeza no estuviera resonando aún la amenaza de Undine.

—No es nada —dijo Sevas con una sonrisa dolorida. Al menos el humor de la situación no se le escapó a él tampoco—. Es por mis pies. Normalmente después del espectáculo tengo a alguien que me los trata, pero esta última vez estaba algo preocupado.

—Ah —dije yo. Era tan increíblemente mundano, que apartó todo mi profundo y agitado horror—. Déjame ver.

Lo guie hasta la sala de estar y arrastré una de las sillas para que pudiera sentarse mientras que yo me arrodillaba frente a él. Se sentó, y comenzó a quitarse las botas, mordiéndose el labio inferior. Cuando al fin se liberó de ellas, yo bajé la mirada y me alarmé al ver sus pies descalzos.

Debían ser la parte más fea de él; sus dedos estaban machacados y huesudos, como pequeñas piezas de las ramas de un abedul que hubieran sido cortadas para echar a suertes. Sus talones estaban duros y con callos, y la mitad de sus uñas estaban negras con la sangre agolpada en ellas. Yo no era curandera, y no sabía ni siquiera por dónde empezar. Una solitaria y sucia venda se estaba despejando de su tobillo izquierdo.

Sevas se agachó mientras resoplaba riéndose.

—No te culparía si te desenamoraras de mí. Si el público pudiera ver los pies de su Ivan, vomitaría.

Sentí la cara impresionantemente caliente.

—Es algo bueno que sea una bruja entonces, y no una chica mortal sonrojada. Puedo envolverte los cortes y traerte uno de los elixires de Rose para el dolor.

Los labios de Sevas se elevaron ligeramente por los bordes.

—Sabes, esta es la primera vez en años que paso un día entero sin bailar. Si me mantengo fuera del teatro el tiempo suficiente, me pregunto si mis pies empezarán a parecerse a los de un hombre normal.

—Me dijiste una vez que, cuando bailas, tienes que maltratar tu cuerpo hasta que te obedece —le dije. Pasé el dedo por el tendón de su tobillo, empujando hacia fuera a través de su piel, y se estremeció—. Quizás deberías tratarlo con amabilidad.

Sevas bajó la cabeza para que nuestros ojos estuvieran al mismo nivel.

—Tendrás que enseñarme cómo hacerlo.

Sentí una rápida y desesperada avalancha de afecto, tan grande que pude olvidarme del punzante dolor tras mi sien, o del dolor de mi garganta, producido por los dedos de mi hermana. Me agaché y le besé el tobillo, y después las pantorrillas, hasta que apoyé la barbilla contra su rodilla. Sevas dejó escapar un suave gemido, y escuchar aquello hizo que la humedad regresara entre mis piernas. Él agarró mi rostro durante un breve momento, y después deslizó su mano por mi garganta, mi clavícula y hasta mi pecho.

En esta ocasión me estremecí, y mientras su pulgar acariciaba mi pezón a través de mi vestido, pensé de pronto en Undine y en Indrik, y en cómo su pecho había botado con cada una de sus arremetidas.

Me aparté de Sevas.

—¿Me tomarías estando de rodillas, sobre la tierra? —le dije—. ¿Me tomarías sin delicadeza alguna? Sería lo único que merecería, al ser una bruja de rostro sencillo y mente simple...

Sevas aspiró de forma brusca.

—¿Cómo puedes preguntar eso? Si te tomo, será como un hombre toma a una mujer, un marido a su esposa. ¿Sueñas con Ivan el bogatyr cuando me besas? ¿Desearías que te penetrara mientras sostengo una espada de madera? No me gustaría que ninguna historia se interpusiera entre nosotros, como si un tercer cuerpo yaciera en nuestra cama. Cuando toco tu pecho, estoy tocando el pecho de Marlinchen Vashchenko, no el de una bruja, ni el de una chica cisne, ni el de una adivinadora por contacto o el de una tercera hija. Ni siquiera yo tengo la lujuria suficiente para satisfacer a cinco mujeres a la vez.

Sus palabras me dejaron más sonrojada aún.

—Le sonsacaré el secreto a papá, lo juro. Hallaré la forma de romper el hechizo y entonces venderemos el espejo de mamá y nunca tendrás que bailar de nuevo.

—Eso me gustaría, Marlinchen —dijo él, y se agachó para besarme.

Yo me incorporé para encontrarme con sus labios, pero mientras lo hacía, un increíble relámpago de dolor me atravesó el cráneo. La vista se me nubló con unas diminutas agujas de luz blanca. Por un momento no pude ver nada, ni escuchar nada, ni sentir nada excepto las manos de Sevas en mis hombros mientras se deslizaba fuera de la silla y se arrodillaba junto a mí. La cabeza se me cayó hacia atrás, y después volvió hacia delante. Vi sus ojos azules muy abiertos, con una desesperación alarmada.

—Mi cabeza —conseguí decir. Tenía algo de saliva en la lengua, pero me dolía demasiado como para tragar, y algo de ella se me escapó por los labios—. Creo que necesito tumbarme.

Se me ocurrió de pronto y de forma terrible que no le había dicho lo de la amenaza de Undine. Pero cuando traté de decir algo de nuevo, sentí otro relámpago de dolor que me dejó mareada.

Sevas me ayudó a ponerme en pie y casi me llevó a cuestas hacia el vestíbulo y escaleras arriba. Sus labios se movían, y sabía que estaba hablando, que quizá me estaba haciendo alguna pregunta, pero yo sentía como si tuviera las orejas llenas de algodón. Me llevó a mi habitación, y me desplomé sobre la cama. Todo estaba demasiado nítido, brillante y punzante.

El algodón se disolvió un poco, lo justo para poder escucharle decir que iba a buscar a mi hermana, que iba a encontrar a Rose. Traté de farfullar algo, pero no pude decir si había conseguido que mis labios formaran las palabras o no.

Pensé en Undine en el jardín, en su pelo desparramado en la tierra, en su mano alrededor de mi garganta. Pensé en cómo había extendido mi secreto sobre su lengua, como una baya roja y dulce, y en cómo le había dado un cuchillo con el que podría dañarnos a Sevas y a mí.

Alcé la mano para aferrar el brazo de Sevas mientras se marchaba de la habitación, pero entonces la luz cegadora me ahogó, y no pude ver nada más.

Solo había oscuridad, y una rendija de luz de la luna cuando me desperté. No podía decir cuántas horas habían pasado, pero el dolor de cabeza cegador se había desvanecido tan abruptamente como había llegado. Cuando alcé la mano, vi que tenía tierra bajo las uñas. Todo olía a tierra húmeda.

Me incorporé y un terror helado me comprimió el corazón. No había tenido ocasión de advertir a Sevas de la amenaza de Undine. Aquel miedo me empujó fuera de la habitación y escaleras abajo, pero el vestíbulo y la sala de estar estaban vacíos. El reloj de pie arrojaba su habitual sombra, alargada a esa hora tardía del día. La manilla pequeña llegaba casi a las ocho, y las ventanas del jardín estaban pintadas del mismo tono intenso azul que la barba de papá.

Escuché un escándalo al otro lado de la puerta. Agarré el pomo para abrirla, y el aire frío sopló a través de mi bata. Cuando miré hacia abajo, vi que el dobladillo estaba harapiento, como si se hubiera desgarrado, y había un millar de hilos sueltos rozándome los tobillos. ¿Habría ocurrido cuando estaba huyendo a través del jardín antes y no me había dado cuenta?

El jardín bañado en la luz azul estaba iluminado con las luciérnagas. El duende de un solo ojo estaba pasando por la hierba de trigo, y por una vez no lloraba. Pero sí que había un sonido al filo de la valla, donde los quince jornaleros, papá y Sevas estaban reunidos. Estaban reclamando algo en voz alta, presionados tan juntos que no se podía ver lo que había al otro lado de la cerca. Así que caminé hacia allí descalza, con tanto frío como si me hubiera empapado de agua marina helada.

Cuando llegué junto a Sevas, estaba tan sorprendido de verme que se sobresaltó un poco.

—Marlinchen —dijo él—. ¿Dónde has estado?

Yo fruncí el ceño.

—Estaba profundamente dormida, ¿no? Donde me dejaste.

Sevas abrió la boca para responder, pero antes de hacerlo, el revuelo de voces reclamó nuestra atención de vuelta hacia la valla. Papá estaba a un lado con las manos puestas sobre su panza hinchada (todos nos habíamos alimentado bien de varenyky desde mi vuelta), y parecía perfectamente calmado. De hecho, tenía el aspecto de un señor feudal de nuevo, y todos los jornaleros reunidos a su alrededor parecían los siervos que se partían la espalda arando su tierra.

Al otro lado de la valla estaba Derkach. El corazón me dio un vuelco.

—Debe devolvérmelo —dijo Derkach. Estaba agarrando los barrotes con las manos, con los dedos tan pálidos y delgados que parecían pertenecer a alguien medio muerto—. Sevas está a mi cargo, no puede mantenerlo aquí.

—¿Cree que estoy reteniendo a este hombre, o a cualquiera de ellos, contra su voluntad? —Papá se rio, y sonó como si alguien agitara unas monedas dentro de un tarro—. Estos hombres vinieron a mi casa por voluntad propia para disfrutar de mi generosidad y competir por la mano de una de mis hijas. Si quiere participar en la competición usted mismo, debe pagar la entrada y entrar de buena manera.

—Es usted un criminal —dijo Derkach, metiendo el dedo entre los barrotes—. Debería traer al Gran Inspector a su puerta.

Aquello me dejó helada, y también lo hizo una repentina ráfaga de viento gélido. Me pegué a Sevas, pero él miraba fijamente a Derkach, como si se hubiera olvidado de que yo estaba allí.

Papá habló en un tono de voz bajo, con sus hombros alzados alrededor de las orejas como un gato erizado en un callejón. Al otro lado de la valla, Derkach se metió la mano en el bolsillo.

Quería decir algo, lo que fuera, para frenar a Derkach antes de que le ofreciera unos rublos a papá, y antes de que él los aceptase. Pero cuando abrí los labios para protestar, hubo un repentino sonido detrás de nosotros.

Rose apareció a través de una zarza, aplastó sus propias hierbas y esparció los capullos de lavanda como si fueran polvo. Nunca había visto a mi hermana correr así, con aquel propósito tan frenético, ni había visto sus ojos tan desencajados, sin saber adónde mirar. Me llevé los nudillos a la boca y noté el sabor de la sangre.

—Papá —dijo ella sin aliento—. Marlinchen. Tenéis que venir. Tenéis...

El silencio de su voz cuando dejó de hablar fue aún más fuerte que cualquier campana de una iglesia, o que una pila de platos estrellándose contra el suelo. Papá frunció profundamente el ceño, y esperaba que protestara, pero entonces alzó las cejas algo alarmado. Ciertamente, nunca había visto a Rose así, tampoco.

Sin una palabra más, dejamos a Derkach donde estaba y la seguimos a través del jardín; toda la multitud allí reunida, papá, Sevas, los jornaleros y yo. Los cuervos sin ojos no graznaban.

Rose se frenó justo tras un matojo de oreja de conejo, y al principio estaba demasiado lejos como para ver entre todos los hombres. Me abrí paso a empujones, y todos los jornaleros y papá estaban quietos como robles muertos. Cuando conseguí abrirme paso hasta el frente de los allí reunidos, me quedé completamente helada.

Vi un pelo dorado desparramado por la tierra, el cuerpo de mi hermosa hermana destrozado, y su sangre derramada a los pies del enebro.

CAPÍTULO TRECE

Un fuerte y terrible sonido desgarró el aire, como el chillido de un animal antes de morir. No me había dado cuenta de que provenía de mí misma hasta que sentí las manos de papá sobre mis hombros y comenzó a sacudirme tan fuerte que hizo que los dientes me castañeasen. Apenas podía ver su cara, su barba salpicada de saliva. El cuerpo de mi hermana estaba tatuado en el interior de mis párpados, como un fresco en el techo de una catedral, estridente y radiante.

Lo único que podía ver era el collar de sangre del color de los rubíes alrededor de su garganta, el destrozo de su pecho, los tendones que salían de su herida como si fueran los hilos cortados de un telar de algodón. Era algo perverso, profano, como si estuviera mirando directamente entre las piernas abiertas de una mujer.

Dejé de gritar, y papá me soltó. Entonces me doblé por la cintura y vomité en un matojo de salvia. El vómito salpicó mis pies descalzos, el dobladillo de mi camisón. Era del color de la tinta derramada, de las bayas de sauco machacadas, viscoso y negro. Zumo oscuro.

Sevas me agarró el pelo, y ni siquiera pude agradecerle aquel gesto, o advertirle que papá y los otros podían verlo. Pero nadie nos estaba mirando a nosotros. Todos los jornaleros estaban mirando fijamente el cuerpo de Undine, sin pestañear, con la mirada recorriendo su cadáver como si fuera salsa de guindo derramándose sobre mlyntsi, y convirtiendo su muerte en algo aún más obsceno.

Incluso ahora, la deseaban, excitados por la vulgaridad de todo ello. Sus ojos hambrientos la devoraron. Sentí que podría haber vomitado de nuevo, pero tenía el estómago vacío, tan limpio como un cuenco de porcelana. No podía pensar en si papá estaría enfadado conmigo.

Rose se había desplomado de rodillas ante el cuerpo de Undine y estaba sollozando. Jamás la había visto llorar así, tan fuerte, con los hombros temblándole como si estuviera recibiendo un violento exorcismo. Miré fijamente a mi hermana muerta, con sus ojos azules abiertos de par en par, del color exacto del cielo en las primeras horas del amanecer. Las tres heridas superficiales que mis uñas habían dejado en su mejilla estaban aún frescas. Bajé la mirada hacia mis uñas entonces, a la sustancia oscura que había bajo ellas, y que yo había pensado que era tierra.

El Dr. Bakay se abrió paso entre la multitud y se agachó junto a su cuerpo. Alzó la cortina de su pelo y examinó su rostro como si fuera algo fascinante que había encontrado bajo una gran roca plana. Entonces apartó el corpiño de su vestido, que ya comenzaba a caerse como si fueran dos pétalos de flores, y miró fijamente la herida entre sus pechos con el ceño fruncido. Sus ojos de científico le hicieron la autopsia, como un cuervo picoteando la carroña, eligiendo los trozos más saludables y deteniéndose sobre el dulce brote de sus pezones.

Al fin, dijo:

—Me parece totalmente aparente que no la mató un hombre. Nada mortal podría haber causado esas heridas.

—Ya vale de esta locura —dijo Derkach, caminando hacia nosotros. No lo había visto seguirnos a través de la verja—. No hay ningún monstruo en Oblya, solo un hombre retorcido y enfermo. De hecho, el Gran Inspector ha ofrecido una recompensa de trescientos rublos por cualquier información que pueda llevar a su captura y arresto. Espero que sus hombres y él vengan a por el cadáver pronto, en cuanto se corra la voz. Pero este asunto no me afecta en absoluto. Sevas, espero que esto haya extinguido el encanto de tu pequeña rebelión. Ven conmigo.

Sevas deslizó su mano fuera de mi pelo, y se volvió hacia Derkach.

—No.

Derkach soltó una risa.

—¿Por qué tienes que hacer siempre las cosas tan difíciles para ti mismo? No hay nada que este mundo pueda ofrecerte que sea mejor de lo que ya te he dado, y no hay nada que puedas ofrecerle tú al mundo, aparte de tu cara bonita y tu habilidad para bailar. Ya no eres un niño, es demasiado tarde para soñar con ser un marinero, un médico, o un mago callejero. Eres Ivan, y nada más. ¿Preferirías vivir bajo el control de un hechicero loco antes que pasearte ante un público que te adora?

—Es a Ivan a quien adoran. Y preferiría vivir en cualquier otra parte antes que contigo. —Las gélidas palabras de Sevas se deslizaron por el aire. Casi podía sentir el frío de ellas desde donde yo estaba—. No hay nada que puedas ofrecerme para obligarme a volver, señor Derkach.

La expresión de Derkach no cambió. Simplemente se volvió hacia papá.

—¿Cuántos rublos quiere por echar a este chico de su casa y lanzarlo a la calle?

Yo hice un sonido ahogado de protesta al imaginar la exorbitante suma que papá podría exigir a cambio de su petición. Pero las palabras de Derkach le habían sentado mal, pude verlo enseguida. Papá se tensó como un perro de caza que hubiera captado un olor en el viento.

Entrecerró los ojos y respondió:

—Estos hombres están aquí porque así lo reclamaron, y porque quité mis hechizos para permitirles entrar. Nadie entra a este jardín a no ser que yo se lo permita, ni comerciantes, ni mendigos, ni el Gran Inspector y sus hombres. No soy un maldito capitalista que va de un lado al otro bajo el yugo del oro. Abandone este terreno ahora mismo, señor, o lo convertiré en un cuervo hablador.

—Me iré por mi propio pie, hechicero, tal y como entré —dijo Derkach, aunque comenzó a caminar hacia atrás a través de la salvia—. Pero si es el Gran Inspector a lo que teme, lo traeré a él y a sus hombres hasta su puerta, y él pondrá fin a esta farsa de competición. Escúcheme, Zmiy Vashchenko. Nunca más podrá recibir a uno de los hombres de Oblya en su jardín. Nunca jamás podrá seducirlos con la falsa promesa de la mano de una de sus hijas. Fue la justicia la que la mató, antes de que pudiera usarla para sus fines avaros.

La brutalidad de sus palabras me golpeó como si me hubiera clavado una espada en el vientre, y casi me puse enferma del dolor, enferma por miedo a que papá hiciera algo terrible. Él se irguió todo lo posible, e inhaló de forma peligrosa.

Pero entonces se rio, una risa seca y sin humor alguno en ella.

—Sus palabras no son nada para mí, mortal. Ni siquiera la maldición de una verdadera bruja pudo conmigo. Lanzaré un hechizo que le corte las cuerdas vocales antes de que pueda susurrarle algo siquiera a su Gran Inspector.

Pero Derkach ya se había dado la vuelta. Era como si las palabras de papá fueran torpes flechas que no podían alcanzarlo. Nunca había visto a mi padre ser ignorado de forma tan casual y abrupta, y durante un momento pude verlo como Derkach lo hacía: un viejo loco en una casa en ruinas, soltando sus delirios sobre unas humillaciones inciertas. Por un momento, fue como si papá no tuviera poder alguno.

Pero cuando pestañeé, volvió todo a mí: la magia restallando en el aire, la ira de su rostro, el color de sus mejillas, que permanecía ahí desde que Derkach había pronunciado las palabras «Gran Inspector».

El Dr. Bakay se puso en pie de nuevo, y el cuerpo de Undine rodó hasta terminar boca abajo entre la tierra y las plantas. Derkach desapareció a través de la verja, la cual quedó abierta, meciéndose de un lado a otro como si fuese un vestido colgado de un tendedero.

Enseguida sentí que Sevas se relajaba, y sus hombros descendieron. Pero el viento sopló de nuevo, y capté el olor salado de la sangre de Undine. Rose estaba aún arrodillada junto a ella, aunque sus sollozos habían menguado a unos gimoteos; otro sonido que jamás había escuchado que mi hermana mayor hiciera antes.

Antes de que papá pudiera decir otra palabra, antes incluso de que pudiera mirar a su hija y llorar por ella, uno de los jornaleros alzó la cabeza.

—Tengo que irme —dijo.

Papá lo miró como un halcón evaluando su presa.

—¿Qué has dicho, chico?

—Es solo que… Bueno, el monstruo, el asesino… Ha elegido su finca como objetivo. —El hombre que hablaba era uno de rostro pecoso, uno que no era Sobaka—. Y ahora su hija está… Bueno, eh… muerta. Esa es la mitad de la razón por la que estaba aquí, ¿no es así? Para competir por su mano. No pretendo ofenderle, señor, por supuesto, pero su otra hija es feroz como un oso herido, y su hija más joven, bueno…

No tenía que acabar la frase para que todos supieran lo que quería decir. Papá ya me había dicho que mi rostro era sencillo tantas veces… Sin embargo, esta vez, papá frunció el ceño y nubes de tormenta parecieron apilarse en su frente.

—La mano de mi hija viene con algo más que una mujer bonita con la que compartir la cama. Es mi finca lo que heredaréis algún día, en toda su gloria y esplendor.

Pero los hombres llevaban allí casi tres días, y habían visto las grietas en el yeso, la maleza y las espinas que llenaban el jardín, la hiedra que crecía en las paredes como si fuera la barba de un anciano, los grifos que funcionaban solo la mitad del tiempo, el suelo de madera que se pudría bajo nuestros pies… Nuestra casa no era un gran premio. Era un perro de carreras al que se le había pasado la hora, con el morro gris y cojo, a solo unos momentos de que lo mataran por compasión.

El hombre no lo dijo en voz alta, pero quedó claro en sus ojos, en la manera en que bajó la mirada al suelo y comenzó a caminar hacia atrás lentamente, en dirección a la verja. Un momento después, el resto de los hombres lo siguieron.

Yo me quedé allí de pie en la hierba mientras veía cómo el cuerpo de mi hermana palidecía y se ponía rígido. Papá desfiló tras los hombres con más vigor del que le había visto exhibir antes, abriéndose paso entre la muchedumbre hasta que bloqueó la salida hacia la verja.

—Ah, venga, señor —dijo el hombre de las pecas—. Nosotros somos quince, y usted solo uno.

Quince no, pensé yo. *Catorce. Uno menos que los que entraron.*

Pero el hombre se había equivocado en algo más que en las cuentas. Papá echó los hombros hacia atrás y su magia se liberó como un millar de dardos envenenados. Se expandió como un frente de frío que llegaba desde el helado Mar del Medio. Y entonces, cuando los hombres intentaron abrirse paso a empujones, los barrotes de la verja se convirtieron en unas víboras negras que siseaban y escupían.

Los hombres se echaron hacia atrás y trataron de saltar los unos por encima de los otros mientras las serpientes se arrojaban sobre ellos y buscaban morderles. Cuando todos hubieron caído al suelo en su huida, o se refugiaron tras el peral en flor, papá encerró de nuevo su magia en su puño, y las serpientes cesaron sus siseos.

Se quedaron quietas, tensas, pero sus transformaciones solo funcionaban en una dirección. Nuestra verja jamás volvería a ser una verja de nuevo. Desde ahora en adelante, sería una celosía de serpientes negras, firmes y suspendidas en el aire, pero listas para escupir y lanzarse contra cualquiera que osara acercarse demasiado.

Uno de los hombres comenzó a llorar, y papá lanzó una fuerte y eufórica risa.

—Sí, quince de vosotros —dijo él—. Pero solo hay un hechicero Zmiy Vashchenko. Soy el único hechicero que queda en Oblya,
y tengo el poder y la fuerza de todos aquellos a los que me comí
antes de su caída. Si rompéis vuestro juramento conmigo, también os comeré a vosotros.

Y entonces se fue, pasando junto al cuerpo frío de Undine.
Pero su magia permaneció en el aire, como un asfixiante humo
negro.

Enterramos a Undine justo allí, a los pies del enebro, y en lo único
en que podía pensar era en cómo había barrido los diminutos
huesos de pájaro de mamá y los había tirado a la basura. Rose
lloró mientras cavaba, regando con sus lágrimas la tierra donde
plantamos el cuerpo de nuestra hermana. Sevas y yo sobre todo
observamos mientras el viento nos revolvía el pelo, su chaqueta y
el dobladillo roto de mi camisón.

Indrik miró desde detrás de la gran begonia, y pensé que se
acercaría y diría una elegía, o que prometería vengarse con su magia divina, pero lo único que hizo fue también llorar como un
hombre, y no como una cabra. Desconocía si las cabras podían
llorar. El duende ciertamente podía, pero no estaba por ninguna
parte, y los cuervos sin ojos se habían quedado en silencio.

Nunca le había dedicado mucho tiempo a pensar en cómo mis
hermanas y yo moriríamos, así que no se me había ocurrido que
Undine, la más bella de las tres, tendría un funeral con tan poca
asistencia. Incluso los jornaleros que la habían deseado, tanto en
la vida como en la muerte, ahora se escondían en el cobertizo, o
bajo el ciruelo. Algunos de ellos trataban de provocar a las serpientes, y recibían mordiscos por ello.

Ahora que la escabrosa obscenidad de su muerte se había es-
fumado, ahora que su sangre se había secado y había adquirido
el color del óxido, y que su cuerpo había comenzado el lento y
humillantemente mortal proceso de la descomposición, ya no

estaban interesados en mirar. Las brujas morían tal y como las mujeres normales, o al menos, *podían* hacerlo. Aquello era algo que aprendí observando cómo los labios de mi hermana se quedaban pálidos.

Cuando acabó, Rose se levantó. Tenía las manos llenas de tierra. Fue hasta mi lado, sin decir una palabra, para abrazarme, por supuesto. Pero, por alguna razón, yo creí que iba a pegarme, y me encogí. En sus ojos destelló el dolor.

—No es culpa mía —susurré yo—. No pretendía...

—¿De qué estás hablando?

Abrí la boca, y expulsé todo el veneno que me había tragado. Le conté a Sevas y a ella todo: cómo le había revelado a Undine mi secreto por rencor, cómo ella me había amenazado con contárselo a papá, cómo Sevas había vuelto por Derkach, cómo habíamos planeado robar el espejo de mamá. Sevas sacó la polvera de mamá de su bolsillo, aún con la arena negra en su interior, y se la enseñó. Ahora parecía un amuleto tan estúpido, eso que había protegido con tanta envidia durante tanto tiempo, aquella cosa a la que había imbuido de una magia llena de deseo y poder.

Quería contarle lo del hueso de costilla también. Lo de Sobaka. Lo del hombre del teatro sin corazón ni hígado, pero la voz se corrompió en mi garganta, como algo a punto de pudrirse.

—Marlinchen, tú no podrías haber hecho esto —dijo Rose cuando terminé de hablar, temblorosa y sin aliento por el esfuerzo de todo lo que había confesado—. Tu magia no funciona así. No puedes lanzar un hechizo solo porque tengas un pensamiento cruel. Si pudieras, ¿no crees que a estas alturas habríamos convertido a papá en una cucaracha o en un sapo? Que te enfadaras con Undine no hizo que muriera. Tu magia es solo para mostrar; no es para hacer, cambiar ni crear.

Pero ¿lo era? Había deseado un Ivan, uno al que no le importara que fuera sencilla de rostro, y había venido. Había enterrado mi secreto, había derramado sangre para mantenerlo, y se había roto como el cascarón de un huevo, lleno de esperanzas y promesas.

Miré la sangre seca bajo mis uñas, la herida que me había hecho en los nudillos. Las palabras se alzaron en mi interior, pero no quería molestar más a mi hermana, así que dejé que flotaran hacia abajo de nuevo.

—¿Qué la mató, entonces? —pregunté en su lugar—. ¿Un monstruo de verdad?

—Por supuesto que no —dijo Rose, en un tono de voz cortante y rápido que no dejó lugar a discusiones—. Debe haber sido uno de los hombres. Quizá le dijo que no a uno de ellos. Haré un elixir de la verdad esta noche, y lo echaré en su sopa. El culpable se revelará solo. Pero Marlinchen, ¿hay algún otro tónico o elixir que necesites de mí?

—¿A qué tónico te refieres?

—Bueno... —dijo, mirándonos a Sevas y a mí—. Sabes cómo funciona, ¿no? ¿Que cuando yaces con un hombre, existe el riesgo de que algo eche raíces en tu vientre? Si quieres arrancar esas raíces, tengo elixires para eso.

Me sonrojé de forma violenta. No podía obligarme a mí misma a mirar a Sevas. Papá siempre había dicho que la semilla de los hombres mortales no crecía con facilidad en el útero de las brujas, pero no sabía si aquello había sido un fraude, al igual que sus pócimas. Si las brujas podían morir tal y como las mujeres mortales, ¿no podrían reproducirse como ellas, también? No quería ofender a Sevas al sonar tan ansiosa por librarme de aquel niño imaginado, pero él habló primero, salvándome de tener que responder.

—Por mucho que disfrute esta investigación sobre mi virilidad... —comenzó a decir, pero Rose alzó una mano.

—No te estaba preguntando a ti —dijo de forma desagradable—. Marlinchen, ven a mi despensa después y me aseguraré de que la semilla de este hombre nunca florezca.

Aún estaba demasiado mortificada para contestar, así que me limité a asentir. Entonces recordé lo que Undine había dicho, sobre cómo Rose sabía que las pócimas de papá no eran reales, y que había copulado con mujeres en su despensa y en el cobertizo del jardín. Algo en mi interior se endureció, como un hueso de ciruela. Durante mucho tiempo me había preguntado qué era lo que mi hermana mediana quería, cuáles eran sus sueños, y ahora sabía que lo había tenido todo este tiempo y que yo era la única que no había tenido nada. Ella y Undine habían conspirado para mantenerlo en secreto, y solo podía suponer que tal vez fuera porque creían que me haría demasiado temeraria, demasiado terca, y que podría poner en peligro sus propias rebeliones al contármelo.

Si lo pensaba demasiado, dolía mucho. Me alegré cuando mi hermana se marchó. Tenía miedo de que mi ira pudiera matarla de la forma en que había matado a Undine. Había sopesado aquella idea antes: que, si había magia en guardar un secreto, ciertamente había magia en contarlo también. Mi magia puede que solo fuera para mostrar, pero era magia, al fin y al cabo.

Cuando Rose se marchó, por fin me volví hacia Sevas y esperé que el rubor de mis mejillas hubiera desaparecido ya. Respiré hondo y un silencio se extendió entre nosotros, roto solamente por los sibilantes sonidos de las víboras, y los hombres que trataban de provocarlas.

Al fin, dijo:

—Marlinchen, lo siento muchísimo.

—¿Por qué? Tú no la has matado.

—No, pero es tu hermana, y está muerta. Y si uno de los hombres que hay aquí es un asesino, significa que puede que ataque de nuevo. ¿Por qué quiere tu padre de forma tan desesperada mantenerlos aquí? No es que no me sienta aliviado de que no me haya entregado a Derkach como si fuera un botín de guerra, pero ¿por qué el gran hechicero Zmiy Vashchenko ha comenzado a ocuparse de los jornaleros que tanto dice odiar?

En la oscuridad, con tan solo la pálida luz de la luna y las luciérnagas que brillaban como un puñado de monedas tiradas, pensé que, por un momento, podría fingir. Podría seguir actuando como si creyera que solamente nos amenazaba un hombre mortal, enfermo y retorcido, un enemigo que podía ser destruido con facilidad. Pero sería como Sevas bailando como Ivan, o como yo sonriendo y batiendo las pestañas mientras alguien ata un torniquete en mi pierna.

—Sevas —dije—. ¿Recuerdas el hombre muerto del teatro?

—Dijiste que no querías hablar de ello.

—Bueno, ahora sí quiero. —Me mordí el labio. Apenas pude resistir meterme el nudillo en la boca—. Si el asesino fuera un hombre mortal, no habría podido subir el cuerpo hasta las vigas. Hicieron falta cinco jornaleros y un sistema de cuerdas y poleas para bajarlo. Y su corazón y su hígado no estaban, tal y como sucedió con los hombres que encontraron en el paseo marítimo.

—Creía que eso lo habían hecho los perros.

—¿Y los perros llevaron también el hombre hasta el teatro?

Sevas frunció el ceño.

—Y ¿qué tipo de criatura crees que podría haber subido a un hombre hasta las vigas?

—Algo con alas —le dije con voz temblorosa.

—Habla claro, Marlinchen. —Sevas tomó mi rostro entre sus manos. Incluso ahora, me emocionó un poco su proximidad, la forma en que sus dedos mordidos estaban a escasos centímetros de mi boca—. Quiero escuchar lo que hay dentro de tu cabeza.

No podía querer eso, no de verdad. ¿Cómo podía explicarle las cosas que me pasaban por la cabeza cada vez que cerraba los ojos, cada vez que escuchaba una puerta cerrarse de forma sonora, cada vez que veía mi propio reflejo en la parte de atrás de una cuchara? No podía querer saber cómo había imaginado que me cortaba mis propios pezones con las tijeras de podar de Rose, con dos cortes limpios para que cayeran como pétalos de flores, sin sangre, rosados. No podía querer saber cómo me había imaginado tirando de la parte blanca de la piel alrededor de mi uña, pelando mi mano como la piel de una patata, hasta que estuviera completamente roja. Decía que me quería de la misma forma en que un hombre amaba a una mujer, pero no sabía cuánto del veneno de papá se había colado en mi interior. Y, en realidad, tampoco yo lo sabía.

—Creo que mi padre es el monstruo —susurré yo—. Creo que mató a esos hombres y se los comió.

Sevas no hizo ningún gesto, ni pestañeó, y por eso lo quise con tanta fuerza y de forma tan completa que apenas podía soportarlo. No me soltó el rostro. Tan solo dijo:

—¿Y tu hermana?

—No lo sé. —El recuerdo del cuerpo desnudo de Undine, con su pecho destrozado y lleno de sangre, destelló dentro de mis párpados—. Su cuerpo aún tenía el corazón y el hígado. Pero el Dr. Bakay dijo que no podía ser obra de un hombre mortal.

Sevas inhaló de forma brusca.

—El doctor ha estado equivocado otras veces.

Le amé también por haber dicho aquello, quizás incluso más. Las lágrimas se acumularon en mis ojos por primera vez desde que había visto el cadáver de mi hermana.

—Antes de irme había quince hombres en la sala de estar de papá. Ahora hay catorce, además de ti. Creo que quiere a los hombres aquí para poder comérselos también.

Aun así, no hizo gesto alguno. Podría haberme reído por lo agradecida que estaba por ello. Había creído que sonaría como una loca cuando dijera aquellas palabras en voz alta, pero la mirada estable de Sevas hacía que parecieran más sólidas y reales, como cuando la clara de huevo se bate y se endurece, tomando una nueva y extraña forma.

Era aterrador cuán rápida y simple había sido aquella transformación. El suelo no tembló bajo mis pies, el cielo no se desmoronó y cayó sobre mi cabeza en forma de trozos azules. Solo ocurrió que, un momento atrás, papá había sido solo mi padre, el gran hechicero Zmiy Vashchenko, y ahora él era el monstruo con la panza llena del hígado de los hombres.

—Querrá comerte a ti ahora —le dije rápidamente, antes de que Sevas pudiera decir nada—. Esa era su razón para organizar esta competición, y la razón de que te haya recibido de forma tan amable en nuestra casa.

—Debe de haber alguna forma de detenerlo —dijo Sevas, pero yo ya estaba negando con la cabeza—. Algún hechizo, algún encantamiento... ¿una pócima de tu hermana, quizá? Sé que tu magia es buena, Marlinchen.

Pero no había manera de que, fuera cual fuere el poco poder que tenía, pudiera igualar al de papá, y él transformaría a Sevas en un pez o en una rana si osaba intentarlo siquiera. Las historias del códice de papá que hablaban de grandes hechiceros siempre aseguraban que todos tenían una debilidad de algún tipo. Su alma estaba encerrada dentro de la cabeza de un alfiler, o su corazón estaba custodiado en el nido de un pájaro de fuego. Había hechiceros que podían ser quemados o congelados, otros que podían ser derrotados por caballeros andantes. Incluso el Zar-Dragón había caído bajo la hoja de Ivan.

Pero si papá tenía alguna debilidad, no eran las cosas que contaban en los cuentos.

—Teme al Gran Inspector —dije yo—. Nos ha advertido sobre él y sus hombres desde que éramos niñas, y nos contó a mis hermanas y a mí que podría arruinarnos. Juraría que incluso tembló cuando Derkach pronunció su nombre. Si Derkach pretende traer al Gran Inspector aquí, tal vez con eso baste. Pero ¿cómo pasarán junto a las serpientes? Y ¿qué haremos después?

—Las serpientes pueden ser matadas —dijo Sevas—. Son mortales, ¿no es así? Y una vez que tu padre esté encadenado, podremos tomar el espejo y venderlo.

De repente mi mente parpadeó, como si alguien me hubiera iluminado con un rayo de una luz blanca brillante. No podía concebir a papá encadenado. Era un sueño tan imposible como todos los que había tenido de niña, el sueño de poder lanzar mi cabello por la ventana de mi dormitorio para que un apuesto príncipe trepara por él, el sueño de que un hombre llamado Ivan pudiera amarme tanto que dejaría que lo devorara. Mi estómago vacío dio un vuelco, y de repente pensé que iba a vomitar de nuevo.

—Tengo que hablar primero con él —conseguí decir—. Tengo que preguntarle... Tengo que escuchar la verdad de él.

—Marlinchen, es un monstruo. Te matará.

Yo negué con la cabeza, y la sangre se me agolpó en los oídos en un torrente furioso.

—No lo hará. Le sirvo más estando viva. Lo peor que puede hacer es coartarme aún más.

—No quiero que te coarte para nada. —La voz de Sevas subió al final de la frase. No creía haberle escuchado nunca tan crispado, tan cerca de romperse como si fuese un hilo desgastado. Había visto hoy a Derkach, después de todo, y además le había contado que estaba viviendo en la misma casa que un hombre que quería comérselo—. ¿Qué pasa cuando sujetas un espejo frente a un monstruo? En mi experiencia, nada los enfada más que la verdad.

Pero yo ya había tomado mi decisión.

—Papá no me matará. ¿Quién le prepararía sus comidas, haría su colada y limpiaría la sala de estar si yo estuviera muerta? ¿Quién aliviaría el peso de su maldición?

—Le echas la culpa de demasiadas cosas a su maldición.

Sentí que mis mejillas se calentaban.

—¿Quién lo dice?

—Yo —respondió Sevas—. Y si dices que debes hacerlo, no puedo detenerte. Pero, por favor, Marlinchen, vuelve. Vuelve conmigo.

—Lo haré —le dije yo. Le besé allí mismo en el jardín, bajo el cielo profundamente oscuro. Cerré los ojos, y cuando lo hice, me imaginé a mí misma como una doncella nívea, un cisne, algo salido de una historia, algo que era tan irreal que no podría sufrir daño alguno—. Te lo prometo.

Fui hasta la habitación de papá flotando, como si tuviera alas. Llamé a la puerta.

La voz de papá resonó al otro lado, ronca al haber interrumpido su sueño. ¿Cómo podía dormir después de haber matado a su hija? Un hombre extraño era una cosa, pero Undine era su propia sangre. Tuve un escalofrío solo de pensarlo, y noté el sudor en mi frente mientras empujaba la puerta y pasaba bajo el marco.

Papá estaba envuelto en mantas hasta la barbilla, con la hinchazón de su estómago visible bajo ellas. Su magia bañaba el aire, densa como el humo que salía de las cafeterías merzani en el paseo marítimo, y me quemó los ojos.

Me temblaron las piernas, pero de alguna manera resistí el impulso de arrodillarme. Si me postraba ante él ahora, podría matarme con su gentileza.

—Estoy cansado, Marlinchen —me dijo papá—. Acabo de ver a mi hija ser enterrada, ¿por qué interrumpes mi descanso?

El espacio vacío en la cama, junto a él, era donde siempre imaginaba al espectro de mamá, con las sábanas arrugadas con su forma, aunque por lo demás, era invisible a la vista. Pensé en cuán sobrio había estado papá cuando sirvió el varenyky aquella noche en que yo tenía trece años, cuando estaba llorando la pérdida de mi madre pájaro. ¿Cómo no lo había sabido antes? ¿Cómo había arrancado ese recuerdo de raíz para que no pudiera seguir expandiendo sus negras raíces en mi mente?

—Por favor, papá —susurré—. Habla claro. ¿Sabes cómo murió Undine?

Papá se incorporó con un gruñido y apartó las sábanas. Cuando habló, no lo hizo con timidez o dudas, sino como un rey emitiendo su proclamación, como un señor anunciando el nuevo diezmo a los siervos que trabajan en sus tierras.

—El doctor dice que la mató un monstruo. Rose cree que fue un hombre. ¿Qué más me da a mí? Mi hija no está. Es un hechizo que no puede deshacerse, y ciertamente no lo hará con tus lloros y tus temblores.

El estómago me dio un vuelco, y casi me doblegué ante su magia en ese momento, ante el poder estruendoso de sus palabras y los hechizos que merodeaban por la cabeza.

—Dos hombres muertos junto al paseo marítimo —le dije, escogiendo con cuidado mis palabras para que cada una de ellas cayera con un peso que le hiciera temblar—. Otro en el teatro de ballet. Un comerciante de una de las grandes empresas; lo leí en el periódico. Encontré esta tarjeta entre tu ropa, y sabes perfectamente que falta uno de tus hombres. Creías que Oblya no echaría de menos a otro jornalero de mirada perdida. Pero hay algo malo en Oblya, y lo sabes. Es una maldad del viejo mundo, nada que hayan traído aquí los barcos mercantiles ni los trenes de carga.

—¿Qué intentas decirme, Marlinchen?

El imperturbable poder de su voz hizo que me tambaleara, y la pregunta me trabó la lengua, como si fuese la faja de un vestido. Sevas tenía razón: no había nada que pudiera ganar con todo esto, excepto mil nuevos hoyos que evitar, y otras tantas dagas a mi espalda. Solo había el mismo riesgo que siempre había habido: que papá pudiera encontrar la manera de encadenarme a esta casa, y a él.

Pero mi mente cansada lo intentó de todos modos. A través de la neblina de sus hechizos, entrecerré los ojos más y más al mirar a mi padre. Traté de encontrar la constelación entre el cúmulo de estrellas que era su rostro; traté de encontrar el amor en sus ojos, como si fuera unas oscuras aguas agitadas bajo el hielo. Traté de llamarle «papá», pero mis labios no parecían ser capaces de formar la palabra. Lo único que veía era la ráfaga de plumas blancas, y entonces el Dr. Bakay me sonrió desde de la agitada oscuridad que era el rostro de mi padre.

Al final fue la fuerza de la visión lo que hizo que me derrumbara y cayera de rodillas, no la obediencia. Cuando conseguí hablar de nuevo, fue en un susurro desesperado y tembloroso.

—No quiero que sea cierto. Por favor, haz que no sea cierto. Retíralo todo, di que lo retiras. Di que nada de ello fue por tu culpa.

Y entonces, increíblemente, papá se arrodilló junto a mí. Tomó mi rostro entre sus manos, y me miró con algo que podía creer que era amor, si no supiera que la maldición le había arrancado todo el amor, tal y como las estepas habían sido arrancadas para hacer nuevos caminos y fábricas.

—Marlinchen —me dijo, de forma tan suave—. Si quieres que te cuente una historia, lo haré. Solo tienes que pedírmelo. Te contaré el principio, la mitad y el final. Te contaré que tu madre echó a volar para vivir en una preciosa isla verde en mitad del mar, donde siempre hay néctar de rosas para beber. Te contaré que fue una asquerosa criatura la que mató a tu hermana, no un monstruo ni un hombre. Es lo mínimo que puedo hacer por ti.

—No. —Negué con la cabeza, incluso aunque seguía sujetándome el rostro—. No quiero una historia. Yo… no lo entiendo.

Papá suspiró con algo de exasperación y también algo de afecto, lo poco que la maldición le permitía.

—Creo que sí que quieres una historia, Marlinchen. Sobre todo porque, en esta historia, tú querías a tu hermana, y jamás le harías ningún daño. Y también quieres a tu padre, y te tomarías cualquier veneno con tal de que él no tuviera que hacerlo.

—Basta —susurré. Estábamos tan cerca que mi caliento rozó sus labios—. Por favor.

—Querías una historia, ¿no es así? Tan solo te la estoy contando. No creo que prefieras la verdad, ya que es fea y banal, y las historias son dulces y seguras.

Yo me aparté de un tirón de él, y un sollozo me salió de la garganta. ¿Era posible escapar de la historia de tu propia vida? Sevas lucharía contra el Zar-Dragón y besaría a la zarevna, y yo andaría el mismo camino desde el cuarto de mi padre hasta la cocina, hasta mi dormitorio, como los engranajes que giraban dentro del reloj de pie, ambos siguiendo la rotación a la que estábamos condenados. ¿Y qué era una historia, sino una baya que te comías una y otra vez hasta que tus labios y tu lengua estuvieran rojos, y cada palabra que dijeras fuera venenosa?

Me puse en pie y me lancé hacia la puerta, pero papá no me persiguió. Casi quería que lo hiciera. Casi habría deseado verle tratar de agarrar mi camisón, romper la seda entre sus garras, darme una razón para temerle más aún, y creer que lo que le había contado a Sevas era cierto.

Conseguí recorrer la mitad del pasillo antes de que algo comenzara a pesarme como un vestido empapado, ralentizándome. Las palabras de papá eran pesadas, tanto que era insoportable, y sabía que no sería capaz de soportar su peso durante demasiado tiempo. En el rellano del segundo piso, miré hacia el vestíbulo, a la puerta abierta que llevaba a la sala de estar, las lámparas de gato, los jarrones de gato, y los retratos con manchas de humedad de hechiceros llamados Vashchenko que habían muerto hacía ya tiempo. No había nada en aquella casa que no fuera parte de la historia de papá, que no hubiera escrito él para satisfacerse a sí mismo. Nada en lo que pudiera confiar para que me dijera la verdad. Excepto...

La idea repentina me condujo escaleras abajo, con el corazón en un puño, y me impulsó por el pasillo a través de los cuartos sin usar de los sirvientes para evitar encontrarme con Sevas. Estaba tan impelida por la adrenalina, que ni siquiera temí al Dr. Bakay.

Empujé la puerta del jardín, y aspiré una bocanada del frío aire nocturno. La luna bañaba con una pálida luz todas las zarzas, la maleza demasiado crecida y la hiedra que trepaba por el lateral de la casa con una perseverancia casi desesperada. El cardo de lavanda parecía blanco. Busqué con la mirada algo oscuro abriéndose paso entre los pálidos tallos, algo que no debería ser capaz de ver.

Así que, por supuesto, lo vi entonces: tan completamente negro que parecía la ausencia de una cosa, tan solo un tajo vacío en el mundo. Nuestra serpiente de fuego. Me arrastré hasta ella, con mi camisón de seda rozándome las piernas desnudas, como si pudiera asustarla y hacer que huyera.

Pero no huyó, tan solo alzó la cabeza y la giró hacia mí. Me arrodillé ante ella, hundiéndome en un trozo de suelo mojado.

—Quiero... —le dije.

Habló con una voz humana sin mover la boca, y la voz pareció entrar en mi cabeza como si mi propia mente estuviera conjurando las palabras.

«Ten cuidado con lo que dices en voz alta, tercera hija. Sea lo que fuere lo que pidas, estoy obligada a proporcionártelo, y tu estás obligada a pagar por ello».

—Lo sé —dije yo. Había escuchado las historias de papá, pero no eran pañuelos de seda o cuentas de cerámica lo que yo deseaba—. Quiero la verdad.

«Ya sabes cuál es la verdad, señorita Vashchenko. Lo que quieres es el valor para creer en ella».

La cabeza empezó a martillearme de nuevo, con aquel dolor punzante bullendo tras mis párpados.

—Entonces dame eso. Pagaré el precio que haga falta.

La lengua de la serpiente negra salió de su boca.

«Llevo tanto tiempo tan hambrienta... Si me das de comer, te daré lo que tu corazón desea».

Sin dudar, me quité la bata y tiré del camisón para sacármelo por la cabeza. Había dos cortes en la espalda del camisón, justo donde mis omóplatos estaban. No me había dado cuenta antes.

Los pezones se me contrajeron del frío. Me arrodillé en el oscuro jardín, desnuda y temblando, y la serpiente comenzó a reptar por mi muslo. Las escamas de su panza eran tan suaves como las piedras de un río. Me rodeó un pecho de la forma en que imaginaba que se acurrucaría junto a un ratón antes de comérselo. Y entonces, se me enganchó con los dientes en el pezón.

El dolor fue intenso pero breve, como el pinchazo de una aguja. Vi la gota de sangre también, como si se hubiera abierto un grifo, y lo que era peor que el dolor en sí mismo: la sensación de una liberación involuntaria.

Me salió un gemido de los labios, y entonces la voz de la serpiente de fuego rebotó de nuevo en mi mente.

«Ve al tercer piso, joven doncella. La puerta se abrirá para ti».

Me puse en pie de forma inestable, con la serpiente enroscada sobre mi pecho, y me encaminé hacia la casa con el intenso propósito de un perro que estuviera siguiendo un rastro.

Apenas había tocado la puerta del hueco de la escalera del tercer piso cuando se abrió hacia dentro con un movimiento, y con la madera crujiendo. Si papá realmente había lanzado algún encantamiento sobre ella, pasé al otro lado con facilidad, como si no fuera más que un velo de telarañas.

La escalera estaba a oscuras, pero encontré la pared con una mano, y la voz de la serpiente dentro de mi mente fue una mejor guía que cualquier vela. «Dos pasos más hasta llegar. Hay una tarima suelta aquí, ten cuidado de no tropezar. Estás muy cerca, Marlinchen».

Hice una pausa para recobrar el aliento, y más adelante por el pasillo había un cuadrado de luz reflejándose en el suelo, cortado en dos por la sombra de una puerta abierta. La serpiente no tuvo que decirme que debía ir hacia ella.

La última vez que había estado en el tercer piso, mi madre había sido un pájaro en su jaula. Los diez años que habían pasado entre ese momento y el ahora se amontonaron sobre mí como si fuera nieve. Me sentía tan vieja como una arpía, y tan joven como una niña, antes de que mis pechos hubieran brotado. Me sentía como la niña que se había ocupado de forma tan cuidadosa de su madre pájaro, y a la vez como la chica que se la había comido. Me sentía como una bruja con un poder indeterminado, y también como una mujer mortal que bailaba en tabernas y sangraba entre las piernas.

Me frené en el umbral y observé la silueta de mi cuerpo desnudo ante la luz de la luna. Ante mí estaba la jaula de mi madre, con la puerta dorada abierta de par en par, y el espejo que nunca miente, con la sábana blanca echada por encima. La serpiente de fuego me soltó el pezón y reptó hasta mi hombro, donde se enroscó alrededor de mi cuello como si se tratara de un collar de perlas. Unas gotas de sangre se amontonaron en las dos pequeñas incisiones que sus dientes habían dejado.

No escuché a nadie caminar detrás de mí hasta que oí la voz de Sevas. Estaba de pie junto a mí en el umbral de la puerta, con nuestro aliento formando nubes blanquecinas.

—Marlinchen, ¿qué haces aquí?

—¿Cómo me has encontrado?

—Te he seguido, la puerta estaba abierta. —No mencionó la serpiente, pero recorrió mi cuerpo desnudo con su mirada de arriba abajo, con una mezcla de anhelo desesperado y miedo desconcertante—. ¿Qué ha hecho tu padre?

Yo ya estaba cruzando la habitación. Pasé junto a la jaula vacía de mi madre y me frené ante la sábana blanca, y lo que estaba oculto bajo ella.

—Este es el espejo que nunca miente. Lo único en esta casa que te dirá la verdad, en lugar de contarte una historia, incluso si no te gusta lo que ves. —Hice una pausa, y la serpiente apoyó su cabeza en el hueco de mi garganta—. Ven aquí y mira conmigo.

Sevas negó con la cabeza y sonrió débilmente.

—Tengo miedo.

—¿Miedo de qué?

—Por si descubro que soy repugnante —dijo, y ya no sonreía.

Mi corazón se llenó de un afecto delicado.

—Eso es imposible.

Sevas suspiró y entonces cruzó la habitación para unirse a mí. Tenía los hombros tensos, como cuando hacía de Ivan, cuando se preparaba para acabar con el Zar-Dragón. Estaban tensos como si aún llevara la túnica de plumas. Me pregunté si eso era lo que le asustaba ver: a Ivan, mirándolo fijamente.

Yo suspiré también y agarré su mano, entrelazando nuestros dedos. Entonces, con la mano libre, agarré la sábana blanca que cubría el espejo.

Yo también estaba asustada, tan asustada como una niña que había visto una silueta coronada con cuernos pintada sobre la habitación de su cuarto de noche, tan asustada como una joven que había escuchado a unos hombres preguntar por ella mientras se encogía de miedo bajo sus sábanas. Pero había ocurrido una transformación en mi interior, donde nadie podía verla.

Tiré de la sábana con una floritura y dejé que cayera al suelo sin forma, como un vestido caído de un tendedero. La mano de Sevas estrechó aún más la mía, y lo escuché balbucear mi nombre.

Observé mi propia metamorfosis temblorosa en el espejo mientras mi reflejo se deformaba, se retorcía y florecía, todo en solo unos segundos. Vi unas escamas negras cubrir mi barriga desnuda y mis pechos mordidos. Vi mis labios entreabrirse, más rojos que nada en el mundo, y mi lengua bífida asomarse entre las hileras de unos dientes afilados como cuchillos. Vi la verdad expandiéndose ante mí, al igual que las alas que se desplegaron a mi espalda.

Capítulo catorce

Me había hecho a la idea de que Sevas me soltaría la mano. Que trastabillaría hacia atrás, o que gritaría. En el espejo, su reflejo estaba inalterado, excepto por su ropa, que no estaba. Había unas franjas pálidas de tejido blanco que rodeaban sus brazos y piernas como si fueran lazos, y unos arañazos sobre su pecho, como si cada uno de los golpes del Zar-Dragón hubieran dado en el blanco. Incluso en su rostro se veían los indicios de heridas antiguas, pero aun así era tan apuesto que me quedé sin aliento al mirarlo.

Dejé que mis dedos se soltaran, anticipando el momento en que tiraría de su mano para librarse de mí. Pero él tan solo me agarró más fuerte y más rápido, como si fuera una cuerda salvavidas que alguien le había lanzado entre aguas turbulentas. Me volví para mirarlo a los ojos; en el espejo, mi monstruosa cabeza se volvió también.

—Vete —le dije—. Corre.

—No —respondió él.

—Te comeré —le advertí en apenas un susurro.

—Ya lo has intentado. —Él llevó los dedos mordidos a mi boca, enseñándome los pequeños cortes que le había dejado allí—. Puedes intentarlo de nuevo.

Yo me ahogué, sin poder creérmelo.

—Serías un necio si te quedaras. Los dos hombres del paseo marítimo, el del teatro, el comerciante que vino a nuestra casa…

incluso mi propia hermana. A todos ellos los maté yo y se los comió mi padre. Les abrí la tripa, arranqué sus corazones e hígados y se los serví a papá en bandeja. Podría arrancarte el corazón. Podría incluso comérmelo yo misma. ¿De verdad ansías tanto una muerte cruel?

—Ya he muerto mil veces —dijo Sevas—. De forma cruel, a manos del Zar-Dragón. De forma amable, en la cama de Derkach. Si esto es lo que soy de verdad, un hombre hecho solo de heridas, ¿por qué debería temer algo así ahora? No hay una pareja más perfecta para mí que la que lleve mi propia mortalidad alrededor de su garganta como si fuese una joya.

Mientras hablaba, alzó su mano y rozó el hueco en mis clavículas, justo donde descansaba la cabeza de la serpiente, como si fuera un amuleto de preciado ónix.

—No te creo —le dije—. ¿A qué clase de hombre le importa tan poco la sangre derramada de inocentes? ¿Qué clase de hombre se casa con una mujer con unos dientes tan terriblemente afilados?

—Yo —dijo Sevas. Sus ojos azules brillaban con intensidad bajo la luz de la luna—. Podría pasarme el resto de mis días demostrándotelo. Tengo la paciencia y la fuerza de siete mil Ivanes.

Su reflejo en el espejo alzó la mano para tocar el borde de una de mis alas, y sentí un escalofrío fantasma atravesándome, como una sensación incorpórea que era tan leve que pensé que debía de haberla imaginado.

¿Era una mujer dentro del cuerpo de un monstruo, o era un monstruo dentro del cuerpo de una mujer? Me había preguntado lo mismo de mi madre pájaro cuando se había transformado. ¿Seguía teniendo un corazón de mujer y una mente de mujer dentro de aquellos delicados huesos, y bajo todas aquellas plumas blancas? Las pócimas de papá habían rebanado una parte en mi mente donde los recuerdos de mis asesinatos debían de haber estado, pero eso no era suficiente para mi absolución. Aquellos hombres, el comerciante, y mi hermana habían muerto por mí, incluso si me había guiado la magia de papá.

Las lágrimas me brotaron en los ojos, y cuando cayeron, la serpiente de fuego abrió la boca y las lamió de mis mejillas.

—No —susurré—. No dejaré que me quites las muertes. Tu amor no puede hacer que sea menos monstruo de lo que soy.

Sevas dejó escapar un suspiro.

—No me atrevería a asumir que mi amor pudiera hacer tal cosa. Te aceptaría tal y como eres, nada más y nada menos.

—No te creo —repetí yo.

—¿El espejo muestra la verdad?

—Sí —dije en apenas un susurro.

—Entonces míralo.

Un estremecimiento lo atravesó, y su pecho se hinchó. Se irguió todo lo posible y asumió la gloriosa postura de bogatyr de Ivan, con los hombros bien altos.

Entonces agarró mi pelo, enredando mis rizos sueltos y despeinados entre sus nudillos blancos, y me obligó a alzar la cara para besarme. Me besó con tanta intensidad que casi dolió, y yo gimoteé contra sus labios, pero no me soltó. Rodeé su cuello con los brazos, y él me agarró por la cintura. La serpiente se movió entre nosotros, y en el espejo vi a un hombre terriblemente marcado de cicatrices, y terriblemente bello, abrazado a un monstruo.

Su mano se movió por mi vientre y yo abrí mis muslos para él, gimiendo contra sus labios. Desabroché el botón de sus pantalones con tanta rapidez que casi lo arranqué. Él me levantó por las caderas y me sostuvo contra el espejo, con la serpiente reptando de mi garganta a la suya, y entonces me penetró sin vacilación, sin remordimientos.

Por encima de mi hombro podía ver la cabeza del monstruo retorcerse hacia atrás con la boca abierta de un placer consternado, con los pechos recubiertos de escamas balanceándose. Mis alas estaban aplastadas contra el cristal. El rabillo de los ojos de Sevas lucía caído por las cicatrices serpenteantes que los atravesaban, pero el resto de su cara estaba enterrada entre mi pelo. Al fin, expulsó su semilla dentro de mí con un gruñido, y deslicé las piernas hasta el suelo mientras ambos respirábamos con dificultad.

Sevas se apartó sin aliento. La serpiente se había enroscado alrededor de su garganta, y brillaba como un collar de joyas negro. El espejo estaba empañado por el calor de nuestros cuerpos, y ambos reflejos estaban ocultos. Solo podía verle allí de pie, bajo la clara luz de la luna, a escasos centímetros de la jaula abierta de mi madre.

Algo se rompió en mi interior, como un cristal deslizándose fuera de una mesa y haciéndose añicos. Agarré a Sevas de nuevo mientras mi pelo caía sobre mi pecho mordido.

—¿No lo ves? —me preguntó en una voz ronca, apenas en un susurro—. Puedes arrancarme el corazón y el hígado, puedes abrirme la tripa y comerte lo que hay dentro. Preferiría soportar eso a perderte ante aquellos que te dicen que tu rostro es simple, aquellos que te hacen arrodillarte y besarles los pies. No me dejes solo. No me dejes para lamerme las heridas como un perro antes de que lo sacrifiquen. No mires mi realidad y apartes la mirada. Por favor, Marlinchen.

Casi me reí.

—¿Preferirías que me comiera tu corazón antes de que apartara la mirada, repugnada?

—Por supuesto —exhaló—. Siempre.

Así que di un paso hacia él y tomé su rostro entre mis manos. Pasé el pulgar sobre sus labios, y él tembló bajo mi tacto, con sus pestañas pintando una sombra sobre su alto y delgado pómulo como si fueran plumas. Traté de no pestañear tanto como pude, para poder mirar fijamente su esencia, su verdad. La serpiente reptó por su garganta y apretó su cuerpo a su alrededor como si fuese un cepo. Cuando vi el latir de su corazón entre sus músculos, arranqué a la serpiente de él y dejé que se enroscara alrededor de mi muñeca en su lugar.

—Quizás —le dije— esta historia sí que pueda tener un final feliz.

La comisura de sus labios se alzó en una preciosa y torcida sonrisa.

—¿Quién lo dice?

—Yo.

En mitad de la noche, extraje un candelabro y fui hasta la despensa de Rose. Casi había esperado ver a los hombres de nuevo en la sala de estar, tirados en nuestros sofás como sabuesos cansados, pero aún estaban en el exterior, en el jardín, dormitando bajo el peral en flor, o intentando enfrentarse a la verja de serpientes. Papá estaba aún en su habitación con la puerta cerrada, y me parecía tan gracioso que pudiera dormir tan pacíficamente mientras yo vagaba por la casa. Su hija era un monstruo, y él no le tenía miedo, puesto que solo se volvía mortífera bajo su mano. A un perro que mordía a su amo no le quedaría mucho tiempo.

Lentamente abrí la puerta de la despensa, dejando que entrara un rayo de luz. Allí estaban los estantes llenos de telarañas, los viales de agripalma troceada, la tabla de cortar polvorienta donde los tallos de lavanda seca se pudrían bajo la oscuridad. El compendio de herborista estaba sobre el escritorio, abierto por la página de «enfermedades de la boca». Dejé mi candelabro allí y comencé a tratar de descifrar la letra de mi hermana bajo el charco de luz amarilla.

Apenas había conseguido entender una sola palabra cuando escuché el golpeteo de unos pasos tras de mí, así que agarré el candelabro y me giré. La silueta de Rose apareció en la puerta, con su camisón, aún con el olor a tierra y a la sangre de Undine, con el fuerte olor atravesando incluso el aroma a las hierbas húmedas. Bajo la cortina de su pelo enredado, su rostro se veía contraído y pequeño.

—¿Qué estás haciendo, Marlinchen?

Miré a mi bella hermana de arriba abajo, y por primera vez la vi como lo hacían los hombres: como una alfombra colocada sobre un hueco en el suelo, algo que podría desaparecer en cuanto pusieras un pie encima. Era una buena bruja y una mujer inteligente, pero era una mentirosa.

«Papá ni siquiera es un herborista», me había dicho Undine. Cada vez que me había bebido el zumo negro que no sabía a nada, que no había dejado rastro alguno de ser un veneno. Solamente una herborista sabría hacer algo así.

—Tú lo ayudaste —le dije—. Papá te pidió una pócima que me convirtiera en monstruo, y tu viniste a tu despensa y se la preparaste.

Mis palabras la clavaron contra la pared como si hubiera disparado una volea de flechas. Abrió la boca y su rostro palideció. Tras un momento, mi no tan inteligente hermana habló:

—Debe de habértelo dicho Undine.

—¿Es realmente tan difícil de creer que pudiera haberlo averiguado por mí misma? Marlinchen, la de corazón bondadoso pero rostro sencillo, que no sabe nada del mundo, que le hace la cena a papá con la mirada perdida mientras sus astutas hermanas se rebelan delante de sus narices. —Me latía el corazón con fuerza—. Sé que papá no podría haber hecho una pócima como esa él solo. Aquel zumo negro. Era una magia de la buena, Rose. Me hizo olvidar que tenía escamas en el vientre y sangre bajo las uñas.

Rose se llevó la mano a los labios. El silencio se extendió ante nosotras como un abismo infranqueable. Antes me había tragado cualquier cosa que mi hermana me hubiera dado; antes había llorado contra su pelo y la había dejado que me reconfortara de la forma en que imaginaba que una madre haría. Ahora, dejé que mi ira se vertiera en aquel abismo hasta que bulló como una ola negra, y al final se derramó.

—Fuiste tan cruel conmigo como Undine —le dije—. Dejaste que me tragara toda la ira de papá para que así no pudiera envenenarte a ti. No te importó que me arruinara mientras tú estuvieras a salvo e inmaculada. Si una vez me amaste, fue solo porque era algo débil que podías lanzar al fondo de un agujero para amortiguar tu propia caída.

—Marlinchen, por favor. —Había lágrimas en sus ojos—. Todas estábamos atrapadas como kvas en un frasco, burbujeando tan fuerte que rompimos el cristal. Siento que papá te haya sostenido más fuerte y más cerca, pero nunca disfruté con tu dolor. Por favor, no me digas esas cosas terribles.

—No son terribles, tan solo son la verdad. Y aún estás escogiendo el camino alrededor del centro podrido que es esa verdad. He matado a cinco hombres para papá, y a Undine también. Por tu culpa.

Rose apretó el puño y se metió los nudillos en la boca mientras lloraba.

—Dijo que me castigaría si no lo ayudaba.

—¿Pero no te importó en absoluto la forma en que él me castigó a mí todo este tiempo? —Me temblaba la voz—. ¿Maté a ese dulce jornalero, también, Rose? Dejamos entrar a quince hombres en nuestra casa, y ahora solo hay catorce dormidos en el jardín. ¿Se lo serví a papá en la cena?

—No —dijo Rose con ímpetu—. A él no... Esa fue la noche en que te marchaste. Papá estaba furioso y hambriento. Le cortó la garganta al hombre él mismo, y entonces... —dejó de hablar, dócil como un ratón de patas blancas—. Ese fue el motivo por el que trajo a los hombres aquí. Pero supongo que ya lo sabes.

Yo asentí. Dejé que mi memoria se estirara hacia atrás como un carrete de hilo, tanto como podía ir, hasta que casi estuvo a punto de romperse. Estaban los dos hombres del paseo marítimo, y así fue como la arena negra se había colado en mi pelo. Estaba el comerciante que había comprado la pulsera de dijes de mi madre, y así fue como había acabado de vuelta en mi tocador. Estaba el pobre y dulce Sobaka, cuya muerte no había sido culpa mía. Y estaba el hombre en el teatro de ballet, colgado como un pavo atado.

—Pero ¿por qué *esos* hombres? —pregunté a través del nudo en mi garganta—. Podía haber matado a cualquier hombre que paseara por la calle Rybakov y habría sido mucho más fácil. Pero, en su lugar, fui hasta el paseo marítimo, perseguí al comerciante, y volé hasta las vigas del teatro de ballet.

Rose me miró con sus ojos violetas humedecidos.

—Piensa en una pócima como si fuera una pizca de agua de lluvia; puede hacer surgir una semilla, pero no puede obligar a una planta a salir en una extensión de tierra yerma.

Sus palabras fueron terribles, pero ciertas. Mi forma monstruosa aún había vibrado con todos mis deseos humanos. Había ido hasta el paseo marítimo porque quería ver el océano. Había matado al comerciante porque quería recuperar la pulsera de dijes de mamá. Había ido al teatro de ballet porque quería ver a Sevas de nuevo.

Y había matado a Undine porque casi había puesto en peligro la cosa que más había deseado en este mundo.

El espejo que nunca miente me lo había dejado claro: la semilla del monstruo de papá había estado viviendo en mi interior, a punto de florecer, mucho antes de que hubiera comenzado a darme el zumo negro. Quizás había nacido con ello, como una gemela. Quizá tantas palabras furiosas de papá habían hecho que se solidificara en mi interior como si fuese una perla. Quizás haberme comido la carne de mi madre había hecho que creciera como algo podrido. Quizás había surgido bajo las manos del Dr. Bakay, de la misma forma en que un hechicero habilidoso podía alzar a los muertos de sus tumbas.

Fuera cual fuere la causa, tan solo podía tratar de proteger aquella pequeña y estropeada parte de mí misma, supervisarla con cuidado, pero sin incentivarla a crecer, hasta que pudiera ser llevada a una dulce muerte. No permitiría que fuera alimentada nunca más.

—Enséñame cómo lo hiciste —dije al fin—. Enséñame cómo hiciste el zumo negro.

Rose se quedó mirándome durante un largo rato, y yo la miré a ella. En el diáfano camisón que mostraba la curva de sus pechos, con sus ojos violetas vidriosos y húmedos, se parecía tanto a mamá que me rompió el corazón un poco. Debía creer que había un pequeño y delicado trozo de amor en su interior, tan pequeño como un hueso de ciruela.

Sin decir una palabra, Rose se giró y desapareció por la puerta, y yo la seguí de cerca. Nuestros pasos iban al ritmo del tictac del reloj de pie mientras atravesábamos el jardín, bañadas de pronto en la luz de la luna, blanquecina del color de un hueso.

Crucé el umbral y pisé la fría tierra, que trató de tragarse mis pies como si fueran agua. Pasamos junto a los cuerpos durmientes de los jornaleros, que estaban amontonados en el jardín como si fueran montones de rocas, tan quietos que podía imaginar el musgo creciendo sobre ellos, las enredaderas brotando para sujetarlos contra el suelo.

Al fin, Rose dejó de andar, y yo patiné al frenar tras ella. Todo el jardín estaba tan quieto como la medianoche, e incluso las serpientes dejaron de sisear. Las ramas retorcidas cortaban el cielo azul en formas serradas e irregulares, como trozos de un jarrón hecho añicos. Estaba el toldo sobre nuestras cabezas, exuberante con su ramaje descuidado, y bajo nuestros pies, enroscada y a salvo debajo de la tierra, estaba nuestra hermana muerta. Rose dio un paso justo hasta la base del árbol, escondiéndose de la luz de la luna. Cuando se volvió para mirarme, sus ojos estaban perlados con sus lágrimas.

De todas las historias que papá nos había contado, jamás había dicho una palabra de esto. Solo nos había advertido de huir de ello, pero sin darnos una razón de por qué. Las historias no estaban hechas para ser cuestionadas; eran respuestas en sí mismas. Estaban hechas para prevenir cualquier pregunta que pudieras tener, para robar las palabras justo de tus labios. Si fueras una tercera hija, tu destino estaría escrito incluso antes de nacer. Si pensabas preguntar por qué ciertas ciruelas estaban cubiertas de veneno, bueno, bien podrías ser un repugnante científico. Si comenzabas a preguntarte cómo un hechicero llegó a poseer su torre, serías un capitalista, con maquinaciones viperinas tras tus ojos. ¿Quién más osaría preguntar por qué?

—Venga, Marlinchen —dijo Rose, y yo di un paso para unirme a ella, ambas abrazadas por las delgadas ramas del enebro. Juntas, alzamos los brazos y comenzamos a recoger las bayas. Trabajamos en un silencio idéntico, hasta que el árbol entero estuvo desnudo.

El reloj de pie dio las siete mientras yo estaba inclinada sobre la cocina. Un humo aceitoso salía de la sartén con el varenyky, y gotas de grasa ardiente me saltaban a la cara y las manos. Apagué la hornilla, saqué el varenyky con una cuchara y lo serví en dos platos.

Justo cuando me agachaba y comenzaba a abrir la puerta del horno, escuché los pasos de papá en las escaleras. Un sentimiento de miedo me bajó por la espalda, y acabé de servirlo todo de forma rápida, sin que me importara cuando me llené la manga de mi camisón con la crema agria. Corté seis buenos trozos de pan negro y los unté con mantequilla, y después lamí el cuchillo una y otra vez hasta que estuvo limpio. Serví dos vasos de agua tibia, y vi las motas de polvo posarse en la superficie como moscas de la fruta muertas.

En el jardín, los cuervos sin ojos estaban cantando sus nanas, olvidadas tiempo atrás. El duende trazaba un corto camino entre las plantaciones de hierbas, caminando con la mano en su mentón y con un aire contemplativo. Indrik abordaba a uno de los jornaleros, quizá porque no le había mostrado una deferencia apropiada. El hombre en cuestión miraba fijamente el pálido cielo azul, como si estuviera imaginándose a sí mismo lanzándose por encima de la verja hecha de serpientes. La luz del sol de la mañana temprana lo teñía todo de un precioso color rosa y blanco, como el de un párpado vuelto del revés.

Llevé los dos platos a la sala de estar y los coloqué sobre la mesa baja de patas de pezuña justo a la vez que papá se sentaba en el diván. Era como si no hubiéramos hablado en su habitación la noche anterior, como si su primogénita no estuviera muerta.

—Gracias, Marlinchen —dijo, bajando la mirada para ver lo que le había servido—. ¿Para quién es el otro plato?

—Para el Dr. Bakay —respondí. Me limpié la palma de las manos en el camisón y me aparté los rizos de la frente cubierta de sudor—. ¿Debería ir a buscarlo?

—Ya vendrá —dijo papá, agarrando su tenedor y su cuchillo. Se comió un varenyky entero, mojándolo primero en la crema agria, y lo masticó y tragó. Vi la forma recorrer su garganta, con su barba azul moviéndose como si fueran anillos en el agua—. ¿Qué es esto de aquí?

Señalaba la pila de carne cocinada que había colocado con cuidado en su plato.

—Pollo —le dije.

Papá alzó una ceja, pero no me preguntó nada más. Unos momentos después, el Dr. Bakay entró dando grandes zancadas en la sala de estar, y parecía estar bien descansado. Papá lo comentó con alegría, y los dos comenzaron a charlar de forma afable. Yo apenas podía escuchar sus palabras, tan solo podía concentrarme en la forma en que sus bocas se movían mientras masticaban, con los dientes cortando, sus lenguas girándose y los labios succionando. Un poco de col encurtida se quedó en la barba de papá. Una mancha de crema agria manchó la barbilla del Dr. Bakay.

Sentí otro escalofrío bajándome por la columna, pero esta vez era de audacia, adrenalina, y un poder increíble.

—Avivaste las ascuas de tu propia pira funeraria, papá —le dije en voz baja.

Su mirada se alzó de la comida de forma abrupta.

—¿Qué has dicho?

—Cuando me mandaste al paseo marítimo a matar a esos hombres —seguí hablando en una voz perfectamente regulada—, te traje de vuelta sus corazones e hígados, pero traje algo más, también. —Metí la mano por el cuello de mi camisón y saqué la polvera de mamá de donde la había guardado entre mis pechos. La abrí y dejé que la arena negra cayera sobre la alfombra—. Esto se desprendió de mí en la bañera, y pensé que me castigarías por ello. No podía explicar cómo había llegado allí la arena, pero la metí en la polvera de mamá y la usé para escapar de la casa. Ahí esta la respuesta a tu absurdo acertijo de hechicero, por cierto. Por derecho, debería ser capaz de casarme conmigo misma ahora, y heredar esta horrible y derruida casa.

—Zmiy —dijo el Dr. Bakay con los ojos muy abiertos, alarmado—. ¿De qué está hablando?

Papá sostenía el cuchillo con el filo hacia arriba, y bajo su barba vi que su rostro palidecía.

—¿No te he enseñado a mantener la boca cerrada? Eres peor que simple de mente, eres increíblemente estúpida. Tu boca nos condenará a ambos.

Me latía muy rápido el corazón.

—Tal vez. Sé seguro que tu propia boca te está condenando a ti —dije, y miré su plato vacío.

—¿Cómo?

—Cuando aquel viejo jefe, el que gobernaba en Oblya antes de que fuera Oblya, arrestaba a un hombre por asesinato, ¿también arrestaba a la espada que había usado para matar? La magia siempre implica al que lanza el hechizo. Tú me enseñaste eso.

—¿Crees que tú no eres nada más que una espada en mi mano? —Papá se rio, abriendo tanto la boca que pude ver los trozos de comida entre sus dientes, y el oscuro abismo de su garganta—. Puede que yo te haya provisto de escamas y garras, pero no te ordené matar a tu hermana. Eso fue tu propia crueldad y violencia. Dormirás con ese frío cuerpo junto a ti el resto de tu vida.

—Quizá —respondí, agarrando con el puño mi camisón—. Esa será mi semilla, para nutrirla o asfixiarla como crea conveniente.

Pero tú has dejado que un árbol entero creciera en tu interior, y sus ramas están llenas de bayas negras.

En ese momento, al Dr. Bakay le invadió un terrible ataque de tos. Se dobló por la cintura con la mano sobre la boca, tosiendo y con arcadas. Papá se echó hacia atrás con el labio enroscado de asco. El Dr. Bakay siguió tosiendo y tosiendo, durante tanto rato que el reloj de pie dio las ocho.

Por fin, escupió algo en la alfombra: una baya de enebro, grande y negra. Papá se levantó y se lanzó hacia mí, agarrándome por los hombros antes de que pudiera huir por la puerta.

—Chica estúpida y fea —rugió, escupiendo saliva—. ¿Qué has hecho?

—No he hecho nada. Ha sido tu propia hambre la que te ha hecho comer.

Me sacudió con tanta fuerza que los dientes me castañearon, y la vista se me nubló, pero no me quedé sin hacer nada entre sus brazos. En su lugar, me aparté de él de un empujón, y sus uñas dejaron largos tajos en la seda de mi camisón y seis perfectas líneas de sangre en mi piel. Yo di un paso atrás, y después otro, mientras papá respiraba de forma trabajosa por la nariz, como si fuese un toro pisoteando la tierra.

Antes de que pudiera hacer nada, hubo una conmoción en el jardín. Papá se giró hacia la ventana.

Rose estaba caminando por el borde de la valla mientras lanzaba el contenido de unos pequeños viales a las serpientes, que escupían y siseaban. Cuando la pócima cayó sobre ellas, sus escamas negras comenzaron a palidecer y a volverse grises, y sus largos y retorcidos cuerpos se quedaron inmóviles. En cuanto se quedaron quietas, Sevas llegó con las tijeras de podar de Rose y las cortó una a una, hasta que la verja entera se derrumbó como una hilera de piezas de dominó sobre una mesa de apuestas.

Los jornaleros se despertaron de su desesperanzado duermevela, y se lanzaron hacia el exterior del jardín, huyendo hacia la calle Kanatchikov mientras se sujetaban los gorros a la cabeza para que no se volaran mientras corrían.

Papá se volvió hacia mí de nuevo, con el blanco de sus ojos agrietado con venas rojas.

—Tú y tu hermana habéis cometido un grave error, Marlinchen —dijo él—. Y ese chico yehuli ha cometido uno incluso más grave. Os convertiré a los tres en conejos negros y os despellejaré lentamente, regocijándome con cada chillido y quejido.

—Zmiy —dijo de forma débil el Dr. Bakay. Aún estaba tirado sobre el diván—. Creo que he comido algo podrido.

—¿No sabía el varenyky más dulce de lo normal, papá? —le pregunté con la espalda apretada contra la pared—. He cocinado el relleno con las bayas del enebro de nuestro jardín, las mismas bayas que hiciste que Rose usara para hacer el zumo negro. Siempre nos decías que había un veneno en ellas al que no podíamos acostumbrarnos. Ahora está dentro de ti.

El Dr. Bakay rodó del diván y cayó de rodillas, vomitando. Papá se lanzó hacia mí de nuevo, pero yo me giré justo a tiempo, y él se estrelló contra la pared, lo que provocó que los retratos de los muchos Vashchenko muertos temblaran.

Dejó escapar un gruñido de frustración y apretó los puños, haciendo que se volvieran rosados. La magia salía de él como si fuera una neblina bajando por la montaña, ondulando en grandes oleadas blancas. Cuando me rozó la piel, sentí que me enfriaba, la sangre se me heló y los pies se me quedaron anclados en el suelo, como si no fuera más que un gran e imperturbable roble.

El pecho se me encogió de miedo. Pero antes de que papá pudiera moverse hacia mí, o formar las palabras de un hechizo, se escuchó un fuerte golpe proveniente del vestíbulo, y una voz llegó desde la puerta principal.

—Abra ahora mismo, señor Vashchenko. Soy el Gran Inspector.

Yo volví la cabeza lentamente hacia la ventana. Fuera, ciertamente, estaba el Gran Inspector, con su bigote meticulosamente encerado y cinco hombres a su alrededor, todos vestidos de negro,

con el sello del gradonalchik en sus pechos y las pistolas plateadas y brillantes enfundadas en las caderas. Rose y Sevas estaban
algo más alejados, bajo la sombra del peral en flor. Conseguí ver
entre las chisteras de los hombres que estaba también Derkach
allí, con el rostro rojo y enfadado, y observando fijamente a Sevas
con la mirada de un gavilán.

Papá estaba petrificado como un busto de mármol, con el brazo a medio alzar sobre su cabeza.

La voz del Gran Inspector había roto momentáneamente el hechizo de papá, así que corrí hacia la puerta y la abrí de un tirón. Me
quedé allí, respirando con dificultad bajo el umbral, con una multitud de miradas perplejas que observaron mi pelo despeinado, mi
camisón, a papá petrificado en la sala de estar y al Dr. Bakay, que
vomitaba en el suelo. El Gran Inspector pestañeó con furia y dijo:

—¿Es usted la señorita Vashchenko?

—Marlinchen —dije yo—. Por favor, pasen.

Así lo hicieron. Entraron de forma ordenada a nuestro vestíbulo como una procesión de hormigas en fila, y Derkach los siguió, mascullando insultos ininteligibles.

En la sala de estar, papá por fin se movió y bajó la mano, pero
había un extraño brillo en su rostro, como si de repente lo hubiera
golpeado una fiebre terrible. Incluso los labios se le habían puesto
blancos y agrietados.

—He escuchado rumores, señor Vashchenko —dijo el Gran
Inspector—, y he visto yo mismo los carteles. Ha retenido a quince jornaleros de la ciudad aquí en contra de su voluntad, bajo la
apariencia de algún tipo de competición de hechicero. Bueno,
puede que usted sea un hechicero, pero no está exento de las leyes
del gradonalchik contra el secuestro y la extorsión. Debe dejar que
los hombres se marchen enseguida, y...

—¡No me importan en absoluto un puñado de desgraciados
jornaleros! —escupió Derkach, girándose hacia el Gran Inspector—. Ha estado reteniendo aquí a la persona a mi cargo, Sevastyan Rezkin. Debe hacer que me devuelva a Sevas.

Sevas se asomó por la puerta mientras hablaba, con Rose a su espalda. Tenía las mejillas sonrojadas.

—Nadie me está reteniendo aquí en contra de mi voluntad, señor Derkach. Tengo veintiún años, y no necesito que nadie cuide de mí. Márchese ahora mismo, yo no me iré con usted.

—No tengo ningún interés en interceder en una disputa de amantes —dijo el Gran Inspector con frialdad, y se volvió de nuevo hacia papá—. Pero si hay algo de verdad en el rumor de que ha secuestrado a estos hombres, entonces debe enfrentarse a la justicia del gradonalchik. Y debería decirle que no es el mejor de los momentos para ser un criminal en Oblya, no cuando tengo entre manos a tres hombres mutilados y un comerciante desaparecido. La mitad de la ciudad está convencida de que hay un monstruo suelto, y se aferrarán a cualquier prueba que demuestre que tal cosa es cierta.

—Hombre necio y buitre… —la voz de papá era un susurro furioso. Había algo de saliva en las comisuras de sus labios—. Los hombres se han ido, todos ellos. Mi verja de serpientes ha sido destruida y han huido, tal y como los zorros esteparios huyeron cuando tus predecesores arrancaron la hierba para vuestras dachas y fábricas. Si buscas algo para satisfacer a la masa estúpida de Oblya, busca en otro lado. Yo soy un gran hechicero, y no seré retenido como un cerdo para la matanza.

Era un buen discurso, y la magia de papá lo hizo incluso mejor cuando extendió una neblina fría a través de la sala de estar y el vestíbulo. El bigote del gradonalchik tembló. Incluso habría podido funcionar si el Dr. Bakay de repente no hubiera dejado escapar un rugido de angustia y rabia, rompiendo el agarre que el hechizo de papá había lanzado sobre todos nosotros.

El Gran Inspector se abrió paso entre papá y yo y corrió a la sala de estar, hacia el Dr. Bakay. Los hombros del doctor se agitaban, las venas de su garganta estaban azules e hinchadas contra su piel. El Gran Inspector se agachó junto a él.

—Señor, ¿está usted bien? —le preguntó.

El Dr. Bakay tan solo balbuceó como respuesta, y entonces su camisa se rompió en dos y un par de enormes alas negras brotaron de su espalda.

El Gran Inspector soltó un grito que no había creído posible que pudiera salir de un hombre adulto, algo que le pegaba más a una niña pequeña, y que se fue apagando hasta convertirse en un gimoteo. Se alejó trastabillando mientras el Dr. Bakay se ponía en pie. Su gorgoteo se convirtió en un rugido mientras la increíble metamorfosis ocurría allí mismo, en nuestra sala de estar.

Unas escamas de color obsidiana reptaron por su pecho, sus manos y su cara, brillando de forma iridiscente bajo el rayo de luz de sol que se filtraba por la ventana abierta. Sus dientes se alargaron y le sobresalieron por los labios, afilados como témpanos de hielo colgando de un tejado. La carne de sus manos se abrió y unas garras brillantes y plateadas salieron de ella. El blanco de sus ojos estaba teñido de negro, como si hubiera caído tinta en ellos. Una lengua bífida salió de su boca, retorciéndose y estirándose, viperina y de un color rojo chillón.

El Gran Inspector se tropezó al intentar huir de vuelta al vestíbulo, y arañó el suelo mientras los hombres desenfundaban sus pistolas. En ese momento tuve el repentino y espontáneo deseo de reírme. Durante muchos años, había temblado de miedo cuando el Dr. Bakay me había tocado, había dejado que su rostro se me apareciese en la oscuridad de mi dormitorio de noche, y ahora incluso el Gran Inspector temblaba ante él.

Una satisfacción de lo más amarga me subió por la garganta. Yo había hecho esto. Lo había convertido en un monstruo que los hombres normales supieran cómo temer.

El monstruo que era ahora el Dr. Bakay se lanzó hacia delante de forma inestable con sus nuevos pies. Desplegó las alas y llenó el aire de polvo y el olor a cenizas. Sevas me agarró el brazo y tiró de mí hacia el vestíbulo. Se dirigió hacia la puerta donde estaba Rose, que estaba allí con el rostro pálido y aterrada. Pero mientras nos girábamos y tratábamos de huir, incluidos los hombres del

Gran Inspector, nos encontramos con otro monstruo de escamas, alas y ojos negros.

Al principio pensé que alguien había erigido un gran espejo y que simplemente estábamos viendo el reflejo del Dr. Bakay. Pero entonces vi la bata de papá, que colgaba hecha jirones de su larga cola espinosa, y me quedé sin aliento de forma tan dolorosa que tuve que doblarme por la mitad con la mano de Sevas aún en mi espalda. El Gran Inspector gritó, y sus hombres abrieron fuego. Pero las balas tan solo hicieron pequeños agujeros en las alas de papá, y él siguió avanzando hacia nosotros mientras el Dr. Bakay se acercaba por atrás.

—¡Recargad y abrid fuego! —chilló el Gran Inspector—. ¡Debemos barrer a estas infames criaturas de la Tierra!

Sentí de nuevo una punzada de satisfacción al ver a aquellos hombres temblar mientras alzaban de nuevo sus pistolas hacia los monstruos que yo había creado. Yo no era una gran hechicera, tan solo era una adivinadora por contacto, una bruja sin la bendición del Consejo extinto, pero había realizado la transformación más espectacular de todas. Había superado incluso a papá. Y quizá mi magia fuera solo para mostrar, no para hacer, ni cambiar, ni crear, pero les había mostrado a todos la verdad.

Imaginé lo que dirían los tabloides sobre esto. Imaginé cuántos oblyanos abrirían las páginas y se llevarían las manos a la boca, horrorizados. Imaginé a todos y cada uno apretándome el brazo de forma suave y diciéndome que había sido muy valiente, tan valiente y tan fuerte, para haber vivido en la misma casa que aquellos monstruos toda mi vida.

Más balas atravesaron el aire, y una de ellas se estrelló contra el hombro de papá. Se sacudió de forma animal y distraída, y entrecerró sus negros ojos. No miré hacia atrás hasta que escuché un grito entrecortado: el Dr. Bakay había golpeado con sus garras a uno de los hombres del Gran Inspector, y ahora había tres largas y sangrantes heridas en la parte delantera de la chaqueta del hombre. Su pistola salió disparada de su mano y se deslizó por el suelo.

Derkach me sorprendió: saltó hacia ella y la agarró. Cuando se puso en pie, su pelo rubio encerado de forma cuidadosa estaba tan despeinado como una cama deshecha, y estaba sin aliento.

—¿Para qué portáis estas pistolas, bufones inútiles? —escupió—. Os enseñaré a disparar a matar.

Alzó la pistola hacia papá y la amartilló, pero cuando puso el dedo sobre el gatillo, papá le hincó las garras en el pecho y en el vientre.

Sentí un grito formándose en lo más profundo de mi garganta, pero no llegó a atravesar mis labios. La pistola cayó de la mano de Derkach, que miró a su alrededor de forma salvaje mientras papá alzaba su cuerpo en el aire, respirando en bocanadas superficiales y con la sangre brotando en su camisa blanca.

—¡Sevas, ayúdame! —se lamentó—. Por favor…

Pero papá ya había alzado su otra mano, y con ella le rajó la garganta a Derkach. El sonido fue terrible, como si fuera seda siendo cortada con unas grandes tijeras. La herida de su cuello era tan ancha, tan abierta, que parecía una segunda boca, roja y aún con los músculos y los tendones moviéndose como si fuesen las cuerdas de un gusli.

Uno de los hombres del Gran Inspector se dobló por la mitad y vomitó. Yo me giré hacia Sevas, que estaba petrificado a mi lado, con las pupilas negras y enormes. Me llevó un momento reconocer aquella mirada como una de excitación, la misma forma en que me había mirado cuando había yacido desnuda bajo él, y de la misma forma en que yo le había mirado a él mientras mataba al Zar-Dragón.

Papá dejó caer el cuerpo inmóvil de Derkach al suelo, y la obscena herida de su garganta se contrajo una vez más antes de quedarse totalmente inmóvil.

El Gran Inspector ahora lloraba abiertamente, y sus lágrimas empaparon su bigote. Me agarró con fuerza de los hombros y dijo:

—Tú… tú eres una bruja, ¿no es así? ¡Debes conocer alguna forma de matar a estas horribles criaturas!

Había pensado que las balas y las armas los matarían. Jamás había imaginado que incluso el poder del Gran Inspector y sus hombres pudiera no ser suficiente. Quizás incluso el hacha más afilada y resplandeciente de todas sería incapaz de derribar un roble que había crecido fuerte durante cien años.

Yo miré con impotencia a Sevas y a Rose mientras papá se agachaba sobre el cuerpo de Derkach y comenzaba a rebuscar en su pecho con sus largos y afilados dientes. La sangre se derramó a chorros en el suelo, cayendo bajo la sombra del reloj de pie.

Entonces Rose se lanzó hacia delante y destapó el vial que tenía en sus manos. Quedaba solo un dedo del líquido plateado, y mientras el Dr. Bakay avanzaba hacia ella, le lanzó el vial. Las gotas de la pócima cayeron sobre él como si fueran gotas de lluvia, y dejó escapar un aullido angustiado. Enseguida, sus escamas negras comenzaron a palidecer y a volverse de un color gris, y su terrible y monstruoso cuerpo se quedó sin fuerzas.

Los hombros se le desplomaron, su pecho se dobló, y en ese momento cinco pistolas se amartillaron y dispararon. Hubo un extraordinario brote de humo al tiempo que casi media docena de balas golpeaban su corazón. El acero y la metralla provocaron una fisura hacia fuera, como un núcleo de venas negras, y el Dr. Bakay se desplomó sobre el suelo.

Me sentí como si acabara de ver el estallido de una gran columna; como si estuviera viendo los escombros colosales de algo demasiado grande como para comprenderlo; como observar un gran buque de guerra colapsar bajo una tormenta, hundiéndose de forma irremediable bajo las olas. Las lágrimas brotaron de mis ojos. Las alas a la espalda del Dr. Bakay se encogieron como tulipanes marchitos. Cuando las escamas se disiparon en su piel, pude ver su pecho desnudo y peludo, sus pezones, y la sangre que había brotado entre ellos, del color de una ciruela pasada.

Un sollozo se escapó de mi garganta, y Sevas me agarró con fuerza por la cintura, atrayéndome hacia sí mientras yo lloraba de forma desconcertante.

El Gran Inspector se rio de forma frenética y sonó como un gorjeo al tiempo que sus hombres empujaban el cuerpo del Dr. Bakay con la punta de sus botas.

—Vaya brillante mujer —dijo él—. Bruja maravillosa.

Rose estaba sin aliento, con las manos sobre las rodillas.

—No tengo más de esa pócima.

Incluso el bigote del Gran Inspector pareció desfallecer mientras escuchábamos a papá, que masticaba la carne de Derkach.

—¿No puedes fabricar más?

—Hacen falta las plumas de un pájaro que anida en las ramas de un sauce, y debe ser madurado con zumo de baya de sauco durante siete horas y cuarto. A no ser que podáis retener al monstruo durante tanto tiempo, creo que deberíamos encontrar otra arma.

Papá devoraba ahora el hígado de Derkach, los huesos de sus costillas ya estaban casi limpios de toda carne y cartílago, y brillaban como las astas de un venado muerto. Parte de un músculo colgaba de entre sus fauces, y se lo metió en la boca con un terrible sorbo, para después tragárselo entero. Vi cómo viajaba por su garganta la forma del trozo, y entonces papá se levantó del suelo con ayuda de sus manos con garras, batiendo las alas negras.

—¡No! —gritó el Gran Inspector al tiempo que papá se dirigía lentamente hacia la puerta abierta—. ¡No dejéis que escape a la ciudad!

Uno de los hombres saltó hacia delante y cerró la puerta justo antes de que papá consiguiera salir. El monstruo que era mi padre siseó, con su lengua bífida colándose entre sus dientes. Tan rápido como una exhalación, agarró al hombre y se alzó con él en el aire, dirigiéndose al rellano del segundo piso.

Se quedó plantado en el pasamanos, y el hombre del Gran Inspector gritó y gritó hasta que papá lo silenció arrancándole el corazón. Se lo comió como si fuese la fruta más dulce, con la sangre manchándole los labios y los dientes como un zumo.

Unas cuantas balas inútiles más atravesaron el aire y se clavaron en el pecho de papá, pero tan solo dejaron unas volutas de humo morado, como si el metal se transformase en niebla en cuanto entraba en contacto con su piel. Dejó caer el cuerpo sin vida del hombre sobre el pasamanos, que se desplomó con un golpe seco ante nosotros, con un hueco en su pecho, un abismo que tan solo contenía la ausencia de sus órganos.

Supe enseguida que lo que estábamos haciendo estaba mal, porque sabía cómo acababan todas las historias de su códice. Aunque lo había transformado en un monstruo, bajo esas escamas y alas había aun así un hechicero con poder del viejo mundo bullendo en su sangre. Era el mismo poder que lo había protegido de la banalidad del mundo durante tanto tiempo, la magia hereditaria que nos aislaba de la ira de los telares de algodón y de los jornaleros, del humo de tabaco y de los marineros lascivos. Creí que el Gran Inspector tendría suficiente poder para derrotarlo, pero estaba equivocada.

Si papá iba a morir, no sería bajo la mano de aquellos hombres y sus armas. Tendría que ser una muerte de hechicero.

Nuestra casa estaba bañada en magia del viejo mundo, pero no teníamos ningún arma. Después de todo, papá era un hechicero, no un bogatyr, ni siquiera un rey. Pero mientras papá siseaba y batía las alas, de repente me abrumó una determinación feroz y precipitada.

Me aparté de Sevas y recorrí a toda velocidad la sala de estar hacia la cocina, donde me desplomé contra la tabla de cortar sin aliento. Agarré el cuchillo más grande y alargado que teníamos, el que había usado para matar y trinchar al monstruo de cola espinosa.

Sevas estaba allí conmigo, en la cocina, antes de que yo pudiera correr de nuevo hacia el vestíbulo, y se plantó frente a la puerta, bloqueándome el paso.

—Tienes la mirada de alguien que está a punto de hacer algo muy valiente y muy estúpido —dijo.

—Por favor, Sevas —le dije. Observé su precioso rostro y sentí que el pecho se me hinchaba con un afecto terrible y doloroso—. Yo he transformado a mi padre en un monstruo, debo ser la que lo mate.

Sevas me agarró las muñecas con fuerza, tanto que el cuchillo casi se deslizó de entre mis dedos.

—Te comerá.

—No lo hará. Si su corazón aún late y su mente aún puede pensar, no lo hará. Él me quiere.

Era un amor maldito, nada como lo que había sentido cuando Sevas lloró contra mi pecho, pero sabía que era amor porque era poderoso. Me había transformado en monstruo, también, transfigurándome mediante su magia maliciosa. Así que ¿qué otra cosa podría ser?

—Marlinchen. —La voz de Sevas sonó como si alguien estuviera desgarrando un vestido—. No podría soportar plantarle cara a este cruel mundo a solas.

Casi dudé cuando vi que sus ojos azules se llenaban de lágrimas, pero inhalé y me liberé de forma cuidadosa de su agarre. Sin dejar que viera las lágrimas que asomaban por mis ojos, pasé junto a él y salí al vestíbulo justo a tiempo de ver a papá planear desde el pasamanos y rodear con su puño la garganta de uno de los hombres.

El Gran Inspector se había refugiado tras Rose y estaba llorando. La casa entera apestaba a sangre y a humo de pistola, y cuando lo inhalé, pude sentir en mi lengua el sabor cobrizo de las muertes de aquellos hombres, que habían ocurrido a través de mi propia maquinación.

Ciertamente me había convertido en una bruja muy poderosa.

—¡Papá! —grité, sujetando el cuchillo tras mi espalda—. ¡Tienes que soltarlo!

Mi padre giró su monstruosa cara en un ángulo imposible, y soltó al hombre del Gran Inspector. Tal y como había esperado, se lanzó hacia mí en su lugar, y mientras se acercaba, traté de distinguir algo de papá en aquellos ojos negros sin fondo; busqué un destello de humanidad. Con los últimos restos de mi esperanza enloquecida y mutilada, busqué algo de amor. Busqué el amor en el que había creído durante tanto tiempo, el amor que había hecho que el zumo negro de papá fuera tan fácil de tragar.

Antes de poder encontrarlo, él aferró la parte de delante de mi camisón con sus garras.

Estábamos tan cerca que nuestras narices casi se rozaban, las narices que habían sido casi idénticas cuando papá aún era humano. Podría haber estado mirando mi reflejo en el espejo que nunca miente, observando mi propio reflejo monstruoso. La magia siempre implica al que la lanza; era el axioma más simple, y el más honesto. Allí, contemplando simplemente la verdad de todo ello, era la hija de mi padre.

Aquel pensamiento me llenó de una pena terrible y desgarradora, tanto que me quedé sin fuerzas en los brazos de papá y el cuchillo cayó con un estrépito al suelo mientras él me rodeaba la garganta con sus dedos. Mi respiración se ralentizó bajo la presión de su agarre, y la vista me falló, oscureciéndose en los bordes.

Y entonces, a través de la neblina de mi casi muerte, vi una hoja destellando. El cuchillo que había soltado parecía tan largo y vigoroso como una espada en manos de Sevas, y cuando atravesó la panza escamada de papá con él, durante un momento pensé que había perdido la conciencia y estaba reviviendo mi recuerdo de Ivan y el Zar-Dragón tras mis párpados. Sevas retorció con crueldad el cuchillo, y después lo atravesó de nuevo. Mi padre dejó escapar un grito tan lastimero y abatido que supe que lo que había visto era cierto.

La mano que tenía alrededor de mi garganta se aflojó y caí al suelo entre la seda arruinada de mi camisón. Papá se desplomó ante mí; sus escamas se volvieron grises y desaparecieron, y sus alas se encogieron y después se transformaron en copos, como si fueran las cáscaras de unos insectos muertos.

Sevas estaba de pie sobre él y sostenía el cuchillo, manchado de sangre. Vi entonces cómo su propia transformación ocurría, marchitándose y floreciendo, y marchitándose de nuevo en solo unos segundos. Sevas, después Ivan, y por último el hombre de las cicatrices, y todos los momentos entre ellos comprimidos en un círculo plano.

Cuando parpadeé de nuevo, era Sevas, solo Sevas, y comencé a llorar por la forma tan completa e impotente en que lo amaba.

Dejó caer el cuchillo al suelo, y su mano entera estaba manchada de la sangre de mi padre. El Gran Inspector se asomó desde detrás de Rose y parpadeó con furia. Papá yacía bajo la sombra del reloj de pie, en posición fetal y desnudo, enroscado sobre sí mismo como una serpiente a la que le hubieran quitado una gran roca plana de encima de su cabeza.

Rose comenzó también a llorar, pero había una sonrisa que quemaba bajo sus lágrimas. Los hombres que habían sobrevivido recogieron sus pistolas e hicieron gestos de dolor ante sus heridas. Yo bajé la mirada y agarré de forma muy cuidadosa la mano manchada de sangre de Sevas.

El reloj de pie sonó, pero no escuché la hora. Apoyé la cabeza contra el hombro de Sevas, y él me besó con una ternura sencilla y familiar, y el momento se estiró más y más, como si el tiempo en sí mismo no tuviera ningún poder allí.

Capítulo quince

Así que, al final, esto fue lo que pasó con todos nosotros. El Gran Inspector se quitó el polvo de encima y se limpió el vómito de la barbilla. Dijo en una voz áspera y reticente que quizá sí había habido un monstruo, después de todo. Dos, de hecho. Le hubiera gustado tomar daguerrotipos de ellos mientras estaban vivos para demostrarlo, pero lo único que quedaba era una gran cantidad de sangre, y los pálidos trozos de piel mudada, que ahora estaba esparcida por todo nuestro vestíbulo como si fueran trozos de trigo que se habían volado con el viento.

Le enseñé la costilla que había encontrado en el fregadero, y Rose lo llevó al lugar en el jardín donde mi padre había enterrado lo que quedaba del pobre Sobaka. Le enseñé la tarjeta del comerciante que había mantenido oculta en mi corpiño, y cuando él y sus hombres subieron al tercer piso, encontraron el cadáver disecado del comerciante, metido en uno de los armarios, lleno de gusanos y de moscas. Por supuesto, le faltaban el corazón y el hígado.

El Gran Inspector vomitó de nuevo, y uno de los hombres le ofreció un pañuelo para limpiarse la barbilla.

Me concedió la recompensa por haberlo llevado hasta el monstruo, trescientos rublos, y yo lo dividí en tres partes: una para mí, una para Rose y otra para Sevas. Las monedas en mis manos parecían tan ligeras como plumas blancas.

El Gran Inspector trajo a más hombres para envolver los cuerpos, y cuando se hubieron marchado, me puse de rodillas y fregué
la sangre del suelo, del reloj de pie, del largo cuchillo de cocina...
Las sombras eran alargadas y negras para cuando acabé, y en las
ventanas se veían cuadrados de luz azul.

Al día siguiente, todos los tabloides publicaron una variación de
la misma historia: había dos monstruos en la casa de Zmiy Vashchenko, y uno de ellos era él mismo. No dijeron nada sobre las bayas
de enebro, el zumo negro, o ningún varenyky sospechoso. Mencio-
naban a sus hijas brujas, que habían vivido con él durante todo ese
tiempo, y que habían ayudado a poner fin a sus asesinatos. ¡Aquellas versiones de Rose y de mí eran tan valientes y fuertes!

No mencionaron que esas dos hijas una vez habían sido tres, y
me recorrió una pequeña sensación de placer, y después un gran
ataque de culpa, pues sabía cuánto habría odiado Undine ser ig-
norada, incluso después de morir.

Los oblyanos comenzaron a dejar ramos de crisantemos y flores de protea rosadas en nuestra puerta, así como barras de jabón
de lavanda, tabaqueras esmaltadas, huevos de avestruz vacíos y
pintados de azul... Rose se llevó las flores a su despensa y las cortó en trocitos. Sevas se lavó con el jabón de lavanda. Yo puse mis
nuevos rublos en las tabaqueras, y todos nos divertimos lanzando
los huevos de avestruz desde el rellano del segundo piso hasta
abajo, para comprobar qué huevo se rompía de la forma más espectacular.

Al final, llegaron los comerciantes y los compradores menores, los peritos y los agentes inmobiliarios, todos ellos con esquemas capitalistas tras sus ojos. Les enseñamos la casa y los dejamos
tocar lo que quisieran: los retratos de los Vashchenko muertos en
las paredes, las últimas lámparas de gato de papá, el espejo que
nunca miente. Conseguimos mucho dinero por él, y a los comerciantes de Fisherovich & Symyrenko no pareció importarles demasiado que uno de sus socios hubiera estado pudriéndose en el
armario del tercer piso menos de una semana antes de aquello.

Indrik se enfurruñó mucho mientras se llevaban el espejo, la lámpara y tres jarrones más, pero lo aliviamos con elogios y rascándole tras las orejas. El duende lloró y lloró hasta que lo alcé, lo mecí contra mi pecho, y entonces se quedó dormido en mis brazos.

Me sorprendió cuando nos llegaron multitud de ofertas impacientes y competitivas por la casa, y Rose arbitró la subasta con la vigilancia de un ave marina atenta. Al final, fue vendida a un hombre yehuli de una gran compañía de tasadores, que la quería tan solo por la tierra. Haría que destruyeran la casa entera para poder construir apartamentos, o quizás un hospital.

Al principio, la idea me pareció horrible; imaginé el esqueleto de la magia que había yacido bajo la casa, como si fuera una red de raíces de árbol, y una vez que se descubriera, convertiría a todos los trabajadores y al comprador yehuli en lagartos o sapos. Parecía algo muy propio de papá, hacer algo así.

De hecho, en el momento en que firmamos la concesión de la casa y el jardín, había esperado que tuviera lugar alguna espectacular transformación. Al menos, esperé que un gran viento soplara, que el cielo se oscureciera, o que el suelo temblara bajo nuestros pies. Pero el hombre yehuli tan solo parpadeó tras sus gafas, y la tinta de la pluma manchó su pulgar.

En cuanto las escrituras estuvieron firmadas, los cuervos sin ojos alzaron el vuelo desde nuestro peral en flor, y jamás regresaron. No había visto a la serpiente de fuego desde que había mamado de mí aquella noche en el jardín, y nunca la vería de nuevo; si había huido, no me di cuenta de cuándo se marchó.

Me preocupaba el destino de Indrik, pero no por mucho tiempo: un circo ambulante lo contrató enseguida, y le dio su propia tienda de seda y terciopelo, donde entretenía tanto a sus admiradores como a los escépticos por diez rublos por cabeza. Vi un daguerrotipo de él en el periódico muchos años después, con el pecho untado en aceite de semilla de lino y los bolsillos llenos de oro.

Me preocupaba aún más el duende. No tenía la fortaleza para la vida en el circo, y se escondía tras mi falda cada vez que los compradores y gerentes aparecían por la casa como perros que escarbaban en la basura. Así que lo alcé en brazos, lo sostuve, y no lo solté mientras salíamos del jardín por última vez.

A nuestra espalda, un gran número de jornaleros ya había descendido, gritando en al menos dos idiomas extranjeros, con las hachas bajando con una fuerza temblorosa contra el tronco del enebro.

Teníamos tanto oro que Oblya pareció abrirse ante nosotros como una orquídea extraña y bella. Vi a mi hermana solo una vez más después de abandonar la casa con los rublos que nos llenaban los bolsillos. Se fue a un apartamento sobre una cafetería, y plantó sus hierbas en las macetas de las barandillas. Olía a un tipo diferente de perfume, y tenía unas zapatillas de alguien extraño bajo su cama, un abrigo que no era suyo colgado tras la puerta.

Se comió unos dulces de gelatina merzani, y me dijo que los elixires y las mezclas de hierbas se vendían mejor que nunca, incluso mejor ahora que no la zarandeaba de aquí para allá el modelo de negocios tempestuoso de nuestro padre. Había hecho un gran esfuerzo para convencer a sus clientes de que sus pócimas funcionaban por la ciencia, no por algo extraño ni debido a la magia, y la mayoría la creían.

Cuando estaba en la puerta despidiéndome, Rose me agarró la mano con fuerza.

—Duermo con las ventanas abiertas cada noche para poder sentir el frío e imaginar lo que debió ser para ti, cuando fuiste obligada a convertirte en una criatura asesina a sangre fría. ¿Me perdonas, Marlinchen? ¿Por favor?

Yo saqué la mano de su agarre y no contesté. No quería que la última cosa que mi hermana escuchara de mí fuese una mentira.

¿Y qué había de Sevas y de mí? Nos fuimos a un apartamento cerca del paseo marítimo, con dos grandes y luminosas ventanas con vistas al puerto y al mar que se extendía más allá. Me despertaba con el sol acariciándome los párpados, y no por el sonido del reloj de pie. Enseñé a Sevas la manera adecuada de doblar la masa de los varenyky, y cómo distinguir cuándo el kvas del frasco había acabado de fermentar.

Fumábamos en narguiles en las cafeterías merzani, y jugábamos al dominó en los salones de juego. Se me daban muy mal ambas cosas, y al final de la noche siempre estaba tosiendo y despojada de rublos. Admirábamos las dachas que había junto a la orilla, y nos dábamos baños de barro en el sanatorio. Bebíamos kumys en el paseo marítimo y tomábamos vodka a sorbitos en las tabernas. Bailábamos medio sobrios en la calle, bajo los charcos de luz de las farolas, con los pies de Sevas bajo los míos para enseñarme los pasos de un vals.

Me compraba vestidos a la moda con polisones y me cortaba el pelo en la peluquería. El duende vivía con nosotros, en una cama hecha de musgo y plumas blancas de gaviota, bajo la mesa de la cocina. Sevas le daba sobras de la mano, y yo tenía la fresquera cerrada bajo llave para evitar que se comiera todas nuestras verduras. Cuando cumplí veinticuatro años, Sevas me llevó a un restaurante en la calle Kanatchikov que servía unas natillas ionikas con sirope; soñé con su sabor y su aroma durante semanas después de haberlas probado.

Aún había vestigios de magia en nuestro interior, miles de transformaciones diminutas ocurriendo bajo nuestra piel y dentro de nuestra mente. Algunas noches me despertaba empapada en un sudor frío, con las caras monstruosas marcadas en el interior de mis párpados, las sombras de nuestras paredes asemejándose a la silueta de garras y dientes. Esas noches, Sevas me sostenía en nuestra cama hasta que la dulce presión de su cuerpo contra el mío me arrullaba hasta un ligero duermevela.

Otras noches me despertaba sin aliento, con el recuerdo de unas manos extrañas sobre mis pechos, y no podía soportar que me tocaran, así que Sevas se llevaba su almohada al suelo junto a mí, y llenaba la habitación iluminada por la luna de su suave respiración y su parloteo casual. Me quedaba dormida con el sonido de su voz, charlando sobre el precio tan alto que tenían los calabacines.

También había noches en las que Sevas era el que se despertaba llorando y con los ojos desorbitados, y yo lo sostenía y acariciaba su pelo hasta que los hombros dejaban de temblarle. Otras noches él tampoco podía soportar el roce de otro cuerpo a su lado, así que me hacía un ovillo en el suelo con nuestro duende y recitaba canciones de cuna oblyanas, guardando silencio solamente cuando escuchaba que Sevas había comenzado a roncar.

Por supuesto, también había noches en las que necesitaba que me rodeara con sus brazos, y él se encogía ante el tacto de mis dedos, pero, aun así, lográbamos encontrarnos en algún lugar en el oscuro espacio entre aquellos deseos conflictivos.

El otoño se congeló al dar paso al invierno, y el invierno se resquebrajó con la llegada de la primavera.

Ninguno de nosotros volvió al teatro de ballet, ni nos aventuramos hasta la calle Rybakov. A veces escuchaba los susurros en las cafeterías: el bailarín principal más famoso de Rodinya había dimitido en lo más alto de su carrera, y ahora el teatro estaba en la quiebra; que el hechicero de la calle Rybakov había muerto, y ahora su mansión y su jardín estaban siendo convertidos en un orfanato o en una enfermería. ¡A veces incluso susurraban sobre su hija bruja, sobre cuán valiente y fuerte era! Yo me sujetaba al borde de la mesa con fuerza, y la herida en mis nudillos era ya tan antigua que no sangraba.

Sevas se reunía con Aleksei para tomar el té, y ambos se reían con sus recuerdos compartidos sobre Kovalchyk, Taisia, e incluso Derkach en los buenos días. En los malos días, su rostro se cerraba ante la sola mención del teatro de ballet, o cuando veía una cabeza de pelo rubio meticulosamente peinado. El destrozo de los callos en sus talones se suavizó, y sus pies fueron pareciéndose a los de un hombre normal.

Cuando entraba en mí, no pensaba en Ivan. Cuando llegaba al clímax, Sevas susurraba «Marlinchen, Marlinchen, Marlinchen» contra mi pelo.

La cosa más banal de todas fue que mi padre sobrevivió.

Cuando Sevas lo apuñaló aquel día en el vestíbulo, el cuchillo consiguió evitar los principales órganos y arterias. Un doctor, que no era el Dr. Bakay, lo llamó «suerte». En mi interior, yo me dije que quizás era una pizca de magia que persistía.

Si esta hubiera sido la Oblya del viejo mundo, cuando era gobernada por los jefes tribales y la estepa llegaba hasta el mismísimo mar sin nada que la detuviera, quizás habría sido ejecutado por sus monstruosos crímenes, o al menos le habrían quitado una mano o un ojo. Pero dado que esta era la Oblya estructurada, la Oblya allanada y municipal, y el zar y el gradonalchik estaban ambos angustiados por demostrar que ellos eran tan progresivos y metropolitanos como las ciudades del Oeste, de repente no colgaban ya a los criminales.

Hubo un juicio que se estiró durante semanas, y después durante meses mientras el verano se tragaba a la primavera. Yo me subí al estrado, y también Sevas, el Gran Inspector y Rose, aunque tuve cuidado de no sostenerle la mirada. Mientras tanto, papá estaba allí sentado, encadenado y entre sus dos abogados yehuli.

En el día de la sentencia, hubo una terrible tormenta que partió el cielo como si fuera un huevo de avestruz demasiado grande, con la lluvia derramándose de él como si fuera la yema. Se llevó toda la basura de las alcantarillas y limpió los adoquines. Los caballos de los carruajes se sacudían las gotas de agua de las orejas. Las parejas corrían a refugiarse bajo las marquesinas de las tiendas. Los corredores de bolsa esperaban de forma triste bajo enormes paraguas negros a que la tormenta pasara. Yo observé cómo la ventana de la sala del juzgado se volvía marmórea con el agua de la lluvia, como si fuera un charco de aceite al que le estaba dando la luz.

Al final, sentenciaron a papá a prisión durante el resto de su vida. El juicio ya había pasado factura a mi padre; cuando fui a visitarlo a su celda, bajo el juzgado, tenía la piel manchada y gris, como una crema que se hubiera puesto mala, y la barba le había crecido tanto que parecía la hiedra indómita que una vez había invadido nuestra casa. Había salpicaduras de gris en ella, donde el tiempo había comenzado a comerse el color azul encantado del Consejo de Hechiceros.

No alzó la mirada como un halcón, sino que titubeó, como los ojos de un perro en su caseta. Parecía más delgado de lo que le había visto nunca, desde los primeros días de su maldición.

Cuando me acerqué y me agaché contra los barrotes de su celda, no se levantó de su asiento. Había una bandeja de comida sin tocar en la mesita junto a él.

—Papá —le dije—. ¿No comes?

—¿Crees que voy a probar un bocado de esa bazofia? Me dan el mismo kasha que les dan a los otros prisioneros, kasha sin mantequilla. Solo nos dan agua, nada de kvas. Y tenemos guiso de ternera y sopa de remolacha en lugar de varenyky de cerdo. ¿Por qué debería comer?

—Para que no mueras —le dije.

Él resopló.

—Pensaba que me querrías muerto, dulce Marlinchen. Me diste de comer bayas envenenadas, y tu amante yehuli me apuñaló en el estómago.

—Tú me diste de comer esas mismas bayas. Y tu amigo doctor se enganchó a mi pecho como una serpiente. —Rodeé los barrotes con mis dedos y mis nudillos se pusieron blancos. La vieja herida me escoció—. ¿De verdad piensas que eres inocente de todo esto? ¿Que no se derramó sangre por tus maquinaciones?

Mi pregunta era como un agujero en el suelo, y papá estaba haciendo equilibrio frente al pozo con pinchos que había debajo.

Juntó sus dientes con un sonido que me hizo acordar a monedas tintineando en una lata.

—¿Por qué te importan las leyes de la ciudad, hechas por hombres mortales? —dijo al fin—. No me importa si soy inocente o culpable según su decisión. Yo soy el gran hechicero Zmiy Vash-chenko. Incluso las leyes de hechicería se doblegan ante mí. Siempre fuiste tan corta de mente, Marlinchen. ¿No puedes imaginar un mundo más allá de esta ciudad?

—Sí que puedo —dije yo—. Lo hago.

Papá resopló de nuevo.

—¿Cómo es que la más fea y simple de mis hijas orquestó mi caída? Odiaría menos esta celda si hubieran sido tu hermana inteligente o tu hermana bella las que me hubieran metido aquí.

—Cometiste un grave error, papá —le respondí con un suspiro—. Pusiste demasiado de ti mismo en mi interior. Esos pequeños trozos me susurraron la verdad. Mis huesos vibraron con ella, y mi sangre cantó con ella. Si hubiéramos sido menos parecidos, quizá jamás lo habría sabido. Pero ambos recordamos ahora el sabor del corazón y del hígado.

Esas eran las peores noches: cuando me despertaba de un sueño en el que había hombres muriendo, y tenía que comprobar de forma frenética mi estómago y mis pechos, en busca de las escamas negras. Sevas me sostenía entonces, me besaba los dedos y me tranquilizaba enseñándome que no había garras en ellos.

—Saben mejor que nada —susurró papá, alzándose por fin de su asiento. Se acercó tanto que nuestras narices casi se tocaron a través de los barrotes, y pude oler en su aliento el ácido y la bilis de no haber comido nada durante días—. Mejor que el kvas de guindas y el varenyky de cerdo, mejor que un pollo entero crudo, con sus pequeños huesos crujientes. Mejor que la carne de tu madre pájaro. Eran lo único que casi saciaba mi hambre, los corazones e hígados de los hombres. ¿Me negarías ese pequeño alivio? ¿Dejarías que la maldición me tragara entero?

—Ya lo ha hecho —le dije de forma suave, y entonces me marché.

No servía de nada contarle mis terribles sueños, o cómo a veces la rabia que había en mi vientre alcanzaba su punto de ebullición y solo podía soltarla por la boca, así que apretaba la cara contra mi almohada y gritaba y gritaba, e incluso hacía llorar al duende. La magia de papá era buena, tanto como había sido la de Titka Whiskers, y sobreviviría a nuestra proximidad. Probablemente sobreviviría incluso a su muerte. Mientras iba hasta la puerta, papá hizo traquetear los barrotes de su celda, escupiendo.

—¡No me mantendrán aquí encerrado! —gritó—. Transformaré estos barrotes en serpientes negras, y envenenarán a todos y cada uno de los guardias y abogados, y entonces me comeré sus corazones e hígados con vino dulce. Maldeciré a todos y cada uno de los jornaleros que trabajaron para derribar mi casa, para que se despierten con pies de gallina o con picos amarillos como los de las urracas. Os transformaré a tu hermana y a ti en arpías.

Sus palabras rozaron los mechones de mi pelo recién cortado, pero había subido las escaleras y salido del edificio antes de que mi corazón pudiera latir con la necesidad de girarme. Tras la tormenta, el sol brilló con especial intensidad. Tuve que taparme la luz de los ojos con la mano mientras caminaba por la calle Kanatchikov. A mi alrededor, las gotas que caían de las marquesinas se habían vuelto doradas, como si fueran de miel.

Podría haber contratado un carruaje, pero decidí caminar. Saludé con la cabeza de forma vigorosa a las mujeres mientras se quejaban de sus vestidos arruinados y sus peinados estropeados, y se apartaban para dejar que los corredores de bolsa que llegaban tarde pasaran de forma apresurada. Había jornaleros jugando a las cartas en un callejón, y sus risas se escuchaban en la carretera principal. Los caballos de los carruajes sacudían sus crines mojadas y estrellaban sus cascos contra el suelo de manera animada. A la distancia, el mar era tan solo una tira de un color brillante, como un cuchillo de luz.

Sevas me esperaba en el paseo marítimo, echado sobre la barandilla y observando la extensión de agua sin fin. Podía imaginarlo con facilidad siendo el capitán de un barco en ese momento, valiente, galante y alerta, y entonces me sonrió con su preciosa y torcida sonrisa.

—Espero que el cielo haya gastado toda su agua durante mucho, mucho tiempo —dijo.

Nuestros baúles estaban en el suelo, a su alrededor, y el duende estaba sentado sobre el más grande de todos los bultos mientras se restregaba de forma lastimera su único ojo. Me arrodillé junto a él.

—Aún hay ciénagas y pantanos preciosos para que vivas en ellos, pero están muy lejos de aquí.

El duende sorbió por la nariz. Yo me puse de nuevo en pie y Sevas dijo:

—Bueno, el tiempo será diferente en Askoldir.

—¿Cuán diferente?

Él alzó una ceja.

—Tendrás que aprender a apreciar la nieve. Incluso la mayoría de la gente de Askoldir no lo hace. Pero se divierten quejándose sobre ello, de la misma manera en que a las tías y a las abuelas les encanta compadecerse por el mismo familiar odiado.

—¿Y si tu madre me odia?

—No lo hará —dijo Sevas—. Solo odia a mi tercera tía abuela, y los nabos, y a su casero, y a la mujer al final del pasillo que le canta a su gato, y...

Dejó de hablar y yo me reí. El sonido me resultó totalmente acogedor, como si me hubiera metido en uno de los baños calientes del sanatorio.

Había un reloj en la pared de un banco cercano, y decía que estábamos a punto de perder nuestro tren. Así que me agaché y recogí al duende, lo envolví en una manta y lo sujeté contra mi pecho. Si uno de los revisores me veía, pensaría que era simplemente una madre con su hijo.

Sevas agarró nuestros baúles, uno en cada mano, y comenzamos a caminar hacia la estación de tren. Dos gaviotas en el paseo marítimo estaban picoteando el kumys que se le había caído a alguien. Un carguero se soltó del puerto, con la bocina sonando de forma ensordecedora a través del océano de color azul blanquecino. Los marineros a bordo escalaron hasta sus puestos, e imaginé que todos estaban tan emocionados y aterrados como yo ante la perspectiva de ir a un sitio nuevo.

De repente me frené, con el duende sujetando entre su pequeño puño un mechón suelto de mi pelo.

Sevas también se frenó y se giró.

—¿Estás bien?

—Sí —le dije, poniéndome recta y soltando mi pelo del agarre del duende—. Estoy pensando en cómo será Askoldir cubierta de nieve.

—Muy bonita —dijo él—. Como tú. Venga, vamos, Marlinchen.

Lo seguí hasta la estación de tren, que trazaba un arco sobre nosotros, como si fueran las costillas y las vértebras de una criatura extraordinariamente grande, soldada con hierro. Imaginé que, con cada tren que se marchaba, la criatura se amputaba uno de los huesos de sus dedos, una pequeña parte que no echaría de menos hasta que el siguiente tren llegara. Me gustaba esa idea, y decidí contársela a Sevas en cuanto estuviéramos sentados en nuestros asientos, con mi cabeza echada en su hombro y el duende correteando entre nuestros pies, con los dos viendo la estepa aparecer a ambos lados del tren, entre la hierba amarilla del verano que se parecía a un trozo de pergamino, impoluto y sin una gota de tinta.

AGRADECIMIENTOS

Gracias antes que nada a mi agente, Sarah Landis, quien creyó en este libro incluso cuando yo no lo hacía, y quien me persuadió a apartarme del precipicio las muchas, muchísimas veces que quise abandonarlo. Este libro no existiría si no fuera por ti.

Gracias a mis editores, David Pomerico y Sam Bradbury, por todo su apoyo y su perspicacia. Gracias a Mireya Chiriboga, Kelly Shi, Lisa McAuliffe, Rachel Kennedy, Róisín O'Shea, y a todo el mundo en Harper Voyager y Del Rey por ayudarme a traer al mundo este libro.

Gracias a Allison Saft y Rachel Morris, por cederme un sitio blandito en el que tumbarme mientras arrancaba esta historia de mi interior.

Gracias, como siempre, a Manning Sparrow, por diez años de compañía y amor infatigable.

Gracias a Sophie Cohen y Courtney Gould por darme otra razón para escribir esta historia.

Gracias a James Macksoud, para quien las palabras no son nunca suficientes. Todo lo bueno que hay en mi vida es por ti.

Y gracias, por supuesto, a Dorit Margalit. Me diste el idioma para escribir este libro, y la valentía para sobrevivir a él.

Sobre la autora

Ava Reid nació en Manhattan y se crio al otro lado del río Hudson, en Hoboken, pero actualmente reside en Palo Alto. Tiene un diploma en Ciencias Políticas de la Universidad de Barnard, y se ha especializado en religión y etnonacionalismo.